GEORGE ORWELL

Título original:
George Orwell: biografia intelectual de um guerrilheiro indesejado

© Jacinta Matos, 2019

Revisão: Carina Correia

Capa de FBA
Na capa: George Orwell – an seiner
Schreibmaschine (George Orwell e a sua máquina de escrever)
© ullstein bild / Getty images

Depósito Legal n.º ?????

Biblioteca Nacional de Portugal – Catalogação na Publicação

MATOS, Jacinta Maria

George Orwell: biografia intelectual de um guerrilheiro
indesejado. – (Extra-coleção)
ISBN 978-972-44-2061-5

CDU 929 Orwell, George

Paginação:
João Jegundo

Impressão e acabamento:
??????
para
EDIÇÕES 70
em
janeiro de 2019

Direitos reservados para todos os países de língua portuguesa

EDIÇÕES 70, uma chancela de Edições Almedina, S.A.
Avenida Engenheiro Arantes e Oliveira, 11 – 3º C - 1900-221 Lisboa / Portugal
e-mail: geral@edicoes70.pt

www.edicoes70.pt

Esta obra está protegida pela lei. Não pode ser reproduzida,
no todo ou em parte, qualquer que seja o modo utilizado,
incluindo fotocópia e xerocópia, sem prévia autorização do Editor.
Qualquer transgressão à lei dos Direitos de Autor será passível
de procedimento judicial.

Jacinta Maria Matos

GEORGE ORWELL

Biografia intelectual
de um guerrilheiro indesejado

70

Mas significa isto que o escritor deve não só recusar a ditadura dos chefões políticos, mas também que não deve escrever sobre política? Mais uma vez, é evidente que não! Não há razão para não escrever sobre política até da forma mais primária, se assim o entender. Mas deverá fazê-lo enquanto indivíduo, alguém que está de fora, quando muito como um guerrilheiro indesejado no flanco do exército regular.

GEORGE ORWELL, *Writers and Leviathan*

NOTA SOBRE AS EDIÇÕES UTILIZADAS

George Orwell está amplamente — mas não exaustivamente — traduzido para português. Para facilitar a leitura e a identificação das suas obras, são referidos em português os títulos das que já se encontram traduzidas (e de publicação mais recente), mantendo-se o título original em inglês nos restantes casos. O mesmo critério foi utlizado para as obras de outros/as autores/as.

As traduções de todos os excertos citados são da minha autoria. Não podendo, por esta razão, citar um texto já publicado, a indicação das páginas no final de cada citação remete para a versão em inglês. Para os ensaios, utilizei as edições da responsabilidade de Peter Davison, *The Complete Works of George Orwell* (volumes x a xx), publicadas pela Secker & Warburg em 1998, e para os romances, as edições publicadas pela Penguin em 2000. As abreviaturas aí utilizadas referem-se, portanto, às obras em inglês, a saber:

CW: *The Complete Works of George Orwell*
DOPL: *Down and Out in Paris and London* [*Na Penúria em Paris e em Londres*]
BD: *Burmese Days* [*Dias Birmaneses*]
C'sD: *A Clergyman's Daughter* [*A Filha do Pároco*]

KAF: Keep the Aspidistra Flying [*O Vil Metal*]
RWP: The Road to Wigan Pier [*O Caminho para Wigan Pier*]
HC: Homage to Catalonia [*Homenagem à Catalunha*]
CUA: Coming up for Air [*Um Pouco de Ar, Por Favor*]
AF: Animal Farm [*A Quinta dos Animais*]
NEF: Nineteen Eighty-Four [*Mil Novecentos e Oitenta e Quatro*]

ÍNDICE

Agradecimentos... 13
Introdução.. 17

1. 1903-1933: preparações............................. 33
   1.1. «Os prazeres da infância»..................... 33
   1.2. «Cinco anos de tédio ao som das cornetas».... 53
   1.3. «Um enorme fardo de culpa»................... 60
   1.4. Na Penúria em Paris e em Londres............. 69

2. 1933-1935: transições e indecisões................. 89
   2.1. A Filha do Pároco: Orwell e o Modernismo..... 94
   2.2. Dias Birmaneses: Orwell e o Imperialismo..... 108
   2.3. O rebelde sem causa? O Vil Metal............. 137

3. 1936-1939: descobertas e decisões.................. 157
   3.1. O Caminho para Wigan Pier: viagem a Terra
        Incognita..................................... 157
   3.2. Homenagem à Catalunha: viagem à revolução.... 192
   3.3. Um pouco de ar por favor: viagem ao «homem
        comum».. 231

4. 1939–1945: projetos 257
   O Leão, o Unicórnio e o socialismo inglês 257

5. 1945–1950: projeções 297
   5.1. *A Quinta do Animais* 297
   5.2. *Mil Novecentos e Oitenta e Quatro* 330
   5.3. Depois de *Mil Novecentos e Oitenta e Quatro* 375

Conclusão 395

Bibliografia selecionada e comentada 409

Quadro biobibliográfico 425

Índice remissivo 433

AGRADECIMENTOS

Como foi o caso de tantas gerações, antes e depois da minha, o meu primeiro contacto com a obra de Orwell deu-se no liceu, onde *Animal Farm* era de leitura obrigatória nas aulas de inglês do 5.º ano. Confesso que não foi amor à primeira vista. Lembro-me de achar engraçado o uso da forma da fábula para propósitos políticos, mas a rebeldia da adolescência fez-me olhar com reservas uma obra tão inequivocamente elogiada pelos mais velhos e que aparentemente passava uma mensagem ideológica em que eu já não acreditava. Deixei o Orwell de lado.

Anos depois, já na universidade, um docente de inglês deu-nos para análise as páginas iniciais de *Homage to Catalonia*. A escolha não foi acidental: estávamos nos «anos quentes» de 76 ou 77 e John Byrne queria tanto auscultar as nossas reações a outra revolução como fazer-nos refletir sobre a nossa. Fiquei fascinada! Pois ali estava, escarrapachado, preto no branco, o que se vivia no país em geral e na universidade em particular! As intermináveis discussões ideológicas, as lutas entre as diversas fações da esquerda, os pósteres e as canções revolucionárias — até a mesma «praga de iniciais», que assolava o Portugal da época tanto quanto a Barcelona da obra. E se tudo era «a um tempo estranho e comovente», por outro lado, havia igualmente «uma fé imensa na revolução e no futuro», a «sensação de repentinamente termos emergido numa era de igualdade e liberdade» pela qual valia a pena lutar. Logo que pude, fui ler o resto do livro, e a minha cópia, a cair aos bocados de tanto uso, palimpsesto de anotações que quase cobrem o texto original, ainda hoje ostenta, orgulhosa e possessivamente, a data e o local da compra (Londres, setembro 1978) e o meu nome por baixo.

O meu «love affair» com Orwell começou aqui e nunca mais parou. Neste já longo percurso, muito devo a professores/as, colegas, amigos/as e estudantes, sem a contribuição dos/as quais a minha perspetiva de Orwell seria significativamente mais pobre e a quem quero deixar expressa a minha gratidão:

— A John Byrne, o agradecimento inicial por ter aberto a porta que me fez entrar no mundo orwelliano.
— Ao professor David Lodge, pelo bom acolhimento que deu ao meu projeto de tese de mestrado sobre os documentários (a minha primeira incursão na crítica orwelliana) e por uma supervisão lúcida, serena, enriquecedora, tão plena de desafios como de apoios.
— Uma palavra também a todos/as os/as alunos/as cujos trabalhos orientei (de que destaco a Cláudia Mota, a Stéfanie Stefaisk e o Santi Poliandri), com quem muito aprendi e que me fortaleceram na crença do continuado apelo de Orwell às gerações mais novas.
— A toda a equipa do projeto de investigação «A Cidade e a (Ins)segurança», sobretudo à Susana Araújo e à Ana Raquel Fernandes, um obrigada por me terem desafiado a olhar o Orwell no âmbito dos Estudos da Vigilância e por me terem feito sentir em casa fora de casa.

— Lembro também reconhecidamente os/as colegas e amigos/as que sempre se dispuseram a ouvir-me discursar sobre o Orwell (como a Adriana Bebiano) e/ou me enviaram prontamente artigos de interesse recolhidos nas suas vastas leituras (o João Paulo Moreira e a Maria Irene Ramalho foram dos mais assíduos).

— Muito em especial, Stephen Wilson, outro admirador de Orwell, foi o mais fiel, constante e encorajador companheiro de percurso, cujo proverbial conhecimento enciclopédico e acuidade crítica em muito contribuíram para o que sei hoje sobre Orwell, a sua época e a literatura em geral.

Durante a composição deste livro, incomodei várias pessoas, pedindo-lhes a sua opinião sobre o texto:

— Alexandra Andrade, Maria da Glória Leitão, Maria Isabel Donas Botto, Maria Leonor Telles e Patricia Odber de Baubeta dispuseram-se abnegadamente a ler e comentar partes da obra, dando-me alento para continuar. A Pat, além de me facultar muito material bibliográfico, engalanou-me o escritório com uma belíssima edição original de *The English People*, as canecas orwellianas e um delicioso par de figurinhas com o leão e o unicórnio.

— Na fase final de revisão do texto, a leitura atenta, pormenorizada e finamente crítica de Ana Cristina Macário Lopes, que me corrigiu as vírgulas anglófonas, detetou omissões e imprecisões e fez inteligentes sugestões de reformulação, dando ao texto uma qualidade que ele de outro modo não teria. Obrigada, Ana Cristina, por teres prescindido do teu escasso tempo livre e pela rapidez, cuidado e entusiasmo com que abraçaste a tarefa.

— O meu reconhecimento também para o Rui Bebiano, que me pôs em contacto com a Edições 70, e para a Suzana Ramos, pela confiança desde o início demonstrada no projeto.

Finalmente, um obrigada muito especial ao meu marido, Graham Preston, pelo apoio moral e logístico durante todo o percurso, e pela paciência que teve para me aturar durante aqueles longos períodos em que passei mais tempo com o Orwell do que com ele.

INTRODUÇÃO

De algum modo, uma obra sobre George Orwell não precisa de se autojustificar. Poucos escritores alcançaram a fama e a projeção internacionais de que Orwell vem gozando desde o final da década de 40 até aos nossos dias, e a popularidade que mantém junto de um largo público leitor, além do considerável número de estudos críticos que lhe continuam a ser dedicados, bem atesta a sua continuada relevância e atualidade. Com efeito, poucos se podem gabar de ter sido influência assumida de figuras tão diversas como o crítico britânico Raymond Williams, o jornalista Tom Wolfe, o dramaturgo John Osborne, o historiador Tony Judt, músicos como David Bowie e Hugh Hopper, romancistas como Günter Grass e Mary McCarthy, e estilistas de moda como Alex Yu. A um tempo fenómeno de vendas e escritor canónico da academia, inspiração de «reality shows» como o «Big Brother» e leitura obrigatória nas escolas, santo padroeiro da esquerda ou da direita e referência constante de jornalistas, políticos e intelectuais, Orwell é uma figura indiscutivelmente ubíqua na cultura contemporânea internacional. A sua presença nas salas de aula, nas revistas da especialidade, no mundo editorial, em teses de mestrado e de doutoramento, nos jornais, na televisão, na publicidade, no cinema, em artigos e blogues da Internet e na própria linguagem do nosso quotidiano é um interessante fenómeno da história literária e cultural das últimas décadas, só por si merecedor de atenção e análise.

Porque é que esta figura, que no início da década de 40 desfrutava apenas de um estatuto menor como jornalista e romancista, se transformou em poucos anos num nome conhecido à escala mundial e cuja influência em inúmeras áreas da nossa sociedade é hoje incontornável? Como conseguiu Orwell vir a ser um desses (e um dos muito poucos) escritores que fazem a ponte entre a cultura de massas e a cultura das elites intelectuais e políticas? Em que consiste, ainda hoje, o seu apelo a públicos não só muito diversificados, mas muitas vezes opostos entre si? Como se explica que a ele ainda se recorra para se autorizarem e legitimarem determinadas visões do mundo? Quem é essa figura que se invoca ainda, constantemente, como árbitro e juiz de tantas causas, mesmo depois de morto?

Como se diz em inglês, Orwell «projetou uma longa sombra», sob a qual vivem ainda hoje, às vezes em coexistência pouco pacífica, ideologias políticas, movimentos literários e grupos socioculturais que reclamam ser seus herdeiros diretos e legítimos. Grande há de ser o legado para chegar para tanto parente...

Mas se esta visibilidade de Orwell no mundo do pós-guerra não pode deixar de ser ponto de partida de qualquer obra que se lhe dedique, este estudo baseia-se também no pressuposto de que, a muitos títulos, Orwell é ainda um autor desconhecido. Com efeito, Orwell é um daqueles escritores cuja obra se autonomizou em relação ao seu criador e passou a pertencer ao domínio público, independentemente do contexto que lhe deu forma e da figura que lhe deu vida. Quantos espetadores do «Big Brother» leram *Mil Novecentos e Oitenta e Quatro?* E quantos membros do público identificam a origem da conhecida frase «todos os animais são iguais, mas uns são mais iguais do que outros»? E quantos utilizadores do adjetivo «orwelliano» sabem o que ele pode, estritamente falando, qualificar? Os usos e abusos a que a figura de Orwell tem vindo a ser sujeita nas últimas décadas ocupar-nos-ão no capítulo final, bem como as várias condicionantes históricas, políticas e culturais que estão na origem dos muitos e variados «Orwells» que continuam a proliferar na esfera pública. Para já, registe-se o facto, por paradoxal que seja, de Orwell ter sofrido como poucos devido a visões parciais, descontextualizadas, incorretas e enviesadas da sua obra e daquilo que ele representa — e pode e deve representar — como artista e pensador. Por outras palavras, Orwell foi vítima da celebridade que lhe aconteceu depois de morto, o que impediu, em vez de encorajar, um melhor conhecimento da totalidade do que disse, do que fez, do que pensou e do que escreveu, de tal modo que hoje em dia é quase impossível a um/a leitor/a não especializado/a ter acesso a algo mais do que apropriações, frequentemente abusivas, da sua figura. Citá-lo confere automaticamente a alguém um respeitável estatuto cultural e a autoridade que daí advém; conhecê-lo nas suas muitas e variadas dimensões considera-se dispensável — afinal, não sabemos todos que Orwell era um anticomunista ferrenho e que profetizou um mundo totalitário governado pelo Grande Irmão?

O fenómeno explica-se em parte pela popularidade imediata e continuada dos dois últimos romances que escreveu: *A Quinta dos Animais* e *Mil Novecentos e Oitenta e Quatro* (por extenso, como o autor fazia questão de o referir). Não será exagero afirmar que 90% dos/as leitores/a de Orwell conhece estas duas obras e nada — ou pouco — da sua escrita anterior. Ou, se mais conhece, a probabilidade é a de ter lido outros romances ou documentários *depois* da leitura dessas duas obras e de ter realizado, portanto, o percurso inverso daquele em que foram produzidas. Quer dizer, a esmagadora maioria lê Orwell de trás para a frente e do fim para o princípio, inevitavelmente trazendo à leitura das suas primeiras obras todo o universo mental construído a partir da leitura das últimas. Assim, interpreta naturalmente o anterior à luz do posterior, e o início em função do que entende como a conclusão, o testamento ou a mensagem final do autor, súmula de todo o conhecimento acumulado durante uma vida, que ele teria deliberadamente legado à posteridade no seu leito de morte.

Não tem culpa o/a leitor/a. É este último Orwell, um Orwell invariavelmente pessimista e acusador, profeta da desgraça ou visionário iluminado, antissoviético fanático ou «consciência de uma época»[1], que os *media* lhe venderam, baseando-se eles próprios nas imagens do autor veiculadas por figuras de prestígio nos meios culturais, políticos e académicos. Ora, não estão estas figuras isentas dos erros e incorreções que inevitavelmente surgem de uma interpretação estratégica ou inadvertidamente truncada da obra de Orwell. Também no âmbito académico, já para não dizer político, se têm feito leituras que nos dizem mais de quem as faz do que do autor em causa, e que por ignorância ou conveniência tomam a parte pelo todo, citam apenas o que lhes dá razão e displicentemente ignoram tudo aquilo que, na obra orwelliana, os poria a eles próprios em causa.

A leitura de Orwell que aqui proponho será, portanto, antes de mais, cronológica e sequencial, isto é, seguindo a ordem da vida e da escrita e registando a evolução da sua carreira como jornalista, ensaísta e romancista. Começar no

---

[1] Como se lê na capa da *Actual*, no *Expresso* de 21 de junho de 2003.

início e acabar no fim é uma opção que, parecendo óbvia, não o é. Rejeitei uma organização que, por exemplo, agrupasse tematicamente as obras, ou as dividisse segundo os vários géneros que cultivou (romance, ensaio, jornalismo), método que de certo modo me simplificaria a tarefa porque evitaria repetições ou justaposições, mas que, estou em crer, não daria a medida da evolução de Orwell pelo mundo da história, da escrita e da ideologia.

Não significa isto, contudo, que o percurso do autor seja apresentado como linear e deterministicamente causal; seria ingénuo e perigoso deixar que a linearidade da biografia, na sua inevitável progressão pelo tempo, nos fizesse esquecer que os nossos percursos simbólicos — mentais, intelectuais, culturais, artísticos e políticos — não seguem caminhos tão simples e escorreitos. Espero, portanto, tornar claro que Orwell não andou sempre para a frente, mas muitas vezes para trás ou para os lados, por vezes invertendo rotas, outras revisitando trilhos já anteriormente seguidos, outras ainda desbravando caminhos novos; enfim, movimentando-se de forma muito mais complexa e ramificada do que a mera cronologia sequencial nos levaria a pensar.

Cada capítulo deste livro corresponde a uma fase da vida de Orwell enquanto indivíduo e enquanto escritor, e ao respetivo período temporal em que ela decorre. É divisão arbitrária de quem, retrospetivamente, impõe a essa vida uma ordem e lhe atribui um significado? Certamente que sim, mas a arbitrariedade é apenas parcial. O ser humano vive mal com o somatório de momentos que compõem a vida desde o seu início até ao seu termo, aquilo que os gregos chamaram de *chronos* sem *kairos,* um passar bruto do tempo, sem sentido para lá da mera sucessão. A narrativa privada que todos nós construímos da nossa existência, bem como as narrativas coletivas que damos o nome de História ou de Romance dão sempre forma àquilo que é amorfo, e sentido ao que é vazio de significado. O mesmo fazem as biografias, dividindo a vida do biografado em períodos que se entendem como momentos simbólicos na vida de alguém. Também aqui se passará o mesmo, numa obra que não pretendo que seja primordialmente biográfica, mas que falará da vida sempre que esta seja relevante para a obra. Assim, a divisão dos capítulos não é totalmente acidental: ela resulta de uma leitura particular do que é relevante ou não no percurso do autor, e é fruto da minha perspetiva individual da sua evolução, que julgo se tornará clara pela leitura do texto e que explicitarei mais adiante nesta Introdução. Deste modo, acompanharemos Orwell desde o nascimento à morte, seguindo em linhas gerais os vários estádios da sua experiência enquanto homem e as várias fases da sua carreira enquanto escritor. E como, no seu caso, mais do que no de muitos escritores, estas duas dimensões se ligam estreitamente a uma outra — o desenrolar da história da primeira metade do século XX —, também esta surgirá, em primeiro plano, em muitos momentos do texto. Observador atento do mundo à sua volta, interveniente ativo nalguns dos momentos mais marcantes do seu tempo, Orwell ajudou a codificar-lhes o sentido, integrando sempre a sua experiência individual na moldura mais ampla da história. Mas, tal como se dizia em relação ao percurso do próprio Orwell, este estudo nem sempre respeitará a cronologia fria das coisas, nem andará sempre inelutavelmente para a frente; também nesta obra se farão digressões e desvios, muitas vezes se voltará atrás ou se antecipará o que virá depois, e também se passará várias vezes pelo mesmo lugar. O inevitável emaranhado da vida e da escrita assim o exigem.

    Mas se o/a leitor/a reparar bem nas balizas temporais dos diferentes capítulos, facilmente chegará à conclusão de que a

INTRODUÇÃO | 23

carreira de Orwell parece organizar-se naturalmente em fases distintas, tornando relativamente óbvia a minha ordenação do livro. Assim, o Capítulo I fala da sua infância e adolescência, seguindo depois Orwell no início da idade adulta, detendo-se na sua primeira experiência profissional na Indian Imperial Police e, depois do regresso a Inglaterra, na sua convivência com os marginais e os sem-abrigo; o capítulo termina com uma reflexão sobre a primeira obra que publicou, *Na Penúria em Paris e em Londres*, que releva claramente destas suas experiências. A natureza autobiográfica do texto exige que se saiba algo dos antecedentes do autor e se conheça um pouco do que passou enquanto jovem para podermos contextualizar esta vertente da sua escrita, com a qual se inicia no mundo das letras e que, direta ou indiretamente, o acompanhará até ao final. Os anos de formação, sempre relevantes para o que se é e o que se faz mais tarde, são neste caso fulcrais para um autor que se escreveu e reescreveu ao longo da vida e pensou e repensou na sua infância e adolescência, não só no âmbito pessoal mas também em termos sociais, culturais e políticos.

O Capítulo II ocupa-se das primeiras tentativas de Orwell como romancista. É um momento em que o autor, depois do relativo sucesso do seu primeiro livro, tenta abalançar-se a projetos mais ambiciosos com a escrita de romances que, segundo espera, o tornarão famoso, ou pelo menos suficientemente conhecido do público e respeitado pela crítica para poder deixar os empregos precários e dedicar-se à escrita a tempo inteiro. É um Orwell que tateia, que se procura enquanto indivíduo e escritor, experimentando isto e aquilo sem um sentido de orientação claro e determinante, quer no plano pessoal, quer no político e artístico. Algumas das experiências serão importantes no futuro, mas esta é claramente uma fase de insegurança e de transição, cujo resultado o próprio Orwell avaliará criticamente com uma clarividência e uma severidade que lhe viremos a reconhecer como típica.

O Capítulo III será uma secção charneira desta obra, porque relata um importante momento de viragem no percurso do autor. Nesta fase, assistimos ao emergir do Orwell político, graças à investigação que faz das condições sociais e económicas da Inglaterra durante a Depressão, e à sua primeira tentativa de encontrar uma solução para o desemprego e a pobreza que encontra no Norte do país. À primeira parte, documental, de *O Caminho para Wigan Pier*, no que constitui o seu diagnóstico da situação que se vivia em Inglaterra na década de 30, segue-se a polémica segunda parte, em que defende o socialismo democrático como alternativa ao sistema vigente, mas em que ao mesmo tempo ataca violentamente a esquerda por não ter conseguido criar uma imagem do movimento que apele ao cidadão comum. É a primeira incursão do «guerrilheiro indesejado» do meu título, que a partir das fileiras do socialismo em que se alistou desfere ataques certeiros ao resto do suposto exército, de cujas tácticas discorda e ao qual faz questão de relembrar a causa principal da luta.

Depois da luta teórica, segue-se a luta concreta e a experiência (também marcante) da Guerra Civil de Espanha, a vivência da utopia nas milícias, uma comunidade sem distinções hierárquicas ou de classe, que se lhe afigura como a concretização dos ideais por que pugnava. O desabar da revolução e a perseguição de que foi vítima enquanto membro de um movimento ilegalizado por traição à guerra e à esquerda constituirão uma aprendizagem que lhe servirá para o resto do percurso. O Orwell que regressa de Espanha é um Orwell política e literariamente amadurecido, sabendo de que lado das barricadas se situa e tendo encontrado a sua vocação como escritor político. Os temas que nesta fase encontramos em O *Caminho para Wigan Pier* e *Homenagem à Catalunha* projetar-se-ão no resto da sua obra e acompanhá-lo-ão até ao fim da vida e da escrita.

Na volta, encontra o país à beira da Segunda Grande Guerra, conflito que há muito previa e que encarava de forma ambivalente. Ficou famoso o sonho premonitório sobre o estalar da guerra que Orwell nos conta ter tido na véspera da eclosão do conflito. Segundo nos diz no ensaio «Um, Dois, Esquerda ou Direita», o sonho revelou-lhe o surpreendente facto de que, sendo ele socialista por opção e pacifista e internacionalista por formação, era também e acima de tudo um patriota, reagindo à agressão ao país com todos os tiques e clichés que a educação conservadora e tradicionalista de classe alta lhe tinha legado! Como conciliar, então, a visão da guerra como mero conflito entre potências imperialistas em luta pelo domínio do mundo, causa que qualquer bom socialista olharia de soslaio e com desdém, com a certeza de que Hitler era claramente uma ameaça à integridade de Inglaterra e a todos os valores tradicionais que ela representava?

Rejeitado pelo exército por questões de saúde, Orwell dedica-se à escrita durante os anos de guerra e empenha-se num projeto (daí o título do Capítulo IV) que, no seguimento das suas preocupações anteriores e em virtude da pressão imediata da história, o leva a refletir precisamente no que é ser socialista e ser inglês. Ou, mais exatamente, no que poderia ser e como se poderia criar um «socialismo inglês», ao mesmo tempo patriótico e revolucionário, que mantivesse continuidades e efetuasse ruturas, e que preservasse o melhor e rejeitasse o pior que a Inglaterra, enquanto nação, tinha vindo a construir. Nestes anos, retoma e intensifica também a sua reflexão sobre o totalitarismo, procurando entender e fazer entender aos outros a justeza da luta contra ideologias autoritárias e ditatoriais. E nestas, inclui quer o nazismo, quer (polemicamente para a época, numa situação histórica em que a URSS é aliada de guerra) o comunismo estalinista. Os frutos desta reflexão serão óbvios nas suas duas últimas obras de fôlego, *A Quinta dos Animais* e *Mil Novecentos e Oitenta e Quatro* (objeto do último capítulo), que o tornarão rapidamente famoso quando a Segunda Grande Guerra acaba e a Guerra Fria começa, e que desde então continuam a ser entendidas por muitos como o suprassumo da sua realização política e artística. Não avançarei aqui o meu argumento de que em nenhum destes planos me parece que estas obras constituam o melhor da sua produção. Não fora a coincidência da sua morte em 1950, logo após a publicação de *Mil Novecentos e Oitenta e Quatro* e no preciso instante em que o mundo se divide em dois grandes blocos rivais, e a sua fama teria sido bem diferente. Menor, certamente, do que a que lhe consagramos hoje, mas porventura mais justa e correta, e mais de acordo com o que Orwell poderia efetivamente revindicar como a sua contribuição para a nossa compreensão da história, da política, da ideologia, da cultura (e das relações da escrita com todas elas) na primeira metade do século xx.

Já se percebeu que o que neste livro proponho vai parcialmente contra a visão estabelecida sobre Orwell. É verdade. E, não estando sozinha no meu entendimento de que Orwell tem muito mais valor como jornalista, ensaísta e escritor de documentários do que como romancista, estou apesar de tudo em posição minoritária relativamente ao panorama geral da crítica orwelliana e à opinião do público leitor que ainda hoje interessadamente o procura. Dada esta minha posição, não se espere que este estudo confira a habitual ênfase às duas últimas obras e passe rapidamente em revista ou encare como curiosidades menores, ou, quando muito, como exercícios preparatórios das duas obras-primas finais, tudo o que Orwell escreveu nas primeiras duas décadas de carreira.

Corrigir tais desvios de leitura e oferecer uma visão mais equilibrada, integrativa, abrangente e complexa da figura e da obra é um dos propósitos principais que me levaram a escrever este livro. Tal como Orwell diz em «Porque Escrevo», a propósito de *Homenagem à Catalunha*, «If I had not been angry [...] I should not have written the book» (em tradução livre: «Foi a indignação que me levou a escrever o livro»), também eu digo, com as devidas distâncias, que é um claro sentido das inúmeras injustiças de que Orwell vem sofrendo na apreciação crítica predominante da sua obra que me leva a sugerir uma leitura diferente daquela que se centra em *A Quinta dos Animais* e *Mil Novecentos e Oitenta e Quatro*, e que, portanto, redutoramente o identifica como anticomunista obsessivo ou como profeta[2] de um futuro negro que hoje vemos desenrolar-se aos nossos olhos.

Disse acima que muitas das leituras de Orwell dizem mais de quem as faz do que do autor. Isso inclui, com toda a probabilidade, a minha própria interpretação, e por isso a assumo desde o início. Como o título desta obra sugere, o que valorizo acima de tudo é o Orwell incómodo e indesejado, o guerrilheiro que nas suas incursões sabota o fanatismo, a ortodoxia e a autocomplacência da esquerda e da direita. Mas é também o Orwell ambivalente e paradoxal, que enfrenta dilemas complicados sobre o papel da arte na política e a função do intelectual na sociedade, que me parece importante ainda hoje conhecer de perto e estudar atentamente.

Menos significativas são as conclusões a que chegou (muitas

---

[2] «Profeta desarmado», como lhe chama Paulo Nogueira nessa mesma edição do *Expresso*.

delas simplistas e ingénuas, outras ultrapassadas pelo desenrolar da história) do que as estratégias de negociação que a cada momento vai gizando para tentar resolver os inúmeros problemas que se lhe colocam, encarando-os sempre de frente, sem evasões ou autodesculpabilizações, e olhando-se muitas vezes a si mesmo como paradigma daquilo que estava precisamente a criticar.

Este Orwell, juntamente com vários outros «Orwells» menos conhecidos de que irei falando, encontra-se mais facilmente, julgo eu, na sua produção não-ficcional do que na ficcional. O Orwell ensaísta e jornalista e o Orwell de documentários como O Caminho para Wigan Pier e Homenagem à Catalunha parece-me sempre ser o «verdadeiro» Orwell, o que tira o maior partido possível de uma forma de escrita bem próxima da história e do real e mais propícia à discussão autobiográfica que tão importante é na sua obra. O Orwell romancista surge-me sempre como alguém que vive — e mal — com uma imposição exterior que o «obriga», se quer ter fama e sucesso, a escrever nessa forma canónica que tanto a crítica como o público por muito tempo colocaram num pedestal e assinalaram como LITERATURA. Orwell forçou-se a ser romancista, porque, para o aspirante a escritor da altura, escrever romances era a única forma de obter o respeito e a consagração crítica e o melhor meio de se fazer ouvir por um público mais vasto.

Ora, nesta época em que escrevo, e depois da tão anunciada (um tanto prematuramente, deva dizer-se) morte do romance, abriu-se caminho a uma apreciação diferente da constelação dos géneros narrativos, e tanto a crítica como o público dedicam hoje a sua atenção a outros géneros que não exclusivamente o romance e o conto, considerando-os como formas não menos criativas — e, portanto, não menos dignas de nota — do que a ficção. Lamentavelmente, Orwell foi um pouco negligenciado nesta reavaliação do que é ou não é literatura, e não conheço qualquer estudo que perspetive a sua obra como um todo e consagre o mesmo esforço analítico a ensaios como «O Leão e o Unicórnio» ou «The Art of Donald McGill» do que aquele que é por regra entusiasticamente despendido com *A Quinta dos Animais* e *Mil Novecentos e Oitenta e Quatro*. É lacuna que também pretendo ajudar a colmatar, dando a conhecer melhor o Orwell não-ficcional que por longo tempo foi injustamente esquecido ou menorizado e só agora começa a ser reconhecido, lido e estudado[3].

Finalmente, e porque esta Introdução já vai longa, menciono apenas uma outra coordenada essencial desta obra: a sua conceção, não como um texto académico e exclusivamente dirigido a colegas de profissão, especialistas de Orwell ou alunos e alunas que, por obrigação ou escolha própria, leem e estudam Orwell, mas a um público mais vasto e bem mais diversificado. Falo, assim, para quem, tendo lido alguma das obras de Orwell, passou a interessar-se pela figura e pretende saber mais sobre o homem e a sua escrita. Parto do princípio de que esses leitores e leitoras sabem o suficiente de Orwell para quererem saber mais — só isto, o que já me chega como motivação para lhes disponibilizar o que fui aprendendo sobre a figura. Evitarei, assim, muito do jargão da profissão, que tais leitores/as não têm obrigação de conhecer nem provavelmente interesse em passar a dominar, bem como todo o aparato de extensas citações críticas, alusões a conceitos teóricos, detalhada análise literária das obras, longas notas de rodapé, lista exaustiva de obras citadas, etc.,

---

[3] Registo com satisfação o facto de terem saído à estampa nos últimos anos várias coletâneas de ensaios de Orwell, em primeira tradução para português, facultando assim um maior acesso à sua obra. Infelizmente, a maioria das traduções deixa muito a desejar.

que o decoro de um texto académico (corretamente) exigiria. Mantive, no entanto, algumas notas (no final de cada capítulo, para não interromper o fluir da leitura) com informação subsidiária ao texto, mas importante para leitores/as portugueses/as e/ou não especialistas da cultura, história e literatura inglesas. Procurei, assim, não obstruir a leitura do público em geral, mas deixar também pistas a seguir por todos os que, no âmbito de uma atividade académica, pretendam seguir caminhos de investigação mais especializada sobre o autor.

As traduções de todos os textos ingleses são minhas. Embora haja já traduções portuguesas de uma parte substancial da obra orwelliana, elas são de qualidade diversa, e, em última análise, nenhuma delas me enche as medidas. Uma vez que a qualquer tradução subjaz sempre uma visão pessoal da obra original, as minhas são parte integrante da interpretação que faço da obra orwelliana, e como tal as proponho ao meu público. Não existindo elas, portanto, num texto publicado, deixei no final da citação uma nota sobre a respetiva página do original inglês, para efeitos de confronto, utilizando a edição abalizada de Peter Davison, de cujo admirável e monumental esforço de recolha, revisão e comentário editorial da obra completa de Orwell (em *The Complete Works of George Orwell*, 20 volumes, publicada em 1998) somos todos gratos devedores.

Posto isto, se não entendo esta obra nem como uma espécie de «Orwell para Principiantes»[4], nem como texto hermético e incompreensível para a maioria dos leitores, também é óbvio que não posso enjeitar a minha formação académica e universitária, responsável pelo que aprendi e

---

[4] Que, aliás, já existe, da autoria de David Smith e Michael Mosher, publicado em português pelas Publicações D. Quixote em 1986.

como o aprendi, e que constitui as bases e fundamentos da forma como perspetivo a escrita — de Orwell, neste caso. Os leitores e leitoras julgarão o produto final e avaliarão se consegui explicar de forma clara e acessível ideias e conceitos por vezes complexos; se, além da informação nova sobre Orwell, acrescentei também algo de relevante ao seu conhecimento da época em que viveu; se lhes propus para reflexão noções críticas que os ajudem a pensar melhor tanto os fenómenos do passado como os do presente. É sempre esta, em última análise, a razão de ser da teoria, tantas vezes vilipendiada como desfasada da prática, separada do real e, portanto, dispensável e excedentária para a vivência do nosso quotidiano.

Espero, em suma, entusiasmar mais leitores e leitoras à procura do(s) Orwell(s) que não conhecem e confirmá-los naquilo que, se adquiriram esta obra, já de algum modo pensam: Orwell merece uma atenção e um estudo aprofundados e o que tem para nos dizer, ainda hoje, recompensa amplamente o tempo que se lhe dedique. Em mais de trinta anos de convivência com ele, foi uma das conclusões a que rapidamente cheguei e que com mais certeza e convicção posso passar a outros/as.

1
1903-1933: PREPARAÇÕES

1.1. «Os prazeres da infância»[1]

Eric Blair nasceu em Motihari, na província indiana de Bengala, a 25 de junho de 1903. Eric Blair e não George Orwell, que só verá a luz do dia 29 anos mais tarde, quando Eric Blair publicar a sua primeira obra e decidir assiná-la com o pseudónimo pelo qual o mundo o virá a conhecer. «George Orwell» será mais do que um simples *nom de plume*: é quase uma segunda identidade, o nome com que passa a assinar toda a correspondência (exceto a mais íntima e pessoal) e que é naturalmente usado por todos os que com ele travam conhecimento, a partir da década de 30, em virtude da sua atividade como escritor. «Eric» permanecerá apenas para os familiares e amigos de infância, e para todos aqueles cujo conhecimento do homem antecede o da figura pública do romancista e jornalista.

Das complexas relações entre «Blair» e «Orwell» se falará mais tarde, quando nascer o escritor, e em todos os

---

[1] A expressão é tirada do poema de William Blake, «The Echoing Green». A tradução portuguesa do ensaio utiliza como título o verso «Ah, Ledos, Ledos Dias». No contexto presente, eu prefiro traduzi-la por «Os prazeres da infância».

momentos em que a vida e a escrita autobiográfica, nas suas intricadas justaposições e problemáticos cruzamentos, justifiquem uma reflexão sobre esta dupla identidade; para já, notemos que Eric Blair veio ao mundo no início do século, num local e numa classe que se viriam a revelar fundamentais para o percurso futuro de George Orwell e que convém, portanto, explorar com algum detalhe. Comecemos, assim, *ab ovo*, para sabermos um pouco sobre os anos de formação do homem e podermos avaliar fundamentadamente a sua utilização futura pelo escritor.

Eric Blair nasceu numa família com tradições de serviço no Império. O avô paterno, décimo filho de um aristocrata empobrecido[2], foi obrigado a arranjar meios de subsistência e a procurar uma profissão que, garantindo-lhe a sobrevivência, não desmerecesse do seu elevado estatuto social. A uma aristocracia rural em declínio, num século XIX predominantemente industrial, em que a posse da terra já não era suficiente para a manutenção de um nível de vida elevado, colocavam-se três opções de carreira que garantiam, se não a fortuna, pelo menos a respeitabilidade e um razoável conforto económico: o exército, o clero e o funcionalismo colonial. O avô de Orwell combinou duas delas: clérigo da Igreja Anglicana em Calcutá e na Tasmânia, viveu no Império durante largos anos antes do seu regresso a Inglaterra e, por assim dizer, às origens, acabando os seus anos numa pequena, mas prestigiada e abastada, paróquia rural.

---

[2] Sabe-se hoje que a fortuna do bisavô de Orwell vinha em parte das extensas plantações que possuía na Jamaica, onde empregava escravos. Não sendo novidade, uma vez que a biografia de Bernard Crick já inclui esta informação, a disponibilização de uma base de dados que revela os nomes dos proprietários que receberam compensações monetárias no final da escravatura trouxe esta questão de novo à baila. Grande ironia da história, sem dúvida, mas certamente não culpa do autor. Consulte-se a notícia da BBC em: http://www.bbc.com/news/uk-21586755

O filho, Richard Blair, seguiu-lhe parcialmente os passos, optando por uma profissão em «the Service». Desta simples e abreviada forma se referia a carreira na máquina administrativa do Império, serviço que se entendia como altamente patriótico e que como tal era socialmente respeitado e admirado. Contudo, sem grandes habilitações académicas, o pai de Eric Blair nunca passou de um modesto funcionário do Departamento do Ópio[3], sendo frequentemente transferido de posto para posto e só conseguindo chegar ao topo da carreira pouco antes de se reformar. Os avós maternos tinham igualmente raízes na Índia: o avô (de origem francesa) era dono de uma firma de exportação de madeira em Moulmein, na Birmânia, onde a mãe, Ida Mabel Limouzin, viveu até se casar com Richard Blair. A avó materna ainda aí vivia quando Eric Blair decidiu, também ele, seguir a tradição familiar e servir o Império na Polícia Birmanesa.

Eric Blair nasceu, portanto, numa colónia britânica e numa classe que se denomina como «Anglo-Indian». Esta designação poderá causar alguma confusão a leitores e leitoras contemporâneos, habituados a pensar em identidades hifenizadas como «afro-americano» ou «luso-canadiano». Não é exatamente este o caso. Com efeito, o termo «anglo-indiano» tanto se encontra aplicado aos mestiços, filhos de pai inglês e mãe indiana, ou vice-versa (embora o segundo caso, por razões óbvias, fosse bem menos frequente), como aos membros dessa classe de funcionários da administração imperial, que viviam na Índia por longos períodos de

---

[3] Por estranho que pareça, o Império Britânico era um dos grandes fornecedores de ópio à China, produto cujo cultivo incentivara nas suas colónias, conseguindo dominar a sua comercialização no Extremo Oriente, em grande parte pela força das armas. A repartição em que o pai de Orwell trabalhava regulamentava a venda e zelava pela pureza do produto.

tempo antes de regressarem a Inglaterra e gozarem a reforma no conforto e na pacatez da «country life» inglesa.

Assim, a designação, neste sentido em que aqui a utilizaremos, não tem quaisquer implicações de mistura rácica ou de hibridez cultural. Muito pelo contrário, os anglo-indianos eram enfaticamente brancos e faziam questão de permanecer a todo o custo culturalmente britânicos. A nativização, rácica ou cultural, era ativamente desencorajada e socialmente reprovada em todo o Império Britânico, como muitos dos contos de Kipling (esse grande escritor do Império) frequentemente nos lembram. Qualquer transgressão às regras da separação das raças implicava uma condenação moral e votava o transgressor ao ostracismo, uma solidão duplamente difícil de suportar para quem se encontrava longe da pátria e dependia apenas dos outros membros da comunidade para a convivência social.

O grupo dos anglo-indianos vivia, efetivamente, num círculo social e étnico restrito, convivendo em clubes normalmente vedados aos indianos, aprendendo as diversas línguas da Índia apenas quando as funções oficiais o exigiam ou o quotidiano doméstico das ordens a dar aos criados assim o determinava, e em geral distanciando-se cultural, linguística e etnicamente dos milhões de indianos à sua volta.

George Orwell terá alguns comentários a fazer sobre este isolamento a que, por arrogância e medo da «contaminação», o colonizador inglês deliberadamente se votava num país tão populoso e culturalmente diversificado como o do subcontinente indiano. Sobre a avó referirá, por exemplo, que, apesar de ter vivido quatro décadas na Birmânia, nunca se dera ao trabalho de aprender mais do que duas ou três frases da língua do país[4]. Mas deixemos para explorar em

---

[4] Veja-se *CW*, vol. XVIII: 128.

ocasião mais oportuna o pensamento de Orwell sobre o colonialismo enquanto fenómeno (a que dedicará um romance e vários ensaios, e sobre o qual fará uma reflexão aprofundada durante toda a vida) e notemos apenas, neste momento inicial, que Eric Blair nasceu fora de Inglaterra, nessa «joia da coroa» do Império Britânico, e no seio de uma classe ativamente comprometida com o funcionamento do sistema colonial.

E levantemos também, desde já, algumas questões que deste facto decorrem e que são fulcrais para o entendimento do autor e de algumas imagens que habitualmente o definem: este homem, que muitos exaltam como um autor inglês por excelência, suprassumo das virtudes tipicamente britânicas, epítome do melhor que a sua cultura produziu[5], veio ao mundo bem longe da pátria e nasceu no interior de uma classe minoritária, que passava longos períodos da vida sem grande contacto com a metrópole e, esforçando-se embora por permanecer «britânica», tinha uma experiência de vida do diferente (ou, se quisermos, do exótico) que a demarcava do cidadão britânico comum. Por outras palavras, Orwell não estava necessariamente destinado a ser o «inglês típico» que alguns entendem e insistem que foi; pelo contrário, as suas origens colocam-no de imediato fora do *mainstream* da sociedade inglesa, pese embora o prestígio social de que os anglo-indianos gozavam no país.

A distância, geográfica e outra, que o separa de Inglaterra à nascença é, assim, antes de mais, acidente da fortuna e

---

[5] Não resisto a mencionar, a este propósito, a capa em papel da biografia de Orwell de Gordon Bowker. A fotografia do autor, a preto e branco no original, foi trabalhada digitalmente. Orwell surge nesta versão com os olhos de um azul límpido (a condizer com a cor da camisa) e o velho e surrado casaco de *tweed* que enverga parece agora quase imponente. Qualquer pessoa identificará facilmente a figura como o protótipo do *gentleman* inglês.

facto do destino que a cada um cabe; mas Orwell irá transformá-la, ao longo da vida, em matéria essencial para a sua autodefinição como indivíduo e como escritor. Nos capítulos seguintes, tentaremos traçar precisamente este percurso que ele empreenderá, como dirá mais tarde em *O Caminho para Wigan Pier*, «de Mandalay a Wigan», ou seja, do comprometimento com o sistema colonial ao socialismo democrático que constantemente reafirmará como opção ideológica.

Mas voltemos a Eric Blair, que deixámos recém-nascido na Índia. Aí, ficará apenas por um ano e, evidentemente, nada terá retido na memória de tal período. Mas desse momento, ficou-nos uma curiosa fotografia sua com um mês e meio de idade, ao colo da *ayaha,* ou ama, indiana. No grande contraste entre esse bebé tão loiro, tão branco, tão rechonchudo, tão inglês, e a ama, de cara angular, olhar penetrante e pele muito escura, muito se pode ler simbolicamente sobre os contrastes e as oposições da situação colonial em que Orwell nasceu e de que terá, mais tarde, uma consciência aguda.

A família regressou a Inglaterra em 1904 e estabeleceu-se em Henley-on-Thames, pequena cidade de província na periferia de Londres. Melhor dizendo, regressaram o bebé Eric, a irmã, Marjorie, cinco anos mais velha, e a mãe, uma vez que o pai permaneceu na Índia até se reformar, quatro anos depois, tendo visitado a família apenas uma vez, por uns meses, em 1907 (visita de que resultou o nascimento da segunda irmã de Orwell, Avril). Esta separação do agregado familiar não era invulgar. Com efeito, as famílias anglo-indianas faziam questão de educar os filhos em Inglaterra, em parte para lhes assegurarem uma boa carreira no futuro, em parte para evitarem a suposta «contaminação» cultural de que falei há pouco. Era fenómeno comum, portanto, enviar as crianças ainda pequenas para uma escola particular em Inglaterra, de onde depois seguiam com toda a probabilidade para uma das famosas «public schools» como Eton ou Harrow, e daí para uma universidade de prestígio, Oxford ou Cambridge. O percurso de Orwell só em parte reproduz este modelo convencional, mas são significativos para o seu futuro tanto as coincidências como os desvios em relação ao trajeto normal de um filho de família anglo-indiana. Para muitas crianças, esta súbita mudança de continente era sentida como um choque brutal. Rudyard Kipling foi uma delas, e desse traumático desenraizamento nos fala num dos seus mais conhecidos contos («Bah, Bah, Black Sheep»), em que revive a sensação de abandono da criança e o seu terror perante um mundo desconhecido e hostil, tão diferente do ambiente familiar em que crescera. Para trás, ficava uma vida relativamente descontraída na Índia, em que as crianças eram deixadas à solta por entre a criadagem indiana e se entretinham brincando cá fora no mundo excitante e exótico da paisagem tropical; de regresso à pátria, a maioria defrontava-se com a rotina claustrofóbica de uma escola particular ou de um colégio interno, onde imperavam regras de conduta rígidas e severas e onde se vivia, dentro e fora de portas, com o desconforto, o frio e a humidade do famoso clima inglês.

Orwell teve mais sorte. Regressado com um ano de idade, teve tempo para se adaptar gradualmente à vida em Inglaterra e viver os primeiros anos na estabilidade e segurança de uma vida em família, antes de, também ele, ser mandado para um colégio interno, experiência de que nos dá conta no ensaio autobiográfico «Ah, Ledos, Ledos Dias». Adiante, veremos como Orwell reagiu ao internato e como, já adulto, avaliou esse primeiro contacto com a educação tradicional da sua classe; mas por ora atentemos no que ele próprio nos diz das suas origens sociais e familiares e do ambiente de infância, primeiro em *O Caminho para Wigan Pier* e depois num outro ensaio autobiográfico, «Porque Escrevo»:

Nasci no que se poderá descrever como a camada mais baixa da classe média-alta. A classe média-alta, que atingiu o zénite nas décadas de 1880 e 1890 e teve em Kipling o seu poeta laureado, era uma espécie de monte de detritos abandonados na praia quando baixou a maré da prosperidade vitoriana. (*RWP*: 113)

Pertencer a esta classe, com um rendimento de £400 por ano, era um tanto esquisito, porque a nossa aura de aristocratas era essencialmente teórica. Vivíamos, por assim dizer, simultaneamente a dois níveis. Em teoria, sabíamos lidar com criados e que gorjetas lhes dar, mas, na prática, tínhamos só um, ou quando muito dois, criados internos. Em teoria, sabíamos vestir-nos a preceito e encomendar do menu nos restaurantes, mas, na prática, não tínhamos posses para ir a um bom alfaiate ou para frequentar restaurantes elegantes. Em teoria, sabíamos montar e usar armas, mas, na prática, não tínhamos cavalos nem uma nesga de terra para caçar» (*RWP*: 115)

Eu sou o filho do meio, mas entre mim e a minha irmã mais velha há uma diferença de 5 anos, a mesma que me separa da minha irmã mais nova, e praticamente não tive contacto com o meu pai até aos 8 anos. Por estas e por outras razões, fui uma criança solitária, e muito cedo apanhei tiques desagradáveis que me tornaram muito impopular na escola. Tinha o hábito, muito comum em crianças solitárias, de inventar histórias e de imaginar conversas com personagens fictícias, e penso que desde o início o meu sonho de vir a ser escritor esteve intimamente ligado à sensação de estar sozinho no mundo e de ser por todos subestimado. Sabia muito bem que tinha uma grande facilidade de expressão e a capacidade de enfrentar factos desagradáveis, e era como se isto criasse à minha volta uma espécie de mundo privado em que me podia vingar dos meus falhanços no quotidiano. (*CW*, vol. XVIII: 316)

Que nos sugere de imediato a leitura destes passos? Temos aqui um Eu que com grande precisão nos descreve a situação social e económica da família em que nasceu; que com grande desassombro nos refere factos menos lisonjeiros de si próprio (uma criança intelectualmente dotada, sim, mas socialmente canhestra) e da sua classe de origem (na época, já um anacronismo, mas retendo os sonhos da grandeza aristocrática do passado); em suma, uma voz que muitos diriam ser tipicamente orwelliana: lúcida, honesta, frontal, precisa, a voz de quem, como ele diz, sabe enfrentar factos desagradáveis e admitir sem reservas as suas falhas e imperfeições.

Sem discordar desta leitura, paremos um pouco para pensar noutras questões que estes dois passos, e em geral os relatos autobiográficos de Orwell, nos devem colocar.

Em primeiro lugar, será ou não exato o que Orwell nos conta sobre a família e sobre ele próprio? Neste ponto, recorramos aos biógrafos (sobretudo a Bernard Crick e Gordon Bowker), que, como compete ao bom biógrafo, procuraram saber se, tanto em termos sociológicos como pessoais, este retrato tem boas bases e fundamentos sólidos. E o que *grosso modo* ambos concluem[6] é que nem a família de Orwell tinha tantas dificuldades económicas como ele parece sugerir em *O Caminho para Wigan Pier*, nem, a avaliar pelas recordações dos amigos de infância, Orwell foi essa criança infeliz e antissocial que ele nos descreve em «Porque Escrevo». Quem terá razão, então? Orwell ou os seus biógrafos?

Todos, diria eu. Porque se é responsabilidade do biógrafo determinar a exatidão do que os autores nos contam sobre si próprios (e, se for caso disso, anotar as discrepâncias, emendar os erros, denunciar as mentiras), o escritor tem toda a

---

[6] Veja-se a biografia de Orwell de Bernard Crick (11) e a de Gordon Bowker (17).

legitimidade para usar o material autobiográfico e o adaptar aos propósitos da obra em que o insere. Assim, menos importante é para nós saber se a família de Orwell era mais ou menos rica, e se ele foi ou não foi uma criança feliz ou infeliz, do que perceber que Orwell, a cada momento do seu percurso e em função do texto que tinha em mãos, selecionou do seu passado o que era relevante para o argumento presente, acentuando umas vezes certos aspetos da sua experiência e, outras vezes, outros (nalguns casos opostos!).

Demos rapidamente um exemplo: a esta imagem da criança solitária e incompreendida que Orwell cria em «Porque Escrevo» facilmente se pode contrapor o universo de uma infância feliz, cheia de passeios pelos bosques, pescarias nos lagos, corridas de bicicleta, idas à mercearia para comprar as guloseimas preferidas, etc., que Orwell invoca num dos seus romances (*Um Pouco de Ar, Por Favor*) e que sem dúvida se baseiam nas suas recordações de infância. Em que ficamos, afinal? Qual destas imagens estará correta? E que critério utilizar para apurar a verdade de cada uma?

Na impossibilidade de certezas, apenas uma coisa é certa: tenhamos cuidado com leituras seletivas, parciais e demasiado literais do que Orwell nos diz de si próprio, ou estaremos a correr o risco de tratar a questão da relação da vida com a obra de forma simplista e perigosamente redutora. Quantas leituras incorretas de Orwell se têm feito porque alguém se esqueceu disto e atribuiu sem mais ao homem o que num determinado passo leu na obra do escritor! Foi uma criança feliz ou infeliz? Provavelmente, como a maioria, passou bons e maus momentos e, já adulto, utilizou uns e outros conforme lhe conveio. Ao interior do sujeito não temos nós acesso. Especulemos, quando necessário, mas tendo sempre a obra como ponto de partida e de chegada.

O Orwell que os dois passos citados nos dão a conhecer é um Orwell que se foi construindo gradualmente através da escrita, e é este que nos compete analisar para melhor conhecer. Aos biógrafos deixemos a tarefa, às vezes bem ingrata, de tentar encontrar o indivíduo por trás da *persona*[7]; tentemos apenas explicar rapidamente em que medida a imagem de si próprio, que constrói nos dois passos citados, serviu acima de tudo os propósitos do escritor.

O Orwell do primeiro passo, extraído de *O Caminho para Wigan Pier*, acentua as ironias e os paradoxos da sua condição de classe: ao prestígio social de que a pequena aristocracia rural (ou seja, a *gentry*) e o seu subgrupo, os anglo-indianos, ainda gozavam não correspondia já o respetivo estatuto económico; ele, enquanto membro dessa classe, nasceu no meio de ambiguidades e contradições, assimilando os códigos de valores, regras de conduta, noções e preconceitos de um mundo já extinto, mas que teimosamente alguns insistiam em que ainda existia. Esse snobismo, espírito retrógrado, conservadorismo e passadismo são precisamente tudo aquilo que o Orwell de *O Caminho para Wigan Pier*, apoiante declarado do socialismo democrático, condena e se empenha em alterar (antes de mais, *dentro* dele próprio).

O Orwell da segunda citação, o de «Porque Escrevo», fala-nos, como o título indica, das razões que o levam a escrever: o egoísmo, sem dúvida, o desejo que ele deteta nessa criança de ser reconhecida, aceite, apreciada por um mundo que a olha com indiferença e não lhe dá valor. Mas o Orwell adulto indica, adiante no ensaio, um outro motivo

---

[7] O termo grego *persona*, que veio a dar em português «pessoa», significava também a máscara que os atores do teatro grego usavam. Na terminologia literária, *persona* significa a(s) identidade(s) que se assume(m) inevitavelmente no próprio ato de escrever, assim se distinguindo entre o Eu histórico e o Eu literário, mesmo quando o segundo parece em tudo igual ao primeiro.

como razão principal da sua escrita: o que ele refere como o objetivo político, ou seja, o «desejo de empurrar o mundo numa determinada direção, de modificar as ideias dos outros sobre o tipo de sociedade pela qual devem lutar» (*CW*, vol. xviii: 318). É a autodefinição de Orwell enquanto escritor político no sentido mais lato do termo, a forma como ele quer ser compreendido e o objetivo que nos diz presidir a tudo o que escreveu. Entre a criança e o adulto, portanto, entre o Eu que vive a experiência e o Eu que sobre ela escreve vai uma grande distância, tendo o segundo a capacidade de avaliar criticamente o primeiro e de lhe fazer notar os erros e as falhas. É uma outra característica do narrador orwelliano que encontraremos muitas vezes nos seus textos, e que nos dará bem a medida do longo caminho percorrido.

Neste espírito de saudável ceticismo, devemos ler os relatos que nos faz da sua infância, e, se tivermos isto em mente, melhor compreenderemos o que nos diz da «prep school», St. Cyprian's, que frequentou dos 8 aos 11 anos. «Ah, Ledos, Ledos Dias», que nos relata a experiência, foi um ensaio polémico, com uma crítica tão devastadora à instituição que só pôde ser publicado depois da morte da diretora do colégio, Mrs. Wilks, sob pena de Orwell ser levado a tribunal por difamação. Com efeito, nada escapa ao ataque do autor: as desconfortáveis instalações da escola e a falta de higiene generalizada; a incompetência dos docentes e os antiquados métodos de ensino, que se baseavam no «empinanço» e não apelavam à imaginação ou ao raciocínio; o favoritismo com que eram tratados os alunos mais ricos e as humilhações constantes a que estavam sujeitos os mais pobres; a autoridade, inflexível mas arbitrária, exercida pelos responsáveis; os castigos corporais aplicados quase sadicamente às crianças; o ambiente de terror constante e a pressão que estas crianças sofriam para obterem as classificações necessárias

1903-1933: PREPARAÇÕES | 45

à admissão nas «public schools», razão de ser da existência destas escolas preparatórias e de que dependia, portanto, a sua fama e sucesso económico[8].

Cito um dos passos mais famosos do ensaio, para dar aos leitores e leitoras uma ideia do ambiente que aí se recria. O episódio é tirado do final de uma cena em que o narrador nos conta como foi castigado e chicoteado com um pingalim pelo crime hediondo de ter repetidamente feito chichi na cama:

> Caí na cadeira, a choramingar baixinho. Se bem me lembro, este foi o único momento, em toda a minha infância, em que uma sova me fez chorar, mas, curiosamente, nem eram lágrimas de dor. [...] Era como se o medo e a vergonha me tivessem anestesiado. Estava a chorar em parte porque me parecia que era o que esperavam de mim, em parte por arrependimento genuíno, mas em parte também por uma dor mais funda, muito própria da infância e difícil de explicar, uma sensação de desolada solidão e impotência, de estar preso num mundo hostil, um mundo dividido entre o Bem e o Mal, mas a cujas regras me era de facto impossível obedecer. (*CW*, vol. XIX: 358-359)

A crítica de orientação psicanalítica encontra neste ensaio campo fértil para a sua teorização, detetando nesta experiência de infância o trauma que de alguma forma explicará o sadismo das torturas a que Winston Smith é sujeito em *Mil Novecentos e Oitenta e Quatro* e será, em geral, responsável pela criação do universo totalitário da obra, onde a impotência

---

[8] Noutro passo do ensaio, diz-se o seguinte: «Os nossos cérebros eram uma mina de ouro na qual ele [o diretor] tinha enterrado carradas de dinheiro, e por isso éramos espremidos até produzirmos os desejados dividendos.» (*CW*, vol. XIX: 363)

perante uma autoridade brutal e arbitrária e a submissão absoluta que se exige ao indivíduo parecem espelhar diretamente a situação desta criança oprimida e injustiçada[9].

Creio ser inegável que Orwell foi buscar inspiração a vivências anteriores para a conceção do mundo totalitário e totalizante do seu último romance, mas não gostaria de sobrevalorizar esta em relação a outras, tais como a experiência do colonialismo ou, ainda mais marcante, a da Guerra Civil de Espanha. Mais uma vez, parece-me que devemos ler as descrições do autor com algum distanciamento e entender que Orwell carrega nas tintas deste quadro para determinados efeitos. A denúncia feroz destas «prep schools», que preparavam os membros da classe alta britânica para o ingresso nas prestigiadas «public schools» onde se formava (e forma ainda hoje) a classe política, militar e socialmente dominante do país, tem como objetivo principal desmitificar a educação de elite e convencer o leitor da necessidade de se lhe pôr fim. O Orwell de 1948 (ano em que publicou o ensaio) estava empenhado num projeto de reforma radical da sociedade inglesa, do qual fazia parte integrante a democratização do sistema educativo, fator essencial, em sua opinião, para se pôr fim ao anacrónico e injusto sistema de classes britânico[10]. Ora, a avaliar pelo que nos conta sobre St. Cyprian's, esta educação, elitista por natureza, nem sequer se justificava como formação de uma verdadeira elite

---

[9] O passo e o ensaio em geral têm antecedentes literários nítidos nessa imagem que oferecem da criança como vítima: a obra de Dickens (nomeadamente *Oliver Twist*) e a de Kipling (por exemplo, o conto acima referido, «Bah, Bah, Black Sheep»). Não por acaso, dois autores que Orwell conhecia bem, admirava, (embora com reservas) e sobre os quais escreveu.

[10] Embora apoiante do Partido Trabalhista, que ganhara as eleições em 1945, Orwell temia que este não estivesse a ser suficientemente radical na reforma do sistema de ensino, nomeadamente na abolição da educação de elite das «public schools». O ensaio tem, assim, propósitos políticos evidentes.

intelectual, limitando-se a produzir figuras intelectualmente medíocres e socialmente submissas.

Começámos por dizer que o texto foi, na época, polémico; podemos agora acrescentar que estamos também perante uma escrita polémica, isto é, uma escrita que procura obter uma forte reação (neste caso, de repúdio) por parte do público, de modo a convencê-lo da justeza dos argumentos avançados. Para tal, é preciso evidentemente carregar as cores, acentuar o traço e vincar os contornos deste quadro, e Orwell fá-lo usando-se a si mesmo como exemplo do que queria demonstrar. Não há dúvida de que a experiência não foi agradável para o Eric de 8 anos, como não seria para qualquer outra criança, e o facto de estar a frequentar o colégio como bolseiro (pagando apenas metade das propinas, porque dele se esperava uma boa classificação que faria publicidade à escola) muito contribuiu para a sensação de ser discriminado relativamente aos colegas mais ricos.

É um dos primeiros momentos em que Orwell se sente deslocado, separado do resto da comunidade dos seus pares, do lado de fora de um centro cujo controle lhe escapa e ao qual, aparentemente, não pode aceder. Mais momentos haverá em que sentirá o mesmo, e em que utilizará produtivamente esse descentramento. A frequência de St. Cyprian's deu-lhe, antes de mais, a noção da injustiça a que os mais fracos estão muitas vezes sujeitos, uma clara compreensão dos matizes sociais e económicos existentes no interior da classe alta inglesa, e a noção de que neste meio hostil podia pelo menos assumir um papel que lhe assentava como uma luva: o de rebelde.

Orwell, o rebelde, é, com efeito, uma das imagens mais persistentes do autor e, convenhamos, uma das que mais fundamento têm na sua escrita. Foi uma imagem que o próprio autor cultivou e, portanto, autorizou de si próprio, que muitos dos seus amigos mais íntimos propagaram em estudos literários ou em livros de memórias[11], e que este estudo subscreve também em muitos pontos. Mas não esqueçamos de que, enquanto autoimagem ou retrato que outros dele fizeram, esta figura é ainda uma *construção* (e eu arriscaria dizer, deliberada) por parte do próprio, e assumida, explicitamente ou não, por muitos dos seus simpatizantes. Não quero com isto dizer que seja uma imagem falsa ou abusiva de Orwell, mas, simplesmente, que é apenas uma de entre as várias máscaras literárias e políticas que utilizou, não para esconder o que era, mas para se *transformar* no que queria ser. Muitas outras surgirão ao longo deste estudo, que oferecerá, assim, uma imagem refratada do autor, não tendo pretensões de chegar à essência (e que é isso?) do sujeito, nem de ter acesso à intimidade da sua consciência.

Esse Orwell rebelde começou aqui, em St. Cyprian's, com um inconformismo ainda incipiente (não esperemos demais de uma criança presa num universo de adultos que lhe parecem todo-poderosos) e que terá continuação na fase seguinte, em Eton, depois de ter obtido a tão almejada classificação que lhe permitiu candidatar-se. «Tive a sorte de ganhar uma bolsa, mas não me esforcei muito e pouco lá aprendi, e não considero Eton como uma grande experiência formativa na minha vida» (*CW*, vol. xii: 147), deixou ele escrito acerca dos quatro anos — 1917 a 1921 — que lá passou.

Orwell distancia-se assim da opinião geral da classe alta britânica que frequentou esta e outras «public schools» e que para o resto da vida olhou com nostalgia a experiência do internato. No imaginário desta classe (e não só dela, porque as outras muitas vezes interiorizam os mitos que a elite produz), a educação numa «public school» (que, é bom de ver,

---

[11] Dou alguns exemplos: Arthur Koestler, «A Rebel's Progress» e Cyril Connolly, *Enemies of Promise*.

é o oposto de uma escola «pública») constituía de imediato a marca de um *gentleman*, aquilo que o distinguia de outras classes menos privilegiadas e automaticamente lhe conferia um estatuto e um poder superiores. Muitos dos antigos alunos continuavam (e continuam) a usar pela vida fora «the old school tie», a gravata que faz parte do uniforme da escola e a torna imediatamente identificável, e a expressão foi adquirindo um sentido mais lato e muito significativo no nosso contexto. «The old school tie» entende-se como a pertença a uma espécie de clube ou fraternidade restrita e exclusiva, que faculta aos membros o acesso a uma rede de contactos e favores de que podem usufruir daí em diante, em toda a sua vida pessoal e profissional[12].

O autor minimizou sempre esta fase da sua vida, escondendo até por vezes dos amigos, com uma espécie de snobismo invertido, a sua estadia em Eton. Isto é, recusou-se sempre a «usar a gravata» que automaticamente o integraria numa classe a cujos valores se opunha ideologicamente. Talvez por este motivo não nos tenha deixado um relato tão extenso da sua vida em Eton como o que temos sobre St. Cyprian's. As páginas que lhe dedica em O *Caminho para Wigan Pier* acentuam o mesmo carácter elitista e snobe que já encontrara na «prep school» e situam-se na mesma linha de argumentação sobre a necessidade de democratização do ensino. Mas noutros escritos, Orwell refere também o espírito de tolerância e de aceitação do diferente que encontrou em Eton, bem como o ambiente «civilizado» que aí se vivia, em que a excentricidade era aceite como natural e a individualidade de cada um tinha espaço para se manifestar e desenvolver[13].

---

[12] O equivalente às «cunhas» portuguesas, que conseguem «jobs for the boys».

[13] É o que o autor afirma numa recensão crítica de uma obra sobre a história de Eton (*CW*, vol. XIX: 412).

Eton era, com efeito, a mais prestigiada de todas as «public schools» e podia, portanto, dar-se ao luxo de deixar os alunos relativamente entregues a si próprios para explorarem os seus interesses particulares a nível académico, social ou desportivo. Orwell, o rebelde, deu-se bem neste ambiente. A rebeldia e o que alguns colegas de escola virão a assinalar como a sua ironia mordaz e os ataques sardónicos a todas as formas e figuras de autoridade, longe de serem castigados como em St. Cyprian's, eram agora olhados com uma tolerância divertida por essas mesmas figuras de autoridade e, tal como Orwell depressa descobriu, eram também dotes sociais que lhe conquistavam amigos e até admiradores!

Um colega, Denis King-Farlow, lembra-se de o ouvir dizer que «a mãe era uma pessoa frívola que não se interessava por nenhuma das coisas pelas quais uma pessoa se devia interessar e que o pai, aparentemente, não se interessava por coisíssima nenhuma.» Ainda mais chocantes para o jovem King-Farlow (mas também motivo de incondicional admiração) eram «as opiniões que despreocupadamente arejava em público sobre a aparência e a figura dos pais dos outros rapazes que frequentavam a escola» (citado por Crick: 49). Traço típico do adolescente, esta pose de superioridade, tédio e troça dos mais velhos, que todos imediatamente reconhecemos como tal, e que não valeria grandes comentários não fossem algumas questões importantes que levanta. Sem se dar conta, Orwell, o rebelde, estava em risco de se transformar num tipo social e psicológico bem conhecido: o «menino bem» da classe alta britânica, altivo e sobranceiro, cínico e trocista, desdenhando de tudo e de todos, até da situação de privilégio em que se encontra, mas da qual não tem a mínima intenção de prescindir. Isto mesmo é reconhecido pelo Orwell adulto de *O Caminho para Wigan Pier* nos comentários que faz da sua adolescência:

Nessa altura, todos nos víamos como seres iluminados de uma nova era, livres da ortodoxia que nos fora imposta pelos odiados «velhos». Conservávamos no essencial a perspetiva snobe da nossa classe, partindo do princípio que os nossos rendimentos se manteriam ou que acabaríamos por arranjar um emprego fácil, mas também nos parecia natural «ser do contra». Zombávamos do Officer Training Corps[14], da religião cristã, mesmo do desporto obrigatório e da família real, sem nos darmos conta de que fazíamos parte de um movimento mundial de revolta contra a guerra. (*RWP*: 129-130)

A guerra — a Primeira Grande Guerra — tem em tudo isto um papel fundamental, e aquilo a que Orwell indiretamente alude é a grande crise civilizacional que culminou nesse conflito. À euforia oitocentista das conquistas do progresso e dos benefícios do desenvolvimento tecnológico sobreveio, com a catástrofe da Grande Guerra, um fundo sentimento de revolta, de desilusão e de descrença nos valores estabelecidos e nas figuras de autoridade que os tinham exaltado e eram agora responsáveis pelo desabar de toda uma civilização. Esta crise existencial perpassou toda a sociedade e sentiu-se mesmo em bolsas de privilégio como as «public schools». Os escritores modernistas deram-lhe forma literária, subvertendo a forma realista e questionando os pressupostos que lhe subjazem, escrevendo sobre a solidão essencial do indivíduo, a fragmentação do real em bocados desconexos, descrevendo a história como um pesadelo e a realidade como um caos sem sentido, que o indivíduo é impotente para compreender e modificar.

---

[14] O Officer Training Corps, como o nome indica, destinava-se a formar o quadro de oficiais do exército, e operava nas «public schools» e nas universidades de prestígio, como forma de preparação e recrutamento dos alunos para uma futura carreira nas forças armadas.

O etoniano da altura reagiu (ainda que de forma meramente inconsequente) à emergência da modernidade; o Orwell adulto entenderá melhor, por esse facto, a cosmovisão modernista e será um dos primeiros a elogiar, por exemplo, a obra de um James Joyce e de um Henry Miller, recusando-se a condená-los sem apelo nem agravo pelo seu pessimismo em relação à condição do indivíduo e à evolução da história. Ele próprio escolherá outra forma de ver o mundo e de nele intervir, mas os ecos da crise que se fizeram sentir em Eton tornaram-no mais apto do que muitos dos seus contemporâneos a entender o niilismo existencial da geração de 20, em relação à qual sentiu sempre algumas linhas de continuidade. Enriqueceu-se intelectual e emocionalmente e tornou-se numa figura mais complexa, ele que, ao contrário dos seus antecessores imediatos, valorizou sempre a função social, histórica e política da literatura.

Afinal, nesses quatro anos em Eton, Orwell sempre aprendeu alguma coisa. E aproveitou também para ler — devorar — tudo o que lhe vinha às mãos. O gosto pela leitura, a que teve tempo e oportunidade para se dedicar em Eton, acompanhá-lo-á pela vida fora, dando-lhe uma sólida bagagem cultural e literária que, sem exibicionismos de erudição, é sempre percetível na sua obra.

E que mais? Nada que seja essencial ao futuro escritor, na nossa perspetiva. Ao fim de quatro anos, Orwell devia estar preparado para seguir o caminho normal da sua classe e continuar os estudos em Oxford ou Cambridge. Não o fez, e em vez disso resolveu regressar à Índia onde tinha nascido. Na ausência de informação clara e certa sobre as razões desta decisão, resta-nos assinalar em que medida este caminho o afasta da norma, por um lado, mas o insere na tradição familiar do funcionalismo colonial, por outro. Não tendo possibilidades económicas de frequentar a universidade sem uma bolsa, e com poucas expectativas de conseguir a classificação necessária[15], a administração colonial era uma das poucas alternativas que se lhe colocavam, como acontecera ao pai e ao avô. Mas não era a única, e permanecerá como mistério a razão desta opção específica pela Indian Imperial Police, que surpreendeu amigos e familiares, que dele esperavam mais e melhor.

É difícil perceber se estamos perante o filho cordato, que resignadamente aceita seguir a tradição familiar, ou o Orwell rebelde, que frustra as expectativas que nele se depositam, rejeita a educação da sua classe e decide deixar tudo para trás e partir à aventura. Neste momento, parece-me que os dois pratos se equilibram na balança. A experiência seguinte do colonialismo, um encontro com o que, para ele, não era o desconhecido absoluto, mas se veio a revelar muito inesperado e surpreendente, afastá-lo-á de vez da sua classe de origem.

1.2. «Cinco anos de tédio ao som das cornetas»[16]

Não nos alongaremos muito nesta segunda secção do capítulo, uma vez que iremos dedicar mais adiante um espaço alargado a «Orwell e o Imperialismo». Ainda assim, e para seguir a cronologia e criar o pano de fundo no qual se desenrolará a história das relações do Orwell escritor com o Império, passemos em revista os factos que se conhecem desta incongruente figura, Orwell, o polícia imperial, e

---

[15] Bem dizia Orwell que não se tinha esforçado muito em Eton: ficou em 138.º lugar num total de 167 alunos, o que o excluía de qualquer bolsa futura.
[16] A expressão é retirada do ensaio «Um, Dois, Esquerda ou Direita» («My Country Right or Left», CW, vol. xii: 272).

tomemos nota das muitas incógnitas que permanecem acerca desses cinco anos de tédio que na Índia passou, como ele diz, ao som das cornetas militares.

O jovem que ingressou na Police Training School em Mandalay, em outubro de 1922, é perfeitamente reconhecível como um membro da classe alta britânica. Na fotografia em que posou para a posteridade, juntamente com os outros cadetes, Blair surge-nos como um militar alto, elegante, garboso, que em nada se distingue do estereótipo do *young gentleman* inglês. E tanto quanto sabemos, Eric Blair assim foi aceite pelos seus pares, que, quando muito, o acharam mais intelectual e introvertido do que era normal num ex-aluno de uma «public school», instituição que pretendia formar acima de tudo homens de ação, bons desportistas e pessoas aptas a funcionar na alta sociedade. Mais dado à leitura do que à atividade física e mais propenso a isolar-se no quarto do que a frequentar clubes, Eric Blair ainda assim não destoou significativamente da maioria, e não sabemos exatamente quando e como teve início a sua revolta interior em relação ao sistema colonial, de que os seus contemporâneos na Índia nunca se aperceberam.

A verdade é que, ao longo desses cinco anos de serviço na Imperial Police, que o levaram de posto em posto e lhe deram a conhecer as várias facetas da profissão[17], o jovem Blair descobriu a desumanidade e a injustiça do imperialismo, acabando por encarar o sistema com um ódio visceral que, como ele diz em *O Caminho para Wigan Pier*, é difícil de explicar a quem não o conheceu por dentro:

---

[17] Foi encarregado da segurança de uma refinaria petrolífera, exerceu funções administrativas no Quartel General, organizou patrulhas e escoltas de prisioneiros, inspecionou esquadras de polícia e um sem número de outras tarefas.

Para se odiar o imperialismo, é preciso fazer parte dele.
Visto de fora, o domínio britânico na Índia parece — e de facto
é — benevolente e até necessário. [...] Mas não se pode fazer
parte do sistema sem se reconhecer que é uma tirania injustificável. Até o anglo-indiano mais insensível tem a noção disso.
(*RWP*: 134)

Mas eu era membro da polícia, o que significa que fazia
parte integrante da máquina despótica. Além disso, na polícia,
vê-se de perto o trabalho sujo do Império, e vai uma grande
distância entre fazer o trabalho sujo e simplesmente aproveitarmo-nos dele. (*RWP*: 136)

É interessante notar que pela primeira vez esta figura
passa de vítima a opressor, de indivíduo impotente a dominador poderoso. A criança que encontrámos em «Ah, Ledos,
Ledos Dias», vítima também ela de uma opressão totalitária, transforma-se, neste contexto, na figura de autoridade
que inflige castigos desumanos aos outros. Esta inversão de
papéis muito terá contribuído para a sensação de culpa a que
Orwell se refere acima e para a sua identificação com a figura
do colonizado no momento em que se vê a desempenhar
a função de colonizador. Arrisquemos uma especulação:
terá este facto surgido ao jovem Eric como uma inesperada
e — por paradoxal que isso pareça — indesejada reviravolta relativamente à sua experiência anterior, ou será que
só o escritor, mais tarde, se deu conta da ironia da situação?
Impossível dizer.

Seja como for, o contexto histórico em que tudo isto
decorre é também ele significativo. Na verdade, Eric Blair
encontrou a Birmânia num momento particularmente complicado da história da província, que tinha sido anexada ao
Império Britânico em 1886. Com efeito, na Índia começavam

a soprar os ventos nacionalistas que, na década seguinte, levariam às manifestações de desobediência civil e de revolta generalizada lideradas por Gandhi. Estrategicamente, o governo inglês da altura começara a fazer algumas concessões ao movimento pró-independência. O Government of India Act de 1919 criara um parlamento com duas câmaras (numa das quais tinham assento deputados indianos, que assim participavam na governação) e alargara o direito de voto a 5 milhões de indianos, autorizando-os também a aceder aos postos mais altos do funcionalismo colonial. Mas a Birmânia tinha sido excluída destas tentativas reformistas (que, de qualquer modo, apenas adiaram uma crise inevitável) e a situação que Eric Blair aí encontrou era de descontentamento geral perante a intransigência do poder colonial e de indignação perante a discriminação de que a Birmânia sofria em relação ao resto do subcontinente indiano.

A causa nacionalista era liderada pelos monges budistas, que tinham decretado um boicote aos bens e produtos ingleses e que encorajavam e protagonizavam eles próprios atos de desobediência civil e de antagonismo contra tudo o que representava a autoridade colonial. A injúria, o insulto e a agressão verbal eram as armas normalmente utilizadas, na ausência e em detrimento de outras que teriam resultados imediatamente mais puníveis por lei.

Orwell falar-nos-á do ambiente que aí viveu num dos seus ensaios mais conhecidos, «Matar um Elefante»:

> Em Moulmein, no Sul da Birmânia, eu era odiado por muita gente — a única vez na vida em que fui suficientemente importante para tal me acontecer. Era subinspetor de polícia na cidade e, embora se manifestando de uma forma inconsequente e mesquinha, o sentimento antieuropeu era muito forte. Ninguém tinha coragem de organizar uma sublevação, mas se

uma mulher europeia andasse pelos *bazaars* sozinha, alguém de certeza lhe ia cuspir sumo de bétele para cima do vestido. Sendo polícia, eu era um dos alvos preferidos das provocações, sempre que isso pudesse ser feito com impunidade. (*CW*, vol. x: 501)

É neste ambiente de hostilidade constante, qual barril de pólvora prestes a explodir, que o jovem Blair tem o seu primeiro contacto com o colonialismo, e as reações ambivalentes que a situação lhe provocará constituirão matéria que irá discutir no ensaio citado e num outro, igualmente famoso, «Um Enforcamento». Deles nos ocuparemos a seu tempo, quando George Orwell, já com o distanciamento de alguns anos e com a maturidade ideológica e política que foi adquirindo, vier a olhar para Eric Blair com uma perspetiva crítica. Notemos apenas que as circunstâncias com que Blair se deparou — a situação de efervescência na Birmânia, o seu estatuto de membro da potência ocupante e a progressiva descrença no sistema de que fazia parte — se conjugaram para o colocar numa posição complexa e delicada, difícil de gerir em termos pessoais por um jovem inexperiente e recém--chegado da metrópole. O conflito interior que daí adveio contribuiu sem dúvida para acentuar e acelerar o processo de consciencialização por que passou e para lhe suscitar esse ódio que sentiu para o resto da vida.

Mais tarde, Orwell terá uma clara noção de ter sido projetado para o centro de um conflito histórico entre colonizador e colonizado. O Eric Blair da altura, apesar do sentimento de culpa que experimentava, viveu também o quotidiano de um militar inglês na Índia: jantou todos os dias, vestido a preceito, na messe dos oficiais; caçou tigres; frequentou os bordéis; maltratou a pontapé os criados incompetentes; e sentiu a solidão e o isolamento dos postos mais distantes em que foi temporariamente colocado. E também, segundo referem os biógrafos, aprendeu com facilidade as várias línguas do país (ao contrário da avó), interessou-se pela cultura birmanesa, discutiu religião com monges budistas, deixou-se fascinar pela luxuriante selva tropical e ocupou as horas de lazer lendo tudo o que as livrarias e a biblioteca de Rangoon lhe podiam oferecer.

Isto é, à superfície e na aparência, Eric Blair seguiu o código de conduta do «pukka sahib»[18], afastando-se dele apenas o suficiente para que alguns o considerassem um pouco excêntrico, mas não pondo nunca em causa o seu papel público de membro da potência colonial. Orwell, o rebelde, ficou temporariamente no limbo, e se, a avaliar pelo que nos diz em vários textos, foi progressivamente descobrindo a verdadeira natureza do imperialismo de que era cúmplice, só exteriorizou essa rebeldia mais tarde através da escrita.

Em julho de 1927, Blair regressa a Inglaterra. Tem direito a cinco meses de licença, depois dos cinco anos passados em serviço. Pouco tempo depois, demite-se do posto, sem alegar oficialmente qualquer razão para tão radical e inesperada decisão. Em 1940, numa nota biográfica que lhe foi pedida para integrar um volume sobre *Twentieth Century Authors*, a explicação que dá é a seguinte:

---

[18] «Pukka sahib» é o termo indiano com que os europeus eram respeitosamente tratados, e por esta razão foi adotado pelos ingleses, nomeadamente na designação do código de conduta que qualquer inglês devia seguir na Índia. As regras implicavam um comportamento irrepreensível a nível social e moral, a solidariedade total em relação à comunidade inglesa, uma distância bem vincada em relação aos indianos, e o que poderíamos designar como a exibição do inglês como herói, nunca devendo este demonstrar fraqueza, medo ou hesitação perante os indianos.

Demiti-me em parte porque o clima me estava a dar cabo da saúde, em parte porque já tinha um vago projeto de me dedicar à escrita, mas acima de tudo porque não podia continuar a servir um imperialismo que cada vez mais me parecia ser um embuste e uma extorsão. (CW, vol. xii: 147)

Não há dúvida de que nesta definição da natureza do Império estão em perfeita sintonia o Eric Blair da altura e o George Orwell futuro. A decisão não foi certamente fácil de tomar e a ela reagiram com surpresa e desagrado os pais, que assim viam frustrados os seus esforços para conseguirem uma boa carreira para o filho. Com feito, só razões de muito peso levariam um jovem de 24 anos a prescindir de um futuro que a sua classe e família consideravam como promissor e a colocar-se voluntariamente na incómoda situação de um desempregado que tem apenas um sonho ténue e muito pouco fundamentado de fazer carreira como escritor.

Mas é neste momento que Eric Blair se começa a afastar do percurso que dele se esperava, e esta decisão constituiu o primeiro passo de um futuro que ninguém lhe augurava. O que presenciou em primeira mão sobre o funcionamento de um governo colonial transformá-lo-á num anti-imperialista convicto para o resto da vida e ajudá-lo-á a compreender melhor a natureza do autoritarismo e a imaginar os cenários totalitários das suas últimas obras. A culpa que sentiu por ter sido conivente com a injustiça levou-o a procurar, no regresso, as vítimas que o Império Britânico também fazia mais perto de casa.

1.3. «Um enorme fardo de culpa»[19]

No regresso da Índia, Eric Blair não foi recebido, como facilmente se imagina, com as tradicionais honras do herói. À incompreensão da família relativamente a uma opção de vida tão pouco previsível como a da escrita juntou-se a necessidade urgente de saber como a concretizar e a preocupação financeira com a sua viabilidade. Foi certamente um período difícil para este jovem, que nunca escrevera mais do que alguns *vers d'occasion* e pequenos artigos publicados em revistas do colégio e que agora tinha de provar, a si mesmo, à família e ao mundo, que podia fazer carreira como escritor. Sem contactos no mundo literário e editorial, sem provas de um talento inato a explorar, sem saber exatamente como e sobre o que escrever, Eric Blair manteve-se ainda assim firme na sua decisão de tentar a sorte no mundo das letras. Sensatamente, fez o que tinha de ser feito: viveu frugalmente, arregaçou as mangas, meteu mãos à obra e começou de facto a *escrever*.

O passo inicial foi mudar-se para Londres, a grande cidade, o íman que atrai sempre qualquer aspirante a escritor pelas maiores oportunidades que oferece e pela diversidade de matéria-prima, digamos assim, que aí se encontra. Num pequeno apartamento que alugou por intervenção de uma amiga, Ruth Pitter, o som da máquina de escrever era constante. Lembra-se ela de um jovem em quem admirou a persistência e a tenacidade, mas também se recorda do estilo pretensioso e desajeitado, cheio de lugares-comuns e de erros de ortografia, dessas primeiras histórias que Blair lhe deu a ler, e que muito a fizeram rir (citado por Crick: 106–107).

---

[19] A expressão «an immense weight of guilt»/«um enorme fardo de culpa» foi retirada de *RWP*: 138.

Menciono este episódio não só como curiosidade biográfica mas também porque ele nos mostra bem como Orwell trabalhou esforçadamente até ser o escritor que conhecemos. E porque nos revela como o seu estilo, que todos gabam pela clareza e transparência, não lhe saiu espontaneamente assim, límpido e escorreito, (enganadoramente), simples e direto. Como veremos adiante, a simplicidade da prosa, a lucidez do pensamento e a informalidade da expressão são fruto de uma opção que é tão literária como política e ideológica, parte integrante do seu plano de renovação da Inglaterra, que para ele devia passar também incondicionalmente pela revitalização da língua. O Blair da altura estava ainda longe da figura que irá refletir na linguagem em ensaios como «A Política e a Língua Inglesa», e não tinha ainda na época encontrado a sua voz e forjado o seu estilo próprio, que, como dirá mais tarde em «Porque Escrevo», fez questão de depurar e aperfeiçoar.

Neste momento, aprender com a prática parece ter sido o seu propósito fundamental, bem como a procura de temas que o inspirassem na escrita. Esta última deve ter sido uma das principais razões para o início de uma curiosa experiência de associação com vagabundos e marginais de que nos dará conta na segunda parte de *Na Penúria em Paris e em Londres*, primeira obra que publicou, e que também mencionará mais tarde nessa secção autobiográfica de *O Caminho para Wigan Pier*, que já citámos várias vezes. Voltemos a ela para entender as várias vertentes dessa ligação com a pobreza, na sua forma extrema, que atraiu o jovem Blair neste momento inicial da carreira e o levou a disfarçar-se de pedinte e a conviver durante dias ou semanas com os sem-abrigo. Diz ele a propósito do seu estado de espírito quando regressou da Birmânia:

> Durante cinco anos, eu fora parte ativa num sistema opressor, o que me deixara um grande peso na consciência. [...] Tinha a sensação de carregar um enorme fardo de culpa que precisava de expiar. Pode parecer exagero, mas quem exerce um cargo de que radicalmente discorda durante cinco anos sente-se sempre assim. Reduzira tudo a uma teoria muito simples: os oprimidos têm sempre razão, e os opressores estão sempre errados. Ideia incorreta, mas resultado natural de se fazer parte da opressão. Sentia que tinha de fugir não só ao imperialismo, mas a qualquer forma de domínio do homem sobre o homem. Queria afundar-me, descer às profundezas, misturar-me com os oprimidos, ser um deles e estar do seu lado contra os tiranos. *(RWP: 138)*

> Quando pensava na pobreza, imaginava-a em termos da fome mais brutal. Assim, virava-me para os casos mais extremos, aqueles que a sociedade rejeitara — vagabundos, pedintes, criminosos e prostitutas —, «os mais baixos entre os mais baixos», e por isso era a eles que me queria associar. *(RWP: 139)*

Lavar a alma da «culpa imperial»; redimir-se da sua cumplicidade com um sistema que lhe exigira o papel de opressor; conhecer as outras vítimas do sistema; colocar-se ao lado daqueles que a sociedade rejeitou; ser, também ele, uma das vítimas, como forma de expiação pela sua conivência no império. É nestes termos, em parte psicológicos e em parte morais, que o Orwell de *O Caminho para Wigan Pier* justifica essa sua transformação em vagabundo e o assumir do papel de indigente e marginal por parte do jovem Eric Blair. Transformação essa que Blair levou muito a sério, porque, como contam os amigos em casa de quem mudava de fato, o uniforme de pedinte era composto com rigor e exatidão, e o Blair que de lá saía vestido de mendigo era quase irreconhecível como o Blair de classe média que lá entrara. Até a pronúncia tentou alterar, mas como não conseguia disfarçar completamente o seu modo de falar, que de imediato traía a sua origem de classe alta ou média-alta, depressa desistiu, fazendo-se passar por alguém que tinha tido azar na vida e se encontrava agora reduzido à miséria.

Temos de fazer neste momento uma breve digressão para explicar que esta ideia de ir conhecer a pobreza através do contacto direto com os que a vivem no quotidiano não era original, e Orwell não foi o primeiro a aventurar-se nesse submundo estranho e misterioso, ignorado pela maioria dos que pertencem às classes mais favorecidas. Antes dele, e desde a época vitoriana, muitos outros tinham feito o mesmo, nomeadamente o escritor americano Jack London, mais conhecido pelos seus livros de aventuras e que desde a infância era um dos autores favoritos do jovem Blair. A obra de Jack London, *O Povo do Abismo*, publicada em 1903, em que o autor descreve a pobreza da grande metrópole londrina de finais do século XIX, baseia-se na experiência pessoal de sete semanas passadas nos bairros de lata habitados por essa classe — o proletariado urbano — que a revolução industrial tinha recentemente criado. É indiscutível a influência de Jack London neste projeto de contacto direto com a pobreza, que fascina o Eric Blair em início de carreira e de que *Na Penúria em Paris e em Londres* terá ecos claros, bem como de obras como *The Autobiography of a Supertramp* (de 1908), de W. H. Davis, poeta e vagabundo profissional, que virá a publicar uma elogiosa recensão da primeira obra de George Orwell.

No final do século XIX, início do XX, havia, assim, um claro interesse pela terrível situação em que vivia um cada vez maior número de pessoas, sobretudo nos meios urbanos e industriais. Se quisermos alargar ainda mais a tradição literária em que Eric Blair se insere ao tentar investigar a situação dos mais desfavorecidos, podemos remontar ainda ao subgénero do romance industrial, que de meados do século XIX em diante colocou a miséria resultante da industrialização como centro temático do romance. Charles Dickens, Elizabeth Gaskell, Charles Kingsley e Arnold Bennett são alguns dos romancistas cujas preocupações sociais mostraram ao grande público as condições de vida dos operários fabris, dos desempregados e dos indigentes, as vítimas da nova ordem económica e social capitalista a que a Revolução Industrial dera origem.

Uma realidade nova e inédita que era preciso mostrar a todos os que dela beneficiavam, mas que a mantinham convenientemente longe, de preferência contida em bairros separados, longe da vista e da compreensão da classe média. A distância social e económica, sobretudo no caso de Londres, traduzia-se numa literal distância física e geográfica: o West End burguês e aristocrata demarcou-se do East End operário e miserável, dois mundos longínquos que mal se conheciam um ao outro e cujos habitantes se olhavam mutuamente com incompreensão, desconfiança e hostilidade. É o universo de muitas das histórias de Sherlock Holmes, essa figura que é a única a aventurar-se pelas ruelas esconsas e violentas e os antros de ópio do East End, de onde emerge são e salvo, confiante na razão e na lógica que lhe permitirão repor a ordem quebrada pelo ato criminoso e assim sossegar o mundo burguês e devolver-lhe a tranquilidade temporariamente perdida.

Não por acaso, é neste momento que surge a figura do detetive, um arrojado explorador da *Terra Incognita* em que habita um Outro supostamente hostil e perigoso, essa «darkest London» do título de uma obra de Charles Booth, investigador social do submundo londrino, que nos remete para a famosa obra do herói da exploração do continente africano, Henry Morton Stanley, autor de *In Darkest Africa*. Tal como Booth, outros procuraram conhecer, em termos sociológicos e científicos, este novo mundo «primitivo» que a civilização tinha construído no seu seio, dando origem a uma forma de escrita que ficou conhecida como «The Condition of England». C. F. G. Masterman, Henry Mayhew e o Engels de *A Condição da Classe Trabalhadora em Inglaterra* estudaram esta nova realidade, no que veio a constituir o início da sociologia e serviu de base a Marx para a conceção da sua revolucionária teoria social e económica.

Que tem isto que ver com o Eric Blair que, em 1927, se mascara de vagabundo e se aventura no mundo ignorado da pobreza? Muito, porque, tal como os seus antecessores, Blair parte à procura de um país que desconhece, desse outro lado do espelho ou imagem invertida do mundo respeitável em que vive, e a sensação que experimenta é igualmente de receio e insegurança:

> Parece ridículo, mas a verdade é que eu tinha medo da classe trabalhadora. Queria ligar-me a eles, queria até tornar-me num deles, mas ainda os considerava como seres alienígenas e perigosos; entrar pela porta do asilo surgia-me como uma descida a um subterrâneo assustador — um esgoto infestado de ratos, por exemplo. Entrei contando com uma briga. De certeza que iam perceber que eu não era um deles e concluiriam que estava ali para os espiar, e, portanto, atacar-me-iam e expulsar-me-
> -iam de lá — era o que eu imaginava. (*RWP*: 141)

Surpreendentemente, é bem recebido, e a chávena de chá que lhe oferecem neste seu primeiro contacto simboliza a sua aceitação por esse outro mundo que o levará a querer repetir a experiência. Nos cinco anos seguintes, muitas serão as ocasiões em que deixa o mundo da respeitabilidade burguesa e passa dias ou semanas com os vagabundos londrinos ou com trabalhadores migrantes na apanha do lúpulo.

Na secção seguinte, faremos uma avaliação mais aprofundada do que esta experiência lhe trouxe enquanto indivíduo e escritor, depois de analisada a obra em que relatou estas expedições e que rapidamente lhe trouxe a fama de especialista na geografia da pobreza. Uma outra *persona* de Orwell se criaria também com base nela — a do defensor dos mais fracos, o porta-voz daqueles que a sociedade marginaliza e mantém no silêncio, uma figura que soa um alerta moral sobre as injustiças sociais com que todos pactuamos.

Mas retomemos o percurso biográfico: interessantes como descoberta de um outro mundo e importantes como expiação da culpa imperial, estas experiências no plano literário não lhe devem ter parecido muito produtivas no imediato, porque não tentou publicar nada do que escreveu nos primeiros meses após o regresso da Birmânia. E provavelmente achou que uma mudança de ares lhe seria favorável, pois na primavera de 1928 vamos encontrá-lo em Paris, alojado numa pensão barata do Quartier Latin, sem qualquer profissão ou atividade específica, a não ser vaguear pela cidade e, presumivelmente, continuar a praticar a escrita.

A escolha de Paris deveu-se a vários fatores: por um lado, a vida aí era mais barata do que em Londres, fazendo assim esticar as economias de que dispunha; por outro, Blair tinha lá uma tia, irmã da mãe e a boémia da família, figura com vagos talentos e pretensões artísticas. Nellie Limouzin vivia com um francês, Eugène Adam, igualmente excêntrico, ex-anarquista e ex-membro do Partido Comunista, e um incondicional crente no Esperanto, essa língua criada artificialmente com o intuito de vir a ser um meio de comunicação universal e assim promover a interligação e a harmonia entre os povos. Contam os biógrafos que Orwell se sentiu bem neste ambiente, tão diferente do lar convencional de que saíra, e que muita política discutiu com Adam — e certamente também questões sobre a linguagem, que mais tarde explorará em vários ensaios e lhe foram certamente úteis para a conceção de uma outra língua artificialmente criada, o «newspeak» ou «novafala» de *Mil Novecentos e Oitenta e Quatro*.

Mas a decisão de ir morar em Paris radica também numa outra ordem de razões: desde o final da Primeira Grande Guerra que Paris era percecionada como o grande centro literário e artístico do mundo ocidental. Para lá convergiram quase todos os grandes escritores da época, como James Joyce, Ezra Pound, Samuel Beckett, Ernest Hemingway, F. Scott Fitzgerald, Henry Miller e tantos outros que se reuniam em casa de Gertrude Stein, numa espécie de salão literário e artístico de onde saíram algumas das linhas de orientação fundamentais do Modernismo e dos vários movimentos *avant garde* da época. Paris, com a sua vida boémia, a tolerância perante a excentricidade, o culto da figura do artista, os espetáculos, as exposições de arte, as tertúlias nos cafés do Quartier Latin e do Boulevard St. Germain, enfim, com tudo o que constitui uma vida cultural efervescente e cosmopolita, oferecia oportunidades únicas aos que pretendiam fazer nome no mundo da arte e da literatura, e figurava no imaginário da época como o ambiente ideal para o artista em potência explorar os seus dotes, discutir ideias e concretizar projetos.

Eric Blair chega lá um pouco tardiamente, já depois do momento áureo da Paris modernista, e nunca procurará integrar-se em qualquer *côterie* literária ou grupo artístico. Facto à primeira vista estranho para quem ali chega com o sonho de vir a ser escritor, mas compreensível se pensarmos que ele e a sua geração terão preocupações e conceitos de arte bem diferentes do Modernismo. O apelo da Paris artística e vanguardista era ainda suficientemente forte para atrair o jovem Blair, que mais tarde recordará numa carta a excitação que sentiu ao vislumbrar James Joyce num café parisiense[20]. Mas o vislumbre, literal e simbólico, deste mundo dos grandes escritores modernistas e da Paris do pós-guerra parece ter sido suficiente para Eric Blair, que aí reencena quando muito o mito do artista boémio, mas com a clara consciência de que este pertence a um passado a que já não tem acesso. O seu futuro como escritor será claramente outro, e o que retirará da experiência em Paris releva mais do contacto com a pobreza que aí experimentou do que da *vie bohéme* que não se lhe ofereceu ter.

Em *Na Penúria em Paris e em Londres*, o narrador conta-nos, efetivamente, que a certa altura lhe roubaram as poucas economias de que dispunha e que se viu obrigado a procurar emprego, tendo apenas conseguido um trabalho duro e mal pago a lavar pratos na cozinha de um hotel elegante da cidade. Os biógrafos de Orwell, com toda a razão, questionam a veracidade de tal explicação: afinal, Eric Blair até tinha meios para subsistir em Paris sem ter de se empregar, e a tia ou os próprios pais certamente o ajudariam financeiramente a regressar a Inglaterra se houvesse necessidade disso. E a verdade é que Blair tinha já ganhado algum dinheiro dando lições particulares de inglês e não lhe seria difícil fazer uns tostões como guia turístico ou tradutor ocasional.

Parece claro que o narrador de *Na Penúria em Paris e em Londres* se distancia da figura real e histórica para determinados efeitos, e que a razão principal que levou Eric Blair a trabalhar 13 horas por dia como *plongeur*, com um salário

---

[20] A carta dirigida a Celia Kirwan em que Orwell recorda esse momento encontra-se em *CW*, vol. xix: 257–258.

miserável e em condições degradantes, foi a mesma que o levou a associar-se aos vagabundos londrinos — a procura do conhecimento sobre o lumpemproletariado, sobre todos aqueles que a sociedade condena à miséria e explora impiedosamente.

Eric Blair regressou a Londres por alturas do Natal de 1929. Para trás, ficam alguns meses que alargaram e consolidaram a sua visão sobre uma classe social que o tinha fascinado desde o regresso da Birmânia, pelo que ela simbolizava da injustiça de um sistema que vitimiza alguns dos seus membros e os relega para as margens sociais e conceptuais do resto da comunidade. Em Paris, consegue pela primeira vez publicar alguns artigos, cujo tema bem demonstra o rumo que irá tomar de futuro: «La Censure en Angleterre», que saiu na revista *Monde* em 1928, e «A Farthing Newspaper», publicado numa outra, a *G. K's Weekly*, dão início à vertente política da sua escrita. A vertente social e documental sobre a pobreza estará presente como tema central da obra que neste momento começa a esboçar e que se virá a transformar, depois do regresso a Inglaterra, em *Na Penúria em Paris e em Londres*.

1.4. *Na Penúria em Paris e em Londres*

A gestação da primeira obra de Eric Blair foi algo atribulada. Do manuscrito original, intitulado *A Scullion's Diary*, não há registo, pensando-se ter sido destruído pelo autor. Uma segunda versão, *Days in London and Paris,* foi enviada por Blair à editora Jonathan Cape, que a recusou, argumentando ser o texto demasiado curto e fragmentado. Desiludido, o autor entregou o manuscrito a uma amiga, pedindo-lhe que o destruísse, instruções que felizmente não foram seguidas.

Mrs. Sinclair Fierz tomou a iniciativa de o mostrar àquele que viria a ser o agente literário de Orwell, Leonard Moore, que por sua vez o ofereceu à Faber & Faber em 1931. Mas mais uma vez, a decisão, curiosamente assinada por T. S. Eliot[21] (um dos editores da firma), foi negativa, e *Na Penúria em Paris e em Londres* acabaria por ser dado à estampa com um novo título, revisto e aumentado, apenas dois anos mais tarde, em 1933. Victor Gollancz, o editor que aceitou entusiasticamente a obra, exigiu bastantes alterações ao texto, sobretudo em termos de calão e de linguagem considerada obscena ou imprópria, que continha em abundância. Na sua inexperiência, o autor tinha também incluído os nomes verdadeiros dos hotéis onde trabalhara em Paris, que, por razões óbvias, não podiam ser referidos. Partindo do princípio de que Blair iniciou a escrita da obra quando voltou de França, com a memória do que tinha vivido ainda fresca, torna-se claro que o percurso do texto foi longo e penoso.

Nestes anos, entre o regresso a Inglaterra no Natal de 1929 e a publicação de *Na Penúria em Paris e em Londres* em 1933, Eric Blair subsiste ainda com as economias que tinha trazido da Birmânia, até que se vê obrigado a arranjar emprego numa escola para rapazes, The Hawthorns, e mais tarde noutra, o Frayes College, em Uxbridge. Seria irónico que Eric Blair se tivesse transformado num desses professores autoritários de «prep school» que ele tanto odiara em

---

[21] T. S. Eliot, que aqui surge com o seu «chapéu» de editor-livreiro, é uma das figuras de proa do Modernismo. Poeta, dramaturgo e teórico do movimento, o seu poema «The Waste Land/A Terra Devastada» foi um dos textos mais influentes de toda esta corrente literária. Como veremos adiante, não foi esta a única vez que Eliot recusou publicar uma obra de Orwell (veja-se o capítulo sobre *A Quinta dos Animais*). Apesar disso, e das profundas divergências político-ideológicas, os dois mantiveram relações de cordialidade e respeito mútuo até à morte de Orwell.

criança; mas não — as instituições em que lecionou eram externatos que se limitavam a completar a educação dos filhos da classe média-baixa, sem quaisquer pretensões a uma educação de elite, e, portanto, a escola não precisava de exercer sobre as crianças as terríveis pressões que o próprio Blair sofrera na infância.

Os antigos alunos lembram-se de que ele os tratava sem a habitual condescendência ou distância do professor tradicional, levando-os a passear pelo campo e ensinando-lhes factos curiosos sobre bichos e plantas, ou entusiasmando--os a aprender com jogos divertidos, por exemplo, pagando do seu bolso um prémio a quem detetasse os erros de ortografia na tabuleta da lavandaria da vila. Não há dúvida de que Blair aprendeu com o mau exemplo de St. Cyprian's e que procurou dar aos seus alunos uma educação menos opressiva do que a que ele próprio tinha recebido. Mas não tenhamos ilusões: também castigou à reguada os alunos faltosos, sem quaisquer problemas de consciência.

Blair imaginara que o ensino lhe iria deixar tempo livre para a escrita e durante o primeiro emprego utilizou as horas vagas para polir o manuscrito da obra que conhecemos como *Na Penúria em Paris e em Londres*. Na minha experiência docente, esta é uma das obras de Orwell que mais interesse suscita em quem a lê. Não é difícil perceber porquê: a primeira parte, passada em Paris, dá-nos uma visão boémia da pobreza e está repleta de personagens curiosas e excêntricas, com percursos de vida invulgares e aventureiros e com traços psicológicos ou sociais que as tornam memoráveis. Figuras como Boris, o refugiado russo reduzido à miséria, mas que mantém um inabalável otimismo e uma inquebrantável crença na fortuna que um dia lhe baterá à porta, ou Charlie, o filho de boas famílias que prefere viver com prostitutas, embebedar-se e declamar poesia nos *bistros* do

Quartier Latin, são personagens que emprestam à obra um exotismo que é tão apelativo para o narrador como para o/a leitor/a do texto, ambos estranhos naquelas partes, e que com curiosidade e tolerância se divertem a observar as cenas pitorescas do submundo parisiense.

Os primeiros capítulos do texto estabelecem de imediato uma cumplicidade entre narrador e leitor/a que se manterá ao longo da obra e é essencial para o seu funcionamento em muitos contextos. Vejamos o início do Capítulo II:

> A vida no bairro. O nosso *bistro*, por exemplo, no rés do chão do Hôtel des Trois Moineaux. Uma sala minúscula, com chão de tijoleira, meio subterrânea, mesas encharcadas de vinho e a fotografia de um funeral com a legenda «O fiado morreu»; e os operários, de faixa vermelha à cintura, que cortavam os salsichões com enormes navalhas; e a Madame F., esplêndida camponesa de Auvergne com cara de vaca teimosa, que bebia vinho de Málaga o dia inteiro «para o estômago»; e jogos de dados como *apéritifs*; e as cançonetas intituladas «Les fraises et les framboises» e outras sobre a Madelon, que dizia: «Comment épouser un soldat, moi qui aime tout le régiment?»; e cenas de amor desavergonhadamente públicas. Metade dos hóspedes do hotel encontrava-se no *bistro* todas as noites. Quem me dera que houvesse em Londres um *pub* com metade desta animação. *(DOPL: 6)*

Estes parágrafos iniciais não são um mau começo para a obra de estreia de um autor, revelando já um bom domínio de tom, ótica narrativa e capacidade de observação do detalhe simbólico e do pormenor significativo. O quadro que aqui se pinta sob o título «A vida no bairro» situa o leitor imediatamente num contexto estranho/estrangeiro, dado através de uma espécie de *travelling* cinematográfico, que vai revelando aos poucos e poucos os diversos elementos de uma cena típica de um outro mundo e de uma outra vida. A nossa perspetiva de leitores/as é a mesma do narrador: rimo-nos com ele da Madame F. e das suas tolas desculpas para as bebedeiras, olhamos com a mesma repulsa as mesas sujas, também queremos provar os salsichões, e hesitamos igualmente em ficar chocados com a lassidão dos costumes ou invejosos do despudor sexual daquelas gentes. Mas, chegados ao final do parágrafo, não temos dúvidas de que preferimos estar aqui, neste ambiente bem-disposto e despreocupado, do que na soturna e reservada terra de onde viemos. Ou seja, queremos, tal como o narrador, entrar neste quadro, conhecer por dentro as figuras que agora apenas vemos como tipos sociais ou estereótipos culturais, e acima de tudo gozar como elas as coisas boas da vida.

Este passo agarra sem dúvida o/a leitor/a, toma-o/a pela mão e condu-lo/a a um mundo que ele/a ao mesmo tempo conhece e desconhece: conhece porque a vida da Paris boémia é hoje (como já era na altura) um cliché perfeitamente reconhecível; desconhece-a, no entanto, como experiência direta (que sempre quis viver?), e é essa vivência quotidiana e concreta que o narrador vicariamente nos pode oferecer. E nós agradecemos, esperando, depois deste introito, uma agradável viagem à Paris dos anos 20 e a essa França romântica povoada de *bons vivants* do nosso imaginário coletivo.

Em suma, o início de *Na Penúria em Paris e em Londres* joga estrategicamente com as nossas expectativas sobre o que se vai seguir e só no Capítulo III começamos a dar conta de que a narrativa se encaminha noutras direções e que o narrador — e, portanto, também nós, leitores/as — terá contacto com o lado escuro de um quadro que até aqui tão colorido era. A situação do narrador, que de repente passa de mero observador da pobreza boémia a total indigente, porque, segundo nos conta, foi roubado e ficou apenas com uns tostões no bolso, altera significativamente os pressupostos iniciais do texto. Na perspetiva de ficar a breve trecho sem meios de subsistência, o narrador vê-se forçado a procurar emprego, coisa difícil de conseguir, como ele descobre, e que o deixa durante uns dias sem dinheiro sequer para comer. Assim, acaba o sonho e começa a dura realidade do que é ser pobre; e assim, *Na Penúria em Paris e em Londres* passa de mero retrato convencional da Paris exótica a investigação sociológica das causas e efeitos da pobreza.

Mas não nos adiantemos; paremos um pouco para pensar neste ponto de viragem da história e na miséria a que, segundo nos diz, o narrador se viu subitamente reduzido. Lembro rapidamente de que, em termos biográficos, Eric Blair estava em situação bem menos dramática do que este narrador, e que lhe bastava recorrer à tia ou aos pais para sair da penúria em que se encontrava[22]. Mas é evidente que a vida e a obra se afastam uma da outra para determinados efeitos literários e retóricos, e que o isolamento da figura tem de ser acentuado para que seja convincente e verosímil o retrato da miséria que nos dá.

Na Penúria em Paris e em Londres organiza-se em torno de um motivo estruturante: a situação de alguém que tem literalmente de sobreviver num mundo estranho e potencialmente hostil, sem qualquer ajuda ou apoio exteriores, completamente sozinho e entregue a si mesmo, confiando apenas nas suas capacidades e talentos para fazer frente à situação, consubstanciando assim uma experiência arquetípica com que todos nos identificamos. O narrador de

---

[22] Orwell contou anos mais tarde a um amigo que não tinha sido roubado por um outro hóspede, mas por uma prostituta com quem tinha passado a noite; outro facto autobiográfico que o narrador de *Na Penúria em Paris e em Londres* não nos quis revelar.

Na Penúria em Paris e em Londres é, por assim dizer e com as devidas distâncias, uma espécie de Robinson Crusoe, que naufraga em ilha desconhecida, com uma mão à frente e outra atrás, e que tem de prover as suas necessidades sem o suporte de toda a civilização de onde vem. Sem querer forçar demasiado a comparação, parece-me que *mutatis mutandi* ambas as experiências relevam desse medo e fascínio existenciais de quem se vê numa situação extrema e tem de testar os seus limites perante o desconhecido, o imprevisto e o incontrolável. O narrador de *Na Penúria em Paris e em Londres* dirá a certa altura que o terror de não ter um naco de pão para matar a fome é uma das fobias que perseguem a classe média, e com razão. Qual de nós não se angustiou já ao pensar no que faria se de repente ficasse sem emprego, sem família, sem amigos e sem dinheiro para viver? Este narrador dramatiza assim as nossas próprias reações perante essa reviravolta da fortuna, e é com um interesse redobrado que o acompanhamos nos seus esforços para a ultrapassar.

Mais, o que este narrador também pretende é dar a conhecer ao leitor de classe média esse outro mundo que lhe passa ao largo e mostrar que os marginalizados (os marginais, na linguagem comum — e que sintomática ela é!) são afinal pessoas como nós, ou em muitos casos *alguns* de nós, e não uma raça à parte, ontologicamente diferente e, portanto, legitimamente relegada para as margens ou as profundezas do social e do político.

Vários autores[23] corretamente detetam as metáforas que estruturam a imagem que o texto constrói sobre a pobreza: *Terra Incognita* que não se pisa incólume, ou Inferno dantesco a que se desce, correndo o perigo de não mais regressar.

---

[23] É o que sugere Patrick Reilly no Capítulo V da sua obra, *George Orwell. The Age's Adversary.*

É essa viagem, também ela arquetípica, que se nos oferece em *Na Penúria em Paris e em Londres,* e o narrador do texto é como que um guia (qual Orfeu) que nos leva pela mão e não só nos mostra de longe o que é viver na miséria, mas nos pode abalizadamente contar o que se sente e como se reage interiormente a ela:

> A fome reduz uma pessoa a um estado de lassitude e vazio mental mais parecido com os efeitos da gripe do que com qualquer outra coisa. Sentia-me gelatinoso como uma alforreca, ou como se em vez de sangue tivesse água morna a correr-me nas veias. A recordação mais forte com que fiquei da fome é a inércia total; isso, e estar sempre a escarrar, um escarro curiosamente esbranquiçado e espesso, como saliva de cuco. (*DOPL:* 38)

É muito típica de Orwell esta oscilação entre o dramático e o cómico, o físico e o psicológico, o sério e o grotesco, nesta visão «de dentro» da inanição dada por alguém que a experimenta pela primeira vez, mas que, ao contrário da maioria das suas vítimas, tem a capacidade de verbalizar e de tornar inteligíveis perante nós, os mais afortunados, alguns dos seus piores efeitos. É esta vertente da pobreza, que degrada o indivíduo, o reduz à paralisia e o incapacita para pensar ou ativamente procurar *um outro* mundo alternativo, que o narrador de *Na Penúria em Paris e em Londres* de repente descobre. Primeira lição: não culpemos os indigentes por não terem energia para procurar vida melhor; a inação é parte integrante da sua condição presente e impeditiva de qualquer iniciativa futura.

Depois de passar um mau bocado, o narrador consegue finalmente emprego como *plongeur* a lavar pratos na cozinha de um hotel elegante. É outra das secções do texto que ao mesmo tempo choca e diverte os leitores e leitoras. Fica-nos na memória o relato dos bastidores do restaurante (aquilo que não vemos quando nos sentamos à mesa do jantar, dispostos a bem comer e a melhor gozar a refeição que nos chega já pronta) e se calhar, depois de ler a obra, nunca mais olharemos para a sopa sem pensar se o cozinheiro cuspiu lá para dentro num acesso de fúria, ou para o bife sem imaginarmos que pode ter caído no chão imundo antes de vir para mesa, ou para a salada sem nos lembrarmos de que é bem capaz de ter sido posta no prato com as mãos suadas do ajudante de cozinha. Provavelmente, não esqueceremos também das condições infernais em que nas cozinhas se trabalha, do calor abrasador, da confusão de empregados a sair e a entrar, da gritaria dos que berram as encomendas dos pratos a servir, dos insultos daqueles que, assoberbados de tarefas, descarregam nos colegas a tensão nervosa do trabalho. Outra lição que o narrador quer que aprendamos sobre o mundo em que vivemos: a porta divisória entre a sala de jantar e a cozinha simboliza a divisão do trabalho na nossa sociedade, estabelece a fronteira entre os privilegiados e os desfavorecidos, dois mundos opostos, tão perto e afinal tão longe um do outro.

Foi esta aprendizagem (que é também, antes de mais, uma «desaprendizagem» da visão do mundo anterior) que o narrador de *Na Penúria em Paris e em Londres* aqui veio fazer e nos passa a nós, cúmplices e culpados, como ele, por pactuarmos com um sistema social que tais efeitos produz. O narrador emerge das profundezas quando a lição está completa. Tem sorte; como ele próprio nos lembra, milhares de outros lá continuam sem possibilidade de sair. Mas a primeira parte da obra não termina sem voltar ao tom distanciado de quem criticamente reflete nesta visita aos infernos ignorados e convenientemente esquecidos da nossa civilização:

Valendo o que valem, aqui deixo as minhas impressões da vida de um *plongeur* parisiense. Pensando bem, é estranho que milhares de pessoas numa metrópole moderna tenham de passar a vida a esfregar pratos em espeluncas sujas e subterrâneas. A questão que se me coloca é porque é que isto continua — que propósito serve, a quem interessa a sua manutenção e porquê. Não o faço num espírito de revolta inconsequente ou de crítica negativa, mas porque me interessa refletir no significado social da atividade do *plongeur*. (*DOPL*: 123)

É o Orwell ensaísta e polémico que aqui começa a emergir, aquele que, perante a experiência que fez questão de ter, não se limita à visão «de dentro» (importante, como vimos, para nos ensinar a sua dimensão interior), mas, por assim dizer, «sai» agora dela para a contextualizar em termos mais vastos, a pensar sob ângulos diferentes, discutir as suas causas e implicações, enfim, dela extrair um conhecimento teórico que completará o conhecimento empírico já adquirido.

Raymond Williams, um dos críticos mais perspicazes da obra orwelliana, recorda-nos de que a convenção do documentário da época exigia uma objetividade total e uma completa dissociação entre o observador e o objeto observado[24], pressupostos ainda de cariz positivista sobre um género que na década de 30 teve uma expansão e uma centralidade muito particulares na cultura inglesa. Entendia-se

---

[24] Veja-se a obra de Raymond Williams, *Orwell* (41ss). Lembro também da famosa frase inicial de um dos romaces mais influentes da época, *Adeus a Berlim*, de Christopher Isherwood — «I am a camera» —, que consubstancia essa tentativa de oferecer uma visão puramente objetiva do real e utiliza a máquina fotográfica/cinematográfica como metáfora exemplificativa desse frio olhar sobre o real. É evidente que, como sabemos hoje, a ótica fotográfica e cinematográfica é tão «subjetiva» como a perspetiva literária.

na época ser uma responsabilidade histórica e política dar a conhecer a situação economicamente catastrófica do país, de modo que se pudessem tomar medidas para a alterar. Da tradição em que estes documentários se inserem, já falámos na secção anterior, e a escrita sobre a «Condition of England» é neste momento retomada e intensificada por escritores e intelectuais, sobretudo de esquerda, críticos acérrimos da civilização capitalista que no final dos anos 20 do século passado tivera a sua primeira grande crise.

Mas para que se pudesse intervir diretamente na realidade, era preciso antes de mais conhecê-la de forma detalhada, exaustiva e cientificamente objetiva, projeto que se apresentava como um imperativo e para o qual se mobilizaram escritores, artistas, intelectuais, cientistas e até o cidadão comum. Um bom exemplo dessa participação de toda a sociedade na produção de conhecimento sobre o país foi um curioso movimento, iniciado em 1937 e denominado Mass Observation, que pretendia fazer um levantamento estatístico dos hábitos e condições de vida da população através da observação e do registo que um sem número de voluntários se propôs fazer dos mais variados aspetos da vida quotidiana. A criação de uma «antropologia de nós» era o objetivo explícito do movimento, que recolhia, coligia e publicava os dados individuais, naquilo que veio a constituir um monumental estudo da sociedade inglesa. Uma democratização da análise sociológica e antropológica, se quisermos, que ainda hoje nos dá informação tão interessante do modo de vida da época, bem como dos pressupostos teóricos e epistemológicos que enformam este tipo de análise supostamente objetiva do real.

Na Penúria em Paris e em Londres surge, assim, num contexto favorável à investigação social e releva sem dúvida de um ambiente cultural propício a um documentário sobre o mundo desconhecido da marginalidade urbana. Mas Raymond Williams tem razão quando nos chama a atenção para o facto de esta obra quebrar muitas das regras do género, uma vez que confere à narrativa sobre a pobreza uma dimensão interior e participante que vai contra os ditames comummente aceites de uma escrita que se pretende friamente neutra e científica. E razão tem também o crítico ao argumentar que *Na Penúria em Paris e em Londres* rejeita quer o mito de uma objetividade olímpica por parte do observador (e, podemos acrescentar também, a posição de autoridade inquestionável que através dela se tenta conseguir), quer o seu oposto, a perspetiva necessariamente limitada e passiva da vítima indefesa e silenciada de uma sociedade injusta[25]. Situando-se alternadamente «dentro» e «fora» da experiência da pobreza, Orwell combina as vantagens da visão contextual mais ampla com o conhecimento (por poucos adquirido) do que é sentir na pele os seus efeitos, não reclamando para o texto nem um qualquer e ilusório estatuto de cientificidade, nem a primazia do individual ou do empírico sobre a dimensão pública dos fenómenos.

Assim, a primeira parte da obra termina com as reflexões do narrador sobre a função do *plongeur* (paradigmático de todo o lumpemproletariado urbano) no mundo das relações de produção da sociedade capitalista sua contemporânea: «porque é que esta escravatura continua a existir?» «Será o trabalho de um *plongeur* necessário à civilização?» «Porque, bem vistas as coisas, onde está a necessidade real de grandes hotéis ou de restaurantes de luxo?» São estas algumas das perguntas (retóricas, talvez, mas que por isso mesmo tratamos

---

[25] Recorro mais uma vez à obra de Raymond Williams, em particular ao Capítulo IV. Como veremos, em *O Caminho para Wigan Pier* Orwell voltará a subverter, de forma ainda mais sistemática e deliberada, esses mesmos pressupostos.

com displicência) que o narrador se coloca e nos coloca no final do Capítulo XXII, e para as quais adianta tentativamente algumas explicações. Mais do que as conclusões a que chega (no final desta secção, iremos avaliá-las com mais profundidade), interessa sobretudo salientar o que uma outra crítica orwelliana, Lynette Hunter, designa como a «atitude de discussão interativa»[26] que se estabelece entre narrador e leitor/a. Com efeito, Orwell discute a sua experiência perante nós, raciocina connosco, envolve-nos nas suas interrogações, num «pensar alto» que assume os riscos inerentes a um processo que o narrador, modestamente, sabe ser provisório e falível. O reconhecimento da ignorância — nossa e dele — sobre uma significativa, mas essencial, faixa da sociedade em que vivemos é, como vimos, o ponto de partida de *Na Penúria em Paris e em Londres*. Mas é também, de algum modo, o ponto de chegada, porque o narrador tem consciência de que continua a ser ignorante num sem número de questões sociais e políticas a que não sabe ainda dar resposta. O Orwell futuro irá retomá-las e aprofundá-las.

Não quero concluir a discussão de *Na Penúria em Paris e em Londres* sem fazer menção da segunda parte da obra, apesar de muito do que lá se passa caber dentro do âmbito da primeira e de esta ser em alguns títulos menos conseguida do que aquela. Não tenho grandes dúvidas de que a secção sobre Londres é sentida pela esmagadora maioria dos leitores e leitoras como um anticlímax. Em Inglaterra, a pobreza é tão cinzenta e deprimente como o tradicional clima inglês, sem a vivacidade da Paris anteriormente retratada, onde mesmo nos momentos mais escuros se pressentia a energia vital da «cidade-luz» como pano de fundo. Esta Londres,

---

[26] A expressão é extraída da obra de Lynette Hunter, *George Orwell. The Search for a Voice* (14).

em que os vagabundos, desempregados e indigentes têm nas «common lodging-houses», ou seja, nos asilos temporários, um apoio estatal inexistente em França, é, apesar disso e sempre, um mundo degradado e degradante, povoado por figuras tristonhas e azedas como Paddy, que em tudo confirmam os estereótipos mais negativos sobre a classe: «Tinha a mentalidade habitual do vagabundo — baixeza, cobiça, temperamento de chacal.» (*DOPL*: 162)

Julgo, contudo, que no percurso do autor esta segunda secção da obra tem um papel fundamental e que sem ela Orwell não teria sido o autor que conhecemos. O conhecimento da pobreza nas suas manifestações mais extremas não estaria completo sem uma investigação do modo como ela se vive no país de origem do autor e dos seus leitores e leitoras mais diretos/as e imediatos/as. Orwell recorre, assim, à sua experiência de convívio com vagabundos e pedintes para mostrar que essa pobreza não acontece só lá longe, no estrangeiro, nem é só vivida pelos exóticos Boris ou Charlies ou os *plongeurs* parisienses, mas existe à nossa porta, no espaço mesmo em que habitamos. Lição esta que o próprio narrador de *Na Penúria em Paris e em Londres* tem de ser o primeiro a aprender.

Com esta secção da obra, inicia-se um longo e complicado processo por que Orwell passará: o de (re)pensar o seu país e de se (re)pensar a si mesmo enquanto inglês, enquanto membro individual de uma entidade coletiva que ele neste momento desconhece nalguns dos seus aspetos essenciais. E como não? Eric Blair passara a infância e a adolescência no universo protegido e privilegiado das elites inglesas; cinco anos vivera-os no Império, longe de casa, no mundo isolado e hermético da sociedade colonial; e no regresso, mal tivera tempo para lhe conhecer os podres antes de se mudar para a Paris do mito. O que lá descobriu e as lições que aí aprendeu têm agora de ser testadas perante uma realidade que é a sua e com a qual doravante irá viver.

Para rematar, voltemos ao que Orwell nos diz em *O Caminho para Wigan Pier* desta fase da sua vida e escrita:

> Sentia-me feliz. Aqui estava eu, junto dos «mais baixos entre os mais baixos», a base de sustentação de toda a civilização ocidental. As barreiras de classe ultrapassadas ou, pelo menos, assim me parecia. E aqui nestes baixios, neste mundo esquálido e por sinal terrivelmente entediante dos vagabundos, tinha uma sensação de liberdade, de aventura, que me parece absurda quando agora penso nisso, mas que na altura era muito intensa. (*RWP*: 142)

> Mas infelizmente não se resolve o problema da classe confraternizando com pedintes. (*RWP*: 143)

Pois não. Como Orwell neste passo reconhece, *Na Penúria em Paris e em Londres* funcionou como um meio de exorcizar a sua anterior conivência com o Império. Ao regressar da Birmânia, Blair procurara as vítimas mais óbvias da sociedade inglesa, o equivalente na metrópole do súbdito colonial, colocando-se agora literalmente ao lado dos oprimidos, tentando redimir-se do seu papel de opressor. Mas, estando *ao* seu lado, estará ele *do* seu lado de forma efetiva e eficaz?

A imaturidade deste narrador é bem vincada pelo Orwell de *O Caminho para Wigan Pier*, que tem consciência da reação meramente sentimental e emocional do jovem Blair e lhe reconhece as fraquezas e limitações. E este olhar sobre a marginalidade, que é ainda essencialmente *voyeurístico*, valeu-lhe algumas críticas bem merecidas. Com efeito, a natureza da crítica social em *Na Penúria em Paris e em Londres* aproxima-se de uma tradição bem conhecida do pensamento inglês reformista e paternalista do século XIX. É a visão de um Dickens, de uma Mrs. Gaskell e de Fabianos como Bernard Shaw, que advogavam a reforma e não a revolução, a mudança da consciência individual e não a alteração de todo o sistema económico e social. Remendos apenas, feitos com o espírito bem-intencionado da caridadezinha (diríamos nós em português) e não uma solução de ordem mais radical e desestabilizadora.

É quase como se Orwell, ao retomar a tradição de investigação social da «Condition of England», tivesse também adotado o contexto ideológico que lhe deu origem. Mas não, ou não exatamente. Estaríamos a cometer uma injustiça se não lhe reconhecêssemos uma consciência já algo diferente destas questões, mesmo neste momento inicial do seu percurso literário e político. E se bem que *Na Penúria em Paris e em Londres* não demonstre grande profundidade ou sofisticação na abordagem do fenómeno da pobreza ou da divisão de classes, a obra expõe antes de mais as fragilidades deste narrador, tão parecido connosco, no primeiro estádio de um longo e complicado processo por que terá de passar até chegar a um entendimento diferente do político e do social. Antes de mais, isto implica uma «desaprendizagem» de todos os mitos, estereótipos, lugares-comuns e preconceitos com que fora educado, e a substituição de uma ontologia essencialista por uma epistemologia funcional na abordagem do problema. Isto é, o narrador propõe-nos que questionemos a linha divisória entre «nós», respeitáveis membros de classe média, e os vagabundos, pedintes e marginais, muitas vezes tratados como raça à parte composta por figuras sub-humanas, mostrando-nos como se «aprende» a classe quando se faz parte dela e como, portanto, se poderá também «desaprender» o que nessa pertença vem por acréscimo.

Um dos méritos de Orwell é, sem dúvida, convocar a nossa simpatia pelos marginalizados sem os idealizar — erro frequente de visões sentimentais sobre os oprimidos[27]. Dos seus antecessores se distancia também pela recusa em tratar os pobres *de haut en bas*, essa pose de superioridade e arrogância que os bem-intencionados vitorianos não conseguiram evitar — outra falha comum em abordagens paternalistas destas questões. A pobreza degrada, mas não desumaniza, insiste o narrador, e do seu relato sobressai acima de tudo o respeito por uma classe e pelas figuras individuais que a compõem, conseguindo-se o difícil equilíbrio entre a empatia e a distância crítica, a atenção ao pessoal e ao subjetivo e a generalização mais abstrata e despersonalizada, a procura deliberada da partilha da experiência e o afastamento que lhe permite articulá-la e racionalizá-la.

Vários críticos entendem a criação desta figura do narrador do documentário como um ponto fulcral na carreira do autor, esse momento determinante em que Eric Blair encontrou/construiu uma voz e uma perspetiva narrativa que lhe permitiram começar a escrever e lhe abriram caminho para vir a ser o «George Orwell» que conhecemos. E não há dúvida de que em pouco tempo (e com muito trabalho) Eric Blair conseguiu aproveitar o que aprendera nas suas expedições ao mundo da pobreza e transformá-lo em matéria literária, evitando uma colagem simplista à verdade literal dos factos[28]; antes os selecionou, acentuando e alterando o

---

[27] Um dos títulos sugeridos por Orwell a Gollancz para esta obra foi «In Praise of Poverty», ou seja, «O elogio da pobreza». Expressão algo ambígua, mas que entendo como uma tentativa, por parte do autor, de reabilitar uma classe menosprezada pelo resto da sociedade.

[28] Recomendo a este propósito a leitura de *CW*, vol. x: 299-300, onde se transcrevem as anotações que Orwell fez na cópia de *Na Penúria em Paris e em Londres* que ofereceu a uma amiga, e que indicam quais os passos da obra que eram biograficamente exatos, os que tinham sofrido alterações e os que

que beneficiaria a estrutura interna e o sentido global da obra. Indiscutível é também este narrador ser uma entidade já relativamente complexa e bem pensada em função dos objetivos propostos, não se perdendo em confessionalismos autobiográficos que iriam desviar a nossa atenção do essencial (o retrato da pobreza), mas, ainda assim, uma figura suficientemente central, interessante e fiável para ganhar a simpatia e a confiança do seu público. Tal como o narrador dos documentários subsequentes de George Orwell, este narrador é anónimo, e por alguma razão se lhe oculta o nome e a identidade individual. O que sabemos dele — em certos pontos, muito, noutros, pouco — não é autobiográfico no sentido convencional do termo, nem precisa de ser. O sujeito é também coletivo, porque coletiva é a imagem inicial com que todos partimos para o desbravar deste mundo desconhecido, e coletiva quer o narrador que seja também a exploração dos seus lugares mais recônditos.

Para alguns críticos[29], a transformação de Eric Blair em «George Orwell» deu-se aqui, com a escrita de *Na Penúria em Paris e em Londres*, simbolicamente assinado com um pseudónimo que se lhe colará como uma segunda pele e não mais o deixará. Há até quem extraia profundos significados do nome e apelido com que Blair assinou o seu texto de estreia nas letras: «George» é um nome inglês por excelência, o S. Jorge do mito que combate os dragões e é o santo padroeiro de Inglaterra; «Orwell» é nome de um rio, parte da bucólica paisagem que define o país no imaginário nacional.

---

eram pura invenção; dados interessantes e nalguns casos surpreendentes sobre o processo de recriação do real que a escrita implica e sobre a instável fronteira entre a ficcionalidade e a não-ficcionalidade. Até que ponto as indicações do autor são fiáveis continua a ser uma questão polémica.

[29] É esta a tese principal da primeira biografia de Orwell, escrita por Peter Stansky e William Abrahams, intitulada *Orwell. The Transformation*.

Julgo que interpretações deste tipo, no fundo, construções retrospetivas ao serviço de uma argumentação teórica e/ou que contribuem para reforçar uma determinada imagem do autor, devem ser temperadas pelo bom senso e por uma atenção às exigências pragmáticas do quotidiano. Com efeito, «George Orwell» foi o pseudónimo que Gollancz escolheu de uma lista de nomes que Eric Blair lhe forneceu, alegando não estar muito satisfeito com a obra e não querer causar embaraço à família e aos amigos com as extraordinárias aventuras a que se tinha sujeitado um filho de boas famílias. E muito bom gosto revelou o editor ao rejeitar o anódino «P. S. Burton», o muito convencional «Kenneth Miles» e o espampanante «H. Lewis Allways». Bem ou mal, «George Orwell» tinha nascido.

2
1933-1935: TRANSIÇÕES E INDECISÕES

A receção de *Na Penúria em Paris e em Londres* por parte do público e da crítica, sem ser eufórica, foi encorajadora. Dos 1500 exemplares originalmente publicados, imediatamente seguidos de mais 500 e, pouco tempo depois, de outros 1000, nada restou nas prateleiras das livrarias. A edição americana da obra, publicada em 1934, vendeu um número modesto, mas não vergonhoso, de cópias, e a tradução francesa no ano seguinte (que Orwell acompanhou de perto) teve de igual modo um acolhimento razoável por parte dos leitores.

As recensões críticas saídas em jornais e revistas literárias elogiaram quase em uníssono o «realismo» da obra, entendido um tanto simplisticamente como relato fiel e totalmente verídico de experiências vividas, que oferecia uma visão nua e crua (ou seja, não idealizada) da pobreza. Algumas[1] acentuaram a vertente de crítica social da obra, considerando-a um documento valioso, repleto de dados preciosos e informação invulgar sobre o submundo, que abalava as consciências e a complacência de toda a civilização moderna. Muitas lhe

---

[1] Como a do conhecido escritor C. Day Lewis, figura a que já nos referimos, uma das vozes mais influentes nos círculos literários e intelectuais da época e membro do «Auden Group», de que falaremos adiante.

reconheceram qualidades literárias, políticas e até morais, admirando a contenção do autor e o seu evitar de sensacionalismos fáceis, a inteligência demonstrada na análise dos problemas, a capacidade de criar personagens interessantes e *vignettes* curiosas, e o facto de ter conseguido abordar esse mundo desconhecido sem preconceitos e com um admirável desassombro. Em suma, com exceção de uma carta endereçada ao *Times* por um *maître d'hôtel* francês indignado com a forma como a indústria hoteleira do seu país tinha sido retratada na obra (e a que o autor fez questão de responder)[2], a reação geral à primeira obra de George Orwell bem justifica a satisfação que o autor sentiu com os resultados do seu esforço e persistência[3]. A entrada de George Orwell no mundo das letras não foi fulgurante, mas valeu-lhe desde o início um lugar muito particular na cartografia literária da década de 30: o de explorador destemido dessa terra desconhecida que ainda era para muitos a marginalidade urbana.

Esta fama (em grande parte merecida, é bom de ver) foi reforçada por outras publicações saídas entretanto. Com efeito, Orwell não esteve desocupado enquanto a sua primeira obra seguia os complicados trâmites que levaram à sua publicação, e deu nestes anos os primeiros passos na carreira de ensaísta e jornalista, que manteria até ao fim da vida. Os artigos publicados (não surpreendentemente) versam tópicos semelhantes aos do documentário, isto é, Orwell aproveitou e explorou certos aspetos da sua experiência e

---

[2] Como curiosidade, veja-se esta correspondência em *CW*, vol. x: 302–304.

[3] Numa carta de Orwell ao seu agente, Leonard Moore (*CW*, vol. x: 301), o autor afirma que as recensões da obra tinham sido «melhores do que esperava». Modéstia e insegurança compreensíveis num estreante no meio literário, mas que também nos mostram que o próprio Orwell tinha uma consciência clara das suas muitas limitações neste momento.

conhecimento dos pobres e dos indigentes, que por uma razão ou por outra não tinham cabido na obra mais longa, e transformou-os em artigos que enviou a revistas literárias e culturais como *The Adelphi* e *The New Statesman and Nation*. «The Spike» e «Hop-Picking», saídos em 1931, e «Common Lodging Houses», em 1932, dão continuação aos temas de «A Day in the Life of a Tramp» e «Beggars in London», anteriormente publicados durante a sua estada em Paris em *Le Progrès Civique*, e são claramente ramificações e/ou sucedâneos do projeto maior que tinha em mãos[4]. De todos estes artigos, só o primeiro usa uma narrativa de primeira pessoa, sendo a perspetiva a de um Eu anónimo muito semelhante à do narrador de *Na Penúria em Paris e em Londres*, mas todos se baseiam no conhecimento direto da realidade que descrevem. Exercícios experimentais para a obra de maior fôlego, ou oportunidades que surgiram de ganhar mais algum dinheiro, estes ensaios ajudaram a sedimentar uma determinada imagem do autor, que deste modo foi a pouco e pouco ganhando nome em vários géneros de escrita e sendo conhecido por um público cada vez mais alargado.

Mas a versatilidade de Orwell neste momento é também de assinalar. *The Adelphi* publicou igualmente um sem número de recensões suas de obras da mais variada natureza: romances contemporâneos, reedições de clássicos ingleses, poesia, história, política, religião, enfim, Orwell parece ter lido e comentado tudo o que lhe vinha à mão e pedia sempre que lhe enviassem mais. Fez apreciações de obras de, ou sobre, Herman Melville, Baudelaire, Mallarmé, Chesterton,

---

[4] «The Spike» («spike» é um termo de calão para «lodging-house») fala-nos dos asilos temporários para vagabundos e sem-abrigo; «Hop-Picking» relata a experiência da apanha do lúpulo por trabalhadores migrantes; «A Day in the Life of a Tramp», como o nome indica, descreve um dia na vida de um vagabundo, e «Beggars in London» é um estudo sobre os pedintes londrinos.

Gogol, Rilke e outros, demonstrando um interesse eclético pela literatura mundial, passada e presente, e um conhecimento da mesma que lhe permitia dar opinião sobre os autores em causa, o contexto literário das obras, o ambiente histórico e político envolvente, e tantos outros aspetos que nestas recensões merecem a sua atenção e juízo crítico. A sua carreira de jornalista de assuntos culturais começava também a estabelecer-se.

Em *The Adelphi* saíram igualmente nestes anos três poemas do autor, curiosamente assinados por «Eric Blair», numa espécie de esquizofrenia literária a que é tentador atribuir retrospetivamente um significado: «George Orwell» era o nome público do autor de documentos sociais e de artigos jornalísticos, «Eric Blair» o da figura privada que se atrevia a publicar num género mais intimista e confessional[5].

Deste panorama criativo, sobressai ainda um outro ensaio, cujo tema diverge do da maioria e que virá a ser um dos mais famosos e apreciados textos de Orwell: «Um Enforcamento» (a que já nos referimos em capítulo anterior). Enquadrando-se na temática do império, vamos deixar este ensaio para discussão posterior. Mas ele demonstra que outra preocupação de Orwell começa, neste momento, a despontar: a temática colonial, que irá explorar em *Dias Birmaneses,* o primeiro romance que escreveu, embora fosse o segundo a ser publicado, já depois de *A Filha do Pároco* ter sido dado à estampa. Para seguir a cronologia das publicações, falaremos primeiro desta última obra, mas é importante para o percurso do autor este seu regresso à experiência autobiográfica do colonialismo, imediatamente a seguir à outra,

---

[5] Aproveito a oportunidade para dizer que Orwell publicou mais alguns poemas durante a vida, mas que nem o mais entusiasta dos seus admiradores lhes consegue atribuir grande mérito. Felizmente, não persistiu na carreira de poeta, com a clara noção de que o seu talento deixava muito a desejar.

também autobiográfica, em que fundamentou o seu texto de estreia: não só esse facto demonstra, mais uma vez, a forma como Orwell se (re)escreve e (re)pensa com base na vivência concreta, mas de algum modo prolonga o seu interesse pelo funcionamento de sistemas opressivos ou injustos, sejam eles uma sociedade que marginaliza grande número dos seus elementos ou o modelo colonial de domínio de um povo sobre o outro.

A atividade de Orwell nestes anos, como facilmente se depreende, foi intensa. E pelo menos os/as que como eu são docentes não ficarão surpreendidos/as com o facto de a certa altura Orwell ter chegado à conclusão de que a carreira da escrita e a do ensino eram dificilmente compatíveis, e que o emprego pouco tempo livre lhe deixava para concretizar o objetivo de vida que se tinha proposto e que agora, depois da publicação da primeira obra, parecia estar ao seu alcance[6]. Em dezembro de 1933, Orwell deixa definitivamente o ensino. A causa próxima desta decisão foi uma pneumonia que o deixou de cama durante várias semanas, a segunda manifestação (a primeira tinha ocorrido em Paris, onde esteve hospitalizado) dos problemas respiratórios que terá durante toda a vida e virão a ser a causa da sua morte prematura aos 46 anos, de tuberculose.

Com a doença vem o regresso à casa dos pais, onde permanece até ao fim do verão de 1934. De que modo se ocupou durante estes meses, veremos já a seguir.

---

[6] Orwell queixou-se várias vezes, em cartas a amigos/as (veja-se *CW*, vol. x: 249 e 274), de estar assoberbado de trabalho, porque, além das aulas, das funções administrativas e de supervisão geral dos alunos, tinha também, por exemplo, de montar a peça de teatro que os alunos ingleses tradicionalmente põem em cena na festa de Natal. Mais, Orwell não só encenou a peça, dirigiu os atores e criou o cenário, mas também a escreveu e ajudou até na confeção do guarda-roupa! Não é de admirar que com todas estas responsabilidades lhe sobrasse pouco tempo e energia para a atividade criativa.

2.1. *A Filha do Pároco*: Orwell e o Modernismo

Por altura de 1933, Orwell compôs uma lista de livros que considerava de leitura obrigatória para enviar a uma amiga, Brenda Salked, com quem frequentemente discutia literatura[7]. Dessa lista, e entre os cerca de 40 títulos referidos (que incluem clássicos da literatura inglesa, norte-americana, francesa e russa)[8], consta a mais famosa e influente obra do Modernismo anglo-americano, *Ulisses* de James Joyce. Numa carta escrita em março de 1933, Orwell pergunta a Brenda Salked se já leu a obra, e noutra carta, datada de junho do mesmo ano, insiste na pergunta, acrescentando, à laia de encorajamento, que a obra consubstancia melhor do que qualquer outra a sensação de angústia e de desespero existenciais que Orwell diz serem «normais» nos tempos modernos[9]. O entusiasmo de Orwell pela obra de Joyce fica muito claro para quem lê esta correspondência, a que se deve acrescentar ainda uma outra carta, mais longa, em que o autor explica detalhadamente as razões da sua admiração pelo escritor irlandês, e que se lê quase como um ensaio crítico sobre o mesmo[10].

---

[7] E com quem, segundo os biógrafos, teve um caso amoroso. Não prestarei muita atenção à vida amorosa do autor, que me parece ter mais lugar numa biografia do que num estudo deste tipo, mas referi-la-ei sempre que tenha implicações diretas na obra ou seja marco fundamental da vida do autor.

[8] A lista completa pode ser consultada em *CW*, vol. x: 308–309.

[9] Veja-se esta carta em *CW*, vol. x: 316–317.

[10] Orwell voltará a Joyce e ao Modernismo em vários ensaios posteriores, como «Dentro da Baleia» (1940), «As Fronteiras entre a Arte e a Propaganda» (1941), «A Redescoberta da Europa» (1942), «Literature and the Left» (1943) e «Writers and Leviathan» (1948), além de inúmeras referências dispersas em recensões críticas, correspondência pessoal e artigos publicados em jornais e revistas. Joyce figura também na lista dos seus autores preferidos, incluída numa nota autobiográfica do autor.

Vale a pena fazer um breve resumo da opinião de Orwell sobre o romance de Joyce, porque ela nos revela também o que o autor pensava da forma e da evolução do Romance enquanto género no preciso momento em que acabara de escrever a sua primeira obra (de natureza documental) e dava os primeiros passos na sua carreira de ficcionista. Conforme se lê na carta a Brenda Salked[11], Orwell entendia que qualquer romancista tem essencialmente três objetivos: 1) a criação e representação de personagens; 2) a construção de um enredo ou estrutura narrativa; 3) a produção de «good writing», ou seja, a atenção à dimensão estética e estilística do texto, que, segundo ele, até pode existir no vazio, independentemente do conteúdo do mesmo. O *Ulisses* de Joyce atinge brilhantemente todos estes objetivos, mas faz ainda mais, algo de absolutamente inédito: em vez de seguir o modelo tradicional do romance, que representa a vida de modo estilizado e convencional, Joyce tenta «apresentá-la mais ou menos como ela é vivida» (*CW*, vol. x: 326). Que quer Orwell dizer com isto? Não é isso que fazem um Dickens ou uma Jane Austen, um Tolstoi ou um Flaubert, poderá legitimamente perguntar o/a leitor/a conhecedor/a da tradição realista?

Orwell explica este aparente paradoxo da seguinte forma: o que Joyce faz e nunca tinha sido feito antes é colocar-nos no interior das personagens e fazer-nos assistir aos seus pensamentos à medida que eles se vão desenrolando, num fluir caótico, aparentemente sem qualquer organização ou seleção por parte do autor. A esses «solilóquios», como Orwell lhes chama, chamamos nós hoje a técnica da corrente de consciência, que os escritores modernistas desenvolveram e utilizaram de forma sistemática nos seus textos, assim localizando a «vida» não no real exterior, no mundo concreto da

---

[11] Pode ler-se esta carta em *CW*, vol. x: 326–329.

história e da materialidade das coisas (como parece ser do senso comum e como fizeram os escritores realistas), mas na experiência individual e subjetiva do ser humano. Orwell tem razão ao detetar o carácter inovador desta forma de escrita, e é interessante que a sua reação ao arrojo formal de Joyce seja de admiração e fascínio por uma proeza nunca tentada antes — dar a vida tal como ela é experimentada no interior das nossas consciências.

Mas Orwell elogia ainda um outro aspeto do romance que lhe parece fundamental e também ele inédito: Joyce escolhe deliberadamente dar a interioridade do «homem comum», isto é, de uma figura (Leopold Bloom) a todos os títulos mediana, nem melhor nem pior do que qualquer outra, de classe média ou média-baixa, nem herói nem vilão, nem intelectual nem analfabeto, enfim, uma personagem que, segundo Orwell, serve como protótipo de todos nós, embora seja um «exemplar excecionalmente sensível» do paradigma. Na sua opinião, esse «homem comum» tinha até aqui sido retratado na literatura ou por intelectuais que eram, eles próprios, homens comuns (Orwell refere Trollope, mas Daniel Defoe seria talvez um exemplo ainda melhor), e que presumivelmente por esse facto não tinham grande distância crítica em relação à figura, ou por uma elite intelectual que, não o conhecendo suficientemente bem por dentro, se limitava a retratá-lo de fora (como Aldous Huxley, diz Orwell). Ora, Joyce consegue olhar esta figura do «homem comum» ao mesmo tempo de dentro e de fora, demonstrando conhecer profundamente os seus pensamentos, reações e sentimentos, mas não o tratando com a habitual condescendência do intelectual que superiormente o avalia e se calhar o despreza.

Pode parecer que levei muito tempo para dizer uma coisa muito simples e já subentendida no título desta secção: nesta altura, Orwell andava a ler Joyce, autor por quem ganhou enorme admiração, e por isso não é de estranhar que o seu romance seguinte, A Filha do Pároco, revele influências da escrita modernista. Mas esta aparente digressão, no fundo, não o é; para percebermos o percurso do autor, temos de entender as escolhas (políticas, ideológicas e literárias) que foi fazendo ao longo do caminho, temos de saber que avenidas se abriam à sua frente, que trajetos poderia ter tomado, por que becos sem saída enveredou, e quais as vias que finalmente o conduziram ao destino a que chegou. E este seu *flirt* com o Modernismo no início da carreira, que foi parcialmente responsável pela forma que A Filha do Pároco veio a tomar — e pelo que o próprio Orwell viria a considerar uma experiência falhada —, diz-nos já muito do que seria o Orwell futuro.

No início da década de 30, Orwell queria ser como Joyce? Sim, tal como Bocage queria ser Camões, como o principiante quer sempre igualar o modelo ideal, sabendo embora não ter os mesmos «dons da natureza». Sim, Orwell queria ser como Joyce no que este demonstra de ousadia formal, de virtuosismo técnico e de fulgor estilístico. Mas Orwell veio a descobrir que não queria ser como Joyce em tudo o que a mundividência modernista implica de pessimismo existencial, de recusa em encarar os problemas urgentes do momento, de alheamento em relação ao social e ao político, de conservadorismo ideológico, de um hermetismo que reduz o público para quem se escreve e o restringe a essa elite cultural a que as obras modernistas prioritariamente se dirigem.

E a sua evolução futura como autor e pensador está já embrionariamente presente nos elementos que destaca e valoriza na obra de Joyce. Não por acaso, a fonte da sua grande admiração pelo autor de *Ulisses* é a atenção que este dedica à figura do «homem comum», entidade que tão importante será para Orwell no final da década e a que procurará dar uma centralidade — política e literária — que lhe parece não só ser merecida, mas essencial à transformação da sociedade. Orwell manterá, ao longo da vida, uma espécie de diálogo solitário com o Modernismo, às vezes criticando-o pela visão trágica da vida e a conceção estreita da «arte pela arte», outras, defendendo-o dos ataques da esquerda ortodoxa (que, segundo ele, injustamente rotulava estes autores de «reacionários» e «intelectuais burgueses»), insistindo naquilo que lhe parecia terem sido as grandes contribuições de figuras como Joyce, Eliot e Pound: a exploração da interioridade humana, a desfamiliarização do trivial e do vulgar, a inovação formal e a recuperação de um passado histórico e de uma tradição literária universal, que conferem a estes escritores uma maturidade e cosmopolitismo ausentes nos seus antecessores do Realismo. Como experiência formativa, essa influência que neste momento se sente na sua obra é relevante para o seu desenvolvimento futuro, dando-lhe a possibilidade de uma escolha mais consciente da natureza da sua própria escrita e fornecendo-lhe uma série de noções sobre o papel do intelectual na sociedade e a relação entre a política e a arte que, como veremos, nunca se cansará de discutir numa variedade de textos e contextos.

Mas vejamos em concreto o que se passa neste segundo romance que Orwell escreveu, em termos da forma e da temática que exibe. Devo começar por confessar que estou plenamente de acordo com o autor quando este afirma, anos mais tarde, numa carta a Henry Miller, que o romance «é uma merda»[12]. Isto não significa, claro, que não mereça

---

[12] O que Orwell afirma textualmente é: «That book is bollox [...]». Estou até, provavelmente, a ser um pouco eufemística na tradução do termo para português; «bollox» ou «bollocks», na altura, era um termo de calão extremamente violento, um dos mais depreciativos que Orwell poderia usar em relação ao seu texto. O resto da frase também nos interessa, porque Orwell aí men-

leitura ou discussão por parte de quem se interessa, numa capacidade ou noutra, por George Orwell, quando mais não seja porque às vezes os falhanços são tão significativos e curiosos como os sucessos, e as razões de uns e de outros igualmente necessárias à visão global da obra de um autor. Ainda bem, portanto, que não se respeitou o desejo expresso por Orwell nos últimos meses de vida de que esta obra não fosse reeditada, ou ficaria a faltar-nos uma peça do *puzzle* que nos ajuda a entender o seu desenvolvimento futuro.

A Filha do Pároco é uma história sobre a perda da fé. Dorothy, a protagonista, tem 27 anos e está em vias de se transformar numa beata solteirona, fria e ressequida. A vida que leva é de uma monotonia rígida e deprimente, e a disciplina férrea que a si própria se impõe no desempenho das muitas tarefas que cabem à filha de um pároco é autoaplicada através de castigos corporais (como o espetar de um alfinete no braço) ou de punições emocionais (como o prescindir daquilo que lhe dá mais prazer). Dorothy dedica-se obedientemente a tratar do pai viúvo, figura severa, mesquinha, egoísta e distante. Filho de um aristocrata empobrecido, o Reverendo Hare mantém os preconceitos e valores da sua classe e um enorme desprezo pelo mundo seu contemporâneo, desprezo esse que se estende aos seus paroquianos, sobretudo os da classe trabalhadora.

A pequena cidade de província em que se passa a ação é tão opressiva como o ambiente doméstico em que Dorothy vive, e com exceção de Mr. Warburton (um cinquentão boémio, que desafia as convenções sociais e sexuais e é um

---

ciona o que sugiro acima sobre o valor formativo da obra: «[...] but I made some experiments in it that were useful to me»/«mas fiz lá algumas experiências que me foram úteis». A carta a Henry Miller encontra-se no vol. X dos *CW*: 495-497, e fala também de *Na Penúria em Paris e em Londres*, *Dias Birmaneses* e *O Vil Metal*.

hedonista e um ateu convicto), este mundo é povoado pelas típicas figuras das coscuvilheira locais, das respeitáveis mães de família e da ricaça sovina que preside à comunidade. À volta de Dorothy, tudo está em declínio e degradação: a congregação diminui a olhos vistos, o sino da igreja ameaça cair, as finanças da família vão muito mal, e ela própria tem a sensação de envelhecer precocemente no rame-rame de uma existência estagnada e sem horizontes de mudança.

Mas Dorothy não é uma figura rebelde. A fé fá-la aceitar a sua condição sem queixumes nem expectativas, interiorizando de forma absoluta os valores que a educação religiosa lhe transmitiu. Até que um dia tem um ataque de amnésia, do qual acorda uma semana depois, numa rua de Londres, sem saber quem é nem como ali foi parar. Nesse momento, Dorothy inicia uma viagem que a levará a trabalhar em condições miseráveis na apanha do lúpulo, e depois a reduzirá à condição de pedinte e a levará até à prisão por uma noite, por vagabundagem. Felizmente, a certa altura, Dorothy recupera a memória e um primo abastado ajuda-a a sair da miséria, arranjando-lhe emprego num colégio para raparigas, dirigido por uma Mrs. Creevy feroz e oportunista, para quem a qualidade do ensino é secundária em relação ao lucro que a instituição pode dar. Dorothy regressa a casa no final da obra, depois de esquecido o escândalo que o seu desaparecimento provocou, e retoma a vida exatamente no ponto em que a deixara. Com uma pequena diferença: a viagem à procura da identidade que perdera, que foi também uma viagem aos infernos da pobreza, deixou-a sem a crença com que sempre vivera. E embora exteriormente nada tenha mudado, e Dorothy continue diligentemente a correr de tarefa em tarefa, como compete a uma respeitável e convencional filha de pároco, na verdade ela sente um vazio interior que sabe jamais poder ser preenchido.

1933-1935: TRANSIÇÕES E INDECISÕES | 101

Demorei algum tempo a contar a história deste segundo romance de Orwell, uma vez que parto do princípio de que a maioria dos leitores e leitoras o desconhecerá. Mas do que disse atrás, facilmente se depreende que Orwell continua nesta obra a tratar temas e questões que já são nossos conhecidos, e que em grande parte esta releva de uma série de experiências e situações autobiográficas a que já nos referimos. A caricatura do pároco tem raízes nos antecedentes familiares e sociais do autor, evocando a figura do avô, também ele pároco e membro de uma aristocracia em declínio; a descrição do mundo da marginalidade retirou-a Orwell das suas expedições ao território; a imagem do ensino ministrado nas escolas particulares foi buscá-la a St. Cyprian's e aos dois colégios em que ensinou. Quer dizer, Orwell continuou a trabalhar o material de que dispunha, agora na forma ficcional e não documental, e aparentemente a grande novidade reside apenas no ângulo particular com que desta feita o enquadra: a religião.

Porquê a religião, poder-se-á perguntar. E a resposta não é fácil, porque a religião não é tema a que Orwell dê grande proeminência na sua escrita futura. Os comentários dispersos por alguns ensaios ou artigos colocam a religião, enquanto instituição, a par de outras forças essencialmente conservadoras e autoritárias que tentam manter o *statu quo* e impedir uma alteração radical da sociedade. Nada de muito original nem inesperado por parte de um ateu assumido e declarado membro da esquerda. E apesar dos esforços de alguns dos seus amigos pessoais, como Christopher Hollis, e de uns poucos entusiastas da sua obra, que tentaram ao longo dos tempos desculpá-lo pelas críticas à religião e à igreja e fazer-nos crer que, lá no fundo, Orwell defende valores eminentemente cristãos, a verdade é que só com muito boa (ou má) vontade se pode ignorar que, depois de escrever

A Filha do Pároco, Orwell relegou a religião para um canto da mente onde ela ficou arrumada, juntamente com outras mitologias de direita, sendo ocasionalmente repescada ao serviço de uma linha de argumentação, mas sem direito a lugar privilegiado no pensamento e na produção do autor[13].

Então, porquê o interesse pela religião nesta fase do seu trajeto? Estaria Orwell a tentar entender quais os mecanismos sociais que oprimem o indivíduo, sejam eles os que produzem a marginalização, sejam eles algo como a religião, que era ainda tão central à organização da sociedade? Provavelmente, sim. Vem este interesse do facto de ele próprio nesta altura ter tido um contacto direto com a igreja, uma vez que, quando ensinava em The Hawthorns, o pároco local era o seu grande amigo e Orwell se sentia na obrigação de ir à missa todos os domingos?[14] Com as devidas reservas que nos merecem as explicações biografistas, também se pode a este respeito responder afirmativamente. Julgo, no entanto, que este interesse pela religião se deve sobretudo à influência de Joyce em particular e da mundividência modernista em geral. Quer para Joyce, quer para o Modernismo, a perda da fé em Deus é antes de mais um sintoma da perda de fé geral em todos os pilares sobre os quais tinha sido construída a civilização moderna, e manifesto sintoma da crise existencial a que os modernistas deram voz. A vida sem Deus (já dizia Nietzsche) deixa um buraco negro no centro das sociedades seculares, uma ausência que pode ser libertadora, mas que

---

[13] Chamo a atenção para a obra de Patrick Reilly, *George Orwell. The Age's Adversary,* que me parece caber na segunda categoria, e para as memórias de Cyril Connolly (convertido ao Catolicismo), *Enemies of Promise,* que se integram no primeiro grupo. A obra de John Rodden, *The Politics of Literary Reputation*, dedica um Capítulo (o VI) à «santificação» de Orwell por parte de amigos como Richard Rees, T. R. Fyvel e Cyril Connolly muito em particular.

[14] Veja-se carta a Eleanor Jaques em CW, vol. x: 249–250.

em primeira instância se sente (e se sentiu no final do século XIX, início do XX) como um nada que nada pode vir a preencher.

A condição de Dorothy representa, assim, a condição do «homem moderno» (como lhe chamava Orwell), em tudo o que ela comporta de opressão sem possibilidade de escape, de aceitação passiva de um destino que não se pode inverter, e da experiência de um exílio que nos impede de regressarmos ao paraíso de que fomos expulsos. À boa maneira modernista, Dorothy teve uma epifania que lhe revelou o absurdo da existência e a levou à contemplação do horror de um mundo sem a redenção do transcendente, obrigando-a a viver com o conhecimento de uma verdade que nada lhe adianta. As reflexões finais de Dorothy, depois do regresso a casa, apontam para isso mesmo:

> Não, era uma questão muito mais fundamental; era o vazio de morte que ela tinha descoberto no centro das coisas. Veio-lhe à memória o facto de há um ano se ter sentado na mesma cadeira, a segurar a mesma tesoura, a fazer exatamente o que estava a fazer agora. Que era feito daquela rapariga bem-intencionada e ridícula, que rezava em êxtase no meio dos perfumados campos estivais e espetava uma agulha no braço como castigo pelos pensamentos sacrílegos? [...]
> Dorothy começou a meditar no sentido da vida. Saímos do útero, vivemos 60 ou 70 anos, e depois morremos e apodrecemos. E nas mais pequenas coisas da vida, se não houver um propósito último que as redima, instala-se qualquer coisa de cinzento, uma desolação indefinida que é difícil de explicar, mas que se sente fisicamente como um baque no coração. A vida, se o túmulo lhe põe fim, é monstruosa e terrível. Não há contra-argumentos. Pense-se na vida tal como ela é, nos seus pequenos detalhes; e depois pense-se que ela não tem qualquer

significado, propósito ou objetivo, exceto a campa. Só os loucos ou os que se autoiludem ou os que são excecionalmente afortunados podem enfrentar tal facto sem um arrepio. [...]
A questão revolvia-se-lhe na mente, sem possibilidade de solução. É claro que não há nenhum substituto para a fé; nem a aceitação pagã da vida como um fim em si mesmo, nem os panteísmos falsamente animadores, nem as pseudorreligiões que vendem a ideia de «progresso» com imagens de resplandecentes utopias ou de formigueiros de betão e aço. É tudo ou nada, ou a vida na terra é uma preparação para algo maior e mais permanente, ou é um absurdo escuro e horrível. (*C's D*: 292-293)

Temas tipicamente modernistas, estes que Orwell encenou neste seu segundo romance, como se lhes estivesse a tomar o peso, a medir-lhes o valor e a testar-lhes os limites, procurando assim saber da sua afinidade com o movimento. Quem conhece o Orwell futuro não se surpreenderá que ele tenha acabado por enjeitar a obra. Nem se admirará de Orwell vir a considerar que a secularização da sociedade moderna não resolveu automaticamente o problema da eliminação de ortodoxias como a religião. Antes as substituirá por outras, igualmente prejudiciais, mas de sentido contrário — as ortodoxias e fanatismos de esquerda, que, segundo cria, estavam a tomar o lugar da religião, exigindo a mesma submissão e aceitação absoluta do dogma que é exigida pela igreja aos crentes.

Mas desta questão falaremos mais detalhadamente adiante, quando tivermos de discutir a relação de Orwell com a esquerda. Voltemos agora à obra em causa e à insatisfação quase imediata do autor em relação a este seu segundo romance. No entanto, este merece uma ressalva por parte de Orwell, ao afirmar, na carta a Henry Miller, que nele tinha feito algumas experiências úteis e produtivas (veja-se a nota 12). Que «experiências» foram essas? Tenho vindo a sugerir que Orwell ensaiava a sua proximidade com a cosmovisão modernista, mas há mais: vários críticos argumentam convincentemente que Orwell se estaria a referir concretamente a um capítulo da sua obra — o Capítulo III — que foge ao decoro do resto do texto. Basta olhar para a mancha gráfica para se perceber que este capítulo não é dado, como todos os outros, em forma de narrativa, mas, antes, em jeito de texto dramático, com as personagens a falar em discurso direto sem qualquer intervenção de um narrador, com instruções cénicas entre parêntesis, enfim, com toda a parafernália que acompanha o guião de uma peça de teatro. Dou um rápido exemplo para se ficar com uma ideia do que se passa no capítulo:

> [Local: Trafalgar Square. Mal se vislumbrando por entre o nevoeiro, uma dúzia de pessoas, incluindo Dorothy, agrupam-se junto a um banco perto do parapeito norte.]
> CHARLIE [cantando]: Avé Maria, Avé Maria, Avé Maria —
> [O Big Ben bate as 10]
> SNOUTER [arremedando o toque]: Ding dong, ding, dong! Acaba com a --- do barulho! Mais de sete horas disto nesta --- praça antes de nos podermos assentar e dormir! Poça!
> MR. TALLBOYS [para si mesmo]: Non sum qualis eram boni sub regno Edwardi! Nos meus tempos de inocência, antes de o Diabo me elevar aos picos do mundo e depois me deixar cair nos baixios dos tabloides — quer dizer, quando eu era o pároco de Paio Pires de Cima...
> DEAFIE [cantando]: Com a minha pilinha, com a minha pilinha---
> MRS. WAYNE: Ai, minha rica, mal te pus os olhos em cima vi logo que eras uma menina de boas famílias. Tu e eu

sabemos o que é ter azar na vida, não sabemos, minha querida? Esta vida não é o mesmo para nós que para os outros que aqui estão.
CHARLIE [cantando]: Avé Maria, Avé Maria, Avé Maria, cheia de graça! —
MRS. BENDIGO: E diz ele que é bom marido! Ganha quatro libras por semana no mercado e a mulher a dormir ao relento nesta maldita praça! Rico marido!
MR. TALLBOYS [para si mesmo]: Bons tempos, bons tempos! A minha igrejinha, com as paredes cobertas de hera, abrigada pelo monte, dormitando à sombra dos vetustos carvalhos! A minha biblioteca, a minha vinha, a minha cozinheira, governanta e jardineiro! O meu dinheiro no banco, o meu nome no registo episcopal! O meu fato preto, de corte irrepreensível, o colarinho branco, a minha batina de seda na sacristia da igreja. [...]
MRS. WAYNE: Pois é, o que eu ainda agradeço a deus é a minha mãezinha ter morrido antes de ver a filha mais velha neste estado — e educada sem olhar a despesas, leite diretamente da vaca...
MRS. BENDIGO: Rico marido! (*C's D*: 151–152)

Esta súbita e inesperada mudança na natureza do texto (que retoma o formato narrativo nos capítulos seguintes) deve-se, mais uma vez, à influência de Joyce — o Joyce da experimentação formal e técnica que Orwell tanto admirava. Este Capítulo III de *A Filha do Pároco* foi efetivamente modelado com base no que habitualmente se designa como o «episódio de Circe» do *Ulisses* de Joyce. Em ambos, encontramos o mesmo tipo de dramatização de uma cena de exterior, situada no espaço citadino da marginalidade e da prostituição, com personagens que exprimem em voz alta os seus pensamentos, sem aparente lógica ou sentido, numa polifonia caótica de vozes que cria um ambiente onírico e alucinatório, quase surrealista. Há até em ambos uma alusão a uma Missa Negra, blasfema e satânica!

Não há dúvida de que Orwell, fascinado pelo experimentalismo modernista, resolveu abalançar-se neste capítulo a projetos igualmente ousados. Passe o coloquialismo, deu um passo maior do que a perna. É certo que, no episódio, Orwell consegue reproduzir de forma convincente a gíria dos vagabundos, a fala dos *cockneys* londrinos e o discurso mais educado do padre excomungado, mas, quanto a mim, o interesse da cena é quase puramente linguístico. E as semelhanças óbvias entre este capítulo e o seu correspondente em *Ulisses* só acentuam as diferenças entre ambos. Este tipo de cena num texto como o de Joyce, que vive do pastiche e da paródia de géneros literários, estilos, temas e motivos de toda a tradição ocidental, faz pleno sentido e é parte integrante do propósito estruturante da obra; em *A Filha do Pároco*, o episódio surge apenas como dissonante, inopinado, desajustado e em última análise injustificado pela globalidade do romance. Para quê este episódio? Qual a razão de ser desta forma particular que assume? Que acrescenta ao sentido geral da obra? Francamente, não sei. *A Filha do Pároco* é, assim, um romance um tanto estranho, realista na forma e no método narrativo, quase crónica de costumes; modernista na cosmovisão pessimista que transmite; e, segundo alguns críticos, com elementos surrealistas (o dito Capítulo III), naturalistas (no que sugere ser o peso determinista do meio ambiente na formação da personalidade) e picarescos (no carácter episódico das aventuras da Dorothy amnésica). O problema é que estes elementos não são cerzidos numa narrativa coerente, antes parecem remendos mal cosidos, de diferentes proveniências, que não se ajustam bem uns aos outros e nos deixam com a sensação de que o autor hesita entre géneros e estilos que o puxam em direções opostas. Este seu segundo romance parece-me até representar uma regressão relativamente a *Na Penúria em Paris e em Londres*, que demonstrava uma mestria e um apreciável domínio do tema, da forma e da voz que estão ausentes desta obra.

Orwell parece ter ficado satisfeito com os resultados do experimentalismo do Capítulo III de *A Filha do Pároco*. Pelo menos, a carta a Henry Miller assim nos leva a supor. A verdade é que não o repetiu. Os romances seguintes são convencionalmente realistas na forma, e quando não (como no caso de *A Quinta dos Animais* e *Mil Novecentos e Oitenta e Quatro*), a inovação passa sobretudo pela reescrita de géneros já existentes (a fábula e a narrativa utópica). O autor teve razão ao enjeitar, no geral, uma obra que lhe saiu em muitos pontos desajeitada. Felizmente, *Dias Birmaneses*, escrito antes de *A Filha do Pároco*, apontou-lhe para outros caminhos a seguir.

2.2. *Dias Birmaneses*: Orwell e o Imperialismo

Mencionei atrás que *Dias Birmaneses* foi escrito antes de *A Filha do Pároco* e que no seu primeiro romance Orwell se volta para algo que conhece bem — o funcionamento do sistema colonial —, mantendo assim a base autobiográfica dos seus primeiros escritos. A experimentação com o modelo modernista revelar-se-ia improdutiva, parecendo conduzi-lo a um beco sem saída, mas Orwell iniciara em *Dias Birmaneses* um trajeto que, este sim, valerá a pena prosseguir, e cujas coordenadas serão percetíveis com maior ou menor nitidez em fases posteriores da sua vida e obra. Por este motivo, não respeitarei a cronologia estreita do percurso biográfico e literário, adiantando-me em relação às balizas temporais estabelecidas para este capítulo, porque se me afigura importante tratar a posição de Orwell acerca do Império no seu todo e discutir a forma como ela foi evoluindo consoante o autor foi desenvolvendo e aprofundando o seu posicionamento político e ideológico.

Um bom ponto de partida para a discussão é o início da Segunda Parte de O *Caminho para Wigan Pier,* onde o autor utiliza a metáfora da viagem para significar a sua relação com o Império, numa frase que ao mesmo tempo explica o título desta obra: «O caminho de Mandalay a Wigan é longo e as razões para o percorrer não são imediatamente claras.» (*RWP*, 113). Mandalay, recordemos, foi a cidade birmanesa onde Orwell fez a recruta ao ingressar na Indian Imperial Police e funciona no texto como uma metonímia da sua experiência no Império e da sua cumplicidade com o sistema colonial[15]. Entre esse momento inicial e aquele em que o Orwell de *O Caminho para Wigan Pier* se encontra (a relatar a situação dos desempregados no Norte de Inglaterra durante a Grande Depressão), medeiam alguns anos de aprendizagem e uma viagem que o autor afirma não ter sido nem previsível nem fácil. Mas o original inglês da expressão («the road from Mandalay») tem também outros ecos importantes neste contexto, de que convém dar conta aos leitores e leitoras menos familiarizados/as com a cultura inglesa: aí se evoca o refrão da conhecida balada de Kipling, «Mandalay» (mais conhecida na cultura inglesa como «The Road to Mandalay»), de que existia igualmente uma versão musicada, muito popular na época. A balada conta-nos a história de um soldado inglês que, depois de regressar a casa, nostalgicamente evoca os bons momentos que passou na Birmânia, ansiando por voltar

---

[15] Do significado de «Wigan» falaremos quando discutirmos esta obra.

ao Oriente exótico e fascinante que deixou para trás e que ainda exerce sobre ele um apelo irreprimível.

Curiosamente, a citação do verso de Kipling em *O Caminho para Wigan Pier* não está correta. O refrão do poema reza «on the road *to* Mandalay» e não «*from* Mandalay», ou seja, a variação que Orwell introduz no conhecido verso indica afastamento e não proximidade, falando-nos do caminho que o levou de Mandalay a outros sítios e não, como na balada, da estrada que para lá conduz o viajante. A expressão convida-nos, deste modo, a uma leitura simbólica da alusão a Kipling, o cronista por excelência da sociedade colonial, escritor consagrado com o prémio Nobel e celebridade internacionalmente aplaudida na viragem do século XIX para o XX Ao citar Kipling, Orwell está implicitamente a reconhecer a centralidade deste autor na literatura sobre o Império, como bem o provam os vários ensaios[16] e as inúmeras referências dispersas por artigos e recensões que lhe dedicou. A sua posição acerca da famosa figura está resumida num passo do ensaio «Rudyard Kipling», que Orwell escreveu aquando da morte do autor: «Pela minha parte, aos treze anos eu venerava-o, aos dezassete odiava-o, aos vinte lia-o com prazer, aos vinte e cinco desprezava-o, e agora [em 1936, aos trinta e três] voltei a ter uma certa admiração por ele.» (*CW*, vol. x: 409)

A influência de Kipling, apesar destas oscilações críticas, é assim claramente assumida por Orwell, mesmo quando — ou se calhar precisamente porque — o laureado tanto lhe surgiu como exemplo a seguir como modelo a rejeitar.

---

[16] Veja-se o ensaio «Rudyard Kipling», que Orwell publicou por ocasião da morte do autor em 1936, a recensão que escreveu da biografia de Kipling em 1940, e um outro ensaio, com o mesmo título do primeiro, em 1942. Referências dispersas a Kipling encontram-se, por exemplo, em «Boys' Weeklies», «Dentro da Baleia», «O Leão e o Unicórnio» e «Notas sobre o Nacionalismo».

Sem pretender dar um significado demasiadamente literal às palavras de Orwell, a verdade é que elas são *grosso modo* coincidentes com a leitura que tenho vindo a sugerir das várias fases por que Orwell passou: depois da reverência infantil pela figura, a rebeldia da adolescência levou-o a rejeitar o conceituado autor, parte do mundo dos «velhos» contra o qual se insurgia a nova geração depois da Primeira Grande Guerra; o jovem polícia imperial, no entanto, deve ter lido com prazer (gozo?) os contos de Kipling, esse retrato a um tempo fiel e sardónico da sociedade colonial que o rodeava; mas o progressivo ódio ao Império que os cinco anos na Birmânia lhe trouxeram determinara, mais uma vez, o desprezo por quem tal sistema glorifica.

Voltemos à (incorreta) citação da balada: ao inverter o sentido da viagem que o verso refere, o Orwell de *O Caminho para Wigan Pier* está a demarcar-se claramente do tipo de escrita imperial de que Kipling é o representante máximo, pesem embora outras razões para a admiração que em 1936 afirma nutrir pela figura[17]. Esta viagem que o afasta de Mandalay e o levará a procurar outros sítios e outras localizações ideológicas, bem diferentes das do seu antecessor, tem o seu início literário em *Dias Birmaneses,* a sua primeira tentativa de inverter o convencional relato celebrador sobre o inglês enquanto colonizador e de desmascarar o «embuste e a extorsão» que, segundo cria, eram inerentes à natureza do Império, tal como o jovem Blair, o polícia imperial, cedo descobrira.

---

[17] Muito sumariamente, Orwell rejeita a posição ideológica do autor, mas reconhece-lhe os méritos literários como contista e o carácter memorável de muito do que Kipling escreveu, dando como exemplo as expressões «the white man's burden»/«o fardo do homem branco», «East is East and West is West»/«O Oriente é o Oriente e o Ocidente é o Ocidente», e tantas outras que passaram a fazer parte integrante do vocabulário colonial da língua inglesa.

Romance subversivo e controverso para a época, *Dias Birmaneses* foi inicialmente rejeitado por Victor Gollancz, que com tanto entusiasmo recebera *Na Penúria em Paris e em Londres*. O editor receava o escândalo que a obra iria causar na comunidade anglo-indiana e na sociedade inglesa em geral, antevendo um sem número de processos em tribunal por difamação que a publicação da obra poderia acarretar[18]. A Heinemann e a Cape também declinaram publicar o romance, e só uma editora norte-americana, a Harper Brothers, teve a coragem de o dar à estampa, encontrando-se mais distante de eventuais ações judiciais por parte daqueles que se poderiam sentir mal (ou demasiadamente bem?) representados na obra. *Dias Birmaneses* foi a única obra de Orwell que saiu primeiro nos Estados Unidos e só mais tarde em Inglaterra, onde veio a ser publicada em 1935, depois de o prudente Gollancz se ter certificado de que a edição americana não tinha causado grande celeuma e de ter obrigado Orwell a substituir nomes de personagens e de lugares, insistindo ainda na inclusão de uma nota introdutória em que se assevera o carácter totalmente ficcional da obra. Ainda assim, a circulação de *Dias Birmaneses* esteve proibida na Índia até à independência do país. Claramente, o romance foi considerado demasiado perigoso para ser lido pelo público colonial.

Dias Birmaneses é, com efeito, uma obra em que se faz uma crítica acérrima ao imperialismo britânico e se dá uma imagem da comunidade inglesa na Birmânia em que a mediocridade intelectual, a incompetência profissional e a falta de valores éticos e morais rivalizam com o racismo,

---

[18] De tal forma estava Gollancz preocupado com a reação à obra que confidenciou ao agente literário de Orwell, Leonard Moore, que preferia desistir da publicação a passar noites em claro a pensar nos problemas que esta lhe traria (citado por Crick: 156).

a rapacidade e a violência exercida sobre a população birmanesa. A ação passa-se em Kyauktada, pequena cidade no interior do país, onde a presença inglesa se resume a uma meia dúzia de personagens, todas elas representativas das várias facetas do sistema e dos tipos psicológicos e morais que o mantêm em funcionamento: Mr. Lackersteeen, dono de uma firma de extração de madeiras, é alcoólico e adúltero, e o seu grande entretenimento é olhar com cupidez as pernas das modelos da *Vie Parisienne*; Mrs. Lackersteen, protótipo da «memsahib» colonial, é uma mulher dominadora, superficial, ignorante e mercenária, que aterroriza o marido e os criados, governando-os com autoridade férrea; Elizabeth, sobrinha do casal, vem viver com os tios com o único fito de encontrar marido, de preferência rico, para assim realizar o seu sonho de uma vida aristocrática; Ellis, o gerente de uma firma comercial, é de um racismo tão extremo que acaba por maçar os outros ingleses com os seus inflamados e intermináveis discursos sobre a inferioridade dos orientais e os severos castigos com que deviam ser punidos; Maxwell, o responsável pelas zonas florestais, é uma figura apagada, medíocre e incompetente; MacGreggor, o governador do distrito, embora afável e bem intencionado, tem uma boa disposição postiça e irritante; Westfield, o comissário de polícia, é uma personagem oca e sombria, que repete *ad nauseum* um reportório limitado de chavões e de anedotas sem piada; Verrall, o polícia militar, é o típico menino-bem de classe alta, bom desportista, arrogante e insensível, deixando atrás de si um rasto de contas por pagar e de expectativas de casamento frustradas.

Flory, exportador de madeiras e o protagonista da história, é a única personagem que sobressai neste panorama mesquinho e desprezível, possuindo qualidades intelectuais que o colocam acima dos outros. O seu interesse pela leitura e pela discussão de ideias é até mal visto pelos restantes membros da comunidade, que reprovam também o interesse e o respeito que Flory demonstra pela cultura birmanesa e sobretudo — crime dos crimes! — a sua amizade por um médico indiano, o Dr. Veraswami. Flory tem também a perfeita noção de que o Império Britânico só existe para explorar economicamente os outros povos e uma consciência clara de ser cúmplice nesta exploração. Sem ilusões sobre a natureza do sistema nem sobre as figuras que o rodeiam nesse remoto entreposto do Império, a personagem sente uma revolta interior que exprime para si mesma nos seguintes termos:

> A nossa vida é, sob todos os aspetos, uma completa mentira. Ano após ano, frequentamos uns clubezecos onde ainda paira o espetro de Kipling, com um copo de *whisky* à nossa direita, um exemplar do *Pink'un* à nossa esquerda, ouvindo atentamente o Coronel Bodger e concordando entusiasticamente com as teorias dele sobre aqueles malditos nacionalistas que deviam ser fritos em óleo a ferver. Ouvimos os nossos amigos orientais serem apelidados de «miseráveis *babus* sebentos» e admitimos, respeitosamente, que eles *são babus* sebentos. Assistimos impávidos quando uns marmanjos acabados de sair da escola maltratam a pontapé os criados de cabelo grisalho. Chega uma altura em que nos consome um ódio interior aos nossos compatriotas e em que ansiamos por uma revolta da população nativa que afogue em sangue todo o Império. (*BD*: 69–70)

Termos violentos, sem dúvida, em que o ódio ao nativo sentido pelo colonizador inglês é redirecionado por Flory e dirigido contra os seus próprios compatriotas, colocando-se ele ao lado das vítimas coloniais e parecendo advogar a rebelião sangrenta contra o Império como a única solução para acabar com a injustiça. Mas a verdade é que estes sentimentos não são, nem nunca podem ser, expressos por Flory de viva voz. Exteriormente, o protagonista não se atreve a repudiar a colonização e só esporádica e timidamente defende o nativo contra os abusos de poder por parte das forças ocupantes. Em regra, Flory age exatamente como o passo acima indica, pactuando com o modelo instituído da relação colonial e sendo cúmplice, portanto, do racismo e da agressão em que ele se baseia. A sua posição cria, assim, uma situação de fratura e de conflitualidade interior e de alienação relativamente à comunidade de que faz parte, gerando na figura uma consciência clara do fosso abissal entre a máscara pública e o sentimento privado. Disto, resulta também a sensação de total impotência para modificar o seu próprio destino e o do Império, bem como a noção de estar preso na grande mentira que existe no centro do processo colonial.

Não será necessário assinalar os fundamentos autobiográficos da personagem. Flory dramatiza a situação vivida por Eric Blair na Birmânia e veicula tudo aquilo que o jovem polícia imperial (também ele) teve de silenciar na altura. Tal como Blair, Flory não sabe gerir estes conflitos, nem negociar com sucesso os complicados dilemas morais que tem pela frente. À sensação de culpa pela sua cumplicidade na manutenção do sistema acresce a autopenalização pela covardia que demonstra a cada passo e o impede de verbalizar publicamente o seu protesto, ou até mesmo, num âmbito mais restrito, de defender o amigo indiano das acusações infundadas e injustas de que é alvo. A aversão ao Império tem como contrapartida a repulsa de si mesmo, o ódio aos que o sustêm implica necessariamente a repugnância pela sua própria pessoa. Flory suicida-se no final da obra, não tendo encontrado alternativa para este estado de coisas e não conseguindo imaginar um resto de vida passado na mentira, com plena consciência da verdade que não pode nem quer dar a conhecer ao mundo.

O fim da personagem é trágico e a lógica da obra assim o exige, porque nela assenta em grande medida a condenação do colonialismo, sistema que condena figuras como Flory — as mais clarividentes e eticamente corretas — a uma situação insustentável. Sendo indiscutivelmente esta uma das lições que a obra nos convida a retirar da história, a verdade é que ela fica diluída e relativizada em virtude de alguns aspetos menos conseguidos do romance, começando pela construção do próprio protagonista. Com efeito, Flory não atinge a estatura de um herói trágico (como, por exemplo, o de um Kurtz na famosa obra de Joseph Conrad, *O Coração das Trevas*, outra personagem que descobre o «horror» do projeto imperial e a quem o protagonista orwelliano muito deve), nem consegue obter do leitor essa simpatia e identificação, esse misto de admiração e compaixão que sentimos pelo tradicional herói da tragédia. Flory é admirável, certamente, pela lucidez com que analisa a natureza do Império, mas tem demasiadas falhas (a covardia, a inépcia, o egoísmo) para se elevar significativamente em relação aos outros membros da comunidade britânica. E até o seu suicídio é passível de uma leitura diferente da que sugeri acima: Flory apaixonou-se por Elizabeth, e esta, depois de não ter conseguido a união aristocrática que procurava, está prestes a aceitar casar com ele. Mas a amante birmanesa do protagonista (que este expulsou de casa na antevisão do casamento) confronta-o publicamente com o abandono, numa cena escandalosa que deixa Flory amesquinhado perante os seus pares. Compreendendo que nunca poderá redimir-se da vergonha por que passou, Flory vai para casa, mete a caçadeira na boca e acaba com a vida.

Em suma, parece-me que o subenredo amoroso da obra, contribuindo para a sensação de isolamento e de impotência do protagonista, acaba por desviar a nossa atenção daquilo que a própria obra elegeu como tese essencial e propósito máximo: a condenação do colonialismo. Em última análise, a obra oscila entre vários registos trágicos, não optando inequivocamente por nenhum deles e assim diminuindo o efeito e o impacto de cada um. Anos mais tarde, Orwell virá a referir-se a *Dias Birmaneses* nos seguintes termos:

> Fica assim claro que tipo de livros queria escrever — se é que posso dizer que nesta altura [na adolescência] eu tinha a ideia de vir a escrever livros. Queria escrever enormes romances naturalistas com finais trágicos, cheios de descrições minuciosas e figuras de estilo espampanantes, repletos de passos rebuscados e floreados, em que as palavras eram escolhidas apenas porque soavam bem. E de facto, o meu primeiro romance, *Dias Birmaneses*, escrito quando tinha 30 anos, mas planeado muito antes, é em certa medida um romance deste género. (*CW*, vol. XVIII: 217–218)

Orwell virá a reconhecer, portanto, que *Dias Birmaneses* é uma obra imatura e de algum modo insatisfatória. E eu concordo: Flory é no fundo uma personagem insatisfatória, como insatisfatório é, em geral, o romance, quer como obra literária, quer como denúncia do sistema colonial. Em grande parte, o romance falha a estes dois níveis — o literário e o político — pela mesma ordem de razões: tal como o autor, que viveu a experiência colonial e sobre ela decidiu escrever o seu primeiro romance, Flory está demasiadamente próximo deste mundo, preso em contradições que não só não sabe resolver como não consegue articular em toda a sua ambivalência e ambiguidade. Demasiado próximo está também Orwell do seu protagonista, que indubitavelmente veicula uma experiência autobiográfica intensa e desestabilizadora, e em relação à qual não tem ainda a perspetiva crítica que mais tarde virá a conseguir.

Dias Birmaneses é um romance de tese, com muitas das desvantagens deste tipo de obra. Tanto o enredo como as personagens pecam por falta de densidade e de complexidade, e existem no texto unicamente como instrumentos que veiculam uma determinada ideia que a obra pretende expor e demonstrar. E não tem também algumas das vantagens e méritos desse género de obra, uma vez que a muitos níveis falha também a própria tese da obra. Com efeito, a condenação do colonialismo é feita sobretudo em termos morais, como se fosse algo do foro pessoal e íntimo, vivido subjetivamente por figuras isoladas, alienadas da comunidade a que deviam pertencer, rebelando-se interiormente contra a colonização, mas incapazes de a pensar em termos históricos e públicos. É este, no fundo, o problema que Flory não consegue resolver e o leva ao suicídio. A experiência pessoal revela-se tão avassaladora que é impossível ao protagonista fazer sentido dela em termos mais vastos. E se o silêncio de Flory, que, por medo e inércia, pactua com a mentira do Império, não se pode atribuir ao autor (que, afinal, quebrou esse silêncio, alguns anos depois, ao escrever a obra), a verdade é que em *Dias Birmaneses* Orwell ainda não tinha encontrado a voz e a *persona* que lhe permitirão, mais tarde, transformar a experiência autobiográfica em algo com um significado mais abrangente e politicamente mais interventivo. Flory deixa-nos o seu grito de revolta contra o colonialismo, mas, tal como o próprio Orwell da altura, não consegue distanciar-se da experiência e imaginar qualquer forma produtiva de resistência a um estado de coisas que se lhe apresenta como errado e injusto.

Do ponto de vista nosso contemporâneo, muito há a objetar a *Dias Birmaneses*, que enferma ainda do tom paternalista, se não mesmo racista, do discurso colonial típico. Os leitores e leitoras atuais poderão contestar a imagem do nativo que a obra oferece e que se situa exclusivamente entre dois polos opostos: de um lado, o vilão U Po Kyin (figura maquiavélica, que nos bastidores orquestra a queda do médico, seu rival, de modo a conseguir o prestígio social que sempre ambicionou), cujo retrato não difere muito do estereótipo do oriental manhoso, traidor e repulsivo, tão frequente na retórica colonialista; do outro, o Dr. Veraswami, protótipo do nativo respeitador e subserviente, uma espécie de «Pai Tomás»[19] que incondicionalmente aceita a necessidade da presença colonial e considera a civilização inglesa como em tudo superior à do colonizado.

Alguns estudiosos contemporâneos[20] chamam corretamente a nossa atenção para os limites da crítica ao colonialismo feita em *Dias Birmaneses*. Se Orwell nada mais tivesse escrito sobre o Império, teríamos de reconhecer que o que a obra nos propõe para reflexão é pouco: o sistema produz efeitos terríveis nalguns dos seus membros (aqueles que mais consciência têm da natureza imoral da opressão), mas pouca margem de manobra nos oferece para uma alteração positiva de tal estado de coisas. A condição de Flory, preso entre dilemas para os quais não vê saída e autopunindo-se pela sua cumplicidade na injustiça, não é de facto conducente a uma visão otimista do fim de tão opressivo sistema.

---

[19] O Pai Tomás é uma personagem do romance de Harriet Beecher Stowe, *A Cabana do Pai Tomás* (1852), e passou a simbolizar a subserviência e aceitação, por parte dos negros ou de qualquer povo colonizado, da autoridade e poder brancos.

[20] Veja-se, por exemplo, Scott Lucas, *Orwell* (20–24), em que o crítico parte das limitações de *Dias Birmaneses* para contestar (injustamente, na minha opinião) a posição subsequente de Orwell como anti-imperialista.

Enquanto romance, *Dias Birmaneses* sofre também por se situar no término da tradição de escrita colonial que se dedicava à glorificação do Império e no início de uma outra que o viria a contestar e neste momento dava ainda os primeiros passos[21]. Muito devendo a Kipling, no relato da vivência quotidiana do Império, a obra rejeita a posição política do consagrado autor; indo buscar a Conrad as primeiras dúvidas sobre a legitimidade do sistema colonial, fica muito aquém da questionação do autor de *O Coração das Trevas* do «horror» de uma civilização que subitamente descobre a barbárie dentro de si. Hesitando entre a sobranceria do primeiro e a reflexão existencial do segundo, entre a sátira e a tragédia, entre o panfleto político e o romance sobre a solidão colonial, a obra perde-se e esvai-se por entre vários objetivos e modelos, sem encontrar um caminho claro e inequívoco para sair «de Mandalay». Enquanto crítica ao Império, *Dias Birmaneses* enferma de erros e falhas, é certo, mas não podemos esquecer a falta de antepassados literários e teóricos para o que Orwell se propôs ao escrever o seu primeiro romance. Crítica incipiente, sem dúvida, a que *Dias Birmaneses* nos oferece, mas que é felizmente o primeiro ponto do percurso do autor nestas matérias. Em textos posteriores, algumas das limitações são superadas e o que Orwell tem a dizer dos mecanismos que criam e mantêm o modelo colonial parece-me ser, ainda hoje, de extrema relevância.

A fama de Orwell como anti-imperialista reside, com efeito, não só no seu primeiro romance, mas também em dois dos mais famosos ensaios que escreveu, «Um Enforcamento» (publicado, aliás, antes do romance, em 1931) e «Matar um Elefante» (de 1936), textos a que já nos referimos brevemente

---

[21] De que *Passagem para a Índia,* de E. M. Foster, é um dos primeiros exemplos.

num capítulo anterior e que agora merecem um estudo mais detalhado. O primeiro é contemporâneo (da escrita, se não da publicação) de *Dias Birmaneses*, o segundo, de *O Caminho para Wigan Pier*, documentário em que, como já vimos, Orwell reflete no seu percurso biográfico e ideológico e diretamente se refere à sua vivência do colonialismo. Chamo a atenção para o facto porque ele é significativo: a distância de cinco anos entre os dois ensaios é bem visível na evolução literária e política que detetamos entre um e outro texto.

Na minha leitura[22], «Um Enforcamento» releva em grande parte da oscilação já detetada em *Dias Birmaneses* entre a condenação moral da injustiça e a denúncia política do colonialismo. Tal como o romance, o ensaio continua a hesitar entre os dois pratos da balança, e em última análise dá mais peso ao primeiro do que ao segundo. Para os leitores e leitoras que a desconhecem, a história conta-se em poucas palavras: «Um Enforcamento» narra a participação de um narrador (que não tem nome, mas que facilmente depreendemos ser oficial colonial) no enforcamento de um prisioneiro nativo. Depois da referência à localização da cena (uma prisão «na Birmânia, numa manhã ensopada da estação húmida») e da rápida descrição do prisioneiro («um Hindu, um homenzinho débil e frágil, com a cabeça rapada e de olhos vagos, líquidos»), a ação inicia-se no momento em que este é levado sob escolta da cela até ao local da execução, percurso que é interrompido por três episódios. Primeiro, o solene cortejo é perturbado pelo aparecimento inesperado de um cão, ladrando «de júbilo por encontrar tantos seres humanos juntos», que salta alegremente e lambe o prisioneiro

---

[22] A leitura que proponho muito deve à brilhante análise do ensaio feita por David Lodge em *The Modes of Modern Writing*, que despista os marcadores «literários» do texto, contribuindo estes para uma abertura de sentidos que o desenraíza do contexto histórico e político original.

na cara; mais adiante, o narrador regista o incongruente facto de o prisioneiro, mesmo nos últimos momentos de vida, se desviar deliberadamente de uma poça de água para não molhar os pés; finalmente, já no cadafalso, o prisioneiro solta um grito desesperado, chamando pelo seu deus, numa invocação repetitiva e imparável (assim parece ao narrador) de «Ram, Ram, Ram, Ram, Ram», quase como o «toque de um sino», gerando-se uma enorme tensão em todos os que assistem à cena. Neste instante, o narrador admite que tanto ele como os outros têm a mesma reação: «matem-no depressa, ponham fim a isto, acabem com este barulho insuportável!» Depois da execução, oficiais europeus e subalternos indianos reúnem-se, aliviados, à volta de um *whiskey*, rindo exageradamente da piada sem graça de um deles. «O morto estava a dez metros de distância», é o breve, mas elucidativo, comentário final do ensaio.

Perante este resumo da história (que não faz, evidentemente, jus ao texto), não é difícil perceber que «Um Enforcamento» tanto pode ser lido como uma crítica ao colonialismo como uma condenação mais universal à pena de morte, independentemente do contexto em que ela surja. Não é isto necessariamente um defeito, é bom de ver. O apelo da literatura é, para muitos, o do seu significado universalizante, aquilo que a faz ultrapassar as barreiras do tempo e do lugar em que foi produzida. Nesta medida, «Um Enforcamento» terá sempre assento entre uma literatura que pretende intervir em questões tão polémicas e socialmente tão importantes como a da pena capital. Mas no contexto da obra orwelliana, e em particular da posição do autor acerca do Imperialismo que aqui discutimos, o ensaio, tal como o romance, integra-se numa fase ainda imatura, em que se dá primazia ao moral sobre o político e à reação individual sobre a moldura histórica e ideológica.

Lembremos rapidamente alguns traços do texto que suportam esta opinião: o Eu narrativo é anónimo, pouco se sabendo da sua identidade pública ou da razão da sua participação no enforcamento; as referências à localização da história são mínimas e a «Birmânia» do texto funciona mais como um espaço paradigmático do que concreto e histórico; nunca é referido o crime do prisioneiro, que determinou a sua condenação à morte; enfim, existem no texto uma série de omissões estratégicas, cujo efeito cumulativo é o desenraizamento da história do contexto colonial em que a ação decorre. Acrescem a isto outros traços da narrativa que a orientam no mesmo sentido atemporal e a-histórico: um prisioneiro que é escoltado até ao lugar da execução por guardas nativos, que executam as ordens de um invasor; as interrupções e as paragens no percurso; a passividade do prisioneiro, que resignadamente se deixa conduzir à morte; o seu grito, nos últimos momentos, invocando deus — tudo isto nos remete para a grande narrativa arquetípica da paixão de Cristo, conferindo assim um significado mítico à experiência aí descrita.

Ensaio brilhante, revelando uma unidade, coerência e controle de técnica narrativa que estão ausentes do romance, «Um Enforcamento», tal como *Dias Birmaneses,* deixa muito a desejar enquanto condenação do colonialismo. Nele se encontra ainda a mesma dificuldade em perspetivar a experiência pessoal do narrador[23] em termos que ultrapassem os

---

[23] Não entro aqui na fascinante polémica, mantida acesa nas sucessivas biografias do autor, sobre a natureza mais ou menos autobiográfica dos dois ensaios. Apesar dos esforços dos biógrafos, continuamos sem saber se efetivamente os episódios relatados em «Um Enforcamento» e «Matar um Elefante» são factualmente exatos e literalmente verídicos, ou se, pelo contrário, muito do que neles se conta é fruto da imaginação do autor e retirado de casos semelhantes de que teve conhecimento. O próprio Orwell alimentou a especulação, confidenciando a várias amigas, a propósito do segundo ensaio, que se tratava

da revelação, transitoriamente vivida, sobre a injustiça da situação. Significativamente, em 90% do texto, o narrador fala-nos não na primeira pessoa do singular, mas do plural. Esse «nós» é a marca da sua pertença a uma entidade coletiva, uma comunidade da qual o narrador se separa, passando a dirigir-se-nos na primeira pessoa do singular, apenas num momento epifânico do texto — quando o pequeno gesto do prisioneiro, que a instantes da morte evita ainda uma poça de água, subitamente lhe revela, em todas as suas implicações, o que significa a pena de morte:

> É curioso, mas até àquele momento nunca tinha percebido o que significa destruir um ser humano em pleno uso das suas faculdades físicas e mentais. Quando vi o prisioneiro a evitar a poça de água, apercebi-me do carácter misterioso e inefável dessa enormidade que é encurtar uma vida no seu auge. Este homem não estava moribundo, estava tão vivo como cada um de nós. Todos os órgãos do seu corpo continuavam a funcionar — os intestinos a digerir a comida, a pele a renovar-se, as unhas a crescer, os tecidos a reconstituirem-se —, tudo a trabalhar ironicamente para nada. As unhas ainda estariam a crescer à beira do cadafalso, durante a queda por aí abaixo, com escassos segundos de vida. Os olhos ainda viam o cascalho amarelado e as paredes cinzentas, e o cérebro ainda recordava, previa, raciocinava — raciocinava ainda e até sobre as poças de água. Ele e nós fazíamos parte de uma comunidade de homens que caminhavam lado a lado, vendo, ouvindo, sentindo, compreendendo o mesmo mundo; e daí a dois minutos, com um

---

«apenas de uma história», o que, evidentemente, não resolve o problema da natureza do texto. Para os efeitos presentes, e tal como referimos relativamente a *Na Penúria em Paris e em Londres*, a questão é tangencial: depende o valor da crítica ao colonialismo de uma fidelidade extrema e estreita à vivência empírica?

súbito estalido, um de nós desapareceria — uma mente a menos, um mundo a menos. (*CW*, vol. x: 208)

Neste momento axial do ensaio, o narrador destaca-se da comunidade em que se insere (a do colonizador, a dos cúmplices na injustiça, a de todos nós, que aceitamos a enormidade da pena capital?), registando as terríveis ironias da situação. Ironicamente também, essa sua separação irá conduzi-lo à noção de uma humanidade em comum, essa comunidade dos vivos a que todos pertencemos e da qual um membro vai ser (injustamente?) excluído. Mas, em breve, o narrador deixará subsumir-se novamente pela comunidade dos seus pares, participando na culpa coletiva e assim se (re)integrando no mundo da opressão. Tal como Flory, este narrador descobre a verdade sobre a injustiça, mas nada quer ou pode fazer contra ela, remetendo-a para o foro do subjetivo e do moral, eximindo--se, assim, de intervir em termos públicos para lhe pôr fim.

Justificadamente reconhecido pelo público e pela crítica como um extraordinário ensaio, quando mais não seja pela desfamiliarização daquilo que é tão familiar que nos esquecemos de lhe dar valor — a dinâmica imparável da vida na sua dimensão física e material —, «Um Enforcamento» é ainda um texto que demonstra uma visão simplista e imatura das complicadas relações entre colonizador e colonizado. O modelo arquetípico que subjaz ao texto assim o impõe, configurando uma dicotomia estreita entre «bons» e «maus», vítimas e opressores, a impotência do povo subjugado e a autoridade absoluta do dominador britânico. Uma questionação do colonialismo que, como a crítica hoje reconhece, reproduz os binarismos e as dicotomias do pensamento eurocêntrico, institui uma dialética rígida e redutora entre poder e vítima, não deixando, portanto, margem de manobra para qualquer forma de negociação ou resistência.

No momento seguinte do seu percurso como escritor e como pensador destas matérias, Orwell consegue reposicionar os termos da questão, reposicionando-se a si mesmo relativamente à sua experiência do mundo colonial. Para os nossos efeitos, em «Matar um Elefante», o narrador é uma entidade bem mais sofisticada, desdobrando-se entre o Eu que vive a experiência e o Eu que posteriormente escreve sobre ela, e neste elemento (aparentemente de natureza meramente formal) radica em grande parte o sucesso deste texto, onde «Um Enforcamento» falha. Agora sim, há uma entidade que, assumindo não só a sua colaboração na opressão do Outro, é capaz de olhar criticamente para si próprio e de se entender, entender esse Outro e as relações que entre ambos se estabelecem em toda a sua ambivalência.

O narrador de «Matar um Elefante» move-se, com efeito, num mundo que já não é a preto e branco, maniqueisticamente composto por «bons» e «maus», colonizados e colonizadores. Relembro a frase inicial do ensaio, já citada no Capítulo I (1.2.), em que o narrador nos dá conta da revolta da população birmanesa contra o domínio colonial e do incómodo papel de membro das forças ocupantes que lhe está reservado:

> Em Moulmein, no Sul da Birmânia, eu era odiado por muita gente — a única vez na vida em que fui suficientemente importante para tal me acontecer. Era subinspetor de polícia na cidade e, embora se manifestando de uma forma inconsequente e mesquinha, o sentimento antieuropeu era muito forte. [...] Sendo polícia, era um dos alvos preferidos das provocações, sempre que isso pudesse ser feito com impunidade.

Traduzo agora o resto do passo para acentuar o que sugeri sobre o carácter paradoxal da figura deste narrador e da situação em que se encontra:

Tudo isto era confuso e perturbador. Nessa altura, eu já tinha chegado à conclusão de que o imperialismo era uma coisa diabólica e quanto mais depressa me visse livre deste emprego, melhor. Em teoria — e em segredo, claro —, eu estava do lado dos birmaneses e contra os seus opressores, os britânicos. [...] Mas não conseguia perspetivar a situação no seu todo. Sendo jovem e ignorante, e tendo sido forçado a pensar estes problemas no silêncio total que é imposto ao inglês no Oriente, não tinha consciência de que o Império Britânico estava moribundo, muito menos de que esse império é bem melhor do que os que o estão agora a suplantar. Só sabia que estava preso entre o meu ódio ao império que servia e a minha fúria contra aqueles estafermos que me faziam a vida negra. Uma parte de mim pensava que o imperialismo britânico era uma tirania inescapável, uma terrível opressão que se abatia, *in saecula seculorum*, sobre os povos subjugados; outra parte pensava que nada me daria mais prazer do que espetar uma baioneta nas entranhas de um monge budista. Sentimentos como estes são um subproduto normal do imperialismo; perguntem a qualquer oficial anglo-indiano, se o conseguirem apanhar em privado. (*CW*, vol. x: 501–502)

O Eu que vive a experiência está dividido entre o sentimento privado de ódio pelo Império e o seu papel público de subinspetor de polícia, entre a sua simpatia pela causa nacionalista birmanesa e a raiva contra as «aquelas caras amarelas, com esgares de gozo» que o insultam em cada esquina e lhe passam impunemente rasteiras nos jogos de futebol. Mas o Eu que escreve o texto sabe identificar e verbalizar a esquizofrenia criada pelo sistema colonial, ou seja, é agora capaz de encarar as tensões e as discrepâncias entre o pessoal e o público, a teoria e a prática, o empírico e o ideológico, numa dimensão supraindividual, como sendo resultado das condicionantes mais vastas em que o sujeito se insere. Um sujeito que assim nos surge radicalmente dividido em si mesmo, duplamente inscrito perante uma situação complexa e contraditória, cuja ambiguidade entende agora, com o distanciamento crítico entretanto adquirido, como estrutural e não meramente pessoal. É nesta segunda faceta do narrador, aquele que, anos mais tarde, reflete e escreve sobre a experiência anterior (entidade que não encontramos nem em «Um Enforcamento» nem em *Dias Birmaneses*), que assenta a possibilidade de uma crítica mais bem fundamentada e mais produtiva ao colonialismo enquanto sistema.

O episódio contado neste ensaio é, também, em si mesmo, sintomático do mundo complexo e paradoxal em que se desenrolam as relações entre colonizador e colonizado. Mais uma vez (e não acidentalmente), a morte está no cerne da experiência da colonização, embora desta feita a vítima não seja um ser humano, mas um elefante. Na sua qualidade de subinspetor de polícia, o narrador é chamado a intervir quando um elefante, durante um ataque de cio, espalha o terror nas aldeias vizinhas, destruindo tudo à passagem e matando até um habitante. Sozinho e de posse apenas de uma arma ligeira, o narrador não tem qualquer intenção de matar o animal: por um lado, porque se lhe afigura (ilogicamente, como ele admite) que matar um animal de grande porte é uma espécie de «assassínio»; por outro, porque tem consciência do valor económico que ele representa para a população («comparável à destruição de uma enorme e cara peça de maquinaria»). Aliviado fica, portanto, quando encontra o elefante, passado o ataque, a comer erva pacatamente num campo e se lhe torna claro que ele já não constitui qualquer perigo. Mas neste momento, o narrador dá-se conta que atrás de si se juntou uma enorme multidão, excitada pela antevisão do bestial espetáculo do abate de um elefante.

E nesse momento, compreende também que, embora razões de peso o levem a poupar o animal, algo mais forte o obriga a tomar a decisão contrária e a agir contra a sua consciência:

> E foi nesse preciso instante — ali estava eu, carabina em punho — que pela primeira vez compreendi o carácter vão do domínio do homem branco no Oriente. Eu, o homem branco, de arma na mão, em frente da multidão nativa desarmada — aparentemente, o ator principal da peça, mas, na realidade, uma simples marioneta comandada pela vontade daqueles rostos amarelos atrás de mim. Nesse momento, percebi que quando o homem branco se transforma num tirano, é a sua própria liberdade que ele destrói. Torna-se numa espécie de espantalho oco e postiço, na figura convencional do *sahib*[24], porque é condição essencial do seu poder passar a vida a tentar impressionar os «nativos», e, portanto, em todos os momentos de crise, tem de agir como os «nativos» esperam que ele aja. Enfia uma máscara, e a cara, com o tempo, vai-se-lhe ajustando. (*CW*, vol. x: 504)

No episódio central deste texto (em que, tal como no ensaio anterior, o narrador subitamente descobre algo de que não se apercebera antes), o que sobressai é acima de tudo a natureza ambivalente do sistema colonial, bem como a interdependência das figuras do colonizador e do colonizado, ou seja, o facto de, em virtude desse mesmo sistema, cada uma das identidades implicar necessariamente a outra, num jogo ou peça dramática em que cada um tem de assumir os papéis que lhe estão reservados. Não significa isto que devamos ler a situação como um exemplo da velha dicotomia entre «apa-

---

[24] *Sahib*, literalmente: «dono», «senhor», «amigo»; forma de tratamento reverente com que os indianos se dirigiam aos ingleses.

rência» e «realidade», numa visão essencialista em que tanto colonizador como colonizado escondem a sua «verdadeira» identidade e assumem temporariamente uma «máscara» que a substitui. O texto tem consciência de que o processo vai mais fundo e mais longe: a cara do colonizador vai-se adaptando à máscara, isto é, a interiorização da identidade do colonizador como figura de autoridade é indispensável para a criação e manutenção do sistema, e o seu poder tem de ser constante e repetidamente exercido (lembrado) perante o colonizado.

Mas o exercício do poder colonial radica, ele próprio, numa ambivalência central, uma vez que pressupõe a um tempo a insistente exibição do poder e a ansiedade ou medo da perda da autoridade sobre o Outro. No final do ensaio, o narrador confessa-se, admitindo as verdadeiras razões pelas quais acabou por matar o elefante:

> Depois do acontecido, claro, houve discussões infindáveis sobre o abate do elefante. O dono ficou furioso, mas como era indiano, pouco pôde fazer. Aliás, em termos legais eu agira corretamente, porque um elefante desgovernado tem de ser abatido, tal como um cão raivoso, se o dono não o conseguir controlar. Entre os europeus, as opiniões dividiam-se. Os mais velhos estavam do meu lado, e os mais novos diziam que tinha sido uma pena abater um elefante só por ter morto um *coolie*[25], *porque um elefante tinha muito mais valor do que o raio de um coolie* nativo. Eu acabei por ficar satisfeito por o *coolie* ter morrido; legalmente, colocou-me do lado da razão e deu-me um pretexto para matar o elefante. Fiquei sempre a pensar se algum dos outros tinha percebido que eu só o matara para não fazer uma triste figura. (*CW*, vol. x: 506)

---

[25] *Coolie* significa literalmente carregador, mas era também um termo coletivo e abusivo para todos os indianos das castas mais baixas.

Nesta complicada situação, para a qual confluem razões de vária ordem e de sentido contrário, o narrador é chamado a agir segundo o mito construído acerca da figura do colonizador, ao mesmo tempo que descobre as frágeis bases em que assenta o seu domínio sobre o colonizado. Estranhamente (ou talvez não), a revelação ocorre no momento em que os papéis habituais parecem inverter-se e em que ele, símbolo do poder britânico, é manipulado pelo súbdito colonial, passando aparentemente de opressor a vítima. É um momento problemático do texto, que poderíamos ler ingenuamente como forma de branqueamento do colonialismo. Afinal, quem tem aqui o poder? O inglês, que sensatamente não quer matar o elefante, ou a multidão ululante, que quer gozar o espetáculo primitivo do sacrifício do animal e o obriga a atirar? Mas não é isso, de facto, que se passa; antes, o que aqui está em causa é o desmascarar de um poder tido como hegemónico e monolítico e o assumir das contradições internas do sistema e das figuras por ele criadas. Nos interstícios dessas contradições, abre-se o espaço de questionação do sistema e, através delas, revelam-se as brechas e as ruturas no edifício supostamente sólido do poder colonial. Mais do que a lição (já aprendida com Conrad e que se retira também de *Dias Birmaneses*) de que o colonialismo destrói, em última análise, o colonizador, o que devemos extrair como conclusão do passo acima citado (e do ensaio em geral) é que as bases de sustentação do sistema colonial são de extrema complexidade e de profunda ambivalência: ao mesmo tempo ilusórias — porque baseadas numa estratégica construção identitária das duas entidades que o compõem, no mito do que é ser inglês e nos estereótipos derrogatórios criados sobre o Outro — e reais — porque determinam a ação concreta das partes envolvidas e implicam comportamentos que muitas vezes se traduzem numa questão de vida ou de morte, quando mais não seja de um elefante.

«Matar um Elefante» é, assim, uma crítica ao colonialismo bem mais desestabilizadora e inquietante do que a presente nas obras anteriores, que ofereciam aos leitores e leitoras o conforto de uma perspetiva maniqueísta e a tranquilidade de uma leitura moral do problema da injustiça. O ensaio convida-nos, também a nós, a pesar as múltiplas implicações do problema e impede-nos de avaliar de forma simplista as figuras envolvidas, sejam elas indianos ou europeus, colonizados ou colonizadores. De forma ambivalente, teremos também de olhar a figura do Eu narrativo, a um tempo o jovem ignorante e cúmplice da opressão, e a figura mais madura que frontalmente o expõe em todos os seus defeitos, limitações e fragilidades.

O ano de 1936, data da escrita de «Matar um Elefante», foi um ponto de viragem para Orwell. A sua viagem ao Norte de Inglaterra, onde pôde avaliar os efeitos da Grande Depressão nas comunidades mineiras, trouxe-lhe o conhecimento da classe trabalhadora de que necessitava para redirecionar a empatia emocional que sentira com os oprimidos depois da sua experiência como opressor e transformá-la num projeto político de defesa do socialismo democrático. Deste projeto, que se começa a esboçar em *O Caminho para Wigan Pier*, falaremos detalhadamente a seu tempo. Mas para dar continuidade ao tema deste capítulo e discutirmos a subsequente posição de Orwell acerca do Império, basta adiantar que a sua urgência é óbvia, no momento histórico de expansão do fascismo na Europa e da ameaça iminente de uma segunda guerra mundial. E é esta a razão pela qual Orwell começa por esta altura a gizar o plano de uma profunda transformação da sociedade inglesa, tarefa que o ocupará durante os anos de guerra, em que procurará reinventar a nação nas suas várias componentes e encontrar soluções para o que se lhe afigura imperioso: aproveitar a destruição da guerra para a construção de uma nova sociedade.

O imperialismo britânico não pode ter — e não tem — lugar neste projeto. Mas, segundo o autor, a esquerda não tinha assumido todas as consequências do fim da era colonial, recusando-se a enfrentar a inevitável quebra do nível de vida que o final do Império implicaria e a consequente redução da Inglaterra a «uma ilhazita fria e insignificante, onde todos teríamos de trabalhar no duro e subsistir à base de arenques e batatas.» (*RWP*: 148) É o que o autor argumenta numa recensão publicada em julho de 1939, e na qual ataca a posição antifascista do autor de *Union Now*, Clarence Strait, que se lhe afigura hipócrita porque, insurgindo-se contra o totalitarismo nazi, nada tem a dizer de um sistema igualmente opressor: o Imperialismo britânico. Segundo Orwell, a esquerda esquece ou rasura o facto de «a maioria do proletariado britânico não viver na Grã-Bretanha, mas na Ásia e na África» (*CW*, vol. XI: 360), tacitamente assumindo, portanto, que «os pretos não contam» (*idem*)[26]. E no entanto, para o autor, o desmantelar do Império era vertente essencial da reconstrução do país, a par da extinção das barreiras de classe, da democratização da educação, do fim do mito do progresso tecnológico, do descrédito de teorias xenófobas e da abolição dos privilégios económicos e sociais.

Projeto polémico no seu todo, e polémica sobretudo a proposta de desmembramento do Império num momento em que a Inglaterra se batia contra potências imperiais e expansionistas. Mas é o que Orwell defende em inúmeros ensaios publicados entre 1939 e 1945, nomeadamente em «O Leão e o Unicórnio», onde (como veremos no Capítulo IV) discute o declínio do Império nas décadas anteriores e advoga, como parte do programa em seis pontos que consubstancia

---

[26] No original, «not counting niggers». Em algumas coletâneas de ensaios, é precisamente este o título dado ao artigo.

a sua ideia da Inglaterra renovada que, segundo ele, deveria emergir da Segunda Grande Guerra, «o estatuto imediato de Domínio para a Índia, com direito à independência logo que a guerra acabe» (*CW*, vol. xii: 422). Aí se sugere também que a relação entre os dois países deverá ser a de uma «parceria entre iguais, até à altura em que o mundo deixe de ser governado pelos bombardeiros» (*CW*, vol. xii: 426), seguida da independência da Índia no final do conflito. O seu conceito de reconstrução do país passa incontornavelmente pelo fim da era colonial e da exploração do subcontinente indiano, e pelo estancar do «rio de dividendos que flui diretamente dos corpos dos *coolies* indianos para as contas bancárias das velhotas respeitáveis de Cheltenham» (*CW*, vol. xii: 426).

Mas este desenvolvimento político só seria possível se a Inglaterra se constituísse como país socialista, revolução tanto mais urgente quanto dela dependeria não só a alteração interna do país, mas a sua relação com as ex-colónias e a sua posição geoestratégica no mundo do pós-guerra. O que Orwell advoga, numa visão não muito distante da que viria a presidir à criação da Commonwealth, é que a Inglaterra e as antigas colónias se constituam numa federação de Estados socialistas independentes, mantendo ligações estreitas entre si, no espírito da «parceria entre iguais» que reputa como essencial. Curiosamente, Orwell sugere que a língua inglesa deverá ser um dos elos mais fortes de qualquer futura relação entre a Inglaterra e a Índia, «a melhor ponte entre a Europa e a Ásia, melhor do que o comércio ou o navio de guerra ou o avião», esperando que os indianos «continuem a escrever em inglês, mesmo que por esse facto sejam apelidados de *babus* por uns e vistos como renegados por outros» (*CW*, vol. xv: 34).

E é sintomático que a sua preocupação com a língua se estenda a uma preocupação com a linguagem racista e o leve até, aquando da reedição de *Dias Birmaneses*, a corrigir muito do vocabulário preconceituoso e derrogatório da obra, emendando «Chinaman» para «Chinese» e acrescentando aspas a «native». Como explica num dos seus artigos no *Tribune* sobre o tratamento dos negros no Sul dos Estados Unidos, a intervenção individual contra o racismo pode e deve passar por «uma pequena precaução, que não dá muito trabalho, mas que provavelmente mitigará um pouco os horrores do conflito racial, isto é, evitar formas de tratamento insultuosas» (*CW*, vol. XVI: 24).

O racismo e o imperialismo continuam sempre no centro das preocupações de Orwell, que nunca perde a oportunidade de escrever recensões críticas de obras que se refiram à Índia (só em 1943 foram quatro), nem de intervir pessoal e/ou publicamente sobre a questão da descolonização. É bem conhecida a resposta que deu à Duquesa de Atholl[27], que o convidara a participar num congresso da League of European Freedom e a quem Orwell respondeu declinando o convite e explicando que «não me posso associar a uma entidade essencialmente conservadora, que se arroga defender a democracia na Europa, mas nada tem a dizer sobre o Imperialismo Britânico» (*CW*, vol. XVII: 385).

Mais adiante, referiremos o seu trabalho na BBC durante os anos de guerra, onde foi responsável pela Indian Section, que transmitia noticiários semanais sobre o desenrolar do conflito e programas de índole cultural e literária para o

---

[27] A Duquesa de Atholl, conhecida como «The Red Duchess»/«A Duquesa Vermelha», foi uma das primeiras mulheres a aceder a um cargo ministerial na Grã-Bretanha. Figura carismática da esquerda, celebrizou-se pela sua firme posição antifranquista durante a Guerra Civil de Espanha. Orwell entrou várias vezes em rota de colisão com a Duquesa, a quem acusava de veicular a posição comunista durante o conflito, olhando-a como protótipo da esquerda estalinista contra a qual sempre se insurgiu (veja-se, por exemplo, a recensão do livro da Duquesa, *Searchlight on Spain*, *CW*, vol. XI: 182ss, e a coluna semanal «As I Please», *CW*, vol. XVII: 29ss).

público de todo o continente indiano. Se Orwell acabou por se demitir do cargo porque se sentia impedido pela censura de advogar publicamente a independência das colónias, ou se o fez por razões de índole pessoal, é algo que ainda divide a crítica. Mas não há dúvida de que Orwell encontrou sempre formas de lutar pelo que lhe parecia justo — não só a vitória aliada, mas o fim do Império Britânico —, porque de algum modo entendia ter ainda uma palavra a dizer de uma matéria que tão de perto o tocara e sobre a qual tinha vindo a fazer uma reflexão aprofundada.

Depois de *Dias Birmaneses,* Orwell não publicou qualquer outro romance nem obra de monta em que o Imperialismo Britânico fosse o tema central. Talvez por isso, alguma crítica entenda que a questão passou para segundo plano nas suas preocupações, ou mesmo, na opinião de alguns, que a incisiva crítica inicial se foi esbatendo e deu lugar a uma posição mais moderada (isto é, mais conservadora) sobre o colonialismo. Nada de mais injusto e incorreto, se olharmos a sua obra como um todo e não privilegiarmos os textos ficcionais relativamente às formas menos «literárias» (mas mais diretamente interventivas) de que fez uso nas últimas décadas de vida. O que se lhe afigurara anos antes como conflito interior e pessoal que tentou exorcizar através da forma romanesca passa depois a fazer parte da visão global que Orwell tem do mundo do seu tempo e do que se lhe seguirá. Adianto neste momento a possível leitura de *Mil Novecentos e Oitenta e Quatro* como a antevisão de um mundo futuro em que o domínio imperial das grandes potências sobre o resto do globo é exacerbado pelo carácter totalitário de todas elas, e em que os caminhos de Mandalay a Wigan são progressivamente mais difíceis — se não impossíveis — de percorrer.

Um dos últimos textos que Orwell escreveu, pensa-se que na primavera de 1949, num dos vários sanatórios em que tentava recuperar da tuberculose que lhe viria a ser fatal, é um conto ou novela de que nos deixou apenas uma sinopse e os parágrafos iniciais. O tema de «A Smoking-room story» é, contudo, bem identificável. Ao jeito de um Kipling ou de um Somerset Maugham, conta-se a história de Curly Johnson, que regressa em desgraça (ficamos sem saber porquê) da Índia, onde vivera e trabalhara. A descrição do ambiente do navio que o leva de regresso à metrópole está saturada de detalhes evocativos da vida no Império: as criadas que preparam a pasta de caril para o jantar; o grupo de imigrantes indianos instalados em tapetes de bambu com as trouxas de roupa à volta; o missionário britânico, enigmático e sinistro; as meninas-bem que bebem *cocktails* antes do jantar e dançam a noite toda ao som das cançonetas da moda; enfim, é aqui vivamente recriada a atmosfera colonial que Orwell conhecera de perto quando jovem.

O enredo completo do conto permanecerá no segredo dos deuses. Os apontamentos quase estenográficos do autor só nos permitem vislumbrar alguns desenvolvimentos da história. Mas o que me parece significativo é este regresso, uma vez mais, a temas coloniais, numa história ela própria de um regresso a casa, talvez de um renegado, porventura de um filho pródigo, sem dúvida de mais uma figura, como um Flory ou um Orwell, que «falhou» na missão imperial que lhe fora confiada. O Império em que nascera acompanhou-o, afinal, até ao fim da vida.

2.3. O rebelde sem causa? *O Vil Metal*

Em termos biográficos, deixámos Orwell no início do capítulo anterior a recuperar de uma pneumonia em casa dos pais, tendo desistido definitivamente do ensino, e ocupando-se nessa primavera e verão de 1934 a escrever *A Filha do Pároco*. Mal acabou o romance, Orwell mudou-se para Londres. Uma vez mais sob os auspícios da tia Nellie Limouzin, Orwell conseguiu trabalho em *part-time* numa livraria em Hampstead, a Booklover's Corner. Os donos, Francis e Myfanwy Westrope, velhos amigos de Nellie Limouzin, não só lhe deram emprego como lhe propuseram que alugasse um quarto na casa onde viviam, no andar de cima da própria livraria. Era uma situação que muito lhe convinha: Orwell dedicava as manhãs à escrita do seu novo romance e à tarde descia as escadas e ajudava a tomar conta da loja.

Segundo tudo indica, Orwell deu-se bem com o casal, com quem conviveu de perto durante alguns meses. Mas isso não obstou a que usasse os Westropes como inspiração para a caricatura que fará posteriormente, em *O Caminho para Wigan Pier*, dos apoiantes típicos da esquerda. Estou a especular, claro, uma vez que nestas questões não pode haver certezas, e especular é sempre arriscado. Mas neste caso, o risco é calculado: é impossível ler a diatribe contra «todos os bebedores de sumos de fruta, nudistas, maníacos das sandálias, tarados sexuais, Quakers, charlatães naturistas, pacifistas e feministas ingleses» (*RWP*: 161), ou seja, contra aquelas figuras excêntricas que, segundo Orwell, tinham uma irresistível atração pela causa socialista, sem nos lembrarmos de que os antigos patrões e senhorios do autor eram também eles vegetarianos, esperantistas convictos, membros do Independent Labour Party[28] e ativistas políticos em várias causas,

---

[28] O Independent Labour Party (ILP) saiu da ala mais à esquerda do Labour Party, partido de que se separou em 1932. Movimento que desde a sua fundação, em 1893, defendia o socialismo democrático e um marxismo não comunista, foi também intransigentemente pacifista na sua oposição à Primeira e à Segunda Grande Guerra. Durante a Guerra Civil de Espanha, o ILP notabilizou-se pelo apoio à causa republicana. Orwell inscrever-se-á no partido em

nomeadamente a dos direitos das mulheres. Típicos habitantes de Hampstead, que na altura era (como em grande parte ainda hoje é) um bairro para onde confluíam artistas e intelectuais, os Westropes pertenciam a uma classe média profissional com alguns traços boémios, socialmente empenhada e acima de tudo (diríamos hoje) politicamente correta, uma classe que Orwell mais do que uma vez ataca violentamente e se tornará num dos seus ódios de estimação.

Neste outono de 1934, Hampstead, a livraria, os Westropes e tudo o que em conjunto ou separadamente estes significavam em termos culturais ou sociológicos será aproveitado por Orwell como matéria-prima para o romance que começara a escrever. O *Vil Metal*[29] tem como protagonista Gordon Comstock, que, tal como o autor, divide o seu tempo entre a escrita e o emprego numa livraria muito semelhante à Booklover's Corner. Vale a pena determo-nos na descrição que nos é fornecida nas páginas iniciais da obra para melhor entendermos este protagonista e o ambiente que o rodeia:

> Era a hora morta a seguir ao almoço, em que apareciam quando muito um ou dois clientes. Só ele e os sete mil livros.

1938, depois da sua experiência nas milícias (como veremos adiante), afastando-se dele em 1941 por discordar da posição antimilitarista que o ILP insistia em manter perante qualquer conflito armado.

[29] Assim se intitula a versão portuguesa, saída em 1990, numa das poucas traduções inspiradas de um título orwelliano. O título original, *Keep the Aspidistra Flying*, joga com a expressão «to fly the flag», ou seja, arvorar a bandeira, substituindo esta ironicamente pela aspidistra, planta que frequentemente se vê nas janelas das casas inglesas de classe média e média-baixa e funciona na obra como símbolo da respeitabilidade burguesa no que esta tem de mais convencional, entediante, mesquinho e limitado. A embirração de Gordon pela aspidistra que tem no quarto alugado (e que ele tenta infrutiferamente destruir) é, portanto, simbólica do seu ódio à mediania e mediocridade da sociedade em geral e da classe média em particular.

A arrecadação que dava para o escritório, atravancada e escura, cheirando a pó e a papel podre, estava a abarrotar de livros velhos, que ali jaziam por vender. [...] Gordon afastou as cortinas azuis, impregnadas de poeira, que separavam a arrecadação do compartimento seguinte, mais bem iluminado, onde se situava a secção dos empréstimos. Levavam-se os livros para casa por dois tostões, sem depósito, tentação irresistível para os ladrões de livros. Só tinha romances, claro, e *que* romances! Mas isso já era de esperar. [...]

A sala da frente, ao contrário do resto da loja, era elegante, luxuosa até, e continha cerca de dois mil livros, não contando com os da montra. [...] Nas prateleiras da esquerda, os livros novos ou quase novos — uma mancha colorida que servia para atrair o olhar dos clientes através das portas de vidro. As lombadas lisas e macias acenavam lá das prateleiras com um sedutor «Compra-me! Compra-me!». [...]

À direita, estava a poesia, e mesmo à frente, a prosa, uma miscelânea de livros arrumados segundo uma escala hierárquica: ao nível dos olhos, os mais bem conservados e mais caros; nas prateleiras de cima e de baixo, os mais baratos e em pior estado. Nas livrarias, desenrola-se uma luta darwiniana sem tréguas, em que os livros dos autores vivos tentam desesperadamente manter-se bem à vista, enquanto os dos autores mortos são relegados para cima ou para baixo, para as profundezas do esquecimento ou o pódio dos eleitos, mas sempre para uma posição em que ninguém dê por eles. Nas estantes de baixo, os «clássicos», esses monstros extintos da era vitoriana, apodreciam discretamente. Scott, Carlyle, Meredith, Ruskin, Pater, Stevenson — já mal se liam os nomes nas lombadas largas e espampanantes. Nas prateleiras de cima, repousavam as gorduchas biografias de duques. Por baixo destas, ainda procuradas e, portanto, de fácil acesso, estavam as obras religiosas, de todos os credos e seitas à mistura. [...]

Mais abaixo, exatamente ao nível dos olhos, as obras mais recentes. O último livro do Priestley. [...] Outras mais intelectuais e arrevesadas. Uma ou duas do Hemingway e da Virginia Woolf. As biografias da moda, em estilo pseudo-Strachey pré-digerido. E aqueles livros altivos e pretensiosos sobre os pintores da moda e os poetas convencionais, escritos por aqueles meninos-bem endinheirados que deslizam graciosamente de Eton para Cambridge e de Cambridge para as revistas literárias. (*KAF*: 2-7)

Booklover's Corner era uma livraria como esta, que sem descurar os interesses supostamente intelectuais do público-tipo de Hampstead, de cultura média ou média-alta, sobrevivia afinal graças à venda ou empréstimo de livros em segunda mão e de obras de literatura de cordel[30]. Gordon, autor de um modesto livro de poemas (bem recebido pela crítica, mas sem sucesso comercial), tem uma atitude de superioridade irónica em relação à clientela e uma mal disfarçada inveja dos livros «altivos e pretensiosos» produzidos pela elite artística e social da moda, de que ele, oriundo de uma classe média empobrecida, se sente excluído.

Não é preciso ler muitas páginas de *O Vil Metal* para ficarmos a conhecer os traços predominantes do seu protagonista: a sua frustração por não conseguir escrever o longo poema, ao jeito modernista, em que denuncia os males da civilização contemporânea; o seu azedume por não conseguir a fama que almeja como artista; o seu ressentimento por se encontrar ali, empregado numa livrariazeca de bairro, a atender clientes ignorantes ou pretensiosos; a sua crítica mordaz e incisiva a todos os aspetos da vida moderna, sobretudo

---

[30] Para uma outra versão da experiência de Orwell nesta livraria, leia-se o ensaio «Memórias de um Livreiro» (*CW*, vol. x: 510-513).

o culto do dinheiro e do sucesso económico; a sua revolta, enfim, contra tudo e contra todos, e a sensação que tem de lhe estarem vedadas as benesses que alguns têm à nascença. Gordon largou um bom emprego numa firma publicitária, preferindo manter a integridade como artista a deixar-se corromper pelo vil metal e vivendo por escolha própria numa situação económica de extrema precariedade. A sua obsessão com o dinheiro (ou melhor, com a falta dele) invade todos os aspetos do quotidiano, complicando-lhe a vida, causando-lhe constantes embaraços e humilhações, abalando a sua autoestima, cerceando até a capacidade de criação artística que Gordon sempre quis preservar intacta e pura, longe dos compromissos e das exigências de uma sociedade mesquinha e mercenária.

Gordon recusa todos os oferecimentos dos amigos e as tentativas da namorada, Rosemary, para o tirar desta situação, mantendo-se orgulhosa e teimosamente na pobreza. Punição autoimposta, gesto admirável de rebeldia ou comportamento imaturo que não leva a nada? Nem o protagonista sabe muito bem:

> E só agora, quando já estava reduzido a duas libras no bolso e tinha cortado praticamente com todas as hipóteses de vir a ganhar mais dinheiro, é que se tinha apercebido da verdadeira natureza da luta que travava. O diabo é que a glória da renúncia nunca dura muito. Viver com duas libras por semana deixa rapidamente de ser um gesto heroico para se transformar num hábito sórdido. Falhar ou ter sucesso na vida no fundo vai dar ao mesmo. Tinha-se despedido de um «bom» emprego e renunciado aos «bons» empregos daí para o futuro. Bom, teve mesmo de ser, e longe dele voltar atrás na decisão. Mas não vale a pena fingir que lá por a pobreza ser autoimposta se escapa aos males que a pobreza traz consigo. Não é que se

sofra fisicamente com duas libras por semana, e se se sofresse, isso era o menos. O pior são os danos que a falta de dinheiro causa no cérebro e na alma. A morte do intelecto, o definhar do espírito — esses males é que acometem quem vive abaixo de um certo nível. Fé, esperança, dinheiro — só um santo pode ter os dois primeiros quando lhe falta o terceiro. (*KAF*: 61-62)

Gordon declarou uma guerra sem tréguas à sociedade, invetivando sem cessar os responsáveis pelo estado das coisas, qual profeta louco e vingador. O seu ódio ao *statu quo*, por genuíno e certeiro que muitas vezes seja, mistura-se na personagem com a consciência de que, em última análise, a grande vítima do combate é ele próprio e não o mundo que pretende atingir. Gordon tem um prazer perverso em ser do contra, em remar contra a maré, em se autoexcluir de tudo o que vê como os benefícios do dinheiro. Mas, facilmente, o leitor apercebe-se de que o orgulho do justo coexiste na personagem com o egoísmo, a autocomiseração, a insensibilidade e alguma falta de escrúpulos. Gordon pertence a uma galeria de figuras (como o Raskólnikov do *Crime e Castigo,* de Dostoiévski, e o Stephen Dedalus do *Retrato do Artista quando Jovem,* de James Joyce) que se sentem incompreendidas enquanto artistas, rejeitadas por uma sociedade filistina que não lhes reconhece o génio e o valor e as condena ao isolamento intelectual e ao ostracismo social. Ou, se quisermos alargar o elenco dos antepassados de Gordon Comstock, lembremo-nos ainda da figura do poeta romântico, solitário e alienado, ou do *poète maudit* ao estilo de Baudelaire, vivendo na mansarda, vítima de um mundo sórdido e rejeitando arrogantemente a respeitabilidade burguesa.

A personagem tem também uma clara descendência: os chamados «Angry Young Men», esses jovens zangados que na década de 50 protagonizaram, tal como Gordon, uma revolta mais ou menos indiscriminada contra o *statu quo*. A geração de escritores em que se incluem John Osborne, Kingsley Amis, John Wain e Alan Sillitoe reconheceu a dívida que tinha para com o Orwell de *O Vil Metal*, bem percetível nos anti-heróis dos seus romances ou peças dramáticas, figuras que vituperam o comodismo e materialismo da época e recusam a acomodação aos valores tradicionais da classe média que se reinstalavam depois da Segunda Grande Guerra. Rebeldes sem causa certa (como o James Dean do filme, o equivalente americano dos «Angry Young Men» ingleses), reagindo contra as primeiras manifestações da sociedade de consumo, desiludidos com o fim das grandes lutas políticas e ideológicas das décadas de 30 e 40, sentindo--se impotentes, na sua marginalidade social e/ou intelectual, para mudar o mundo, estas figuras encontram em Gordon Comstock uma prefiguração do ressentimento, frustração e alienação que sentem perante uma sociedade burguesa, consumista, medíocre e tradicionalista. É assim também que Gordon se entende e entende a situação em que se encontra, por ele vivida com um misto de revolta, orgulho e comprazimento na desgraça.

Antes de seguirmos o destino da personagem, paremos um pouco para considerar alguns aspetos da obra e do seu protagonista relevantes para um outro percurso, o do próprio Orwell, e olhemos *O Vil Metal* no contexto dos anos formativos e das primeiras experiências literárias do autor. *O Vil Metal* mantém uma base reconhecivelmente autobiográfica: a descida aos infernos da pobreza continua a temática central de *Na Penúria em Paris e em Londres* e de *A Filha do Pároco*, e a (auto)marginalização e sentido de exclusão experimentados por Gordon têm grandes semelhanças com a situação de Flory em *Dias Birmaneses*. Orwell continua a explorar a condição dos inadaptados e desajustados, daqueles que, deliberada ou acidentalmente, por razões de ordem pessoal ou social, não se integram na comunidade a que pertencem. A revolta silenciosa de um Flory (que só tem lugar no interior da sua consciência) ou a passividade resignada de uma Dorothy (que retoma a vida anterior sem a fé que lhe dava o sentido) não parecem oferecer solução para o problema psicológico das figuras, nem para as implicações políticas e sociais mais vastas da sua condição de vítimas de um sistema injusto e opressor.

O problema com que Orwell se debate nestes anos iniciais é também um problema de natureza mais literária: como utilizar a experiência autobiográfica (da pobreza, do colonialismo) de modo produtivo e eficaz? Qual o género narrativo (romance, documentário) que melhor se ajusta à reflexão sobre estas questões? De que forma de escrita ou corrente literária (realista, modernista) se sente mais próximo? Como gerir a relação do narrador (de identificação, distanciamento, empatia, ironia ou crítica) com o mundo da obra em geral e com os seus protagonistas em particular? Todas estas interrogações estão subjacentes às obras desta primeira fase da escrita orwelliana e assumem contornos particulares em *O Vil Metal*, em virtude do ambiente novo em que se move o protagonista e que era também novo para o próprio autor: o mundo literário da Londres dos anos de 1930.

Orwell tinha tido até ao momento muito poucos contactos com a cena intelectual e artística da capital, onde só vivera esporadicamente e de que conhecia sobretudo o submundo dos vagabundos e pedintes. Mas a pouco e pouco, graças à fama que as primeiras obras lhe tinham granjeado e à sua colaboração regular em revistas literárias, começou a conhecer mais de perto o meio literário e editorial londrino. No outono de 1934, o reencontro com um amigo de infância,

Cyril Connolly[31], também ele escritor e figura emergente na cena cultural, bem como o intensificar da amizade com Richard Rees, o influente diretor de *The Adelphi* (revista onde já publicara alguns ensaios), foram decisivos e abriram-lhe portas que de outro modo teriam permanecido fechadas. Vivendo agora em Londres, e com tempo e oportunidade para a convivência intelectual, a troca de ideias e os debates políticos e literários, Orwell deixa de ser o escritor que trabalha isoladamente na província, escrevendo afincada e solitariamente as suas obras, passando a movimentar-se com algum à-vontade nos círculos da intelectualidade inglesa.

Não se pense, contudo, que Orwell passou a ser um *habitué* dos escritórios das revistas ou dos *salons* onde se reuniam os intelectuais da época para definirem os princípios orientadores e as linhas programáticas dos novos movimentos artísticos e políticos. Os amigos da altura recordam-no como uma figura curiosa, mas um pouco estranha, alguém que não se integrava na vanguarda literária nem política da época e cujos romances não eram suficientemente inovadores na forma nem revolucionários na ideologia. À geração de jovens escritores e intelectuais da década, Orwell surgia como uma anomalia, alguém que (caso estranho!), tendo deliberadamente vivido com o proletariado, não tinha por esse facto abraçado inequivocamente o marxismo e o comunismo, e

---

[31] Cyrill Connolly tinha sido colega de Orwell em St. Cyprian's e Eton. O retomar das relações em 1935 deveu-se à favorável recensão que Connolly escrevera sobre *Dias Birmaneses*. Orwell retribuiu, escrevendo uma recensão do romance do autor, *The Rock Pool*, no ano seguinte, e mais tarde foi colaborador regular da revista literária fundada por Connolly, *Horizon*. Os dois mantiveram relações de estreita amizade até à morte de Orwell. A autobiografia de Connolly publicada em 1938, *Enemies of Promise*, inclui extensas referências a Orwell, sendo Connolly um dos amigos que mais se empenharam, através de publicações e entrevistas, em dar a conhecer a faceta mais privada do autor.

que, apesar de figura interessante, lhes parecia antiquada, se não mesmo conservadora e tradicionalista[32]. Lembra também quem com ele privou nesta época que Orwell preferia conversar em grupos pequenos, com dois ou três amigos de cada vez (que ele convidava para jantar em sua casa ou nos restaurantes baratos do Soho), optando pelo convívio mais íntimo e mais restrito e só esporadicamente frequentando reuniões, festas ou outros eventos sociais.

Que se pode inferir de tudo isto? Se, por um lado, Orwell, como eu dizia acima, deixou nesta altura de ser o artista isolado, escrevendo à margem de toda a dinâmica política e literária da década, a verdade é que nunca se tornou numa das figuras mais influentes (o que se designa em inglês como «movers and shakers») da cena cultural, permanecendo ao mesmo tempo dentro e fora do mundo da intelectualidade da capital. Fica-nos a sensação, aliás, de que Orwell usou esses contactos seletivamente, criando boas relações com algumas figuras cuja opinião respeitava (mesmo quando dela discordava)[33], mas mantendo uma distância cautelosa perante

---

[32] Baseio-me, entre outras, nas recordações de Rayner Heppenstahl e Michael Sayers, jovens artistas que partilharam um apartamento com Orwell em 1935. Heppenstahl resume assim a opinião dos dois sobre Orwell: «Não exagero se disser que tanto o Michael como eu achávamos Orwell um velhadas simpático, um excêntrico com bom coração. Gostávamos dele, mas não o levávamos muito a sério.» (*Four Absentees*: 59). Richard Rees recorda deste modo o Orwell do início da década de 30: «Naquela época, a prosa "experimental" e surrealista estava na moda, e a escrita de Orwell parecia-nos ponderosa e antiquada. Ele próprio nos parecia uma figura antiquada.» (*George Orwell. Fugitive from the Camp of Victory*: 143).

[33] Além das figuras já mencionadas, Orwell conheceu também nesta altura o antropólogo Geoffrey Gorer, com quem manteve a partir de então uma interessante correspondência sobre assuntos literários, políticos e sociais. John Middleton Murray, membro do corpo editorial da revista literária *Adelphi*, ficou também seu amigo para o resto da vida. Não sendo um círculo vasto de amizades, contemplava sem dúvida algumas das figuras-chave da cena cultural da década.

grupos ou *côteries* de qualquer ordem. O seu contacto com esta realidade, tão diferente do submundo dos pedintes e indigentes que até aí o ocupara, abriu-lhe certamente novos horizontes temáticos, intelectuais e políticos. Mas Richard Rees e Rayner Heppenstall tinham razão: Orwell não pertencia nem à vanguarda literária que, na senda do Modernismo, continuara no caminho da experimentação radical e da inovação formal, nem à vanguarda política constituída por membros ou simpatizantes da esquerda marxista e russófila. Nesta década de 30, em que a escrita se legitimava em termos da pertença a uma ou outra tendência, Orwell caía no buraco entre as duas, indeciso ainda sobre o seu posicionamento relativamente a cada uma e o eventual interesse em se associar a qualquer delas. Enquanto decidia qual o rumo artístico e político a tomar, o contacto próximo sem a adesão plena parece ter sido a estratégia adotada por Orwell na sua relação com o meio.

Com tudo isto em mente, mais facilmente entenderemos o contexto que deu origem a *O Vil Metal*. Gordon Comstock, também ele vivendo nas franjas da intelectualidade londrina, dá voz a uma primeira reflexão do autor sobre a condição do intelectual e do artista e a sua relação com o resto da sociedade, preocupação que tanto ocupará Orwell no futuro e será tema central de alguns dos seus mais importantes ensaios. Com efeito, a obra discute já algumas das posições alternativas que o intelectual pode assumir enquanto artista, pensador e cidadão, fazendo ao mesmo tempo um comentário crítico às que mais frequentemente vinham a ser adotadas pelos intelectuais da época. Ravelston, por exemplo, o amigo rico de Gordon, socialista convicto e diretor de uma revista literária (que tem na figura de Richard Rees uma clara inspiração), dramatiza algumas das contradições existentes entre o envolvimento político e a origem de classe, entre a intervenção social bem-intencionada e o diletantismo superficial e fácil, expondo as ambiguidades e os limites de uma esquerda que advoga a mudança de estruturas, mas deixa intactos os privilégios pessoais.

Os «meninos-bem endinheirados» (uma alusão indireta aos membros do «Auden Group»[34]), que Gordon tanto detesta e no fundo inveja, tipificam os traços mais negativos de uma geração de artistas que reage às condições adversas do momento — a Grande Depressão, a expansão do nazismo na Europa, a ameaça de uma Segunda Grande Guerra — advogando o marxismo como a solução para a crise económica e política. Dois anos mais tarde, em *O Caminho para Wigan Pier*, Orwell muito terá a dizer do que entende serem os erros e falhanços da intelectualidade inglesa nesse momento histórico crucial. Deixemos, portanto, para essa altura uma discussão mais detalhada do assunto e voltemos a Gordon Comstock e ao que ele representa dos dilemas que o intelectual enfrenta em meados desta década.

A personagem de *O Vil Metal*, como vimos, rejeita o mundo em que o dinheiro tudo compra e tudo determina acerca do que o indivíduo é em si mesmo e o modo como é olhado pelos outros. A opção pela pobreza é, portanto, para Gordon, uma questão de integridade artística e de ética pessoal, mas não, curiosamente, uma decisão com contornos políticos ou ideológicos. É verdade que Gordon abomina o tradicional privilégio de classe, profundamente enraizado na

---

[34] Cujo núcleo duro incluía, além de W. H. Auden, Stephen Spender, Cristopher Isherwood, C. Day Lewis e Louis MacNeice. Poetas, intelectuais e membros ou simpatizantes do Partido Comunista, todos eles de classe alta ou média-alta e educados nas «public schools», rapidamente se tornaram nas figuras mais influentes das novas correntes literárias e políticas da década. Alguns deles eram também homossexuais mais ou menos assumidos, facto que Orwell refere, indireta e pejorativamente, em várias ocasiões.

sociedade inglesa, bem como o mundo capitalista burguês de uma classe média filistina e materialista, aqui simbolizado pela aspidistra, a que ele tenta desesperadamente fugir, assumindo-se, por um lado, como artista e, por outro, como asceta. E onde entra aqui o proletariado? Gordon pouco dele conhece até perder o emprego na livraria, depois de uma noite de estroina em que esbanja as £50 recebidas pela publicação de um poema e acaba vergonhosamente na prisão, preso por distúrbios à ordem pública. Perdido o bom nome, e com ele qualquer vestígio da respeitabilidade burguesa, Gordon é obrigado a descer ainda mais na escala social, indo morar num bairro operário, em condições miseráveis, empregando-se numa livraria que só vende *westerns*, pornografia e romances cor-de-rosa. A degradação total, portanto, mas também a integração num mundo a que Gordon se ajusta porque, como todos os outros membros dessa comunidade igualitária, já nada tem a perder. O sentimentalismo relativamente ao operariado, visto como entidade potencialmente regeneradora de uma classe alta estéril e impotente[35], terá eco futuro na idealização que Winston Smith faz dos proles em *Mil Novecentos e Oitenta e Quatro,* a força que um dia subverteria o mundo e venceria o domínio totalitário do universo. Com uma diferença: Gordon é «salvo» *in extremis* dessa queda no abismo pela gravidez de Rosemary, aceitando no final da obra a sua condição de pai, marido e homem responsável e respeitável, regressando até ao «bom» emprego na firma publicitária e desistindo de vez das ambições literárias e da revolta contra a sociedade. Até uma aspidistra quer comprar para a casa nova!

---

[35] Não será coincidência o facto de Rosemary e Gordon gerarem o futuro filho no quarto miserável, mas acolhedor, do bairro operário em que Gordon passou a habitar.

A reintegração de Gordon é total, mas ela é fruto de um acidente da fortuna e não de uma opção política conscientemente tomada. Assim como não tinham sido ideologicamente motivadas nem a rebeldia da personagem, nem a crítica virulenta e indiscriminada ao mundo da modernidade. A ovelha tresmalhada regressa ao redil, explicando nestes termos a reviravolta:

> No fim de contas, energia não lhe faltava, mas a indigência autoimposta tinha-o atirado impiedosamente para fora da corrente da vida. Pôs-se a pensar nos últimos dois anos. Tinha blasfemado contra Mamona, tinha-se revoltado contra o deus do dinheiro, tinha tentado viver como um anacoreta fora desse mundo onde o dinheiro é tudo; e isso tinha-lhe trazido não só a miséria, mas um terrível vazio interior, uma inescapável sensação de inutilidade. Repudiar o dinheiro é repudiar a vida. [...]
> Abrandou o passo. Tinha trinta anos e os cabelos a ficarem grisalho e, no entanto, sentia-se estranhamente como se de repente tivesse crescido. Apercebeu-se subitamente de que estava apenas a reproduzir o destino de todos os seres humanos. Toda a gente se revolta contra o deus do dinheiro, e mais cedo ou mais tarde todos lhe sucumbem. [...]
> Pôs-se a pensar nas pessoas que viviam naquelas casas. Empregados de escritórios, lojistas, caixeiros-viajantes, angariadores de seguros, condutores de autocarros. Será que eles tinham consciência de serem umas marionetas comandadas pelo dinheiro? De certeza que não, e se sim, que lhes importava isso? Estavam demasiado ocupados a nascer, a casar, a procriar, a trabalhar, a morrer. Era capaz de não ser mau, se isso fosse possível, sentirmo-nos como um deles, partilhar do destino do comum dos mortais. As bases da nossa civilização são a avidez e o medo, mas na vida do homem comum a avidez e o medo são de algum modo transmutados em algo de nobre.

A classe média-baixa que ali vivia, por trás das cortinas de renda, com uma ranchada de filhos, a mobília barata e a aspidistra — essa classe vivia sem dúvida segundo a lei do dinheiro, mas tinha apesar de tudo conseguido manter a decência e a dignidade. [...] Acima de tudo, estavam *vivos*. (*KAF*: 265-267)

Qual filho pródigo, Gordon regressa finalmente a casa, imaginando o seu retorno como uma espécie de ressurreição, um gesto regenerador que o devolve à vida de que se tinha perversa e temporariamente afastado. Ou representará isto o assumir da impotência, o admitir da derrota, o pousar das armas perante o invencível inimigo? Ficamos na dúvida. É difícil decidir se o final do romance é otimista ou pessimista; se o abraçar da domesticidade e o desistir da luta pela integridade pessoal e artística é de lamentar ou de apoiar; se Gordon vai finalmente viver no sentido mais amplo e profundo da palavra ou se se vai conformar com uma existência convencional, rotineira e mesquinha; se a obra sugere que, na sociedade capitalista, o intelectual só tem lugar enquanto vítima do dinheiro ou membro da elite dominante; se dela se conclui que o preço da integridade é a alienação e o preço da integração, o conformismo; se ela condena como vãs e ilusórias quaisquer tentativas individuais ou coletivas de resistência ao poder hegemónico ou se apenas critica aquelas, como a do protagonista e dos outros intelectuais, que são meros gestos vazios, histriónicos e inconsequentes; se, enfim, as contradições inerentes à condição do intelectual são irresolúveis ou ultrapassáveis e, neste segundo caso, como? Parece-me que, nesta altura, nem o próprio autor teria resposta clara e inequívoca a todas estas questões.

Não há dúvida de que a personagem ensaia as interrogações com que Orwell se debatia nesta fase da carreira, sobretudo num momento em que uma possível integração no meio intelectual londrino lhe colocava de forma inédita a questão do seu estatuto e identidade enquanto intelectual e escritor. Não será de surpreender, portanto, que os críticos frequentemente discutam em que medida autor e personagem partilham experiências e comungam de opiniões. É pergunta legítima e pertinente, mas não devemos esquecer o facto de a vida e a obra nunca se sobreporem de forma linear e transparente. Neste espírito, consideremos as áreas de justaposição entre autor e protagonista, bem como as divergências que existem na situação e percurso de cada um, de modo que façamos uma avaliação mais fundamentada do romance que encerra a fase inicial da escrita orwelliana. Servirá a discussão também como remate do Capítulo II, antes de passarmos ao capítulo que tratará do grande momento de viragem que se lhe seguiu.

Convém antes de mais lembrar de que, quando escreveu *O Vil Metal*, Orwell já não era o artista pelintra que lutava pelo reconhecimento como escritor e por uma situação económica que lhe permitisse dedicar-se a tempo inteiro à escrita. Em boa verdade, nunca o fora. É certo que, depois de tomar a decisão de seguir a carreira de escritor e de deixar o «bom» emprego na Indian Imperial Police, Orwell passou um mau bocado, mas nunca sem ter uma rede de segurança (o dinheiro poupado, o apoio familiar) que sempre lhe amorteceu (ou amorteceria, no pior dos casos) a queda. Em 1934-1935, o autor impusera-se já como jornalista e autor de romances e documentários, obras suficientemente lidas e comentadas para merecerem até alguma celeuma. Gordon Comstock não é, portanto, um literal «retrato do artista quando jovem», antes uma caricatura daquilo em que Orwell, em circunstâncias menos favoráveis, se poderia ter tornado. Neste espírito, o acentuar dos traços do protagonista (que nem sequer partilha com o autor da mesma origem de classe, situando-se vários degraus abaixo dos Blairs na escala social) constitui um exagero ou hipérbole tipicamente orwelliano e típico também da escrita polémica, cujos traços se reconhecem neste romance, forma que tinha já sido embrionariamente utilizada em *Na Penúria em Paris e em Londres* e irá caracterizar muito do futuro percurso romanesco e ensaístico do autor.

A revolta de Gordon, as constantes invetivas contra o mundo burguês e materialista que o rodeia — e, possivelmente, a hipotética resolução do problema efetuada no final da obra — têm também, nesta medida, de ser separadas das posições do próprio autor. Alguma oscilação existe, sem dúvida, na relação entre narrador e protagonista, umas vezes sentindo-se que o segundo se limita a dar voz às preocupações do primeiro, outras, que a personagem é tratada com um misto de severidade e de condescendência por um narrador que lhe reconhece os defeitos, mas que por ela nutre alguma simpatia. Não penso, portanto, que Orwell possa ser inequivocamente identificado com a sua criação; antes me parece clara a distância entre quem sabe ter tido a sorte de escapar a tal sina e dramatiza de forma extrema alguns dos dilemas a que fora poupado ou ultrapassara com sucesso.

Eu diria mesmo que *O Vil Metal* representa o término da primeira fase da obra orwelliana, em tudo o que ela comporta das hesitações, indecisões, falsos começos e inversões de percurso do autor. Nesta obra, reencena-se pela última vez a rebeldia imatura e adolescente, não ancorada numa sólida visão política. Nela se deixa para trás a revolta inconsequente de uma intelectualidade que, no seu abraçar do mito de declínio modernista ou de um esquerdismo pouco mais do que epidérmico, acaba por se alienar do resto da sociedade, com tudo o que isso implica de isolamento, esterilidade, impotência e paralisia. Leio a obra, portanto, como um adeus (algo nostálgico, mas nem por isso menos firme e decisivo) a esses vários modelos de relacionamento do intelectual e do artista com o mundo envolvente, que o romance desmascara através de um *reductio ad absurdum* bem revelador das desvantagens e limites de cada uma das eventuais posições. Gordon Comstock serviu a Orwell como um daqueles espelhos de feira que nos distorcem a imagem, um espelho onde o autor se reviu no que poderia ter sido (mas, felizmente, tinha evitado ser) e naquilo em que estava a chegar à conclusão que não lhe serviria no futuro.

Tal como alguns estudiosos, entendo que Orwell começava neste momento a interessar-se pelo potencial ideológico e político de uma comunidade bem mais alargada do que a dos grupos ou subgrupos socias que até aí o tinham atraído — pedintes, vagabundos, membros da elite colonial, intelectuais e artistas — e cuja condição tinha explorado nestas primeiras obras. Todos eles, por razões diferentes, classes minoritárias (e neste sentido existindo nas margens da sociedade), não poderiam, por tal facto, servir de suporte a uma visão mais englobante — e, portanto, mais sólida — de qualquer projeto de transformação política. Por muito válida que fosse a crítica social resultante de uma perspetiva centrada nos excluídos, desadaptados e inconformados, esta permaneceria incompleta e tangencial, logo, menos eficaz, certeira e produtiva. Tinha chegado a altura de conhecer melhor as «bases da nossa civilização», de levar em consideração todos aqueles que moram «por trás das cortinas de renda, com uma ranchada de filhos, a mobília barata e a aspidistra», de colocar o «homem comum» no lugar a que tem direito, bem no centro do social e do político. Foi a oportunidade que se ofereceu ao autor em janeiro de 1936, no preciso momento em que terminara este romance, e que Orwell aceitou entusiasticamente.

3

1936–1939: DESCOBERTAS E DECISÕES

3.1. *O Caminho para Wigan Pier*: viagem a *Terra Incognita*

Antes de seguirmos Orwell nesta viagem literal e simbólica à procura do conhecimento sobre a classe trabalhadora, *Terra Incognita* para o autor como para uma grande parte da sociedade inglesa, retomemos brevemente o relato do seu percurso pessoal, também este prestes a sofrer uma mudança significativa. Com efeito, 1936 foi um ponto de viragem para Orwell também num sentido mais íntimo e doméstico: tal como Gordon Comstock no final do romance, Orwell casou. O solteirão de 33 anos que, segundo os amigos, estava a ficar prematuramente envelhecido, encontrou uma mulher unanimemente considerada pelos que a conheceram como uma figura interessante por direito próprio. O trajeto de Eileen O'Shaughnessy até este momento era, com efeito, bem revelador das suas qualidades intelectuais e do dinamismo da sua personalidade: bolseira na Universidade de Oxford, onde terminara com boa nota uma licenciatura em Inglês, tinha sucessivamente dado aulas numa escola particular (experiência que, tal como ao futuro marido, só lhe deixara más recordações), fora secretária de Dame Elizabeth Cadbury (a matriarca da famosa família de empresários e donos da fábrica de chocolates), tirara um curso de assistente social e depois outro de secretariado, que lhe permitiu abrir a sua própria firma. Sempre disposta a aceitar maiores desafios, quando Orwell a conheceu, Eileen frequentava um mestrado em Psicologia na Universidade de Londres, dando ao mesmo tempo apoio editorial e de revisão de texto ao irmão, médico famoso e especialista em doenças pulmonares.

Eileen é sem dúvida um exemplo dessas primeiras gerações de mulheres que, após a Primeira Grande Guerra e graças aos movimentos emancipatórios do início do século, têm oportunidades até aqui inexistentes de seguir uma carreira profissional e de explorar os seus interesses académicos e intelectuais. Cyril Connolly lembra-a nestes termos: «encantadora [...] inteligente [...] e estava apaixonada por ele, e era independente, e embora não usasse maquilhagem de espécie nenhuma, era muito bonita, e bem merecedora do marido, que tinha muito orgulho nela» (citado por Crick: 173). As mulheres dos grandes homens foram durante muito tempo tratadas com condescendência (muito em evidência nestas frases de Connolly) ou pura e simplesmente rasuradas nos estudos que se lhes dedicam. Por isso, a crítica contemporânea (sobretudo a feminista) tem procurado reabilitá-las e devolver-lhes o estatuto e a atenção que merecem, consagrando-lhes em muitos casos um estudo próprio e separado. As minhas intenções são mais modestas e inevitavelmente limitadas pelo objeto principal deste estudo, mas são elas próprias devedoras desse esforço crítico, sem o qual pouco ou nada se saberia hoje sobre Eileen[1]. Graças a essa atenção, sabemos agora que Eileen partilhava com

---

[1] Peter Davison, o organizador de *The Complete Works of George Orwell*, incluiu no volume subsequente, *The Lost Orwell,* uma série de cartas de Eileen a uma amiga, que nos dão conta dos primeiros tempos de casada e são muito reveladoras sobre a relação entre Eileen e Orwell. Mesmo como adenda ou suplemento às obras completas do autor, a informação sobre Eileen

Orwell do interesse pela literatura, pela política (era socialista por inclinação, mas nunca se filiou em qualquer partido) e pelas questões de índole social. Em comum com ele possuía também um grande sentido de humor e (felizmente para ela) o mesmo desinteresse pelo conforto material e os pequenos luxos do quotidiano que caracterizava o futuro marido, bem conhecido pelos seus hábitos frugais. Perfeitamente apta a discutir a sua escrita, capaz de fazer sugestões e críticas certeiras, Eileen sempre apoiou Orwell nas causas literárias e ideológicas em que este se envolveu, aceitando de bom grado e, tanto quanto se sabe, por convicção própria as difíceis opções pessoais que estas muitas vezes comportavam.

A primeira surgiu de imediato: o adiar do casamento até terminar o mestrado e poder ganhar mais dinheiro, tendo em conta a instabilidade permanente das finanças do noivo, que tinha rendimentos fixos na ordem das £3[2] por semana. Felizmente, o destino interveio. Victor Gollancz, que muito admirava Orwell e publicara já algumas das suas obras, propôs-lhe que escrevesse um documentário sobre as condições de vida dos desempregados no Norte de Inglaterra, oferecendo o pagamento de £500 e um adiantamento de cerca de £100 aquando da entrega do manuscrito. Orwell aceitou o convite, duplamente tentador para quem pretendia conhecer mais sobre a classe trabalhadora e queria casar rapidamente sem depender economicamente da mulher. De janeiro a março de 1936, Orwell andou em viagem pelo Norte de Inglaterra; no regresso, mudou-se para Wallington, pequena

---

é, agora, mais completa do que a que se encontra nas biografias mais antigas de Orwell.

[2] Um pouco mais do que as £2 por semana com que Gordon Comstock sobrevive. Não muito mais, mas o suficiente para poupar o autor a algumas das dificuldades e humilhações que a sua personagem experimenta.

aldeia no condado de Hertfordshire; em junho, casou com Eileen; em dezembro, partiu para a Guerra Civil de Espanha. Um ano cheio, sem dúvida, cuja primeira metade se tornou determinante para todo o trajeto futuro.

O interesse de Gollancz pela condição dos trabalhadores e dos desempregados das zonas industriais do Norte de Inglaterra está em perfeita sintonia com o ambiente intelectual e as preocupações sociais da década, nomeadamente as de uma esquerda ativamente empenhada na denúncia das desastrosas consequências daquela que foi a primeira grande crise do capitalismo global. A Grande Depressão que afetou as economias mundiais depois da Queda da Bolsa de Valores de Nova Iorque, em outubro de 1929, precisava, segundo essa esquerda, de ser analisada, entendida e explicada a toda a sociedade, assim se contribuindo para a adoção de modelos alternativos de organização social, económica e política. No capítulo sobre *Na Penúria em Paris e em Londres*, referimos já a predominância neste momento de formas de escrita, como o documentário e a análise sociológica, dedicadas a este objetivo. O filme documental, o fotojornalismo e a reportagem[3] nos dois lados do Atlântico ficaram também famosos pelos testemunhos eloquentes que nos deixaram das dramáticas consequências da recessão.

Em Inglaterra, a crise afetava sobretudo as zonas do Norte do país, onde se localizavam as indústrias pesadas como a extração mineira, a produção de ferro e aço e a indústria naval, além das indústria têxtil e cerâmica de longas tradições. Com a retração da economia, veio o desemprego, agravado pela concentração da produção em

---

[3] Lembro a título de exemplo a extraordinária obra colaborativa entre o fotógrafo Walker Evans e o jornalista James Agee, *Let Us Now Praise Famous Men*, um clássico da representação da Grande Depressão nos EUA, ou a revista inglesa *Fact*, dirigida por Storm Jameson.

áreas muito delimitadas, o que significava que praticamente todos os membros de uma comunidade se empregavam numa mesma fábrica ou exploração e, portanto, sofriam ao mesmo tempo das consequências da crise. A pequena cidade de Jarrow, situada na zona costeira do Tyneside e dependendo quase exclusivamente da indústria naval, tornou-se no símbolo mais famoso dos terríveis efeitos da Depressão. A célebre «Jarrow Crusade», uma das muitas «Hunger Marches»/«Marchas contra a Fome» da década de 30, deu visibilidade à situação desesperada dos 207 estivadores que marcharam sobre Londres e, no seu percurso, recolheram perto de 11 000 assinaturas de protesto contra a política governamental[4].

Os sucessivos governos da década revelaram-se, com efeito, impotentes perante a crise. O Partido Trabalhista, embora vencedor, saíra das eleições de 1929 sem a maioria necessária para formar governo, e a coligação então formada pouco durou: em 1931, o governo caiu, dadas as graves divergências internas quanto à melhor forma de gerir a difícil situação económica. Nova coligação se formou entre todos os partidos: um governo de unidade nacional criado numa situação de emergência e cuja função era travar o declínio acentuado da economia inglesa. Mas a verdade é que nem Ramsay MacDonald (que a ele presidiu), nem Stanley Baldwin (que o substituiu em 1935), nem Neville Chamberlain (que desastradamente conduziu o país até à Segunda Grande Guerra) lhe conseguiram pôr cobro. As políticas deflacionárias do governo e a opção tomada pela contenção das despesas públicas e pela manutenção de uma moeda forte só

---

[4] Tão icónica foi esta marcha que foi reencenada em 2011, num outro momento de recessão económica, tendo tido uma significativa adesão do público. Veja-se a notícia em: http://www.bbc.co.uk/news/uk-england-tyne-15135644

agravaram as condições de vida da maioria dos trabalhadores e nunca se mostraram capazes de reduzir o desemprego que, em meados da década, se situava acima dos 3 milhões. O odiado «Means Test», que escrutinava até ao último tostão as posses de um desempregado antes de lhe conceder o subsídio de desemprego, teve efeitos devastadores não só de ordem económica, mas também social e psicológica. Famílias obrigadas a vender os poucos móveis bons ou a baixela herdada dos avós para terem direito ao miserável apoio governamental; o círculo familiar muitas vezes desfeito, porque o «Means Test» só atribuía um subsídio por agregado familiar, obrigando, por exemplo, os filhos solteiros a sair de casa; a sensação de desorientação de quem, tendo sido educado numa ética de trabalho em que o emprego é o centro da existência e da convivência social, vagueia agora pelas ruas, encosta-se às esquinas, senta-se nos bancos de jardim, tentando assim passar um tempo que se estende infinitamente à sua frente — tudo isto se lê bem na expressão das figuras fotografadas na década, habitantes de zonas onde às vezes o desemprego atingia os 40% da força laboral, e em que ser despedido aos 40 e poucos anos significava nunca mais ter hipótese de encontrar trabalho.

É neste contexto que Orwell parte para o Norte de Inglaterra. Ao seu interesse pessoal pela questão, junta-se a noção, por parte de muitos intelectuais, de que não podiam alhear-se da realidade à sua volta, nem deviam eximir-se de a expor ao resto da sociedade através da escrita. A obra que Gollancz encomendou a Orwell iria fazer parte de um projeto que o editor-livreiro tinha há algum tempo em gestação: a criação do chamado «Left Book Club», uma espécie de círculo de leitores de inspiração socialista e marxista, cujos membros teriam direito a receber, com desconto, obras de natureza documental ou de índole política e filosófica que procuravam refletir no presente e evitar o perigo (muito real)[5] da adoção de ideologias autoritárias de direita como solução para a crise. É este tipo de obra que Gollanzc espera de Orwell, imaginando certamente que o narrador de *Na Penúria em Paris e em Londres*, bom conhecedor da geografia da pobreza e inequivocamente um homem de esquerda, seria a figura ideal para a escrever. E foi, mas não exatamente no sentido que o editor-livreiro tinha previsto e muito menos desejara, como veremos adiante.

A confiança que Gollancz depositou em Orwell justificou-se, contudo, em muitos planos. Orwell desempenhou a missão com um profissionalismo e um sentido de responsabilidade notáveis, sobretudo para quem não era sociólogo nem antropólogo de profissão e não tinha, portanto, prática de trabalho de campo, nem possuía instrumentos teóricos de análise e interpretação de dados. Mas a exaustividade e seriedade com que encarou o projeto são evidentes na seleção do percurso geográfico, na duração da viagem e nas condições em que esta decorreu. O autor cobriu, em perto de dois meses, uma vasta zona do Norte de Inglaterra, sobretudo dos condados de Lancashire e Yorkshire, com paragem não só nos grandes centros urbanos (como Birmingham, Manchester, Liverpool e Sheffield), mas em todas as pequenas localidades onde algum foco industrial particularmente

---

[5] Os intelectuais de esquerda preocupavam-se não só com a ascensão do fascismo e nazismo na Europa, sobretudo depois da subida de Hitler ao poder em 1933, mas também com uma situação interna em que se assistira à deserção de Oswald Mosley da ala mais à esquerda do Partido Trabalhista, à sua formação primeiro do New Party e depois, em 1932, da British Union of Fascists. As reviravoltas na ideologia da figura consubstanciavam, para muitos, os perigos políticos da crise económica e a procura de alternativas de cariz totalitário para a mesma, dentro e fora do país. Era preciso obviar, portanto, ao apelo sedutor de um extremismo de direita, a que algumas figuras tinham já sucumbido de forma rápida e radical.

afetado pela crise económica lhe surgiu como digno de visita (por exemplo, Wolverhampton, Headingley, Barnsley e, claro, a Wigan que dá o título à obra)[6].

Surpreendente é também o facto de Orwell ter percorrido a pé distâncias imensas entre as localidades do trajeto. No diário que escreveu[7] e no qual anotava detalhadamente os sítios visitados e os acontecimentos marcantes do dia, é frequente lerem-se passos como estes: «1.2.36. Pequeno almoço horroroso com caixeiro-viajante do Yorkshire. Doze milhas a pé até aos subúrbios de Birmingham, autocarro até

---

[6] Sobre o significado de Wigan Pier, cito a explicação dada por Orwell a um ouvinte do programa da BBC «Your Questions Asked», em 1943: «Bem, para ser franco, Wigan Pier não existe. Desloquei-me propositadamente para o ver em 1936, mas não o consegui encontrar. Mas o cais de desembarque existiu mesmo, e a julgar pelas fotografias, devia ter tido cerca de 6 metros de comprimento. [...] Não se percebe bem porquê, porque Wigan não é pior do que muitos outros locais, mas a cidade sempre foi considerada como um símbolo da fealdade das zonas industriais. A certa altura, num dos canais lamacentos que atravessavam a cidade, havia um cais de madeira todo podre, e por piada, alguém lhe chamou Wigan Pier. A piada correu pela cidade e os comediantes do music-hall adotaram-na, e a eles se deve o facto de Wigan Pier ter sobrevivido à destruição do cais.» (*CW*, vol. x: 535) O que Orwell não explica, porque demasiado óbvio para o público inglês, é que os cais ou molhes fazem parte integrante da cultura de praia britânica, sendo local de passeio e de diversão dos veraneantes. Só por piada, portanto, se poderia chamar «Pier» ao pequeno cais de desembarque das baraças que faziam o transporte do carvão por via fluvial no centro de uma cidade industrial. Hoje em dia, Wigan Pier foi não só reconstruído, como se tornou em atração turística, graças em grande parte ao próprio Orwell, que certamente veria com ironia o novo nome do complexo de lojas, restaurantes e pub: «The Orwell Wigan Pier»...

[7] Consulte-se este diário em *CW*, vol. x, documento que nos permite comparar a anotação imediata feita pelo autor com a versão posteriormente incorporada na obra. Dessa comparação, ressaltam alguns factos interessantes: a pensão dos Brookers, por exemplo, não é um retrato literal de nenhuma das pensões onde Orwell se alojou. Vários dos hóspedes pertenciam a pensões diferentes, sendo aqui reunidos por questões de economia narrativa. Muito significativamente também, o autor escolheu apresentar como típica uma pensão que, a avaliar pelo diário, era excecionalmente má.

ao Bull Ring (muito parecido com o Mercado de Norwich), chegada à 1. da tarde» (*CW*, vol. x: 419); «Saída às 9 horas de autocarro para Hanley. A pé por Hanley e parte de Burslem. Frio tremendo, nevão durante a noite; camada de neve enegrecida por todo o lado. Hanley e Burslem dos sítios piores que já vi. [...]. Distância percorrida a pé, 12 milhas» (*CW*, vol. x: 420); ou, finalmente, «Dia longo e muito cansativo [...], todo o dia a pé ou de autocarro em visita a Sheffield. Atravessei a cidade quase toda de um lado ao outro. De dia, um dos sítios mais horríveis que conheço» (*CW*, vol. x: 443).

Estes passos dão bem conta do empenhamento de Orwell e lembram-nos, além disso, de duas questões fundamentais sobre *O Caminho para Wigan Pier* e o seu autor. Em primeiro lugar, demonstram a inspiração claramente empirista que subjaz à forma do documentário, aqui levada pelo autor até às últimas consequências. Com esse lastro cultural, Orwell partiu imediatamente do princípio de que escrever sobre a situação no Norte de Inglaterra implicava, antes de mais, o contacto próximo, a experiência direta, o olhar literal sobre a superfície física do real. Na senda de anteriores estudos sobre o proletariado urbano (como os da tradição de escrita sobre «The Condition of England», já referida no ponto 1.3. e em que *O Caminho para Wigan Pier* também se insere)[8], Orwell baseia a sua análise e conclusões numa observação pessoal tão minuciosa e exaustiva quanto

---

[8] De entre os muitos estudos sociológicos sobre a pobreza que se vinham acumulando desde a época vitoriana, o de Benjamin Seebohm Rowntree é provavelmente o antecessor mais direto de *O Caminho para Wigan Pier*. Tal como Orwell, Rowntree estudou a pobreza urbana (em particular a da cidade de York) a partir de uma investigação casa a casa e de inquéritos e entrevistas aos seus habitantes. A sua obra, *Poverty and Progress*, de 1936 (um segundo estudo sobre York que dava continuidade ao primeiro, publicado em 1899), oferece uma interessante possibilidade de comparação entre o discurso da sociologia e o do documentário.

possível, nem que para isso tivesse de palmilhar milhas e milhas pelas ruas dos bairros degradados das grandes cidades ou pelas cinturas industriais que, desde o século XIX, tinham extravasado o perímetro urbano e alastrado às zonas rurais limítrofes. Opção pessoal, sem dúvida, e que poucas figuras oriundas da mesma classe e profissão do autor se abalançariam a fazer, mas uma opção que também tem óbvias implicações de foro ideológico e político, como a obra irá demonstrar.

O que estes passos me sugerem também é a forma como, nesta viagem, Orwell de algum modo reencena as temporadas que anos atrás passara com pedintes e vagabundos. É quase com naturalidade que retoma as privações e o desconforto anteriormente experimentados: as extenuantes caminhadas; a estada em pensões baratas, sujas e desconfortáveis, ou nos albergues de pobres onde os indigentes se podiam alojar por uma ou duas noites; as refeições à base de pão com manteiga ou banha (além da inevitável chávena de chá); as deficientes condições de higiene, em casas sem água quente e com quartos de banho exteriores; as temperaturas gélidas dentro e fora de casa, etc., etc. Longa é a lista de dificuldades que se extrai do diário e será parcialmente incluída na obra como parte da argumentação despendida.

Mas a situação de Orwell em 1936 difere num ponto substancial da do início da década: não há agora qualquer ilusão ou sequer intuito de integração neste submundo da pobreza; muito pelo contrário, a posição que o narrador assume é sempre a de membro da classe média, de alguém que é e para sempre permanecerá um estranho naquelas partes. A cena inicial da obra destina-se precisamente a vincar a distância entre o narrador do texto e os donos e clientes da casa de hóspedes onde está alojado:

Em geral, éramos quatro a dormir no quarto, um sítio horrendo, com aquele ar de desalinho e impermanência dos compartimentos que não são usados para o seu propósito original. (*RWP:* 3)

As janelas estavam sempre hermeticamente fechadas, com um rolo de areia vermelho entalado na parte de baixo, e de manhã o quarto fedia como gaiola de furão. Não se dava conta quando nos levantávamos, mas quando saíamos do quarto e voltávamos, o cheiro batia-nos na cara como uma bofetada. (*RWP:* 4)

Mrs. Brooker raramente se levantava do sofá da cozinha (aí passando a noite e o dia), tão doente que nada podia fazer a não ser fartar-se com lautos banquetes. Quem atendia na loja, preparava a comida dos hóspedes e «arrumava» os quartos era o Mr. Brooker, arrastando-se de uma odiada tarefa para outra com uma lentidão incrível. Era frequente as camas ainda estarem por fazer às seis da tarde, e a qualquer hora do dia se podia encontrar o Mr. Brooker nas escadas, de penico na mão, com o polegar lá enfiado dentro. (*RWP:* 10)

No dia em que encontrei um penico cheio debaixo da mesa do pequeno almoço, resolvi ir-me embora. Aquela pensão estava a deixar-me seriamente deprimido. Não era só a sujidade, os cheiros e a comida horrorosa, mas a sensação de declínio estagnado e sem sentido, de ter descido a um subterrâneo onde as pessoas andam às voltas e voltas como baratas tontas, numa sucessão interminável de tarefas mal feitas e queixumes mesquinhos. (*RWP:* 14)

A descrição da pensão dos Brookers, que funciona como o paradigma das condições de vida do Norte operário, é, com toda a justeza, um dos passos mais frequentemente citados da obra. Ele é, sem dúvida, um dos mais inesquecíveis para quem, como o narrador, sente repulsa e asco pela insalubridade deste ambiente doméstico e social — ou seja, para um leitor que o texto pressupõe ser também de classe média. Cria-se, deste modo, uma proximidade entre o narrador e o destinatário implícito da obra que é essencial ao funcionamento da mesma, e indispensável ao processo de descoberta e consciencialização por que ambos irão passar. O remate desta cena é, também ele, exemplificativo do que se vai passar na obra em geral:

> Mas não serve de nada dizer que pessoas como os Brookers são nojentas e fazer de conta que não existem. Porque a verdade é que existem às dezenas e centenas de milhares; são um subproduto típico do mundo moderno, e não as podemos ignorar quando se aceita a civilização que as produziu. Elas são, de facto, um dos legados da industrialização. Colombo atravessou o Atlântico, as primeiras máquinas a vapor estremeceram para a vida, os exércitos britânicos fizeram frente aos canhões franceses em Waterloo, os canalhas zarolhos do século XIX louvaram a Deus e encheram os bolsos; e foi aqui que tudo isto veio dar — a estes labirínticos bairros de lata e a estas cozinhas escuras e esconsas, a esta gente envelhecida arrastando-se em círculos como baratas. É quase um dever olhar e cheirar locais como este uma vez por outra, para não nos esquecermos de que existem; embora talvez seja melhor não nos deixarmos ficar por muito tempo. (*RWP*: 14)

Depois de termos sentido, como o narrador, grande repugnância pelos hábitos de vida da classe trabalhadora, somos agora chamados a refletir com ele nas causas que levaram a tal situação, numa visão da história inglesa que nada tem de glorioso ou de épico; muito pelo contrário, é como se o lado mais desagradável e, por isso mesmo, esquecido da história nos entrasse diretamente pelas narinas dentro. Muitos críticos assinalam o facto de Orwell ter um olfato especialmente apurado, de tal modo que nas suas obras os cheiros adquirem dimensões simbólicas muito particulares. O segundo parágrafo de *Mil Novecentos e Oitenta e Quatro*, por exemplo, cria instantaneamente a sensação de desolação e opressão que se experimenta nesse mundo totalitário em que se passa a obra referindo o cheiro a couve cozida e a capachos velhos que perpassa o átrio do prédio onde Winston Smith habita. Em geral, Orwell utiliza estrategicamente o sentido do olfato para nos mostrar como as reações sensoriais, esse empírico que supúnhamos pertencer ao reino do instintivo e do biológico, é de facto culturalmente construído, fruto de uma determinada ideologia e de um conceito de classe e, portanto, duplamente difícil de superar. O narrador de *O Caminho para Wigan Pier* bem o sabe, e só com esforço ultrapassa conceptualmente a repulsa que o ambiente desta espelunca lhe inspira. Mas é um esforço que, segundo ele, precisa de ser feito por todos nós, de modo que contextualizemos o sensorial e o imediato no âmbito coletivo do histórico e do público.

Na Primeira Parte da obra, o narrador recorre com frequência a este método: primeiro a apreensão do real, feita através da ótica desta figura que dramatiza a reação convencional de um leitor de classe média, em tudo o que esta comporta de produção de estereótipos negativos sobre os trabalhadores; depois, a conceptualização e a integração da ideia-feita num enquadramento que a irá desmitificar, explicar e em última análise corrigir. Os mineiros não se lavam nem tomariam banho mesmo que tivessem banheira em casa? Os desempregados esbanjam o dinheiro em guloseimas em vez de comprarem comida a sério? Os pobres já estão tão habituados à pobreza que não sofrem muito com ela? Procurem-se as respostas na Primeira Parte da obra. Lá estão todas, bem fundamentadas não só pelos dados estatísticos, que quantificam as condições de vida dos trabalhadores, mas acima de tudo pela observação pessoal de uma figura que sabe bem das limitações dos números e lhes acrescenta a dimensão humana que eles não podem expressar:

> O comboio levou-me para longe, por entre um cenário monstruoso de montes de resíduos do carvão, chaminés, pilhas de ferro-velho, canais malcheirosos, veredas de lama cinzenta, com o ziguezague das pegadas feitas pelas tamancas. [...] Nas traseiras de uma casa, uma mulher jovem, ajoelhada na pedra, estava a enfiar um pau por um cano de chumbo, para tentar, penso eu, desentupir o esgoto que vinha da pia da cozinha. Tive tempo para reparar bem nela — o avental de serapilheira, as tamancas desajeitadas, os braços avermelhados do frio. Olhou para cima à passagem do comboio, e eu estava tão perto que quase nos olhámos nos olhos. Cara pálida e redonda, o rosto extenuado das raparigas dos bairros de lata que aos 25 anos parecem ter 40 graças aos abortos e à labuta constante, no breve instante em que a vi tinha a expressão mais infeliz e desesperada de que me lembro. Compreendi nesse momento que estamos enganados quando pensamos que «eles não se sentem como nós nos sentiríamos no lugar deles», e que quem nasceu e cresceu num bairro degradado nada imagina para lá disso. Porque o que vi naquele rosto não foi o sofrimento ignorante de um animal. Ela tinha perfeita consciência da sua situação — apercebia-se tão bem como eu do horror daquele destino, estar ajoelhada no frio, na pedra viscosa de um pátio traseiro de um bairro de lata, a enfiar um pau num cano de esgoto fedorento. (*RWP*: 15)

O Caminho para Wigan Pier é, assim, e ao mesmo tempo, mais e menos do que se espera de um documentário convencional. Menos, porque a obra não respeita em absoluto os ditames do género, não colocando a objetividade e a neutralidade como desideratos a atingir a todo o custo. Mais, porque deliberadamente se transgridem as regras e se assume uma perspetiva particular e parcial (nas duas aceções da palavra) da questão em causa. O texto está saturado de estatísticas e de dados factuais, é certo. Basta folhear a obra para encontrarmos listagens de dados sobre salários, condições de habitação, hábitos alimentares, subsídios governamentais, etc., etc. Mas está também saturada da resposta emocional de uma figura que reage individual e coletivamente aos aspetos mais chocantes da realidade, expondo perante o leitor os erros em que laborara e os preconceitos de que se alimentara a sua visão anterior.

Seguindo a par e passo a viagem literal do narrador por terras nortenhas, seguimo-lo também na sua gradual aprendizagem das condições de vida da classe trabalhadora neste momento de crise. A visita a uma mina era imprescindível no contexto. Afinal, grande parte do Norte de Inglaterra vivia da extração mineira e a classe dos mineiros sempre ocupou um lugar muito particular no imaginário britânico[9]. Não é difícil perceber porquê: o trabalho do mineiro é extenuante, perigoso e debilitante, fisicamente tão exigente que só um pequeno grupo de iniciados se pode gabar de o fazer. Com efeito, ser mineiro não é só uma profissão, é todo um modo

---

[9] A vida das comunidades mineiras há muito que inspira artistas e escritores: *Filhos e Amantes*, de D. H. Lawrence (ele próprio filho de mineiro), e a série de fotografias de Bill Brandt, tiradas na década de 30, seriam bons exemplos. Até o americano John Ford produziu uma versão fílmica muito sentimental da vida numa comunidade mineira galesa do início do século em *O Vale era Verde*.

de vida, uma identidade que se constitui e se afirma em torno dessa arte orgulhosamente legada de pais para filhos. Claros exemplos dos aspetos mais brutais do trabalho manual, os mineiros cedo se impuseram como símbolo da exploração desumana do capitalismo, e também como modelos de resistência e de organização comunitária e política[10]. Na década de 30, a atividade mineira estava em rápida recessão, produzindo o desemprego generalizado em comunidades sem qualquer outra hipótese de trabalho. Por todos estes motivos, Orwell não podia deixar de lado esta classe no seu retrato da Depressão, e uma das suas principais preocupações logo que chegou ao Norte foi precisamente a de organizar visitas a várias minas para se poder inteirar de todos os aspetos da situação. Para isso, serviram-lhe os contactos com mineiros e ativistas políticos cujos nomes lhe tinham sido fornecidos

---

[10] As organizações sindicais dos mineiros são das mais antigas em Inglaterra, remontando ao século XVIII. Nem tal nos deve espantar se nos lembrarmos de que, ao longo desse século e de parte do seguinte, o trabalho nas minas era de uma desumanidade e crueldade inimagináveis nos dias de hoje. O mineiro trabalhava normalmente 17 horas por dia, 6 dias por semana, num local apertado, escuro, húmido e abafado, extraindo o carvão à picareta e carregando-o até à superfície sem grande ajuda de máquinas. Além destas péssimas condições de trabalho e de segurança, não havia, evidentemente, qualquer apoio na doença ou compensação por acidente ou morte. A mão de obra feminina e infantil era universalmente utilizada, e muitas crianças começavam aos 4 anos uma carreira nas minas que se prolongava pela (sua curta) vida fora. Os mineiros foram, assim, os primeiros a organizar-se em associações laborais, tendo tido um papel de relevo na formação de algumas forças políticas, como o Partido Trabalhista, e destacando-se em momentos de grandes lutas sociais e políticas como a Greve Geral de 1926 ou, mais recentemente, nos anos 80, contra as medidas de privatização e de encerramento das minas decretadas por Margaret Thatcher. Esse grande braço de ferro entre Arthur Scargill e Mrs. Thatcher e a greve de 13 meses daí resultante marca para muitos o fim das lutas laborais e do poder reivindicativo da classe trabalhadora, bem como a perda da base de apoio do «Old Labour» que abriu caminho à criação do «New Labour» de Tony Blair.

por amigos como Richard Rees, John Middleton Murray e os Westropes, seus antigos senhorios[11]. Mas Orwell decidiu não mencionar esses contactos no livro, deixando o narrador enfrentar diretamente a experiência, sem qualquer apresentação ou mediação na forma como reage ao que vê:

> Quando se desce a uma mina, é importante chegar à frente do corte quando os operários estão a trabalhar, o que não é fácil, porque quando a mina está a funcionar os visitantes só causam perturbação e são desencorajados. Mas uma visita noutra altura qualquer pode deixar-nos com uma impressão completamente errada do que lá se passa. Ao domingo, por exemplo, o ambiente é quase de paz e serenidade. É melhor ir quando se ouve o barulho ensurdecedor das máquinas e o ar está negro da poeira do carvão, e se pode ver efetivamente o trabalho do mineiro. Nessa altura, a mina é um inferno, ou

---

[11] Em 1970, a BBC entrevistou uma destas figuras, o mineiro e ativista político Jerry Kennan, no programa *Omnibus*. A entrevista encontra-se transcrita no volume *Orwell Remembered*, coligido por Audrey Coppard e Bernard Crick, e merece leitura atenta, uma vez que nos fornece uma outra perspetiva da viagem de Orwell pelo Norte. Como é que os trabalhadores, objeto do estudo orwelliano, entenderam o sujeito dessa observação? Qual a opinião deles sobre o autor e o seu projeto? Factos curiosos sobressaem desta inversão de papéis. Por exemplo, em resposta à pergunta de Melvyn Bragg, «Que pensaram as pessoas de Orwell? Levaram-no a sério?», Jerry Kennan recorda: «Bem, nem por isso. Umas sim e outras não. Alguns dos rapazes eram muito à esquerda e duvidaram da sinceridade de Orwell. Porque ele era muito cínico e nunca agradeceu nada do que fizemos por ele. [...] Tinha um nariz muito empinado e era um snobe, mas estava a ver se punha os pés na terra e aprendia como é que as coisas eram na realidade. E eu não acho que ele fosse um socialista convicto, embora estivesse convencido de que muita coisa precisava de mudar drasticamente.» (*Orwell Remembered*: 133). Não entrando na interessante questão de saber se esta opinião de Jerry Kennan foi formada antes ou depois da leitura da obra, a verdade é que ela é arguta e certeira nalgumas das observações sobre o autor, corroborando muito do que Orwell diz de si próprio e do processo de aprendizagem em que estava envolvido.

pelo menos como eu imagino o inferno, com tudo aquilo que o compõe — calor, barulho, confusão, escuridão, ar pestilento e, acima de tudo, um espaço intoleravelmente apertado. (*RWP*: 18)

Uma descida aos infernos, tal como a descida à pobreza que o narrador assim significou em obras anteriores, mas, neste caso, por maioria de razões e com uma dimensão literal que reforça o sentido metafórico. O cenário dantesco que se apresenta ao narrador faz apelo imediato às imagens arquetípicas que compõem o nosso substrato cultural. Mas a atividade subterrânea do mineiro adquire no texto ainda um outro significado, de cariz claramente sociológico:

> A nossa civilização, por muito que Chesterton discorde, tem como base o carvão, mais do que se pode imaginar. As máquinas que nos mantêm vivos e as máquinas que produzem as máquinas estão todas, direta ou indiretamente, dependentes do carvão. No metabolismo do mundo ocidental, o mineiro vem logo abaixo do lavrador em termos de importância relativa. É uma espécie de cariátide enegrecida que carrega aos ombros tudo aquilo que *não está* enegrecido. (*RWP*: 18; ênfase no original)

Coluna ou pilar que suporta a peso toda uma civilização, mas cuja função se mantém escondida sob a superfície do nosso quotidiano, o mineiro é, assim, o representante por excelência da classe que produz os bens essenciais a toda a sociedade, um exemplo da base económica injustamente esquecida e ignorada, no seu esforço hercúleo, pela superestrutura que por ela é sustentada e a quem deve o seu modo de vida. Heróis anónimos, «estátuas de ferro forjado», como lhes chama o narrador, corpos de «formas esplêndidas», «ombros largos adelgaçando-se nas cinturas finas e flexíveis, nádegas pequenas e bem delineadas e coxas musculadas» (*RWP*: 20), os mineiros surgem na obra quais figuras épicas vindas diretamente da escultura clássica e celebradas na poesia da antiguidade. Eles demonstram sobretudo a impossibilidade de a classe média assumir tal tarefa, facto bem reconhecido por um narrador que faz valer a sua altura e fraca forma física para nos mostrar o quanto devemos a esta classe[12], que executa um trabalho manual tão duro que «mataria em poucas semanas» alguém como ele. O último parágrafo deste Capítulo II detém-se nas implicações de tudo isto:

> Mais do que qualquer outro, o mineiro é o exemplo acabado do trabalhador manual, não só porque a sua atividade é tão exageradamente árdua, mas também pelo seu carácter a um tempo absolutamente imprescindível e distante da nossa experiência, tão invisível que nos esquecemos dela como esquecemos o sangue que nos corre nas veias. De certa forma, até é humilhante ver os mineiros a trabalhar. Deixa-nos com dúvidas momentâneas sobre o nosso estatuto de «intelectuais» e pessoas tidas por superiores. Porque de repente nos damos conta, ao olhar para eles, que é precisamente porque os mineiros suam as estopinhas que as pessoas superiores podem continuar a ser superiores. Eu, você, o editor do *Times Literary Supplement*,

---

[12] Na verdade, Orwell sofreu ainda mais do que o narrador da obra com a visita à mina. Jerry Kennan recorda que o autor bateu várias vezes com a cabeça no teto, numa delas com uma tal violência que perdeu os sentidos. O facto de ter de caminhar curvado nos túneis levou-o a um ponto de exaustão que obrigou a paragens constantes no percurso de regresso. Depois da visita à mina, Orwell passou três dias de cama para recuperar do esforço e Kennan recorda divertido que o escritor (que tinha mais do que 1,90 m de altura) parecia ter encolhido, de tal forma tinha os músculos e tendões ainda retesados pelo esforço (*Orwell Remembered*: 132).

os poetas efeminados[13], o Arcebispo de Cantuária, o Camarada X, autor de O Marxismo para crianças — todos nós devemos, com efeito, o relativo conforto em que vivemos àqueles desgraçados burros de carga que se esfalfam debaixo da terra, cobertos de negro dos pés à cabeça, as gargantas entupidas com a poeira do carvão, brandindo as picaretas com braços e ventres de aço. (RWP: 30–31)

Devendo-lhes o nosso modo de vida, devemos-lhes também o respeito e a consideração que merecem, bem como o salário justo e a proteção no trabalho e na doença que os mineiros não têm. As implicações políticas e sociais do texto são óbvias, entendendo-se desta forma uma certa idealização da figura do mineiro, que assim concorre para a nossa consciencialização da desesperada situação em que a classe se encontra e idealmente nos levará a aceitar uma solução política e ideológica para o problema.

Esta representação dos mineiros estende-se, segundo muita da crítica orwelliana[14], a toda a classe trabalhadora. Idealizada, sentimental e condescendente, essa imagem

---

[13] No original, «Nancy poets», alusão ao Auden Group (ver nota 7 do ponto 2. 3.). «Nancy» significa «maricas», termo utilizado em expressões como «nancy boys», e de conotações claramente pejorativas e ofensivas. Sem querer desculpar Orwell (que mais tarde se retratou da forma como várias vezes maltrata estes poetas), parece-me que o exagero retórico se destina a construir estas figuras como o oposto total das figuras másculas e cheias de vitalidade dos mineiros. A ideia de uma classe alta efeminada e amaricada é recorrente na cultura inglesa, e Orwell aproveita-a em muitos momentos da sua obra para determinados efeitos, nomeadamente em O Vil Metal e «O Leão o Unicórnio».

[14] Veja-se, por exemplo, Scott Lucas, Orwell (33–41), ou Raymond Williams, Politics and Letters (390), ou ainda Richard Hoggart, The Uses of Literacy (15), obras que contêm críticas acérrimas (algumas justas, outras injustas) à forma como a classe trabalhadora é representada em O Caminho para Wigan Pier.

retiraria, por isso mesmo, credibilidade ao narrador/autor e poria em causa a própria credibilidade da visão política da obra. Num dos passos mais citados a este propósito, Orwell parece, com efeito, oferecer uma imagem nostalgicamente dourada da vida dos trabalhadores:

> Num lar de classe trabalhadora — não estou a falar dos desempregados, mas dos lares relativamente prósperos — respira-se um ambiente caloroso, digno e profundamente humano, que não é fácil de encontrar noutros lados. Eu diria que um trabalhador manual, se tiver emprego seguro e um bom ordenado — um «se» que cresce a olhos vistos —, tem mais hipóteses de ser feliz do que uma pessoa «educada». A sua vida doméstica parece acomodar-se com naturalidade a formas mais sãs e graciosas. Impressiona-me sempre aquela plenitude simples e peculiar, a simetria perfeita, por assim dizer, dos melhores interiores da classe trabalhadora. Sobretudo nas noites de Inverno, depois do jantar, com as labaredas da enorme lareira a dançarem refletidas no aço do guarda-fogo, e o pai, em mangas de camisa, sentado na cadeira de baloiço a ler os resultados das corridas de cavalos, e a mãe, do outro lado da lareira, entretida com a costura, e os filhos deliciados com uma mão-cheia de rebuçados de hortelã, e o cão, rebolando-se de contente na manta de trapos em frente ao fogo — é um bom lugar para se estar, desde que se seja dali e não se esteja ali só de passagem. (*RWP*: 108)

A cena é indubitavelmente idílica, na sua recriação de uma domesticidade ideal a que mais classe nenhuma pode ter acesso. Em Portugal, bem conhecemos esta ideia, a noção salazarista de «pobrezinhos, mas contentes» com que se justificava a manutenção de um país pobre e rural sem sentimentos de culpa por parte das classes dominantes.

Ou, noutro formato, menos autoritário, mas igualmente paternalista, esta é também a visão de uma intelectualidade insegura e alienada, sonhando nostalgicamente com uma inocência perdida e lamentando a posse do conhecimento proibido que lhe retirou a possibilidade de uma existência edenicamente pura e ignorante.

Perpassa na descrição do passo acima transcrito, com efeito, a sensação de que todos nós (narrador e leitor) fomos excluídos deste paraíso, uma Idade de Ouro a que é impossível, tal como a Adão e Eva, regressar. Mas será que a idealização do quadro é deliberada? Em total oposição às cenas reais que Orwell encontra na sua viagem pelo Norte, contrastando com os interiores esquálidos e deprimentes tantas vezes descritos na obra, a prosa polémica exige o polo antitético que demonstre a profunda distância entre o que *era* e o que *podia e devia ser*. Por outras palavras, o quadro não pertence ao presente (nem a ele poderia pertencer, depois de tudo o que narrador e leitor já aprenderam sobre a situação do operariado durante a Depressão), porventura nem à ordem do real, mas, antes, à da visão utópica, que sabe ser o ideal algo de inatingível, mas o mantém, teimosamente, como objetivo a perseguir. A inclusão da cena serviria, então, para acentuar precisamente a ausência — a impossibilidade, até — de cenas semelhantes na Inglaterra da década de 30, ao mesmo tempo que sugere ser imprescindível a luta que nos permita aproximarmo-nos, tanto quanto possível, dessa meta inacessível.

No fundo, é como se Orwell tivesse usado duas lentes, uma côncava e outra convexa, para produzir duas imagens distintas — e opostas — da realidade que se propusera estudar e descrever. Ambas a distorcem, uma carregando os seus traços negativos, outra vincando os potencialmente positivos. Em suma, a Primeira Parte da obra não utiliza apenas o registo tradicionalmente descritivo e neutro do documentário, mas também muitas das estratégias e técnicas da escrita polémica, funcionando numa linha de demarcação muita fluida e instável entre as duas formas de escrita. Mas nisto reside precisamente a sua força e o seu continuado apelo. O autor procurou, por um lado, satisfazer as expectativas que Gollancz nele depositara e cumprir com as condições do que lhe fora encomendado: um documentário sobre as condições de vida da classe trabalhadora no Norte de Inglaterra. O diagnóstico da situação, detalhado e exaustivo, fundamentado em dados estatísticos de índole positivista e empirista (como era de tradição), ficou de algum modo feito. Mas, por outro lado, o escritor de prosa polémica estruturou-o também como uma viagem de descoberta a terras desconhecidas e convenientemente negligenciadas, um percurso que ele, intelectual de classe média, se dispôs a fazer e no qual pretende que o acompanhemos. O trajeto implica uma aprendizagem, por vezes custosa, frequentemente penosa, porque exige a redefinição de alguns valores e pressupostos tão enraizados na nossa mundividência que os tomamos como naturais e instintivos e que, por isso mesmo, é necessário desfamiliarizar e redirecionar. O traço grosso da escrita polémica é indispensável neste processo de «desnaturalização» do que sempre tomámos como um dado adquirido e, como tal, nunca tínhamos questionado, mas que somos agora convidados a interrogar nos seus pressupostos mais básicos. A figura do narrador serve como exemplo do processo, utilizando a sua própria experiência como prova do que está a argumentar e acima de tudo como evidência de que uma mudança de atitudes é não só desejável, mas possível.

Mas que será preciso alterar, em nós mesmos e no modelo económico-social? Em que medida deve a classe média rever e reavaliar a sua relação com a classe trabalhadora? Que implica esse processo de transformação da própria identidade? É isso possível? É isso indispensável a uma alteração radical da sociedade? Não se tentou já, sobretudo desde a era vitoriana, encontrar alternativas mais justas e igualitárias para os malefícios da sociedade industrial? Porque falharam? Haverá, então, alguma esperança de encontrar uma viável?

É o que o narrador discutirá na polémica Segunda Parte da obra. Digo polémica na aceção mais geral e no sentido corrente do termo, porque a celeuma que levantou, mesmo antes de ser publicada, se prolonga até aos dias de hoje e continua a dividir a opinião crítica, sobretudo a de esquerda. O primeiro a reagir muito negativamente a esta secção do texto foi Victor Gollancz, assim que recebeu o manuscrito e se deu conta de que, depois de um documentário brilhante, se seguia o que o editor entendeu como um ataque indiscriminado, violento e injusto ao socialismo e aos socialistas. Não exatamente, portanto, o que Gollancz imaginara receber da parte do autor e ainda menos desejaria incluir na projetada série do «Left Book Club». O editor tentou ainda convencer Orwell a separar as duas partes da obra e a autorizar que só a Primeira fosse incluída na edição do «Left Book Club». Perante a recusa de Orwell em aceitar uma tal mutilação do seu texto, nada mais restou a Gollancz do que fazer uma gestão de danos: incluir um Prefácio em que elogia incondicionalmente a Primeira Parte da obra, mas em que se distancia clara e veementemente das opiniões expressas na Segunda.

Mas afinal, que disse Orwell do socialismo e dos socialistas que tanto ofendeu os seus correligionários? Podemos começar pelos passos mencionados por Gollancz no seu Prefácio, porque eles continuam a ser os que mais fazem eriçar os/as leitores/as, sobretudo os/as de esquerda:

E aqui está o verdadeiro segredo das distinções de classe no Ocidente — a verdadeira razão pela qual um europeu de origem burguesa, mesmo quando se apelida de comunista, não consegue, sem um enorme esforço, pensar numa pessoa de classe trabalhadora como seu igual. Tudo se resume a uma expressão terrível, que nos dias de hoje cautelosamente se silencia, mas que na minha infância se dizia a alto e bom som: as classes inferiores cheiram mal.

Era isto que nos ensinavam — as classes inferiores cheiram mal. E deparamo aqui com uma barreira intransponível. Porque não há nada de mais fundamental do que o gostar ou deixar de gostar baseado numa sensação física. (*RWP:* 119)

Às vezes, tenho a impressão de que bastam as palavras «Socialismo» e «Comunismo» para atrair, como um íman, todos os bebedores de sumos de fruta, nudistas, maníacos das sandálias, tarados sexuais, Quakers, charlatães naturistas, pacifistas e feministas ingleses. Outro dia, no verão, ia eu de autocarro em Letchworth quando numa paragem entraram dois velhos de aspeto horrível. Os dois sexagenários, os dois baixinhos, rosados e gorduchos, e os dois sem chapéu. Um tinha uma careca obscena, o outro, o cabelo comprido e grisalho, com caracóis à Lloyd George. Os dois vestiam camisas verde-pistácio e calções de caqui, tão justos que se notavam todos os refegos dos traseiros enormes que deles transbordavam. A parte de cima do autocarro estremeceu levemente de horror quando eles passaram. O homem sentado ao meu lado, provavelmente um caixeiro-viajante, olhou para mim, olhou para eles, olhou outra vez para mim e murmurou «Socialistas» no mesmo tom com que diria «Peles Vermelhas». E devia ter razão — o curso de verão do ILP estava a decorrer em Letchwork. Mas a questão é que, para ele, um homem comum, excentricidade significa Socialismo e Socialismo é sinónimo de excentricidade. (*RWP:* 161–162)

As classes inferiores cheiram mal?! Escandaloso dizer tal coisa, mesmo quando se percebe (como Gollancz percebeu) que o que Orwell estava a dizer era apenas que a classe média nisso acreditava e isso ensinava aos filhos, assim construindo uma diferença ontológica que pretendia explicar e autorizar a diferença de classe. Mas ainda assim, a esquerda da altura — e muita da presente — pensa ser isto uma ofensa à classe trabalhadora, e uma estratégia contraproducente que não contribui para a abolição das distinções de classe. Uma afirmação, diríamos hoje, politicamente incorreta, que fere as susceptibilidades liberais e igualitárias de quem pretende identificar-se com os trabalhadores e colocar-se do seu lado na luta de classes. A franqueza de Orwell sobre os mitos com que crescera não caiu bem na altura, e continua a valer-lhe críticas severas vindas de vários quadrantes.

A segunda citação torna ainda mais claras as razões pelas quais Gollancz se quis distanciar das opiniões expressas no texto sobre o socialismo e os socialistas. Como reagiriam os leitores do «Left Book Club», também eles membros ou simpatizantes do movimento, ao lerem passos como este, em que feministas, nudistas, naturistas, socialistas, etc. são todos tratados ao mesmo nível, meros itens de uma enumeração caótica, simples objetos indiscriminados da crítica injuriosa e virulenta do autor? E como se justifica esta crítica por parte de um homem assumidamente de esquerda, que na obra defende o socialismo como única alternativa viável a um estado de coisas cujas consequências nefastas já foram bem vincadas na Primeira Parte do texto? É bem verdade que o autor nos avisou que vai representar o papel de «advogado do diabo» e que está a atacar a esquerda de *dentro* e não de fora dessa esquerda, como apoiante, portanto, e não como seu opositor; mas dar-lhe-á isso o direito de assim tratar os seus supostos companheiros de luta? Não estará desta forma a alienar parte do movimento, em vez de recrutar mais voluntários para o combate em prol do socialismo? E o que ficou de fora, todas as forças políticas e sindicais de orientação socialista, de tão longos e distintos pergaminhos na história inglesa da emancipação operária? Porquê ignorá-las, num ato de condenável e incompreensível obliteração do passado e ignorância do presente? Porquê selecionar apenas as franjas menos representativas do movimento socialista e sobre elas descarregar um ódio que parece vir do preconceito pessoal e da ideia-feita sem fundamentos sólidos?

Gollancz e muita da esquerda subsequente colocam estas e outras interrogações, interpelando o texto quer em termos da justeza da sua visão do socialismo, quer em função dos objetivos estratégicos que os socialistas deveriam traçar naquele preciso momento histórico. E quase todos concluem que Orwell deixa muito a desejar nos dois casos. No que se segue, não sei se darei resposta cabal às perguntas que ficaram em suspenso no parágrafo anterior, resposta essa que em última análise depende da perspetiva ideológica dos leitores e leitoras. Mas sendo elas relevantes ainda para a história do socialismo enquanto ideologia e da sua implantação social ao longo dos tempos, compete-nos antes de mais perceber a posição do autor acerca do problema, olhando de perto a Segunda Parte da obra e tentando seguir a linha de argumentação aí proposta e onde se inserem estes ataques.

Essa Segunda Parte inicia-se com uma frase já aqui citada noutro contexto: «O caminho de Mandalay a Wigan é longo e as razões para o percorrer não são imediatamente claras.» (*RWP:* 113). No ponto 2.2., lemos a afirmação como representando metaforicamente o percurso político e ideológico de Orwell entre a sua conivência com o Império e o abraçar do socialismo, percurso esse que leva o narrador do texto a uma viagem pela infância e adolescência, que se prolonga até ao presente da escrita. A valiosa informação autobiográfica aí incluída foi-nos servindo, em vários pontos deste estudo, para traçarmos os contornos do trajeto de Orwell pelo mundo da literatura e da política e assim contextualizarmos cada uma das obras que escreveu. Nos Capítulos VIII e IX de *O Caminho para Wigan Pier*, encontra-se, efetivamente, a mais longa e sistemática revelação, por parte do autor, do seu passado. Franca, cândida, expondo desassombradamente a evolução de uma figura que cresceu com todos os preconceitos da sua classe e só deles se conseguiu (parcialmente) libertar através de um difícil processo de constante reavaliação; essa secção autobiográfica é, no entanto, extremamente seletiva e estritamente direcionada para um único e bem delimitado objetivo: discutir, nas suas várias implicações e múltiplas *nuances,* a questão da classe.

Apesar do tom aparentemente confessional desta secção da obra, as confidências autobiográficas não valem por si mesmas, nem se destinam a iluminar áreas obscuras de um Eu individual e subjetivo; antes, servem como estudo de caso representativo de atitudes e comportamentos de uma classe perante outra. Como diz o narrador do texto, esta reflexão era essencial para a sua abordagem ao socialismo — compreensivelmente, uma vez que um dos pilares do ideário socialista era a abolição das distinções de classe. A sua própria experiência demonstra-lhe, então, que a interiorização desse conceito fundamental do movimento implica, como ele diz, «abolir uma parte de nós mesmos» (*RWP*: 149) ou, no mínimo, reestruturar o eu de forma tão profunda, «que a certa altura não me reconhecerei como a mesma pessoa» (*RWP*: 150). Ora, segundo Orwell, é justamente isto que muitos socialistas (nomeadamente os intelectuais de esquerda) não entendem nem assumem. Esta secção do texto critica quer a posição condescendente que olha a classe trabalhadora *de haut en bas* (ao contrário de um Joyce, que encara o «homem comum» de igual para igual, como vimos num capítulo anterior), quer a atitude dos «meninos-bem» endinheirados (como o Ravelston de *O Vil Metal*) que apregoam a abolição das classes, mas não estão dispostos a perder os privilégios que a sua origem lhes confere. Segundo o narrador, ambas as posições são contraproducentes, formas espúrias de lutar por uma transformação radical da sociedade, alienando o «homem comum» da causa socialista e descredibilizando, portanto, todo o movimento:

> Se alguém, lá no íntimo, se considera um «gentleman» e, portanto, se sente superior ao marçano, mais vale dizê-lo francamente do que estar a mentir. Em última análise, temos de nos ver livres do snobismo, mas é funesto fazer de conta que o eliminámos antes de estarmos verdadeiramente prontos para isso. (*RWP*: 156)

Numa época, como a nossa, em que a maioria da esquerda internacional se assume como pós-marxista, os termos da questão poderão surgir-nos como ingénuos ou irrelevantes. Na Inglaterra da década de 30 (como o foi no Portugal a seguir ao 25 de Abril), o debate sobre a questão da classe era aceso, e Orwell intervinha numa polémica que era parte integrante da autodefinição da esquerda e axial no delinear dos seus objetivos estratégicos. A proposta do narrador baseia-se, uma vez mais, na sua própria experiência, que bem lhe ensinou que «não se resolve o problema da classe confraternizando com pedintes» e lhe provou que a mundividência de classe só a pouco e pouco se altera, sendo ilusórias as tentativas de identificação superficial e fácil com os habitantes da *Terra Incognita* que acabara de explorar.

Entretanto, o que preocupa o narrador é «o facto de o socialismo estar a perder terreno exatamente onde devia ganhar adeptos» (*RWP:* 159), o que torna urgente uma reflexão sobre as causas do recuo. A Segunda Parte da obra é fértil no detetar das mesmas, insistindo acima de tudo na imagem negativa que o socialismo projeta para o exterior. Os dois «velhos de aspeto horrível», vestidos com «camisas verde-pistácio e calções de caqui», podem não ser os elementos mais representativos do movimento, mas são os que fazem estremecer de horror o cidadão comum e que o imaginário popular mais claramente identifica com a causa de esquerda. O «orador profissional comunista» (*RWP:* 163) que fala às massas no seu jargão incompreensível e discurso livresco; o arauto de um mundo tecnologicamente avançado e mecanizado, que associa o socialismo ao progresso científico e, se pudesse, produziria «um mundo wellsiano[15] resplandecente» (*RWP:* 176), esse «paraíso dos homenzinhos gorduchos» (*RWP:* 180) caricaturado por Huxley — nenhum deles, segundo o autor, contribui para a popularidade do movimento. As utopias agrárias, como a de William Morris, que celebram o regresso ao trabalho manual e «criativo» e o retorno a métodos primitivos de produção de modo que se «salve a alma com o artesanato» (*RWP:* 186), também não têm grande apelo, diz-nos o autor, uma vez que esquecem que ninguém «quer ter mais trabalho do que o necessário a fazer seja o que for» e que «usar ferramentas antiquadas e complicar de propósito qualquer tarefa seria puro diletantismo» (*idem*).

Em suma, Orwell passa em revista os vários modelos de socialismo que a Inglaterra produzira desde meados do

---

[15] Referência à obra de H. G. Wells, que Orwell ataca por ser um advogado do progresso tecnológico.

século XIX, acusando todos eles de desfasamento em relação à cultura popular, que os olha com desconfiança, se não mesmo com antagonismo. Por isso mesmo, o socialismo, se não «excêntrico», é indubitavelmente «ex-cêntrico» e precisa de recentrar a sua natureza e objetivos, congregando forças vindas de vários quadrantes, mas, acima de tudo, apelando ao «centro» da nação, a uma classe trabalhadora e de pequena burguesia que não se reconhece nem revê na imagem pública do movimento. Segundo o autor, o socialismo esqueceu mesmo os valores centrais que o deviam nortear, e os socialistas «[n]unca tornaram suficientemente claro que os objetivos essenciais do socialismo são a justiça e a liberdade» (*RWP:* 199), o «único ideal em volta do qual nos podemos unir» (*RW:* 201), um ideal que representa, por assim dizer, o mínimo denominador comum congregador das diversas vontades, grupos sociais e fações ideológicas de esquerda.

A noção de uma frente comum de esquerda não é exclusiva do autor, perpassando o discurso político da Inglaterra da década. A especificidade das propostas de Orwell, contudo, merece destaque, podendo resumir-se deste modo: a classe média e, dentro desta, a intelectualidade, podem ter um papel na construção do socialismo sem se verem obrigadas a pôr de lado a sua identidade própria; pelo contrário, o que o autor sugere é que algumas das lealdades tradicionais desses dois grupos sejam redirecionadas e potencializadas, passando a militar agora por uma causa mais justa. O último capítulo da obra, de tom claramente prescritivo, indica como se pode processar esta intervenção, desde que se acautelem alguns princípios básicos:

> Se for burguês, não tenha pressa de ir a correr abraçar os seus irmãos proletários; eles são capazes de não gostar, e se lho derem a saber, você vai certamente descobrir que os seus

preconceitos de classes não estão tão mortos e enterrados como imaginava. E se for proletário, por nascimento ou aos olhos de Deus, não troce automaticamente dos que ostentam a gravata do colégio particular onde andaram, porque ela esconde lealdades que lhe poderão ser úteis, se corretamente usadas. (*RWP*: 214-215)

Ou seja, valores como o patriotismo e o respeito pela tradição também têm lugar na construção de uma sociedade socialista, que só beneficiará em se ancorar numa cultura nacional reconhecível pela maioria, aproveitando valores bem arreigados, mas redirecionando-os para um objetivo diferente: a criação de uma sociedade mais livre e justa.

Muitos estudiosos da obra orwelliana entendem que tão severas críticas aos socialistas não se justificam como defesa de um tão fraco e pobre conceito de socialismo. É indiscutível que a definição do socialismo na obra é ideologicamente vaga e programaticamente indefinida, evitando (deliberadamente?) a ideia marxista da luta de classes. Por ignorância, afirmam uns, por perversidade ou espírito de contradição, dizem outros, ou por incapacidade de pensar teórica e filosoficamente na matéria, alegam terceiros, Orwell deixa um enorme vazio conceptual bem no centro do que deveria ser o seu argumento principal. Os reparos têm razão de ser, mas a verdade é que Orwell não é um pensador ou filósofo, muito menos um ideólogo, antes um escritor de prosa política e polémica. E verdade é também que qualquer definição mais detalhada de socialismo correria o risco de alienar um ou outro grupo que dela discordasse, frustrando o objetivo do autor de congregar classes diversas (e com interesses à primeira vista opostos) em redor de uma causa comum.

No fundo, Orwell reflete uma vez mais na sua condição de escritor, de intelectual e de membro da classe média-alta, procurando encontrar para si e para os vários subgrupos a que pertencia um espaço próprio dentro do movimento socialista, espaço esse que, para ele, não existia na conceção vigente de socialismo. Veja-se, por exemplo, o apelo final da obra:

> E então talvez este flagelo do preconceito de classe se esbata, e os membros da classe média em declínio — o professor de escola particular, o pelintra do jornalista «freelancer», a filha de coronel solteirona com uma pensão de 75 libras por ano, o licenciado por Cambridge à procura de emprego, o oficial da marinha à espera de barco, os empregados de escritório, os funcionários do Estado, os caixeiros-viajantes e os lojistas da província, sempre à beira da falência — e todos nós nos afundemos, sem mais luta, nas profundezas da classe trabalhadora a que pertencemos, percebendo quando lá chegarmos que isso não é tão mau como parece, porque, afinal de contas, nada temos a perder a não ser o «h» aspirado. (*RWP*: 276)

A conhecida frase de Marx no *Manifesto Comunista* («o proletariado nada tem a perder a não ser as suas algemas») é aqui investida com um sentido diferente e aplicada não à classe trabalhadora agrilhoada pelo capitalismo, mas a outras classes igualmente prejudicadas por ele, que não encontram, na imagem pública do socialismo, um espaço ideológico e identitário onde se possam produtivamente inserir. *O Caminho para Wigan Pier* retoma e expande, portanto, as interrogações de Orwell sobre o papel do intelectual na sociedade e as suas relações com o mundo da política e da ideologia, agora mais fundamentadas pelo seu maior conhecimento acerca da classe trabalhadora e reforçadas pela investigação levada a cabo dos efeitos catastróficos do capitalismo. Pela primeira vez, Orwell assume-se como apoiante do socialismo (que virá a qualificar de «democrático»), mas essa pertença não se processa de modo pacífico nem consensual. O «guerrilheiro indesejado» desfere o seu primeiro ataque sistemático às fileiras do exército em que diz ter--se alistado, atingindo amigos e correligionários e fazendo inimigos que perduram até aos dias de hoje. A pontaria é muitas vezes certeira, outras vezes falha o alvo, e o atirador dispara indiscriminadamente em muitas direções. A figura é inconveniente e incómoda, mas o ataque não deixa nada como dantes e o objetivo da missão é conseguido: abalar complacências e encorajar uma autorreflexão por parte dos socialistas sobre eventuais desvios relativamente à causa da luta. As regras do combate são severas e os critérios de atuação severamente aplicados, mas igual severidade utiliza o narrador na sua autoavaliação, detetando em si mesmo todos os vícios, preconceitos e erros de uma classe média resistente à cooperação com um proletariado que ao mesmo tempo teme e desconhece.

A forte crença do autor na necessidade de o socialismo repensar tanto os seus princípios fundadores como a imagem do movimento veiculada por muitos dos seus apoiantes tem aqui a sua primeira expressão, sendo explorada e aprofundada mais tarde, como veremos, em ensaios como «O Leão e o Unicórnio», que insistirá mais uma vez na ideia de que é urgente encontrar uma versão mais inclusiva do socialismo, que passe, antes de mais, por recolher todas as lealdades ao país que tinham sido apanágio da direita, e que essa direita «roubara», por assim dizer, para proveito próprio.

Em termos da evolução de Orwell, *O Caminho para Wigan Pier* é uma obra charneira, situando-se entre a indefinição literária e a indecisão política da fase inicial do autor e a maturidade artística e ideológica que está ao virar da esquina. Por alguma razão, Orwell afirmou em «Porque Escrevo»:

«Tudo o que de sério escrevi desde 1936 tem sido *contra* o totalitarismo e *a favor* do Socialismo democrático tal como o entendo» (*CW*, vol. XVIII: 319; itálicos no original), sinalizando esse momento como fundamental no seu percurso político e literário. Com feito, é nesta obra que se desiste de vez de posições marginais (como as de Flory, Dorothy ou Gordon) e se procuram centros que permitam uma inserção ao cidadão e ao intelectual, recriando-se modelos de participação coletiva e de afiliação individual que apelem tanto ao intelectual alienado do resto da sociedade como ao «homem comum», que figurará proeminentemente na produção da década seguinte. Nem todos os leitores e críticos, contudo, perdoarão a Orwell o exagero retórico, a hipérbole injusta e a generalização abusiva de que esta obra é plena. Mas é indiscutível que *O Caminho para Wigan Pier* se constituiu — talvez por isso mesmo — como um clássico da representação da Inglaterra da década de 30, modelo incontornável de documentários subsequentes sobre o colapso do mundo industrial[16], bitola a partir da qual todos os outros se medem e se posicionam, mesmo quando dela discordam ou até veementemente a rejeitam.

---

[16] Muitos são, com efeito, os documentários que, em décadas posteriores, direta ou indiretamente, aprobatória ou criticamente, assumem essa dívida com *O Caminho para Wigan Pier*. Menciono apenas alguns títulos mais representativos e que declaradamente se situam na mesma linha de investigação da obra de Orwell: Beatrix Campbell, *Wigan Pier Revisited* (1984); Robert Chesshyre, *The Return of a Native Reporter* (1987); J. G. Ramsay, *England, This England* (1993); Stuart Maconie, *Pies and Prejudice: In Search of the North* (2008). Marco também para o jornalismo, a obra foi revisitada, no aniversário da sua publicação, por exemplo, neste artigo do *Guardian*: http://www.guardian.co.uk/books/2011/feb/20/orwell-wigan-pier-75-years e neste do *Daily Mirror*: http://www.mirror.co.uk/news/uk-news/follow-george-orwells-road-wigan

3.2. *Homenagem à Catalunha*: viagem à revolução

No final de março de 1936, Orwell dá por finda a sua viagem ao Norte. Os meses seguintes serão dedicados à escrita do livro, que terminará em dezembro, em véspera da partida para Espanha. O regresso ao Sul trouxe-lhe alterações em vários planos, não só do foro ideológico (com a clara opção pelo socialismo democrático), mas também pessoal. O casamento com Eileen, que teve lugar em junho, parece ter sido decisivo no seu projeto de sair de Londres e de procurar uma casa no campo, onde pudesse viver sem as inevitáveis despesas da grande metrópole e a escrita se processasse sem interrupções ou distrações. A escolha recaiu numa pequena *cottage* da aldeia de Wallington, em Hertfordshire, local que oferecia a tranquilidade desejada, mas se encontrava ainda suficientemente perto da capital para permitir contactos frequentes com editores e amigos das letras. Mais uma vez, Orwell distancia-se do meio intelectual londrino sem com ele cortar completamente as ligações.

Depois de dois meses no Norte industrial, o cenário rural de Wallington deve ter surgido ao autor como um agradável contraponto a uma paisagem urbana de declínio e devastação. No entanto, esta mudança da capital para uma minúscula aldeia, com três ou quatro ruas rodeadas de campos de cultivo, não pode deixar de nos suscitar algumas interrogações: que o terá levado a deixar Londres? Estaria Orwell deliberadamente à procura de um modo de vida idílico e bucólico, de um símbolo de permanência e continuidade no meio do turbilhão económico e social da Grande Depressão? Seria no mínimo estranho, dado o perfil ideológico do autor, vê-lo reencenar acriticamente um mito tão poderoso no imaginário inglês (e de contornos tão conservadores e passadistas) como o da «country life». Mas a pergunta é legítima, e necessita de alguma explicação, por especulativa que seja, que nos ajude a entender esta opção e tudo o que ela implica para o desenvolvimento futuro do escritor.

A verdade é que esta mudança para o campo nos revela pela primeira vez uma faceta de Orwell até aqui sem grande expressão no seu percurso pessoal e literário, mas que a breve trecho se irá impor como central à sua visão do mundo: o seu gosto pelo campo e pela natureza. Em 1936, Orwell teria provavelmente alegado — e sem fugir à verdade — questões de ordem mais pragmática para a mudança; mas, na década seguinte, iremos encontrar textos em que dá atenção aos rituais de acasalamento dos sapos, ao despontar das flores na Primavera e ao perigo de extinção de várias aves de rapina, evidenciando em muitos dos ensaios e artigos de jornal um claro interesse pelo mundo natural. Aliás, três anos mais tarde, o autor de *Um Pouco de Ar, Por Favor* evocará o ambiente da Inglaterra rural na viragem do século através da figura do seu protagonista, George Bowling, um angariador de seguros que regressa clandestinamente à pequena aldeia onde passou a infância, procurando nostalgicamente recriar todo o ambiente puro e impoluto que a cidade moderna não lhe proporcionava. E o amor de Orwell por plantas e bichos, bem como a experiência da quinta improvisada foram também provavelmente decisivos na adoção da forma da fábula em *A Quinta dos Animais*. A opção pela vida no campo em 1936 irá, portanto, revelar-se como instrumental em toda a sua escrita futura, acrescentando-lhe uma dimensão que, sendo por vezes esquecida ou negligenciada, é ainda parte integrante da forma como olha o mundo.

Mas desengane-se o leitor se pensa que a vida de Eileen e Orwell em Wallington foi a de um idílio rural. A casa, antiga e em mau estado, não tinha quaisquer condições. Fria, húmida, sem eletricidade ou quarto de banho interior, e com alguns tetos tão baixos que Orwell tinha de se curvar para não bater com a cabeça nas traves de madeira, a habitação parecia ter sido escolhida precisamente pela sua falta de conforto, segundo lembram alguns amigos que a visitaram e reagiram à nova vida do casal com um misto de horror e de admiração. Mais surpreendente nos parecerá ainda esta opção se soubermos que a *cottage* tinha sido a mercearia da aldeia, e que Orwell resolveu mantê-la como tal, abrindo a loja durantes umas horas por dia para vender banha, farinha ou fatias de *bacon* à população local. No quintal, o escritor plantou flores e legumes, construiu uma capoeira e alugou um terreno anexo para criar cabras, que ordenhava religiosamente todas as madrugadas[17].

A vida de Orwell fora já fértil em decisões imprevistas, e esta, por estranha que pareça, não só se justificou em termos financeiros como literários, a avaliar pela rápida conclusão de O *Caminho para Wigan Pier* e pelos muitos artigos, recensões e ensaios que publicou em 1936 (incluindo, como vimos, «Matar um Elefante»). O retiro campestre, tendo o desejado efeito de o pôr a escrever cada vez mais e melhor, não o isolou, ainda assim, do mundo à sua volta. Orwell seguiu com atenção, durante estes meses, não só a crise interna como a situação internacional, e no outono desse ano não hesitou em sair da toca para se juntar àqueles que marcharam para Espanha em defesa de um governo de esquerda, legitimamente eleito, que enfrentava um ataque das forças de direita.

Não se sabe exatamente quando Orwell tomou a decisão de se alistar como voluntário para lutar na Guerra Civil de Espanha. O que sabemos é que deu início aos preparativos

---

[17] Enfim, Orwell parece ter embarcado num projeto de autossuficiência que quatro décadas mais tarde seria caricaturado na popular *sitcom* «The Good Life».

da viagem mal entregou a Gollancz o manuscrito de *O Caminho para Wigan Pier*, dando indicações para que Eileen fosse consultada sobre qualquer problema que surgisse no decurso da publicação. E sabemos também que teve de empenhar as pratas recebidas da família como prenda de casamento para comprar o equipamento necessário. A causa surgia-lhe, sem dúvida, como merecedora de todo o seu esforço, e não deve ter sido fácil, no preciso momento em que, recém-casado, parecia estar finalmente a assentar e a criar raízes, largar tudo e ir lutar num conflito em terra alheia.

Mas Orwell não foi o único a sentir que a situação espanhola dizia respeito a toda a gente, sobretudo àqueles (e eram muitos) que desde 1933 viam na expansão do fascismo e do nazismo uma clara ameaça à paz e democracia mundiais. E se o governo inglês, na sua cegueira e egoísmo, persistia em não levar a sério figuras como Mussolini e Hitler, os mais esclarecidos bem sabiam que a vitória de Franco reforçaria o poder das ideologias totalitárias numa Europa economicamente frágil e politicamente volátil. Ajudar um governo de maioria de esquerda, legitimamente eleito, a resistir à investida de uma aliança que congregava o exército, a igreja e as classes altas espanholas, ou seja, as forças mais conservadoras e reaccionárias, impôs-se a muitos intelectuais, sindicalistas e antifascistas em geral como um dever histórico a assumir entusiasticamente, sem quaisquer dúvidas ou hesitações.

Como diz Samuel Hynes, na sua obra sobre a geração de escritores da década de 30, há guerras que são «acontecimentos literários»[18], não só porque mobilizam os intelectuais e assim influenciam toda a produção artística, mas porque o seu impacto cultural e o papel que assumem

---

[18] Veja-se Samuel Hynes, *The Auden Generation. Literature and Politics in England in the 1930s* (242).

no imaginário coletivo marcará toda uma geração, se não mesmo as gerações futuras. Assim foi, segundo o crítico, a Guerra Civil de Espanha, e é nesse sentido que a tomaremos neste estudo sobre um autor inglês, pondo de lado as suas implicações para o futuro do país e as profundas cicatrizes, ainda hoje bem percetíveis, que deixou na sociedade espanhola, bem como as inúmeras controvérsias que a rodeiam e que dividem, ainda hoje, a historiografia espanhola e internacional[19].

Como tantos outros europeus e americanos, Orwell respondeu ao apelo de um governo em situação desesperada: sem o apoio do exército profissional, com limitada ajuda internacional, num contexto interno de greves, sublevações populares, violência nas ruas e radicalização política, a participação de voluntários estrangeiros e a formação de milícias populares surgiam como a única forma de resistir ao avanço franquista. As Brigadas Internacionais destacaram-se muito em particular na rápida organização dos contingentes e, mais tarde, no papel que desempenharam na defesa de Madrid, sendo a força voluntária que mais imediatamente nos vem à lembrança quando se fala da colaboração estrangeira na

---

[19] Depois da vitória de Franco, a Guerra Civil de Espanha foi um daqueles casos nítidos em que a história foi escrita pelos vencedores, surgindo na propaganda do regime como uma cruzada das forças do Bem contra as forças do Mal, encarnadas pelo ateísmo comunista. A Espanha democrática procurou no seu início não reabrir as feridas mal cicatrizadas, decretando uma amnistia aos crimes cometidos durante a guerra e propondo um «pacto del olvido» como forma de reconciliação, temendo as consequências de um reacender do conflito numa democracia ainda recente e bem consciente das suas fragilidades. Só gradualmente o tabu tem vindo a ser quebrado; a promulgação da Ley de Memoria Histórica e a criação do Centro Documental de la Memoria Histórica em 2007 são marcos importantes do processo de reavaliação do passado, abrindo novas possibilidades de investigação futura depois de décadas de silêncio sobre o conflito.

Guerra Civil de Espanha. Conotadas com os partidos comunistas dos respetivos países, as Brigadas Internacionais congregaram voluntários de um largo espectro político e social, permanecendo até hoje como símbolo de heroísmo, de empenhamento político e de intervenção abnegada num momento decisivo para o desenrolar da história[20].

Por tudo isto, seria de esperar que George Orwell se juntasse aos muitos escritores e ativistas políticos e entrasse em Espanha sob os auspícios das Brigadas Internacionais, pronto a lutar nas suas fileiras. A verdade é que não. Vale a pena contar com algum detalhe o processo que levou Orwell a integrar-se nas milícias do POUM[21], um pequeno partido de extrema esquerda, porque ele está omisso na obra. Vejamos o que o próprio Orwell nos diz, em «Notas sobre as Milícias Espanholas», relativamente aos preparativos da viagem, e que é confirmado pelos seus biógrafos:

---

[20] As Brigadas Internacionais continuam bem presentes na cultura europeia. Consulte-se, por exemplo a página web: http://www.international-brigades.org.uk/

[21] O Partido Obrero de Unificacion Marxista, ou POUM, surgiu em 1935 da junção de dois partidos de orientação trotskista — a Esquerda Comunista de Espanha e o Bloco Operário e Camponês — por discordâncias relativas à orientação burocrática do comunismo estalinista, assumindo-se como partido marxista revolucionário. Tendo sobretudo grande implantação na Catalunha e em Valência, o POUM participou no governo de Frente Popular, mas as suas posições radicais causaram divisões profundas no comunismo espanhol da época. Em maio de 1937, a escalada de tensão entre o governo controlado pelo PCE e os anarcossindicalistas resultou numa batalha de rua (detalhadamente descrita por Orwell no seu livro), sendo o POUM ilegalizado, os dirigentes presos e o seu líder, Andrés Nin, assassinado. Os restantes membros passaram à clandestinidade e as milícias do partido foram desintegradas, sendo o POUM frequentemente acusado pela imprensa estalinista de ser um *agent provocateur* do franquismo. A historiografia espanhola e internacional debate ainda a controversa questão da ligação dos dirigentes do POUM a Franco, bem como a intervenção direta de agentes de Estaline na supressão do partido e na morte do seu líder.

Antes de partir, alguém me disse que não me deixariam atravessar a fronteira sem documentação passada por uma organização de esquerda. [...] Falei com John Strachey[22], que me arranjou um encontro com Pollitt[23]. Depois de me entrevistar, foi óbvio que Pollitt chegou à conclusão de que eu era politicamente suspeito e recusou-se a ajudar-me, tentando fazer-me desistir da viagem com histórias de horror sobre o terrorismo anarquista. Por último, perguntou-me se estava disposto a alistar-me nas Brigadas Internacionais, ao que eu respondi que não me podia comprometer com grupo algum até ver o que se estava a passar. Perante isto, Pollitt recusou-se a ajudar-me, mas aconselhou-me a obter um salvo-conduto na Embaixada de Espanha em Paris, o que vim a fazer. Antes de sair de Inglaterra, telefonei também para o ILP[24], no qual tinha alguns contactos, sobretudo de natureza pessoal, pedindo uma carta de recomendação. O ILP fez-me chegar uma carta, já em Paris, dirigida a John MacNair[25] em Barcelona. Quando atravessei a fronteira, os guardas da alfândega e outros funcionários, na altura Anarquistas, não ligaram nada ao salvo-conduto, mas pareceram-me muito bem impressionados com a carta com o timbre do ILP, que reconheceram de imediato. Foi este facto que me levou a mostrar a carta que trazia a John MacNair, e este o motivo pelo qual me alistei nas milícias do POUM. Naquela altura, tinha apenas uma noção muito vaga das dife-

---

[22] John Strachey, jornalista, político, intelectual de esquerda e um dos fundadores do Left Book Club, nesta altura era também membro do British Communist Party.

[23] Harry Pollitt, secretário-geral do British Communist Party.

[24] O Independent Labour Party a que, como vimos, pertenciam os donos da livraria onde Orwell trabalhou, e onde a tia Nellie Limouzin tinha inúmeros amigos.

[25] John MacNair era o representante do Independent Labour Party em Espanha e líder do contingente de voluntários organizado pelo partido.

renças entre os vários partidos políticos, que os jornais ingleses de Esquerda tinham procurado ocultar. (*CW*, vol. XI: 136)

Esta explicação merece alguns comentários, importantes para compreendermos a experiência de Orwell na Guerra Civil de Espanha e contextualizarmos algumas das afirmações que faz sobre o conflito em *Homenagem à Catalunha*. Conforme nos conta no extrato acima, o facto de não se ter juntado às Brigadas Internacionais não foi uma decisão politicamente fundamentada, e o seu alistamento nas milícias do POUM teria sido, portanto, em grande parte acidental. Ficamos, com efeito, com a sensação de que Orwell queria chegar a Espanha por qualquer meio, desde que fosse rápido, e que as considerações de ordem ideológica eram secundárias perante a urgência em participar no conflito. Harry Pollitt, secretário-geral do Partido Comunista, parece, pelo contrário, ter encarado Orwell sobretudo de uma perspetiva partidária e ter tido dúvidas em lhe atribuir as credenciais de homem de esquerda exigidas pela situação. Ou, pelo menos, assim sugere o autor.

Aos leitores e leitoras que imediatamente (aprobatoriamente ou não) lerão este episódio como evidência do anticomunismo de Orwell, convém lembrar de que, se a experiência da Guerra Civil de Espanha transformará Orwell para o resto da vida num severo crítico do comunismo estalinista, neste momento o autor parece não ter tido quaisquer escrúpulos em procurar a ajuda do Partido Comunista Britânico para realizar o seu objetivo. Mais interessante do que a imagem (claramente negativa) do seu secretário-geral que do passo transparece é, para mim, o facto de Orwell, a avaliar pela reação de Pollitt, ser já uma figura suficientemente conhecida e controversa para ser olhada por ele com bastantes reservas e alguma desconfiança. E a prudência de Orwell em se se recusar a ser brigadista antes de avaliar a situação no terreno é mais um claro exemplo da forma como deliberadamente tenta preservar a sua independência e autonomia frente a partidos políticos ou quaisquer outros grupos organizados. Orwell chega, assim, a Espanha, com um único fito — o de ajudar o governo espanhol a repelir o ataque franquista e deste modo contribuir para o recuo da direita internacional —, mas sem grande noção das tensões internas e externas dentro da própria esquerda. A causa que o movia surgia-lhe com uma nitidez e uma simplicidade sedutoras, mas a muitos níveis perigosas. Três meses depois, o acaso que o levara ao POUM quase lhe custará a vida, e a perda da inocência sobre a natureza do conflito bem lhe podia ter custado o ideal do socialismo democrático que recentemente abraçara.

Mas não nos adiantemos, seguindo antes o narrador de *Homenagem à Catalunha* no seu primeiro encontro, em Barcelona, com a realidade espanhola, onde essa ingenuidade está bem patente:

> Nunca tinha estado numa cidade onde a classe trabalhadora segurava as rédeas do poder. Quase todos os edifícios de maior dimensão tinham sido ocupados pelos trabalhadores, engalanando-se de bandeiras vermelhas ou exibindo a bandeira vermelha e preta dos Anarquistas; as paredes cobriam-se de desenhos com a foice e o martelo e as iniciais dos partidos revolucionários; as igrejas tinham sido saqueadas e tudo o que era imagem fora queimado; [...] As lojas e os cafés haviam sido coletivizados, bem como os engraxadores de sapatos, as caixas de madeira pintadas agora de vermelho e preto. Os empregados de café e os caixeiros das lojas olhavam-nos nos olhos e tratavam-nos de igual para igual. [...] As gorjetas eram proibidas por lei, e uma das minhas primeiras experiências foi

receber um sermão de um gerente de hotel por ter tentado dar uma gorjeta ao paquete. [...] Os pósteres revolucionários, nos seus vermelhos e azuis flamejantes, eram omnipresentes, e os anúncios mais antigos pareciam por contraste meros borrões desbotados. Nas Ramblas, a artéria central onde grupos de pessoas passeavam constantemente de um lado para o outro, os altifalantes berravam todo o dia e pela noite dentro com canções revolucionárias [...] Mas o mais estranho era o aspeto da multidão, porque a avaliar pela aparência, os ricos tinham praticamente desaparecido. Com a exceção de algumas mulheres e de uns poucos estrangeiros, não havia pessoas «bem vestidas». Toda a gente usava roupa de pobre, ou um fato de macaco azul, ou alguma variante do uniforme das milícias. Era tudo a um tempo estranho e comovente. Havia muitas coisas que eu não compreendia, outras de que não gostava, mas apercebi-me imediatamente de que era uma situação pela qual valia a pena lutar. [...]
Acima de tudo, havia uma fé imensa na revolução e no futuro, a sensação de repentinamente termos imergido numa era de igualdade e liberdade, em que os seres humanos se tentavam comportar como seres humanos e não como meras peças da engrenagem capitalista. (*HC*: 3–4)

Este cenário é perfeitamente reconhecível a todos os que viveram uma revolução. O entusiasmo e a euforia que Orwell experimentou ao chegar a Barcelona encontram ecos no imaginário coletivo português do 25 de Abril, e é muito fácil a nossa identificação com os sentimentos deste narrador, perplexo, mas solidário, confuso com o que vê à sua volta, mas crente nos valores da revolução. Curioso também é o facto de esta figura ser indubitavelmente de classe alta, mas disposta a integrar-se numa revolução popular. A origem de classe e a escolha ideológica podiam situar-se em polos opostos, mas as potenciais contradições eram superadas pelo empenhamento concreto na guerra. Este era, sem dúvida, o grande apelo da Guerra Civil de Espanha para toda uma geração de intelectuais de esquerda, que pela primeira vez trocavam a escrita pelas armas e o conflito ideológico pela luta real nas fileiras de um exército revolucionário.

A Orwell assim surgiu também a experiência, e a cena inicial da obra — em que encontra um italiano, analfabeto, vindo também ele de longes terras e de uma outra classe, e lhe aperta a mão — dá o mote para o que se segue: a solidariedade que advém da causa que a ambos ali levou e o espírito comunitário que consegue ultrapassar o fosso da língua e da nacionalidade unem as figuras em torno de uma causa que é mais forte do que tudo o que os separa.

Mas não tardará muito que se comecem a instalar as dúvidas e as hesitações sobre o sentido desta guerra. A desorganização, a falta de preparação das milícias, a inexistência de armamento adequado, o desrespeito pela hierarquia militar e em geral a forma caótica como este exército improvisado funciona são uma surpresa desagradável e parecem condenar logo à partida esta luta ao fracasso:

> No meu segundo dia no quartel, começou o que só por piada se pode designar como «instrução». No início, a cena era de caos total. Os recrutas eram na sua maioria miúdos oriundos dos bairros pobres de Barcelona, cheios de ardor revolucionário, mas completamente ignorantes relativamente ao que se passa numa guerra. Nem se conseguia que formassem fileiras e a disciplina era inexistente; quem não concordava com as ordens saía da formatura e punha-se a discutir com o oficial. [...] Entretanto, os recrutas não estavam a receber o treino militar de que precisavam. Tinham-me dito que os estrangeiros estavam dispensados da recruta (eu já notara que os espanhóis

acreditavam ingenuamente que qualquer estrangeiro sabia mais de assuntos militares do que eles), mas é evidente que eu compareci também, juntamente com os outros, porque tinha um grande interesse em aprender a manejar uma metralhadora, arma que nunca tinha tido oportunidade de usar. Mas, para grande consternação minha, não nos ensinavam nada sobre o manejo de armas. [...] Era uma maneira inconcebível de treinar um exército de guerrilha. (*HC*:7-8)

A situação não melhora com a chegada à frente de batalha em Barbastro, onde Orwell encontra a mesma desorganização e ineficácia que em Barcelona, acrescidas agora de um outro fator: cada um dos exércitos está entrincheirado no cimo de um monte, impossibilitado, pelo obsoleto armamento, de causar baixas significativas ao inimigo, e sem perspetivas de um confronto direto com o seu opositor. A desilusão acentua-se, pondo até em causa o sentido da sua participação no conflito. «Depois de ter visto a frente de batalha, fiquei profundamente indignado e desgostado. E chamavam eles guerra a isto! Nem sequer estávamos em contacto com o inimigo!» (*HC*: 21-22), desabafa a certa altura o narrador.

Paremos para pensar um pouco nas razões para esta reação, tão negativa, por parte do narrador, e que tanto contrasta com a euforia das primeiras páginas. Será fruto do choque inevitável entre o ideal e o real, entre a dimensão abstrata, ideológica, de um conflito e a experiência concreta, física, da guerra? Vem esta desilusão do facto de não encontrar em Espanha um exército convencionalmente organizado e militarmente eficaz? Estamos perante um choque cultural, em que alguém do Norte da Europa olha para os do Sul segundo os habituais estereótipos da incompetência, desorganização e anarquia? Ou estará o narrador à espera de que todas as guerras decorram segundo a imagem culturalmente disseminada da Primeira Grande Guerra?

Um pouco disto tudo, talvez. Orwell traz inegavelmente ideias muito convencionais do que é um exército e do que deve ser uma luta armada[26], e o choque que resulta da sua integração numa força recrutada e organizada à pressa reforça o choque cultural que quase inevitavelmente sentiria num contexto tão radicalmente diferente dos outros que conhece. Essa bagagem cultural e social com que este narrador chega a Espanha é, de facto, muito clara e em muito determina a forma como interpreta o que o rodeia. A descoberta de que nem tudo é como esperava, nem como ele imaginava que devia ser, é acentuada nos capítulos iniciais, onde seguimos de perto a progressiva estupefação, irritação e desilusão do narrador relativamente à forma como o conflito está a ser gerido. E se é verdade que nem tudo é mau, e se encontram na obra elogios rasgados à generosidade dos espanhóis e ao bom ambiente de camaradagem que se vivia nas milícias, dos primeiros quatro capítulos sobressai prioritariamente a noção da inutilidade desta guerra e da contribuição individual que a figura pode dar para a derrota do franquismo.

Mas também é verdade que, sem se aperceber disso, algo de importante está a acontecer ao narrador, algo que transmutará esta experiência, aparentemente tão inútil e desmotivante, numa das vivências mais marcantes de toda a sua vida. Sem dar conta, o narrador está a passar por um processo de aprendizagem e de consciencialização política que o fará encarar posteriormente de um prisma diferente o que na altura lhe surgiu como prioritariamente negativo. Há desorganização e ineficácia nas milícias? Sem dúvida, mas

---

[26] Lembremos de que estudou em Eton, onde os alunos recebiam treino militar, além da sua experiência na Indian Imperial Police.

«dentro das circunstâncias, as tropas eram melhores do que tínhamos o direito de esperar» (*HC*: 30). Como o narrador virá a reconhecer,

> Um exército moderno e mecanizado não cai do céu, e se o Governo tivesse esperado até dispor de tropas bem treinadas, Franco não teria encontrado qualquer resistência. [...] Na prática, a disciplina democrática «revolucionária» é mais fiável do que se pode esperar. Num exército popular, a disciplina é teoricamente voluntária, sendo baseada na consciência de classe, enquanto num exército regular burguês, é baseada no medo. [...] A disciplina «revolucionária» depende da consciencialização política — do entendimento das razões *pelas quais* as ordens têm de ser obedecidas; leva tempo a difundir isto, mas também leva tempo a treinar autómatos nos quartéis. (*HC*: 29; ênfase no original)

Será pouco eficaz um exército onde os recrutas a cada passo discutem as ordens dos seus superiores? Talvez, mas havia um sistema igualitário nas milícias, onde oficiais e soldados «recebiam o mesmo salário, comiam a mesma comida, usavam as mesmas roupas e confraternizavam em termos de perfeita igualdade» (*HC*: 27–28). Uma sociedade plenamente democrática, portanto, estranhamente conseguida no desfavorável contexto de uma guerra. Em suma, o narrador tem de «desaprender» muitas das ideias feitas com que ali chega e proceder a uma reformulação que lhe permita recontextualizá-las e atribuir-lhes um significado diferente — de sentido oposto, até. Orwell reencena perante nós, mais uma vez (tal como em obras anteriores, nomeadamente *O Caminho para Wigan Pier*), um percurso de aprendizagem feito por um narrador que terá de confrontar ideias-feitas com a realidade que se lhe apresenta e que tem a capacidade de com ela ir aprendendo e amadurecendo. Em *O Caminho para Wigan Pier*, a aprendizagem situou-se sobretudo numa dimensão nacional (os efeitos da Depressão, a questão de classe, os erros táticos do socialismo inglês), sendo agora, com a experiência da Guerra Civil de Espanha, alargada ao âmbito mais vasto das lutas ideológicas e dos processos históricos internacionais.

Mais uma vez, a aprendizagem não será fácil nem suave, comportando neste caso (mais ainda do que nos anteriores) sérios riscos para a integridade mental e emocional da figura, já para não falar da integridade física. A vivência da guerra, sempre um teste à resistência do ser humano, revelar-se-á também um teste às conceções políticas e ideológicas do autor. Veremos no final até que ponto Orwell superou os obstáculos de vária ordem que a participação nesta guerra lhe colocou enquanto homem de esquerda e escritor. Mas estamos já em condições de assinalar que um dos méritos do texto é manter uma ambivalência permanente na forma como se encara a experiência, ou, por outras palavras, resistir a uma idealização das forças políticas e militares ao lado das quais o narrador luta. Dos inúmeros relatos de voluntários estrangeiros que saíram da Guerra Civil de Espanha, poucos tiveram, como Orwell, a preocupação em referir tanto o positivo como o negativo, e ainda menos em vincar a distância que vai da sensação imediata à crença ideológica, do concreto da guerra ao ideal político, do empírico ao abstrato, enfim, do *sentir* da história ao *sentido* que ela adquire em termos coletivos[27].

Homenagem à Catalunha vive muito da alternância entre os dois polos destes binómios e ainda mais da presença

---

[27] Veja-se, por exemplo, o relato de Langston Davis, *Behind the Spanish Barricades*, que não escapa a uma perspetiva partidária do conflito.

sistemática dos seus dois termos, na procura de um ponto de equilíbrio entre o peso a atribuir a cada um. Dar ênfase à reação imediata do soldado, em tudo o que ela comporta de privação física, desorientação mental, desinteresse ou ignorância pela razão de ser da guerra, transformá-lo-ia nessa entidade passiva, a vítima, a «carne para canhão», bem ao jeito da escrita que saiu da Primeira Grande Guerra[28]. Acentuar, por outro lado, a justeza da luta, glorificar a causa, enaltecer os feitos, seria transformar o soldado nesse herói idealizado de uma tradição de escrita que rasura e oblitera as facetas mais desagradáveis da guerra. Eliminar uma em benefício da outra era para Orwell um ato de desonestidade política, ética e literária, que ele liminarmente recusa, preferindo uma articulação de contrários em que, por opostos que sejam, cada um dos termos tem direito a estar presente. Não subjugando a experiência à ideologia, nem sobrepondo a abstração ao empiricamente percecionado, o texto resiste a linearidades falsas e a um alisar falsamente conseguido do que se viveu, melhor ou pior, como profundamente ambíguo e ambivalente.

Nestes primeiros capítulos, predomina, sem dúvida, o *sentir* da história, tal como foi vivido gradualmente, no quotidiano do soldado, registando-se a desilusão progressiva que nele se vai instalando; no capítulo seguinte — ou melhor, no que na versão original era o Capítulo V e surge nas edições atuais como Apêndice 1 —, predominará o *sentido* que essa participação individual pode adquirir num âmbito mais vasto. Será necessário explicar que a ordem dos capítulos que hoje se encontra não é a mesma das edições da obra publicadas antes do final da década de 90, quando Peter Davison

---

[28] Inserem-se nesta tradição de escrita sobre a guerra obras como *O Adeus às Armas*, de Hemingway, e *Goodbye to All That*, de Robert Graves.

presidiu à reedição de toda a produção orwelliana. Numa decisão que só poderia ser controversa, Davison decidiu acatar as instruções do autor, que no seu testamento literário sugeriu que os Capítulos V e XI de *Homenagem à Catalunha* fossem colocados futuramente no final da obra[29]. Em reforço desta opção editorial, está certamente a afirmação de Orwell, no ensaio «Porque Escrevo», de que a obra continha «um logo capítulo, cheio de citações de jornais e outras, defendendo os Trotskistas acusados de conspirar com Franco», admitindo que o capítulo «passado um ano ou dois perderia qualquer interesse para os leitores e estragaria a obra» (*CW*, vol. XVIII: 320). Orwell temia, portanto, que o material incluído nesses capítulos em breve se tornasse caduco e datasse irremediavelmente o seu relato. Como se tudo isto não bastasse, o próprio texto avisa-nos logo no início desse Capítulo V: «Se não está interessado nos horrores da política partidária, p.f. passe adiante; estou a tentar colocar as partes mais políticas da narrativa em capítulos separados precisamente para esse efeito» (*HC*: 197).

Depois de todos estes *caveats* vindos do próprio autor, insistir na ordem original dos capítulos poderá parecer perverso, ou meramente fruto de um purismo académico que fetichiza a criação original e tenta resistir à instabilidade a que no fundo todos os textos estão sujeitos. Mas ainda assim me parece ser este um caso nítido em que as instruções de um autor deviam ter sido ignoradas, porque em última análise

---

[29] O que se costuma designar por testamento literário de Orwell pode ser consultado nos *CW*, vol. XX: 224–231. A secção sobre *Homenagem à Catalunha* é de leitura muito sugestiva e revela facetas típicas do autor, que modestamente afirma não ter a obra qualquer valor comercial, sugerindo que as cópias existentes sejam preservadas em bibliotecas públicas apenas pelo seu valor documental. Relativamente à ordem dos capítulos, aí se lê: «Se reeditada, seria melhor colocar os Capítulos V e XI no final, como Apêndices», instrução que foi seguida à risca nas edições atuais.

a coerência da obra deve ter prioridade sobre as diversas opiniões acerca dela expressas — incluindo a do próprio autor, tão limitada como a de qualquer outro intérprete do texto. Por modéstia excessiva ou falta de sentido histórico, Orwell achou que estes capítulos cedo perderiam o interesse e relegou-os para as margens, atribuindo-lhes uma função subsidiária na economia global da obra. É pena! Quem vai ler, hoje em dia, esses apêndices quando a própria organização os remete para fora da narrativa e os deixa lá esquecidos, exilados naquela Terra de Ninguém antes da publicidade e dos registos legais?

E, no entanto, o autor bem nos tinha avisado, na sequência do último passo citado:

> Mas, por outro lado, seria impossível escrever sobre a Guerra Civil de Espanha de uma perspetiva puramente militar. Esta guerra era acima de tudo um conflito político. Nenhum acontecimento, pelo menos no primeiro ano de guerra, se torna inteligível sem se conhecer a luta interpartidária que se desenrolava nos bastidores das linhas governamentais. (*HC*: 197)

E tem razão! Assim como tem razão ao afirmar, no início desse Capítulo V:

> Toda a gente, quer quisesse, quer não, tinha de tomar partido mais cedo ou mais tarde. Porque mesmo que não houvesse interesse pelos partidos políticos, com as suas «linhas de orientação» opostas, era óbvio que estava em causa o nosso próprio destino. Enquanto membros das milícias, éramos soldados a lutar contra Franco, mas também peões num enorme jogo de forças que se travava entre duas teorias políticas. Quando eu andava à procura de lenha pelo meio das encostas, perguntando-me se esta guerra existia mesmo ou se tinha sido uma

invenção do *News Chronicle*, quando fugi aos tiros das metralhadoras comunistas nas lutas de rua em Barcelona, quando finalmente consegui escapar de Espanha por um triz, com a polícia no meu encalce — tudo isto me aconteceu desta forma porque eu fazia parte das milícias do POUM e não das do PSUC. Tal é a diferença entre dois grupos de iniciais! (*HC*: 198)

Neste capítulo político, o antigo Capítulo V, o narrador confessa ter ignorado as profundas divisões político-partidárias dentro da esquerda espanhola e internacional, admitindo o tédio que sentia durante as infindáveis discussões com os companheiros das milícias, perguntando ingenuamente a certa altura: «Mas não somos todos Socialistas?» (*HC*: 198). Só mais tarde, depois de passada a experiência e com o benefício de uma visão retrospetiva e mais distanciada, virá a perceber que a Causa (certamente imaginada em maiúsculas, como algo abrangente e abstratamente unívoco) era bem mais complexa e fraturada do que ele supunha. A história e a política, essas entidades que concebemos como longínquas e desfasadas do quotidiano em que vivemos, acabam, afinal, por determinar pequenos — e grandes! — detalhes da nossa experiência como seres humanos, através de complicados, sinuosos e às vezes impercetíveis processos de mediação. A inócua diferença entre dois lotes de iniciais pode muito bem ser uma questão de vida ou de morte!

Ora, é precisamente essa dimensão mais vasta que emoldura a intervenção individual no processo histórico que surge em primeiro plano no Capítulo V, como mais tarde surgirá, a propósito de um outro episódio crucial, no que originalmente era o Capítulo XI. Ignorar os dois capítulos é, portanto, ignorar uma das mais importantes lições que Orwell aprendeu em Espanha e que o texto, na sua primeira versão, nos oferecia a nós, leitores/as: o sentido das coisas não se esgota no sentir individual do momento transitório, por mais avassalador ou revelador que ele seja; é preciso conhecer também as regras do jogo em que, deliberada ou inconscientemente, participamos como «peões». É o que se tenta fazer nesse Capítulo V, traçando o desenrolar da guerra civil desde as causas que presidiram ao eclodir do conflito, passando pela identificação das forças políticas e ideológicas nele envolvidas, até se chegar à situação que o narrador encontrou primeiro em Barcelona e depois na frente de batalha. Ficamos, assim, com um quadro alargado que fornece as coordenadas políticas, ideológicas e militares essenciais para nos orientarmos no território confuso e impreciso em que se situa a figura, ela própria perdida e desnorteada por não ter acesso, na altura, a esse conhecimento orientador.

A manutenção da ordem original dos capítulos afigura-se-me, portanto, axial para um entendimento mais profundo da participação deste narrador no processo histórico mais lato, e para que se efetue esse movimento de alternância entre o *estar dentro* e o *estar fora* da situação histórica. Quando voltamos à frente de batalha, no Capítulo VI (V nas edições atuais), beneficiamos da chamada «ironia dramática» na nossa relação com o narrador do texto, estando numa posição privilegiada perante ele, uma vez que sabemos mais do que a figura no momento em que vivenciou os acontecimentos. Sabemos, por exemplo, que o governo estava a reter a distribuição de armas, não fossem elas cair nas mãos dos anarquistas, explicando-se assim a razão pela qual o narrador recebe, para sua desilusão, uma Mauser de 1896; percebemos também a inação da frente de batalha em Aragão, facto que tanto enfurece e desilude o narrador: de acordo com a tese expressa no Capítulo V, isso deve-se à tentativa do Partido Comunista Espanhol de exercer um apertado controle político da situação. Em suma, depois de lermos o Capítulo V no seu devido lugar, podemos olhar para trás e reavaliar o que nos foi contado nos primeiros capítulos, bem como encarar sob uma luz diferente o relato que prossegue nos capítulos seguintes.

Neste Capítulo V, estabelece-se também a tese central de Orwell sobre o que se passou na Guerra Civil de Espanha: uma revolução, abafada e inviabilizada pelo Partido Comunista em nome da eficácia militar, mas, na verdade, com o fito de eliminar os pequenos partidos de extrema-esquerda e assim assumir o poder político no país. Tese controversa na altura, e controversa ainda, passadas muitas décadas após os acontecimentos. Ainda hoje se debate o significado último da Guerra Civil e se avalia (positivamente ou não) o papel do PCE na complexa situação interna e externa da altura[30]. Aos leitores e leitoras cabe, em última análise, a decisão final sobre a natureza do conflito. A este estudo cabe acentuar que, certo ou errado na forma como leu a guerra, Orwell conseguiu bastante mais em *Homenagem à Catalunha* do que veicular uma imagem ideologicamente comprometida desta guerra: acima de tudo, o autor reflete na posição do indivíduo perante a história e nos problemas da escrita que irá relatar a experiência de quem nela diretamente participou.

Essa alternância entre a voz do Eu que experimenta imediata e emocionalmente os acontecimentos e o Eu que narra todo um processo já depois de este ter terminado é sistematicamente utilizada na obra, constituindo-se numa

---

[30] Poucas guerras têm sido objeto de tão aceso debate e polarização de posições como a Guerra Civil de Espanha. A complexidade do jogo de forças interno e externo que presidiu ao conflito e determinou o seu desenrolar presta--se, sem dúvida, a visões completamente opostas da sua natureza e significado. Instrumentalizada dentro e fora de Espanha, na altura como nas décadas seguintes, adquiriu o estatuto de uma guerra mítica tanto para a esquerda como para a direita. Orwell foi profético ao apontar as dificuldades da historiografia futura sobre a matéria.

interrogação sobre o estatuto destas duas dimensões da figura e a validade do conhecimento produzido por cada uma. Por um lado, temos a perspetiva em primeira mão de uma testemunha, observador direto e interveniente ativo no processo histórico; por outro, a visão mais distanciada, reflexiva e analítica, próxima do jornalismo e da historiografia. A primeira traz-nos a legitimidade do saber empírico, que pode confirmar ou refutar factos, oferendo-nos também a verdade da reação subjetiva e da sensação individual. A segunda tem a autoridade dos discursos a quem pedimos uma interpretação mais vasta e mais teórica dos processos supraindividuais que operam no real, descentrando-se, portanto, o sujeito em favor do coletivo. Seria fácil — mas demasiado simplista — dizer que as duas perspetivas se complementam. Certamente que sim, mas estes dois modos de conhecimento também se movem em direções diferentes, interpelando-se a cada passo, chocando até por vezes frontalmente um com o outro, permanentemente pondo a nu as limitações (mas também os pontos fortes) de cada um.

Exemplifiquemos com uma análise mais detalhada do episódio fulcral da obra em que o narrador é apanhado em Barcelona nas lutas de rua entre as várias fações da esquerda. Depois de três meses na frente de batalha, onde a inação se mantém e a desilusão do narrador aumenta perigosamente, o regresso a Barcelona para gozar uns dias de licença antecipa-se, como é natural, como uma bem merecida pausa para descanso. Nada disso! A Barcelona agora encontrada em tudo contrasta com a Barcelona inicial que tanto entusiasmara o narrador: as diferenças de classe passaram a ser bem visíveis nas roupas caras que substituíram o fato de macaco e o uniforme das milícias; a nova força policial, bem armada e hierarquicamente estruturada, deixou para trás a desorganização e o amadorismo das milícias; as pessoas já não se dirigem umas às outras como «camaradas», regressando a formas de tratamento mais tradicionais e subservientes; enfim, Barcelona regressou a uma «normalidade» de cidade burguesa pré-revolucionária.

Mas nem isto, por muita surpresa e desagrado que cause ao narrador, o impede de tentar gozar a licença e de usufruir, como ele diz, de todos os luxos — cigarros americanos, *cocktails*, bons vinhos — ao seu alcance. Ao mesmo tempo, estava a encetar esforços para conseguir uma transferência para as Brigadas Internacionais e assim poder contribuir mais produtivamente para o esforço de guerra, juntando-se às forças que defendiam a capital. Mais uma vez, Orwell parece ter colocado a eficácia acima das considerações ideológico-políticas, ou por estas não serem ainda suficientemente marcantes, ou porque, como repetidamente nos disse, nesta altura se inclinava mais para o pragmatismo do PCE, colocando como objetivo prioritário a vitória contra Franco e não o consolidar da revolução. Um acaso faz com que essa transferência não fosse tão rápida quanto o desejado: a compra de um novo par de botas, que teve de ser feito por encomenda porque não havia à venda um tamanho que lhe servisse[31]. Detalhe quase anedótico, é certo, mas que terá implicações determinantes na forma como Orwell irá entender a guerra; graças a ele, o autor encontra-se ainda em Barcelona quando estalam as hostilidades entre o governo e os anarcossindicalistas, episódio que irá determinar o seu destino nesta guerra e toda a sua posição política no futuro.

No entanto, as consequências de tudo isto só se tornarão evidentes muito mais tarde. No meio das confusas ordens que recebe para defender um dos edifícios-chave do POUM,

---

[31] Com o seu 1,96 de altura, Orwell usava sapatos tamanho 12 inglês ou 46/47 português. Ficou famosa a expressão muito pejorativa com que H. G. Wells se lhe costumava referir: «a Trotskyite with big feet».

sem perceber bem contra quê nem contra quem, o narrador tem dificuldade em compreender o que efetivamente se passa à sua volta:

> Voltei para o meu posto no telhado com uma mal contida indignação e uma raiva surda. Quando fazemos parte de acontecimentos como este, estamos, ainda que em pequena escala, a fazer história, e por direito devíamo-nos sentir como personagens históricas. Mas a verdade é que não, porque nesse momento os detalhes físicos sobrepõem-se a tudo o resto. Durante o conflito, nunca fui capaz de «analisar» corretamente a situação, como displicentemente fizeram os jornalistas a milhas de distância. O que mais me preocupava não era saber quem tinha ou não tinha razão no meio desta lamentável luta interna, mas tão só o desconforto e o tédio que sentia dia e noite naquele intolerável telhado e a fome que cada vez mais nos atormentava, porque nenhum de nós comera uma refeição decente desde segunda-feira. Ficava numa fúria só de pensar que, mal isto tudo acabasse, tinha de voltar imediatamente para a frente de batalha. Passara lá cento e quinze dias e regressara a Barcelona desejoso de um pouco de descanso e conforto; e em vez disso, ali estava eu, sentado num telhado, em frente a uns Guardas Civis tão chateados como eu, que periodicamente me acenavam e me garantiam que também eram «trabalhadores» (esperando que eu não os baleasse), mas que não teriam dúvidas em abrir fogo sobre mim se recebessem ordens nesse sentido. Se isto é que era a história, não se sentia como tal. (*HC*: 126–127)

Este passo recorda-me sempre um excerto de um ensaio de David Lodge, «The Novelist at the Crossroads»[32]: «A história

---

[32] Inserido em Malcolm Bradbury, ed., *The Novel Today*.

pode ser, no sentido filosófico, uma ficção, mas não se sente assim quando perdemos um comboio ou estala uma guerra» (109). É este mesmo desfasamento que, de forma aguda, o narrador experimenta. O episódio, que na altura lhe surgiu apenas como confuso e desagradável, porque o pessoal e o empírico se sobrepunham a tudo o resto, terá afinal insuspeitadas ramificações históricas e políticas, dentro e fora de Espanha. As limitações da testemunha, cuja observação dos acontecimentos se resume ao que vê e ouve à sua volta, não estando em condições físicas ou mentais de pensar para lá da fome, do tédio e da irritação que sente, estão aqui bem patentes. Mas é também graças à presença no centro do conflito que este observador poderá desmentir algumas das falsas versões disseminadas pelos jornalistas «a milhas de distância», sem a autoridade, portanto, que essa participação conferiu ao narrador deste relato[33].

O Capítulo X da versão original (IX nas atuais) faz questão de acompanhar o eclodir dos tumultos hora a hora, quase minuto a minuto, reproduzindo o seu desenrolar a partir da ótica subjetiva da figura. O capítulo seguinte (agora Apêndice II) procurará, com base nesses dados, fornecer uma explicação e um sentido mais latos para o que se passou nesses três dias de maio em Barcelona, que podem muito bem ter sido fulcrais para o desenlace da Guerra Civil de Espanha e o futuro da Europa. Segundo o narrador, o episódio consumou o desabar da revolução e o recuo a modelos mais centralizadores e autoritários, logo menos democráticos, de organização social, processo liderado pelo Partido Comunista Espanhol de modo que eliminasse os partidos rivais da extrema

---

[33] Orwell coligiu artigos de jornais sobre as lutas de maio, que podem ser consultados em *CW*, vol. XVI: 290–308, permitindo cotejar a sua versão dos acontecimentos com a transmitida nos meios de comunicação britânicos.

esquerda[34]. Tão ou mais grave ainda, isto é feito mediante a acusação falsa de traição e conluio com Franco feita às forças ao lado das quais se encontra a lutar. Orwell afirmaria, anos mais tarde, respondendo às observações de um crítico sobre a inclusão indesejada dos «capítulos políticos» na obra: «O que ele disse é verdade, mas eu não podia ter feito outra coisa. Acontece que eu sabia o que muito poucos em Inglaterra tinham tido oportunidade de descobrir, que pessoas inocentes estavam a ser injustamente acusadas. Foi a indignação que me levou a escrever o livro» (*CW*, vol. XVIII: 320).

É inegável, portanto, que a obra foi escrita no sentido de repor o que Orwell entendia como a «verdade» daquilo a que assistira na Guerra Civil Espanhola, nomeadamente nesses três dias fulcrais dos tumultos em Barcelona, bem como de corrigir versões inexatas publicadas no exterior. A produção da sua própria versão dos acontecimentos requer, portanto, uma apurada e bem pensada estratégia de escrita que, como ele mesmo nos diz, «levanta problemas de construção e de linguagem, bem como questões inéditas de veracidade» (*idem*). Mas qual é então a «verdade» que aqui está em causa? Como se chega a ela? E é ela apresentada como A VERDADE absoluta e indiscutível do sentido último desse episódio e de toda a Guerra Civil?

O narrador responde direta e explicitamente a estas interrogações:

> Tentei escrever com objetividade sobre as lutas de rua em Barcelona, embora, obviamente, ninguém possa ser completamente objetivo acerca de uma questão como esta. Somos

---

[34] É este ainda um dos pomos de discórdia da historiografia atual: teria o abafar da revolução popular provocado a desmotivação geral e contribuído para a vitória de Franco? Foi essa revolução cerceada por ordem de Estaline ou porque o governo espanhol procurava não alienar as democracias ocidentais?

praticamente obrigados a tomar partido, e espero que esteja claro de que lado eu me situo. Mais uma vez, faço notar que devo ter cometido erros de facto, não só aqui, mas noutros momentos da narrativa. É extremamente difícil escrever com exatidão sobre a Guerra de Espanha, devido à falta de documentos não partidários. Alerto toda a gente para a minha parcialidade, e aviso-vos a todos dos meus erros. Mas fiz os possíveis por ser honesto. (*HC*: 231)

A objetividade, imparcialidade e isenção são, com efeito, valores orientadores da epistemologia histórica e jornalística, garantes do conhecimento fiável que esses dois discursos devem produzir para merecerem a autoridade que a sociedade lhes reconhece na interpretação do passado e do presente[35]. Na impossibilidade, contudo, de o conseguir, o narrador propõe a honestidade em sua substituição, assumindo que está a escrever (literal e figurativamente) de um dos lados da barricada. Expor as suas simpatias e fidelidades de forma clara e deliberada permite que possamos «dar o devido desconto» à sua interpretação dos acontecimentos. É como se estivéssemos a funcionar com uma daquelas balanças velhas que estão mal taradas, mas ainda nos permitem conseguir as proporções corretas do açúcar e da farinha para fazermos o bolo. A honestidade, portanto, passa antes de mais por aí: pela assunção do desvio em relação a um fio de prumo (para mudarmos de metáfora), idealmente reto e vertical, mas que

---

[35] Hoje em dia, esta epistemologia, de cariz ainda positivista, tem sido questionada em termos quer do discurso histórico, quer do jornalístico. Mas é evidente que, há 70 anos, Orwell não tinha, nem podia ter, o lastro teórico necessário a uma reconceptualização da questão da «objetividade», que continua, assim, a colocar como desiderato. A sua preocupação com o desaparecimento da «verdade objetiva» na escrita da história irá ser fundamental em *Mil Novecentos e Oitenta e Quatro,* como veremos adiante.

na prática bamboleia e entorta ao sabor dos puxões que cada um lhe dá. Medir por ele é, ainda assim, possível, se as imprecisões forem tidas em conta na arquitetura final da obra.

Orwell convida-nos, no Capítulo XI (Apêndice II), a confrontar a sua versão da história com a de inúmeros jornalistas cujos relatos foram tomados como exatos, citando extensivamente dos muitos artigos surgidos na imprensa britânica da altura, maioritariamente apoiante do Partido Comunista. Gesto arriscado, sem dúvida, pela controvérsia que poderia suscitar, mas que se justifica em termos retóricos. Como não acreditar *na sua* perspetiva dos acontecimentos, depois de termos seguido a par e passo a testemunha que os presenciou e de sermos avisados dos possíveis erros e parcialidades que ela contém? A credibilidade do narrador é, portanto, um traço essencial ao funcionamento do texto, para o qual concorre indubitavelmente a honestidade com que a figura expõe as suas fraquezas e assinala as limitações de vária ordem que a impedem de atingir a tão desejada objetividade. Uma honestidade que comporta, por um lado, o acentuar da perda de inocência sobre a natureza do conflito, mas que, por outro, continua a reafirmar a sua validade, pesem embora as desilusões de vária ordem sofridas pela figura: «Encaradas de uma forma ou de outra, as perspetivas eram deprimentes. Mas isso não queria dizer que não valesse a pena lutar pelo Governo, comparando-o com o Fascismo mais desavergonhado e desenvolvido de um Franco ou um Hitler» (*HC*: 139). Neste espírito se regressa à frente de batalha depois dos três dias de luta de rua em Barcelona, que ensinaram ao narrador a matizar uma causa até aí entendida como a preto e branco, mas a partir deste momento impossível de ser olhada «com o mesmo idealismo ingénuo de antes» (*HC*: 138).

Assim se volta, então, à rotina, inação e tédio que constituem a experiência maioritária do narrador nesta guerra, depois desse episódio que se destacou por ser tão pouco típico do ambiente de solidariedade e camaradagem vivido numa Espanha revolucionária. Em termos narrativos, entramos num movimento descendente que rapidamente nos levará ao desfecho da história — e ao fim da revolução. Algo precipitará o retorno a Barcelona, permitindo-lhe assistir diretamente às perseguições aos membros do POUM. Dez dias depois do regresso à frente de batalha, Orwell foi ferido, atingido por uma bala que lhe atravessou o pescoço de um lado ao outro. De vigia nas trincheiras, Orwell esqueceu-se momentaneamente de que o muro de suporte era baixo e lhe expunha sistematicamente a cabeça ao fogo inimigo, tornando-o num alvo irresistível para os franco-atiradores fascistas[36]. A descrição que nos deixou do incidente é frequentemente citada e suficientemente sugestiva para merecer uma citação e alguns comentários:

> A experiência de se ser atingido por uma bala é muito interessante e penso que vale a pena descrevê-la em pormenor. [...]
> Em termos gerais, tive a sensação de estar *no centro* de uma explosão. Pareceu-me ouvir um grande buum! e ver uma luz ofuscante à minha volta, e senti um choque tremendo — dor não, só um choque violento como os que se apanham numa tomada elétrica; ao mesmo tempo, senti uma fraqueza extrema,

---

[36] Recorda um camarada de luta que Orwell entretinha os companheiros com histórias sobre os bordéis franceses quando foi subitamente atingido, esquecendo os alertas constantes dos colegas para o perigo de andar pelas trincheiras sem se curvar (citado por Crick: 223). Segundo o chefe do pelotão, Georges Kopp, a sorte de Orwell foi ter sido atingido por uma bala proveniente de uma arma moderna, de alta velocidade, que lhe atravessou o pescoço, mas cauterizou imediatamente a ferida, que não chegou sequer a infetar. Felizmente a bala passou a 1 milímetro da carótida, tendo raspado numa das cordas vocais e deixado Orwell daí para o futuro com uma voz roufenha, mas sem mais consequências de monta (citado por Crick: 223–224 e *CW*, vol. XI: 23–26).

como se o impacto me tivesse encarquilhado e reduzido a nada. [...] Tudo isto se passou em menos de um segundo. Logo a seguir, os joelhos falharam e senti que caía, batendo com a cabeça violentamente no chão, o que, para grande alívio meu, não doeu nada[37]. Estava atordoado e meio dormente, consciente de que tinha sido ferido com gravidade, mas sem dores no sentido normal do termo. [...] Só nesta altura me ocorreu perguntar onde tinha sido atingido, e com que gravidade; não sentia nada, mas sabia que a bala me atingira algures na parte da frente do corpo. Quando tentei falar, descobri que não tinha voz, só me saía uma chiadeira, mas à segunda tentativa lá consegui perguntar onde me tinham acertado. No pescoço, disseram-me.[...]

Puseram-me no chão enquanto iam buscar a maca. Logo que soube que a bala tinha perpassado o pescoço, parti do princípio que não escapava, porque nunca tinha ouvido dizer que homem ou animal se salvasse depois de uma bala lhe ter atravessado o pescoço. Escorria-me sangue pelo canto da boca. «A artéria já se foi», pensei, e perguntei a mim mesmo quanto tempo se aguenta com a carótida cortada; só uns minutos, certamente. Tudo parecia envolto numa confusa névoa. Durante uns dois minutos, convenci-me de que ia morrer. E isso foi também interessante — quer dizer, é interessante saber quais são os nossos pensamentos numa altura destas. Muito convencionalmente, pensei antes de mais na minha mulher. Depois, tive um ressentimento enorme por ter de deixar este mundo onde, apesar de tudo, me sinto muito bem. Houve tempo para sentir isto tudo de forma intensa. Este azar estúpido punha-me furioso. E o sem sentido da coisa! Ser despachado assim, nem sequer em combate, mas neste canto bafiento das trincheiras,

---

[37] Curiosamente, esta descrição faz lembrar a descrição da morte do elefante no ensaio homónimo, escrito uns meses antes, que analisámos no ponto 2.2. A vida imita a arte...

graças a um momento de descuido! Pensei também no homem que me acertara — como seria, se espanhol ou estrangeiro, se sabia que me tinha atingido, etc. Não sentia perante ele qualquer ressentimento. Se fosse um Fascista, eu também o teria morto se pudesse, mas se o tivessem capturado e trazido até mim, limitar-me-ia a dar-lhe os parabéns pela excelente pontaria. Mas é bem possível que os nossos pensamentos sejam muito diferentes quando se está realmente às portas da morte. (*HC*: 143–144; ênfase no original)

Reconhece-se bem no passo a capacidade de desdobramento do narrador já mencionada várias vezes: por um lado, seguimos de perto as suas sensações imediatas, a forma como reagiu física e emocionalmente ao impacto da bala; por outro, temos presente a voz distanciada, quase clínica, do escritor que para si mesmo olha com alguma ironia, desdramatizando o episódio, recusando o estatuto de mártir e acentuando sobretudo os traços menos heroicos da figura, furiosa com a inutilidade de uma morte acidental e encarando a situação com o desportivismo que a educação britânica lhe inculcara. Em termos gerais, o que poderia muito bem ter sido descrito com o dramatismo correspondente à gravidade do caso (e quem censuraria o autor por isso?) acaba por ser apresentado como uma curiosidade menor e por valer sobretudo como explicação para a sua evacuação da frente de batalha, primeiro para Lerida e depois para Tarragona, onde foi tratado, ficando em recuperação num sanatório nos arredores de Barcelona, cidade onde Eileen se encontrava há já algum tempo, querendo partilhar com o marido a experiência da guerra. No fundo, outro acaso cujos significados mais profundos só se tornarão claros *a posteriori*.

O que se torna evidente para o narrador nessas últimas semanas passadas em Barcelona é a alteração total do espírito revolucionário de há meses atrás. Depois das lutas de maio, dirigentes e membros regulares do POUM tinham sido metidos na prisão e lá permaneciam, sem culpa formada; uma atmosfera de permanente suspeição, boatos constantes, medidas repressivas, censura da imprensa e patrulhas de rua pelos temidos Guardas de Assalto imprimiam à cidade um ambiente de pesadelo tanto mais assustador quanto difuso e indefinível. «Era como se uma entidade monstruosa e maléfica pairasse ameaçadoramente sobre a cidade» (*HC*: 159), diz o narrador. Um breve interlúdio, em que o narrador vai a Barbastro buscar os papéis que confirmam a desmobilização por razões de saúde, e em que pela primeira — e única — vez vislumbra a Espanha exótica do imaginário inglês, é apenas a calma que precede a tempestade. Ironicamente, no momento em que tudo está pronto para o regresso a casa, a mulher avisa-o de que corre, também ele, o risco de ser preso pela sua associação a um partido que acabara de ser ilegalizado e acusado de conspirar contra o regime.

O quarto de hotel de Eileen fora já revistado à procura de documentação incriminatória, não deixando dúvidas de que Orwell estava na mira da polícia pela sua ligação ao POUM[38]. Assim, nada mais lhe resta senão tentar escapar à prisão. Orwell e outros[39] passaram, com efeito, vários dias

---

[38] Facto confirmado por documentação encontrada, em 1989, nos arquivos da polícia de segurança, em que Orwell e Eileen são identificados como trotskistas e agentes de ligação entre o ILP e o POUM. Para uma informação detalhada da documentação existente sobre Orwell nos arquivos espanhóis, consulte-se *CW*, vol. XI: 30–37, e Christopher Hitchens, *Orwell's Victory*: 49, que refere também um *memorandum* sobre o casal nos arquivos do NKVD, nome antigo do KGB.

[39] Entre eles, John MacNair e Stafford Cottman, companheiros das milícias, e Willy Brandt, futuro chanceler alemão, também ele voluntário antifascista na Guerra Civil de Espanha. Georges Kopp, então preso, foi finalmente libertado 18 meses depois, tendo conseguido escapar para Inglaterra.

na clandestinidade, misturando-se com a multidão durante o dia e dormindo em casas em ruínas ou abandonadas. Um final que se situa nos antípodas do início! O percurso da figura, desde a sua entusiástica adesão à Barcelona revolucionária, passando pela experiência direta na frente de batalha, onde encontra uma camaradagem e solidariedade que pela primeira vez o fazem sentir «em casa», remete-o agora à condição de marginal, vagabundo e foragido. Resta-lhe um último gesto solidário em favor dos camaradas da milícia: tentar tirar Georges Kopp, o chefe do batalhão, da prisão, recuperando a correspondência oficial que Kopp transportava e que poderia provar a sua *bona fides*. Curiosamente, neste ambiente de terror totalitário, destaca-se um episódio que, esse sim, diretamente ecoa o início da obra e relembra os valores primeiros da luta. O oficial que o recebe no Ministério da Guerra, reconhecendo a coragem demonstrada na defesa de um membro do POUM, aperta-lhe a mão na despedida; mais um gesto de solidariedade que supera as divisões profundas entre duas figuras, assim como no início um aperto de mão interligou o italiano analfabeto e o intelectual inglês, combatentes por uma causa comum. É quase um fechar do círculo, um retorno, por paradoxal que seja, ao início de um processo cujo final renegou as origens e perverteu os princípios. Significativamente, Orwell leu este gesto como um contributo para a imagem positiva retida da experiência: «Registo o facto, por trivial que seja, porque de algum modo é tipicamente espanhol — típico dos gestos magnânimos dos espanhóis nas circunstâncias mais adversas. Tenho recordações terríveis de Espanha, mas muito poucas recordações más dos espanhóis.» (*HC*: 186)

A viagem de regresso está bem documentada na obra: disfarçados de turistas ricos, Eileen, Orwell e mais dois companheiros conseguiram passar a fronteira em segurança, graças à ineficácia dos controles fronteiriços, que não reconheceram a identificação das brigadas do POUM na documentação do autor. Depois de permanecerem uns três dias em repouso no País Basco francês, aliviados, por um lado, pelo sucesso da fuga e, por outro, desejosos de regressarem à luta tão amarga, mas necessariamente abandonada, Orwell e Eileen chegam finalmente a casa. Antes de falarmos do final de *Homenagem à Catalunha*, impõe-se, contudo, uma avaliação mais geral da obra e do papel que ela desempenha no percurso do autor.

Como já referi, 1936 foi um ano que o próprio autor destacou e identificou como um momento de viragem na sua evolução política e literária. Nele se situam, com efeito, duas das experiências marcantes da sua vida e escrita: primeiro, a aprendizagem sobre a classe trabalhadora, cuja centralidade nos processos políticos e na definição ideológica se lhe veio a afigurar essencial; depois, a participação concreta num conflito de contornos geopolíticos e históricos vastíssimos. Não se podem sobrevalorizar as implicações destes dois momentos na trajetória do autor, sobretudo do segundo, pelo que lhe trouxe de uma maior consciencialização das complexas implicações da sua posição, enquanto homem de esquerda, no mundo da política e da literatura. Assumir-se como «socialista democrático», como veio a dar-se conta em Espanha, não bastava, não resolvendo problemas concretos de localização perante uma esquerda fraturada e em guerra consigo mesma. O que presenciou em Espanha confirmou sem sombra para dúvidas o que Orwell há uma década suspeitava: o comunismo estalinista transformava-se rapidamente numa força totalitária tão perigosa como os totalitarismos de direita, usando os mesmos métodos repressivos e práticas manipuladoras na sua luta pelo poder. A sua leitura da Guerra Civil de Espanha levou-o, portanto, à denúncia das injustiças que, em nome da esquerda, se tinham cometido e que lhe tinham sido dadas a presenciar.

O «guerrilheiro indesejado» ressurge, assim, com redobrado vigor posto na luta contra o imobilismo da esquerda britânica que, por conivência ou inocência, aceitara a versão transmitida pelos órgãos oficiais do Partido Comunista e os meios de comunicação seus simpatizantes sobre o que se passava em Espanha, palco de processos políticos e de lutas ideológicas cruciais. Mas Orwell conseguiu criar também uma imagem pela positiva, digamos assim, do conflito. Ao contrário de muitos outros intelectuais, desiludidos com o desfecho da guerra e as hostilidades internas que ela trouxera à tona, Orwell reafirma inequivocamente a sua crença na justeza da luta e no significado incontornável que dela retirou:

> Quando se vislumbra uma catástrofe desta monta — e, seja qual for o seu desfecho, a guerra de Espanha revelar-se-á como uma catástrofe, independentemente da matança e do sofrimento físico —, o resultado não é necessariamente a desilusão ou o cinismo. Curiosamente, a experiência deixou-me com mais e não com menos fé na dignidade do ser humano. (*HC*: 195)

Em última análise, isto deve-se sobretudo ao que para ele representou a experiência nas milícias, de que nos dá conta no Capítulo VIII (VII das edições atuais), no preciso momento que antecede a luta fratricida da esquerda nesses dias fatais de maio:

> A questão essencial é que, durante todo este tempo, eu tinha estado isolado [...] na companhia de um grupo de pessoas que se poderiam descrever, em termos gerais, mas não inexatos, como revolucionários. [...] Tinha vindo parar, mais ou menos por acidente, à única comunidade na Europa Ocidental onde

a consciência política e a descrença no capitalismo eram mais comuns do que o seu contrário. [...] Apesar de na altura todos nos queixarmos, percebíamos depois que tínhamos estado em contacto com algo estranho e valioso, enquanto membros de uma comunidade onde a esperança era mais normal do que a apatia e o cinismo, onde a palavra «camarada» significava efetivamente camaradagem e não era, como na maioria dos países, uma palavra oca. Tínhamos respirado ares de liberdade. [...] Porque as milícias espanholas, enquanto duraram, foram uma espécie de microcosmo da sociedade sem classes. Numa comunidade em que ninguém pensava na autopromoção, em que faltava tudo, mas não havia privilégios nem sabujices, anteviam-se, talvez de forma rudimentar, os primeiros estádios da construção do Socialismo. E, em última análise, em vez de me dececionarem, atraíram-me, levando-me a desejar a implantação do Socialismo ainda mais intensamente do que antes. (*HC*: 87–88).

Há quem leia *Homenagem à Catalunha* como um primeiro momento da futura desilusão de Orwell com a possibilidade de qualquer revolução, bem expressa, segundo esta linha de opinião, na realidade distópica de *A Quinta dos Animais* e *Mil Novecentos e Oitenta e Quatro*. É uma das leituras retrospetivas do percurso do autor que não me parecem sustentadas por tudo aquilo que Orwell escreveu, na altura e mais tarde, sobre a Guerra Civil de Espanha. Que dela regressou insatisfeito com muito do que viu e indignado pelo modo como o conflito se desenrolava e era relatado nos meios de comunicação é indiscutível; mas só uma interpretação abusiva pode ignorar que o balanço final, reafirmado em vários momentos da obra, é claramente positivo, reforçando inclusivamente a sua fé na criação de uma sociedade socialista. A vivência da revolução e a integração na comunidade das milícias foram sem dúvida a experiência da utopia. Uma utopia transitória, bem entendido, mas de tão forte impacto que o fez regressar da luta com um redobrado empenho nos seus valores norteadores e sentir como um privilégio a sua participação numa revolução, apesar de fracassada. A interação com uma realidade que continuamente desconfirma os pressupostos com que chegara a Espanha traz consequências tanto positivas como negativas, ambas devidamente assinaladas no seu texto. Mas o saldo, em última análise, não é a desilusão nem a descrença. Muito pelo contrário, os últimos parágrafos da obra reafirmam o valor daquilo por que lutou e fazem prever que a luta continuará num contexto diferente:

> E depois a Inglaterra — o Sul do país, porventura a paisagem mais suave e insinuante do mundo. É difícil, quando por ali se passa, sobretudo quando se recupera placidamente do enjoo com o traseiro assente nas macias almofadas do comboio à nossa espera no porto, acreditar que algo está a acontecer algures. Tremores de terra no Japão, fomes na China, revoluções no México? Não se preocupem, a garrafa do leite aparecerá amanhã de manhã na soleira da porta, o *New Statesman* estará nas bancas, como sempre, à sexta. As cidades industriais ficam lá longe, uma mancha imprecisa de fumo e de miséria escondida pela curva terrestre. Aqui permanece a Inglaterra das minhas recordações de infância: as encostas rasgadas pela linha férrea numa profusão de flores bravas, os prados extensos, onde pastam meditabundos soberbos cavalos de pelo reluzente, os riachos lentos ladeados de chorões, o verde envolvente dos ulmeiros, os tufos floridos nos jardins das casinhas; e depois, a pacata, labiríntica, imensidão dos subúrbios londrinos, as barcaças nos rios lamacentos, as ruas nossas conhecidas, os cartazes publicitando jogos de críquete e bodas reais, os

homens de chapéu de coco, os pombos em Trafalgar Square, os autocarros vermelhos, os polícias de farda azul — tudo mergulhado num sono profundo, aquele profundíssimo sono inglês do qual por vezes temo que nunca acordemos a não ser num repente, alarmados com o estrondo das bombas. (*HC*: 196)

O regresso do soldado, dita a tradição, deve ser celebrado como o regresso do herói, que abnegadamente arriscou a vida em defesa da pátria. Mas este soldado, já vimos, fez questão de não ser olhado como herói, transferindo as honras para a comunidade política e ideológica a que, por mero acaso, foi parar, onde se sentiu plenamente integrado e em cuja defesa saiu quando a entendeu injustiçada. E de todo o modo, a pátria pela qual lutou não existe ainda — ou existiu apenas num tempo fugaz e num cantinho isolado de uma terra estrangeira. Esta pátria a que regressa, portanto, é e não é a sua. Símbolo de continuidade e permanência, quer em termos pessoais quer coletivos, a Inglaterra destes últimos parágrafos surge-lhe como algo a um tempo familiar e estranho, entidade a que por um lado está indissociavelmente ligado, mas de que por outro deliberadamente se afasta. Esta Inglaterra arcadiana, de paisagens bucólicas, descrita em tom lírico e numa prosa embaladora, quase encantatória, é afinal uma Inglaterra mítica, há séculos celebrada pela literatura e fortemente implantada no imaginário cultural da nação. Um mito tão insinuante como a própria paisagem, mas perigosamente insidioso, porque confunde permanência com estagnação, tranquilidade com indiferença e paz com isolacionismo. O final de *Homenagem à Catalunha* resiste a um rasurar dos conflitos e clivagens do país, convenientemente relegados, como a pobreza industrial, para as margens da consciência nacional, ignorados em favor desta idílica — mas ilusória — ordem, que se pretende reconfortantemente protetora e intemporalmente perene. E rebela-se também contra a imagem enganadora de uma Inglaterra inviolável e imune aos perigos dos totalitarismos que a passos largos se aproximam, e de que o país, qual Bela Adormecida, precisa de ser rapidamente acordado.

A experiência em Espanha tornou tudo isto mais claro, acrescentando uma fase essencial a um processo de amadurecimento político e ideológico já iniciado, mas que precisava de um alargar de horizontes antes de se voltar de novo, com lucidez acrescida, à reflexão sobre o estado do país. O Orwell que em finais de junho de 1937 regressa a casa pode vir abalado, física e psicologicamente, pela guerra. Mas vem pronto a produzir uma das melhores obras (se não a melhor) da sua carreira de escritor político, como ele sempre se definiu. O ideal de «transformar a escrita política numa arte» que, como afirma em «Porque Escrevo», o orientou desde 1936, encontra-se já plenamente concretizado em *Homenagem à Catalunha*, obra em que esses dois polos, o político e o literário, se interligam de tal forma que é quase impossível destrinçar um do outro ou considerá-los em separado, mesmo quando — ou se calhar precisamente porque — um parece entrar em rota de colisão com o outro. Em última análise, o sucesso do texto deve-se à construção de uma noção de ética que a ambos subjaz, presidindo tanto à denúncia das injustiças como à forma estruturante da obra que as tornará públicas. Essa ética passa pela exposição desassombrada das ambivalências sentidas, das parcialidades assumidas e das limitações encontradas, convincentemente (porventura sedutoramente) apresentadas por um narrador persuasivo na sua humanidade, verticalidade e integridade. Poderá, como ele diz, ter errado em muito, mas não errou certamente no modo como expôs à nossa reflexão e crítica os mecanismos usados para chegar às conclusões que retirou da experiência.

Homenagem à Catalunha contribuiu, assim, tanto para o seu amadurecimento político como literário. A escrita de uma obra de intuitos claramente políticos colocou-lhe com particular acuidade problemas de veracidade, exatidão e credibilidade — afinal, questões de linguagem e forma narrativa tanto quanto de intervenção pública ou escolha ideológica. E relembrou-lhe ainda da sua responsabilidade, enquanto intelectual, na escrita da história, encorajando-o a refletir criticamente nas fluidas fronteiras entre propaganda subserviente e engajamento público, entre facciosismo e solidariedade, entre partidarismo acrítico e independência artística.

Todos eles temas que discutirá numa diversidade de textos na década seguinte, e a que a viagem à revolução, nas suas várias dimensões de luta concreta, luta política, mas também luta pelo poder dos discursos que escreverão o conflito para a posteridade, acrescentou insuspeitados contornos e formas inéditas. A Guerra Civil de Espanha reforçou sem dúvida as suas convicções, provando-lhe que era possível conseguir essa fusão entre o objetivo político e o artístico num todo coerente: no fundo, aquilo que sempre procurou como escritor e cidadão.

3.3. *Um Pouco de Ar, Por Favor*[40]: viagem ao «homem comum»

Quando Orwell chega a Wallington no início de julho de 1937, vem ainda convalescente. A ferida no pescoço não sarara completamente, a voz continua fraca e roufenha, e tem um braço ao peito devido à nevralgia que a perfuração

---

[40] É este o título, muito literal, da única tradução de *Coming up for Air*, saída no Brasil em 2000. Talvez mais fiel ao espírito da obra fosse algo como *Vir à Tona de Água*.

da bala lhe provocara. Esperar-se-ia, portanto, que aproveitasse os meses seguintes para se recompor física e psicologicamente do trauma da guerra. No entanto, quando se passa em revista a sua atividade após o regresso, torna-se claro de imediato que, em recuperação ou não, a urgência em dar a conhecer ao mundo o que se passara em Espanha se sobrepôs a quaisquer outras considerações. Nas inúmeras cartas que escreveu a amigos e leitores anónimos, o tema é invariavelmente a defesa do POUM; as recensões críticas ocupam-se de obras sobre o conflito; em agosto, desloca-se a um congresso do ILP onde dá o seu testemunho da experiência na frente de batalha, publicando também um artigo na revista do partido, *Controversy*, sobre as lutas de maio. Além disto, trabalha já na sua próxima obra, tendo completado o esboço de um plano geral em meados de julho. Nem a recusa do seu habitual editor, Victor Gollancz, em publicar uma obra ainda inexistente, por razões de oportunidade política, o faz parar. Afinal, Orwell contava já com um boicote editorial a quem lutara ao lado de um partido acusado de ser uma quinta coluna do franquismo e a um autor cuja fama de remar contra a maré se consolidara nos últimos meses[41]. Felizmente, Frederic Warburg ofereceu-se para publicar uma obra ainda em fase de preparação, mal sabendo, na altura, que a sua associação a Orwell lhe traria no futuro um sucesso retumbante com a publicação de um outro título igualmente controverso e «inoportuno», *A Quinta dos Animais*.

---

[41] *O Caminho para Wigan Pier* fora publicada enquanto Orwell se encontrava em Espanha, tendo causado, como vimos, reações muito negativas no seio da esquerda. Orwell enfureceu-se muito em especial com uma recensão da obra escrita por Harry Pollitt, onde este afirmava que na obra se dizia que as classes trabalhadoras cheiravam mal (citado por Crick: 230–231). A toda esta polémica junta-se, agora, a versão pouco ortodoxa que Orwell traz sobre a Guerra Civil de Espanha.

Com a certeza de poder publicar o livro, Orwell mete mãos à obra e escreve *Homenagem à Catalunha* em poucos meses, terminando-a em dezembro de 1937, muito antes do final do conflito e da vitória de Franco. É história escrita «a quente», com todo o imediatismo das recordações ainda bem vivas na mente, mas, como se afirma no início do texto, escrita também com a sensação de ter sido uma experiência já longínqua, tão diferente de tudo o que veio antes ou depois. Quem viveu uma revolução bem sabe que elas existem num tempo fora do tempo e num espaço fora do espaço — como convém à utopia, por excelência o não--lugar intemporal do sonho feito realidade. Se Orwell escreve a obra ainda em cima do acontecimento, escreve-a também com o afastamento crítico resultante do carácter parentético e irrepetível da experiência, que a destaca da normalidade do antes e depois. Parece-me igualmente que o modo quase obsessivo com que Orwell revive a guerra, em *Homenagem à Catalunha* e nos numerosos artigos saídos à estampa nos meses seguintes, se destina a dar continuidade à luta que tinha sido obrigado a abandonar, mas na que insiste em permanecer umbilicalmente ligado deste modo menos direto, mas não menos interventivo[42].

Só depois de terminar *Homenagem à Catalunha* abranda o ritmo de trabalho e retoma a rotina anterior, na sua alternância entre as horas dedicadas à escrita e ao cultivo da horta e do jardim. Após a agitação dos últimos dois anos, 1938 afigura-se-lhe como uma espécie de «ano morto», um tempo vazio em que nada de monta há a assinalar. Isto deve--se a duas ordens de razões, tanto públicas como privadas.

---

[42] Por esta altura, decide também filiar-se no ILP, mais um gesto de solidariedade com os colegas de luta. Deixará o partido pouco mais de um ano depois, no início da Segunda Grande Guerra.

Em 1938, o mundo estava à beira da guerra, com a respiração suspensa, na indecisão de acreditar no apaziguamento que Chamberlain parecia ter trazido de Munique ou, pelo contrário, de crer que a agressão germânica era imparável e conduziria inevitavelmente a um segundo conflito mundial. Os mais otimistas (ou irresponsáveis) faziam ainda fé na possibilidade da paz; os mais pessimistas (ou realistas), como Orwell, pensavam que era mais uma questão de «quando» a guerra estalaria — mais cedo do que tarde, no seu entendimento. Era, portanto, um tempo de antecipações mais do que de concretizações, ensombrado pela ideia do horror que se anunciava para breve.

Algo mais concorreu para esta sua sensação de inutilidade: uma grave hemorragia que teve em março num dos pulmões e lhe exigiu seis meses de internamento num sanatório, em Kent. Um descanso forçado, pelo menos nos primeiros meses, em que lhe confiscaram a máquina de escrever que o acompanhava para todo o lado. A lesão pulmonar (provavelmente agravada pela debilidade com que voltara de Espanha) foi de recuperação lenta e, sabemos hoje, nunca completa nem definitiva, ressurgindo periodicamente na década seguinte. Em setembro, contudo, as melhoras são visíveis, permitindo-lhe seguir os conselhos médicos, que recomendavam a procura de um clima mais ameno para estabilizar a saúde. A contribuição financeira de um benfeitor anónimo[43] deu-lhe a oportunidade de sair de Inglaterra, evitando o rigor do inverno inglês, e passar cerca de sete meses no Norte de África.

Desde o seu regresso da Índia que Orwell não saía da Europa, e não voltará a sair. A estadia em Marrocos é, assim,

---

[43] Orwell veio a descobrir ter sido o escritor L. H. Meyers, seu grande admirador, a adiantar o dinheiro, fazendo questão de lho pagar mais tarde, com os lucros obtidos com a publicação de A *Quinta dos Animais*.

o segundo e último contacto com uma realidade não-europeia. Sobre este mundo desconhecido escreveu um ensaio, «Marraquexe», para a revista *New Writing*, bem como um diário em que anotou as suas impressões do país. Estranhamente, nem um nem outro têm grande mérito literário, seja como peças de literatura de viagens, documentários ou ensaios. A prosa é pesada, rotunda, como se se voltasse aos tempos de *Dias Birmaneses*, futuramente criticado pelo próprio autor pelas «figuras de estilo espampanantes» e os «passos rebuscados e floreados» de um estilo imaturo. Nos detalhes registados da paisagem natural e humana do Norte de África, nota-se, sem dúvida, o olhar perspicaz do observador; nas cenas de rua, as figuras são rapidamente desenhadas e o ambiente geral habilmente construído; continua a haver a preocupação com a pobreza — extrema, omnipresente e chocante; o conhecimento do ex-colonizador da violência e do racismo ajudam-no a entender instantaneamente muito da situação colonial que vê à sua volta. Mas falta algo que confira aos textos uma outra dimensão para lá da mera curiosidade biográfica. Talvez o empenhamento político que sempre o orientara e na última obra tão bem se fundira com o propósito estético. Ou poderá ser isto resultado da condição de turista, necessariamente superficial e impermanente, de que pela primeira vez usufrui e o impede de ter a experiência «de dentro» que lhe trouxera, por exemplo, uma compreensão acrescida acerca dos vagabundos e *plongeurs*[44]. Por estas ou por outras razões, a estada em Marraquexe não foi substancialmente aproveitada no seu percurso literário. Das

---

[44] Numa carta a Jack Common, Orwell afirma: «Algo em que sempre acreditei é que não se aprende nada sobre um país até nele se trabalhar ou se fazer qualquer coisa que nos permita um envolvimento próximo com os habitantes. Esta viagem é para mim inédita, porque pela primeira vez estou na posição do turista.» (*CW*, vol. XI: 211)

cartas que Orwell e Eileen escreveram aos amigos, sobressai a noção de que Marrocos terá tido sobretudo uma função terapêutica, um daqueles remédios que com relutância se tomam, mas que, sabendo mal, nos fazem bem[45].

Há talvez ainda uma outra razão para esta frouxidão da escrita: em certo sentido, Orwell não estava em Marrocos, mas de volta ao país natal; não habitava a paisagem exótica do Norte de África, mas a arcadiana Inglaterra da sua infância, tão nostalgicamente lembrada (e acerbamente criticada) nos parágrafos finais de *Homenagem à Catalunha*. Com efeito, durante a estada em Marraquexe, Orwell escreveu o romance seguinte, *Um Pouco de Ar, Por Favor*, cujo protagonista faz exatamente esta viagem ao mundo idílico da infância nessa Inglaterra rural, que é evocado no final da obra anterior.

Existe hoje um razoável consenso crítico que entende *Um Pouco de Ar, Por Favor* como um dos melhores, se não o melhor, dos romances do autor. Devo afirmar que partilho inteiramente desta opinião (não excluindo *Mil Novecentos e Oitenta e Quatro* da lista em causa). Contudo, nem sempre foi esta a opinião da crítica, que durante décadas passou a correr pela obra, na sua pressa de chegar às duas seguintes, e a secundarizou relativamente às mais famosas[46]. E, no entanto, é uma obra essencial para se traçarem os contornos da evolução de Orwell como escritor e se entenderem as suas opções políticas nesse momento fulcral que antecedeu a

---

[45] De facto, os dois unânime e independentemente afirmam que detestaram o país, embora nas circunstâncias reconhecessem ser esta a melhor opção para a cura da lesão pulmonar do autor. Apesar da ameaça de guerra iminente, a decisão foi permanecerem em Marrocos durante os planeados seis meses de estada.

[46] Possivelmente, este facto explicará também o facto de esta obra nunca ter sido, infelizmente, traduzida em Portugal.

Segunda Grande Guerra. Vale a pena citar extensivamente o início da obra, uma vez que muitos/as dos/as leitores/as a ela não terão tido acesso, e porque aí se apresenta o narrador de primeira pessoa, figura interessante em si mesma e axial para o significado global do romance:

> A ideia surgiu-me por acaso no dia em que fui buscar a dentadura postiça.
> Lembro-me bem dessa manhã. Saltei da cama às oito menos um quarto, mesmo a tempo de entrar no quarto de banho e fechar a porta na cara dos miúdos. Era uma manhã horrenda de janeiro, com um céu fosco, cinzento-amarelado. Da janelinha do quarto de banho, veem-se lá em baixo os 10 por 5 metros quadrados de relva com uma sebe à volta e uma carecada no centro a que chamamos quintal, um quintal igual a todos os outros quintais, com a mesma sebe e a mesma relva, existentes nas traseiras de todas as casas de Ellesmere Road. A única diferença é que, onde não há miúdos, não há carecas no relvado.
> Estava a tentar fazer a barba com uma navalha já um tanto romba enquanto a banheira enchia. A minha cara olhava para mim lá do espelho, e por baixo, na prateleira por cima do lavatório, estava um copo de água com os dentes que pertenciam à cara. Era uma dentadura temporária, que Warner, o dentista, me tinha arranjado até a definitiva estar pronta. A minha cara, diga-se de passagem, nem é assim tão má. É uma daquelas caras vermelhuças, cor de tijolo, que ligam bem com o cabelo loiro amanteigado e os olhos azuis claros. Ainda não estou calvo nem tenho cabelos brancos, graças a Deus, e quando tiver os dentes provavelmente ninguém me dará a minha idade, 45 anos.
> Fiz um apontamento mental para me lembrar de comprar lâminas de barbear, entrei no banho e comecei a ensaboar-me.

Ensaboei os braços (eu tenho daqueles braços roliços com sardas até aos cotovelos) e peguei na escova de cabo para ensaboar as omoplatas, a que de outra maneira não consigo chegar. É uma chatice, mas hoje em dia não consigo chegar a várias partes do corpo. Para dizer a verdade, tenho uma certa tendência para engordar. Não que seja atração de feira, com os meus 90 kilos e 118 ou 120 cm (já não me lembro bem) de cintura. E não sou o que se diz «revoltantemente» gordo, nem tenho daquelas barrigas descaídas até aos joelhos. Sou simplesmente um pouco entroncado, com o peito do feitio de um tonel. Sabem aquelas pessoas muito ativas, o gorducho bem-disposto de tipo atlético e vivaço, a que dão a alcunha de Bolinhas ou Bucha, e que é sempre o animador das festas? Eu sou desse tipo. Bucha é o que normalmente me chamam. George Bowling é o meu nome verdadeiro. [...]

Lembrei-me de repente de que logo hoje tinha boas razões para estar mais bem-disposto. Para começar, não ia trabalhar. A minha carripana, com a qual «cubro» a área que me compete (devo dizer que sou angariador de seguros. «A Salamandra Voadora»: seguros de vida, contra incêndio e roubo, nascimento de gémeos, naufrágios — tudo), estava temporariamente no estaleiro e embora tivesse de ir deixar uns papéis na sede, em Londres, tinha tirado o dia para ir buscar a dentadura. E depois, havia uma outra coisa que me bailava na mente há algum tempo. Eu tinha no bolso 17 libras de que mais ninguém sabia — ninguém da família, é bom de ver. [...] Um bom pai e marido teria comprado um vestido novo para a mulher e botas para os miúdos. Mas há 15 anos que eu era bom marido e pai e estava a começar a ficar farto disso tudo. (*CUA*: 3–5)

Os primeiros parágrafos da obra não deixam dúvidas sobre os traços essenciais da figura, em tudo o oposto dos outros protagonistas da ficção orwelliana. Ficam para trás as figuras rebeldes, inadaptadas, marginais ou atípicas de que se ocuparam os romances anteriores. George Bowling, pelo contrário, representa indiscutivelmente o «homem comum», na sua meia-idade relutantemente assumida, posição social de uma classe média-baixa, habitando a zona intermédia do subúrbio confortável, e condição de razoavelmente bom marido e pai de família. Enfim, uma figura em tudo igual, na sua mediania, a tantos outros que medianamente vivem em situação semelhante. Nem herói nem vilão, nem rico nem pobre, nem bonito nem feio, nem velho nem novo, nem feliz nem infeliz, George Bowling parece à primeira vista ser material pouco promissor para o desenvolvimento de uma trama romanesca. Afinal, como diria o Gordon de O Vil Metal, que se pode contar sobre a vida regrada, monótona, rotineira, medíocre, de todos aqueles que exibem a aspidistra bem a meio da janela da sala, a espreitar por entre as cortinas de renda?

Foi precisamente este desafio que Orwell se colocou, escrevendo um romance acerca de uma figura que se pretende central e não marginal, e com um narrador de primeira pessoa que tão diferente é dele próprio. George Bowling, à primeira vista, pouco partilha com o seu criador, afastando-se dele em termos sociais, políticos, intelectuais e até físicos. Outro interessante desafio, uma vez que até aqui o narrador de primeira pessoa utilizado nos documentários era em muito congruente com o Orwell histórico, tendo como suporte uma sólida base autobiográfica. A distância entre escritor e narrador/personagem é, nesta medida, muito maior neste romance do que em qualquer das obras anteriores, sejam elas ficcionais ou documentais, exigindo um redirecionar e apurar da técnica narrativa de modo que a figura se torne convincente. Um trabalhar sem rede, se assim podemos dizer, que Orwell arrisca pela primeira vez, e com inegável sucesso.

Estes desvios do formato habitual das suas obras surgem-
-me a um tempo como abruptos e facilmente compreensíveis.
Abruptos porque, depois da experiência da revolução,
se escolhe precisamente um protagonista a quem as lutas
ideológicas passam completamente ao largo, definindo-se
precisamente pela sua capacidade individual de sobrevivência em qualquer contexto, independentemente da orientação
política:

> Sou vulgar, sou insensível e adapto-me a todas as situações.
> Enquanto houver algures no mundo onde se venda à comis
> são, enquanto se puderem fazer uns tostões com descaramento
> e arrojo, tipos como eu conseguirão sempre ganhar a vida
> — ganhar a vida, sim, e não fazer fortuna — e mesmo em tem
> pos de guerra ou revolução, fome ou pestilência, aposto que
> conseguia sobreviver por mais tempo do que qualquer outro.
> Sou esse género de pessoa. (*CUA*: 20)

Para George Bowling, um fura-vidas que sairá sempre
ileso da tragédia e triunfante da catástrofe, e que tanto imaginamos a «fazer uns tostões» vendendo seguros de vida às
milícias em Huesca como falsas relíquias de santos às beatas
do franquismo, os grandes combates político-ideológicos não
existem. Alheio ao desenrolar da história, George Bowling
situa-se nos antípodas de tudo que o narrador encontrou e
profundamente admirou na vivência da utopia revolucionária. Se pousarmos *Homenagem à Catalunha* e abrirmos de
seguida *Um Pouco de Ar, Por Favor*, a transição entre os dois
mundos choca-nos por ser demasiado brusca. Passamos do
empenhamento à alienação, da solidariedade ao oportunismo,
da euforia da mudança à monotonia rotineira, do idealismo
e lealdade a princípios e valores ao pragmatismo mais egoísta e desavergonhado — quase do sublime ao absurdo.

Mas, por outro lado, perspetivando no seu todo o percurso do autor, encontramos antecedentes óbvios para o protagonista de *Um Pouco de Ar, Por Favor*, tanto no elogio feito anos antes a James Joyce pelo seu tratamento do «homem comum», como na preocupação mais recente, em *O Caminho para Wigan Pier,* com uma classe trabalhadora e pequena burguesia que o socialismo esquecera ou antagonizara. George Bowling tem, portanto, antepassados literários que lhe serviram de inspiração, bem como releva das preocupações de Orwell sobre a possibilidade de congregar a faixa maioritária da nação em torno do seu projeto político. Nesta última medida, é compreensível que o romance se volte precisamente para o protótipo do cidadão comum[47], tentando perceber como sentia a população, neste momento crucial, a pressão da história que em breve iria desabar — «com o estrondo das bombas» — sobre o país. E era preciso também investigar em que medida o povo inglês tinha ou não algum potencial revolucionário e seria capaz de acordar politicamente do «profundíssimo sono» que o paralisava. George Bowling terá de responder a estas e outras interrogações, num momento em que o próprio Orwell, longe da pátria, se perguntava como iria reagir, enquanto cidadão, escritor e crente no socialismo, ao conflito que se avizinhava.

Uma breve súmula do enredo ajudar-nos-á a entender os pressupostos essenciais da obra. Como o *Ulisses* de Joyce, a ação inicia-se num dia aparentemente igual a todos os outros para uma figura em tudo semelhante a milhões de outras, mas também aqui com uma pequena, mas sintomática, diferença: George Bowling tem, como ele diz, «qualquer coisa dentro de [si], uma espécie de ressaca do passado» (*CUA*: 20), que se fará sentir muito em particular num dia em que a rotina

---

[47] As iniciais do protagonista, GB, de imediato o identificam com o país.

é quebrada pela folga e a visita ao dentista. Caminhando pelas ruas de Londres, uma manchete de jornal anunciando o casamento do Rei Zog remete-o instantaneamente para o universo da infância, evocando o cântico que na igreja se entoava sobre o bíblico Rei Og. A realidade circundante parece dissolver-se e o protagonista sente-se transportado ao passado, cheirando o incenso da igreja, ouvindo as leituras da Bíblia, sentindo quase fisicamente a presença dos restantes membros da congregação. George Bowling explica o fenómeno deste modo:

> Foi este o mundo a que regressei quando vi o póster sobre o Rei Zog. Por momentos, foi mais do que uma recordação, foi como se estivesse mesmo lá. [...] Às vezes, quando emergimos de um pensar profundo, é como se viéssemos à tona de água, mas desta vez foi ao contrário, como se fosse em 1900 que eu respirava ar puro. Mesmo agora, por assim dizer, de olhos abertos, todos aqueles loucos que se atropelavam à minha volta, os cartazes, o cheiro nauseabundo da gasolina e o roncar dos motores pareciam-me menos reais do que o domingo de manhã em Lower Binfield de há 38 anos. (*CUA*: 30–31)[48]

O passado, há muito relegado para as profundezas da memória, volta em força, impondo-se com uma materialidade tal que George Bowling decide utilizar as 17 libras, clandestinamente ganhas numa aposta de cavalos, para a ele literalmente voltar, resgatando-o não só mental, mas empiricamente, revisitando os locais da infância deixados para trás no percurso de ascensão social que o levou de uma pequena vila rural aos subúrbios da grande metrópole. A primeira

---

[48] Assim se explica o título da obra, que sugere essa subida das profundezas à tona da água, à procura do ar puro e impoluto que supostamente o passado trará.

metade da obra ocupa-se da recriação do mundo da infância, idilicamente imaginado como um eterno verão de pescarias, passeios de bicicleta e brincadeiras com o irmão e os amigos. Mas o protagonista tem os pés bem assentes na terra e é pouco dado a romantismos; a visão que nos transmite não escamoteia os aspetos menos arcadianos da vida rural cerca de 1900. As dificuldades económicas, a labuta constante e inglória, os limitados horizontes intelectuais e a impossibilidade de subida social também dela fazem parte integrante. É um mundo imperfeito, sem dúvida, mas que, segundo George Bowling, tinha algo que, entretanto, se perdeu: uma noção de estabilidade, segurança e continuidade que o advento da modernidade estilhaçara por completo. Ou, nas suas palavras, as pessoas «não pensavam no futuro como algo de assustador» (*CUA*: 109), acreditando firmemente que «[i]ndependentemente do que lhes poderia acontecer a elas, as coisas continuariam como sempre tinham sido» (*CUA*: 110), «o bem e o mal continuariam a ser o bem e o mal», e «não se sentia o chão como algo de movediço» (*CUA*: 111). Em suma, «[v]ivia-se no final de uma era, quando tudo se dissolvia numa espécie de fluxo horrendo, e ninguém dava conta disso. Pensavam que tudo era eterno. Não os podemos culpar, era assim que se sentiam as coisas» (*CUA*: 112).

O que George Bowling tenta articular, no discurso pouco sofisticado do «homem comum», é, evidentemente, a crise existencial da viragem do século, que se consumaria após o trauma da Primeira Grande Guerra. O mundo que relembra, apesar das suas falhas, surge-lhe em clara oposição a um presente sombrio, cujo futuro incerto é prefigurado pelos bombardeiros que sobrevoam Londres a baixa altitude, deixando atrás de si um rasto de ameaça. Esse presente é o de uma modernidade onde tudo é postiço, falso, como a salsicha de peixe que George Bowling trinca e instintivamente cospe, num café todo feito de vidro e aço, símbolo da civilização dominada pela máquina e governada pela tecnologia. Já nem os crimes, como ele diz ao ler uma manchete de jornal sobre um corpo mutilado encontrado numa estação, são como eram dantes, crimes domésticos, passionais, explicáveis num contexto ético e religioso agora inexistente. A «wasteland» urbana, esse baldio inculto onde vão parar os detritos de toda uma civilização, é o que George Bowling encontra à sua volta ao deambular pelas ruas de Londres, no preciso instante em que o passado lhe vem à mente com uma força avassaladora e irresistível. Sendo ele próprio, como francamente admite, fruto das transformações sociais operadas pela guerra, que o catapultaram para uma classe média urbana, ambiciosa e aquisitiva, George Bowling insurge-se ainda assim contra todos os ícones da modernidade, preferindo a autenticidade e integridade de uma era mais genuína e despretensiosa, mais certa de si própria e confiante na solidez dos seus valores.

O reencontro com os locais da infância representa, então, uma fuga ao presente em declínio, uma tentativa de regresso ao paraíso antes do inferno que para breve se anuncia, para recuperar, nem que seja fugazmente, as certezas de um passado mais estável e seguro. Mas não se retorna à idade da inocência depois da queda e do pecado original. A visita aos locais de infância imediatamente lhe demonstra que a Lower Binfield do passado já desapareceu, engolida na voracidade do progresso que chegou aos cantos mais recônditos da ruralidade inglesa. George Bowling nada reconhece da antiga vilória nos bairros modernos que se lhe deparam, nas estradas alcatroadas onde os carros substituem as carroças de outrora, nos *pubs* agora pitorescamente decorados em estilo artificialmente tradicional, nas fábricas imaculadas, produzindo as últimas novidades da tecnologia, nas lojas elegantes e nos hotéis pretensiosos que vaidosamente ocupam a rua principal. Mais chocante ainda para a figura é o facto de não reconhecer ninguém. Por todo o lado, caras anónimas a quem não sabe atribuir família ou casa, como anónimo é ele, um filho da terra, para os atuais habitantes. Os únicos pontos de referência — cemitério e igreja — deviam trazer, quando mais não fosse momentaneamente, um elo com o passado. Mas George Bowling percebe que este está tão morto e enterrado como o pai e a mãe, jazendo nas suas campas arrelvadas, longe do bulício da nova cidade que foi crescendo à volta.

Ainda assim, George Bowling não desiste da sua demanda pelo passado perdido. Resta-lhe encontrar um último reduto desse mundo impoluto da infância e concretizar um sonho que acalenta desde criança: pescar uma enorme carpa que em tempos vislumbrara numa lagoa escondida no imenso parque da casa senhorial. Bielfield House terá resistido, certamente, à destruição efetuada pela modernidade, como bastião que é de uma aristocracia rural de pergaminhos imemoriais. Mais uma desilusão espera o protagonista: Bienfield House é agora um manicómio, símbolo acabado da demência do mundo a que preside, e a lagoa foi transformada, sintomaticamente, na lixeira de uma urbanização de ricos. Deste modo, termina a procura de George Bowling por um tempo perdido, irrecuperável quer na sua dimensão empírica, quer simbólica. A modernidade do progresso, da tecnologia e da destruição é imanente, permeando todos os aspetos da vida contemporânea, impossibilitando a fuga e impedindo o retorno à superfície, para respirar o ar puro do passado. Nem da iminência da guerra o protagonista consegue escapar: por acidente, um dos aviões que constantemente sobrevoam Lower Bienfield deixa cair uma bomba, lançando o pânico entre a população, crente no início da guerra há muito temida. George Bowling decide então regressar a casa:

Deixei a cana de pesca e o isco no quarto do hotel. Quem quiser que fique com eles, a mim não me servem para nada. Foi só uma libra deitada à rua, mas bem empregue para me ensinar uma lição. E eu tinha aprendido a lição, não haja dúvidas. Homens gordos de 45 anos não podem ir à pesca. Essas coisas já não acontecem, são apenas um sonho, acabaram de vez as pescarias, pelo menos do lado de cá da cova. (*CUA*: 237)

A viagem de volta a Londres, a casa e ao presente, é tempo de reflexão e de autocrítica. Como foi possível acreditar na possibilidade de uma paz individual no meio do horror coletivo? E que ilusão, pensar em ressuscitar o passado ignorando a inevitabilidade do futuro sombrio! E ele depressa chegará,

[...] com tudo aquilo que nos aterroriza, tudo o que pensámos ser um pesadelo que só acontece no estrangeiro. As bombas, as filas para comprar comida, os bastões de borracha, o arame farpado, as fardas de cor, as carantonhas nos pósteres, as metralhadoras espreitando das janelas. Tudo isto vai acontecer, tenho a certeza — ou pelo menos, tinha na altura. Não há fuga possível. Reage contra isto ou olha para o lado e faz de conta que não vês, ou pega na ferramenta e sai para a rua para partires umas cabeças juntamente com os outros. Mas não julgues que escapas desta. Quer queiras, quer não, isto vai mesmo acontecer. (*CUA:* 238)

Parece, portanto, que George Bowling enferma do pessimismo existencial da geração modernista e partilha da sua visão apocalítica da história. A impossibilidade de recuperar uma Idade de Ouro perdida e a noção de que o presente se encontra numa espiral descendente em direção à catástrofe assim nos levariam a pensar. Mas George Bowling não é uma

Dorothy, resignando-se a viver com o vazio no centro das coisas. À medida que se aproxima de casa, o protagonista sacode o pessimismo, afastando o cenário de pesadelo que gradualmente dá lugar a uma reafirmação convicta do que sempre foi, é, e continuará a ser:

> Apercebi-me do disparate em que tinha desperdiçado os últimos cinco dias. Escapulir-me para Lower Binfield para tentar recuperar o passado e depois, na viagem de regresso, no carro, aquelas balelas proféticas sobre o futuro. O futuro! Que tem o futuro que ver com pessoas como vocês e eu? Segurar os empregos — esse é que é o nosso futuro. E quanto à Hilda, mesmo no meio dos bombardeamentos, ela ainda vai estar é a pensar no preço da manteiga. (*CUA*: 240)

O protagonista bem tem consciência de que o mundo a que regressa, tanto o da domesticidade, sempre conflituosa, como o do horror coletivo e inescapável, é em tudo inferior ao mundo que em Lower Binfield tão nostalgicamente procurara. Mas George Bowling é resistente, um sempre-em--pé que não se deixa abater, tudo ultrapassando com uma força e uma energia que o texto nos convida a classificar de admirável. O gesto heroico, o empenhamento idealista e o sonho utópico não estão, de facto, ao seu alcance. Antes, o que sobressai do retrato é a sua capacidade de adaptação, de sobrevivência e de resistência transgressiva a qualquer forma de arregimentação ou estandardização, conferindo ao final da obra um tom que antecipávamos como pessimista, mas acaba por se revelar como surpreendentemente — se bem que ainda moderadamente — otimista.

George Bowling é salvo da queda no abismo modernista. Curiosamente, não graças a um empenhamento que supere este pessimismo em função da luta por uma causa.

O comprometimento político (tão típico do autor e de toda a geração de escritores da década de 1930) é algo que o protagonista não entende e encara com sérias reservas, se não mesmo com enorme suspeição. Acompanhando a mulher a uma conferência organizada pelo Left Book Club, a que Hilda apenas vai porque a entrada é gratuita, George Bowling assume a posição de observador distanciado e de crítico arguto destas tentativas de mobilização política do povo:

>   No início, não prestei muita atenção. O conferencista era um sujeito enfezado, com ar mesquinho, mas falava bem. Muito branco, boca expressiva, e aquela voz áspera e irritante de quem faz muitos discursos. Claro que estava a dizer mal do Hitler e dos Nazis. Eu estava pouco interessado no que ele dizia — leio-o todos os dias no *News Chronicle* —, mas a voz chegava-me como um brr-brr-brr incessante, de que se destacavam de vez em quando algumas frases.
>   «Atrocidades bestiais... Manifestações horrendas de sadismo... Bastões de borracha... Campos de concentração... A perseguição iníqua aos Judeus... O regresso à Idade das Trevas... A civilização europeia... Agir antes de ser tarde demais... A indignação de todos os povos decentes... A aliança entre as nações democráticas... Posições firmes... Defesa da democracia... Democracia... Fascismo... Democracia... Fascismo... Democracia.»
>   Estão a ver o estilo. Estes gajos deitam estas coisas cá para fora a toda a hora, como gramofones. Roda-se a manivela, carrega-se no botão e aqui vai disto. [...]
>   Olhei para o público como podia, da fila de trás. Pensando bem, se calhar as pessoas como nós, que se dispõem a ouvir as conferências do Left Book Club numa noite de Inverno e numa sala cheia de correntes de ar, têm algum significado (digo

«nós» porque eu também aqui estava a participar). Somos os revolucionários de West Bletchley. À primeira vista, pouco promissor. Olhando para o público, apercebi-me de que só meia-dúzia tinha realmente compreendido o conferencista, que já estava a atacar o Hitler e os Nazis há mais de meia hora. Mas é sempre assim em comícios deste género. Metade das pessoas vem de lá sem fazer a mínima ideia do que se passou. (*CUA*: 152-154)

E que vai acontecer a tipos como eu se o Fascismo chegar a Inglaterra? A verdade é que provavelmente não fará diferença nenhuma. Para o conferencista e os quatro comunistas na assembleia, isso sim, fará muita diferença. Vão estar a partir cabeças, ou a ter as deles partidas, conforme quem estiver a ganhar. Mas os tipos medianos e vulgares como eu continuarão como se nada fosse. Mas ainda assim assusta-me, devo confessar. (*CUA*: 158)

É impossível ler estes passos da obra sem recordarmos a Segunda Parte de O *Caminho para Wigan Pier,* porque neles facilmente se reconhecem as acusações de Orwell aos seus correligionários de esquerda pela má imagem que dão do socialismo. Essa crítica é feita agora, não a partir da polémica visão do «guerrilheiro indesejado», mas segundo a perspetiva do «homem comum», a quem os chavões partidários deixam completamente indiferente. O orador profissional, no seu incitamento fanático ao ódio, surge-lhe como um autómato, mais uma das máquinas criadas pela modernidade no seu processo de desumanização, evocando de imediato a inventiva orwelliana contra as versões do socialismo que apregoam os benefícios do progresso tecnológico. A cena pretende, portanto, reforçar a argumentação da obra anterior, demonstrando a ineficácia de discursos políticos cheios de abstrações e desfasados da realidade concreta da maioria dos cidadãos, provando-se assim que a esquerda teria de alterar substancialmente os seus objetivos e discurso se queria mobilizar eficazmente o cidadão comum.

George Bowling não se deixa seduzir pela retórica oca das elites intelectuais e políticas. Pelo contrário, rejeita-a liminarmente, não demonstrando qualquer sensibilidade às graves questões que o mundo enfrenta, e entendendo que a mudança de sistema político, com tudo o que comporta, não alterará substancialmente o quotidiano da sua classe ou grupo social, que continuarão a viver na sua mediana labuta e a ser medianamente felizes ou infelizes, como sempre foram. A descrença na possibilidade da mudança para melhor tem, assim, o seu correlato na incapacidade de imaginar a mudança para pior que o fascismo traria. Uma classe não revolucionária, portanto, difícil de mobilizar por boas e más razões: corretamente desconfiada das utopias messiânicas (sejam elas de esquerda ou de direita), a inércia e o pragmatismo que a caracterizam contra ela própria militam, impedindo-a de pensar um futuro melhor e de por ele lutar com a convicção devida.

Curiosamente também, George Bowling e o conferencista (e, é bom de ver, o próprio autor) partilham do mesmo horror ao presente e, a avaliar pela última frase citada, do mesmo receio do futuro. Mas as duas figuras do romance não podiam estar mais distantes uma da outra. O que para uma é fruto de um conhecimento empírico e individualmente atingido, para a outra é mero lugar-comum a debitar automaticamente, reproduzindo clichés e abstrações, sem qualquer apelo ao cidadão comum[49]. A intelectualidade continua,

---

[49] Esta é uma das teses fundamentais do ensaio «A Política e a Língua Inglesa».

nesta obra, a ser alvo privilegiado da crítica do autor, seja ela a elite política ou cultural. Porteous, amigo de George Bowling e antigo professor de uma «public school», vive no mundo livresco da literatura clássica, não levando a sério figuras como Hitler, que classifica de «mero aventureiro, destes que vão e vêm, figuras efémeras, puramente efémeras» (*CUA*: 165), personagens de que a história está repleta e que a história como sempre se encarregará de descartar. George Bowling procura ocasionalmente a paz existente na torre de marfim que Porteous habita, invejando-lhe o viver de solteirão, sem mulher e filhos que o incomodem, e sem jornais ou rádio que deixem entrar o presente. Mas não tem ilusões de que esta recusa em encarar o aqui e o agora constitua a solução correta para o problema.

Nem a política nem a arte, portanto, oferecem alternativas válidas ou perspetivas orientadoras para o que, afinal, todos, desde o militante partidário ao homem da rua, passando pelo literato, corretamente identificam como o mal dos tempos. Deste modo se afastam vontades que, a serem congregadas, se poderiam transformar numa eficaz força de mudança. Para já, os Georges Bowlings deste mundo continuam a depositar a fé apenas em si próprios, na sua capacidade de sobrevivência e na energia vital que sabem possuir e os ajudará a ultrapassar qualquer dificuldade. Ao contrário da intelectualidade tíbia, estéril, endógena e ineficaz, esta classe, diz-nos a obra, resistirá a tudo e virá sempre «à tona de água», tal como futuramente as proles de *Mil Novecentos e Oitenta e Quatro,* essa massa incógnita, incontrolável, vivendo à revelia da ordem estabelecida, tolerada apenas porque não constitui ameaça séria ao *statu quo*.

Mas a que classe, afinal, pertence este «homem comum» de que George Bowling pretende ser um exemplar típico? Orwell é frequentemente atacado, sobretudo pela crítica de orientação marxista, por utilizar um conceito tão vago e indistinto na sua definição desta entidade. A verdade é que Orwell resistiu sempre a noções marxistas de classe, que lhe pareciam redutoras por se basearem prioritariamente em critérios económicos. Para ele, o rendimento de uma classe não correspondia imediata e automaticamente à sua localização na escala social nem ao conjunto de valores por ela aceites. O melhor exemplo disso é ele próprio, como nos disse em *O Caminho para Wigan Pier*: embora economicamente frágil, a classe alta empobrecida de onde veio retinha hábitos, privilégios e prestígio social muito acima do que as suas posses lhe deviam conferir. Base económica, estatuto social e ideologia não andam, portanto, de mãos dadas, sendo necessário introduzir subtis modulações no sistema de classes, tendo em conta as inúmeras contradições criadas entre o fator económico e a dimensão identitária dos diversos grupos e subgrupos sociais. A mobilidade causada pelo abalo da Primeira Grande Guerra e o emergir da modernidade acentuam ainda mais a inviabilidade das taxonomias anteriores, facto que Orwell acentua em muitos dos seus textos.

George Bowling protagoniza precisamente o fenómeno de ascensão social e criação de uma nova classe — uma pequena//média burguesia de «colarinho branco», com formação mais técnica — adequada às necessidades tecnológicas do mundo moderno e às novas modalidades de produção e de consumo. O Gordon de *O Vil Metal*, intelectual falhado, é um relutante empregado de uma agência publicitária; George Bowling, filho de merceeiro de uma vilória de província, imigrou para a grande metrópole, trabalhando na área dos serviços. É precisamente esta nova classe, que cria, gere e vende os inovadores produtos da modernidade, que interessava a Orwell muito em particular, depois do seu estudo, em *O Caminho para Wigan Pier*, de uma classe mais tradicional, a do operariado fabril durante a Grande Depressão. A ascensão desta nova fação da classe média surgia-lhe (corretamente, como sabemos hoje) como um dos fenómenos marcantes da época, colocando problemas específicos de inclusão no estratificado sistema de classes inglês, bem como deixando em aberto muitas interrogações sobre a mundividência e ligação identitária deste grupo em clara expansão, mas sem ligação às hierarquias tradicionais de classe.

Penso que de tudo isto resulta a ambiguidade que facilmente se deteta no retrato deste «homem comum», que muitos críticos apontam como uma falha do romance e da visão política do autor. George Bowling é inequivocamente fruto das transformações recentes, beneficiando da revolução tecnológica do pós-guerra. O carro, o rádio, o vestuário produzido em massa e a casa comprada com empréstimo bancário marcam-no bem como elemento dessa nova era e dão testemunho da boa integração económica de quem usufrui de tudo o que ela oferece. A Primeira Grande Guerra é também responsável pelo desenvolvimento intelectual do protagonista: destacado por engano para o posto de guarda de um armazém militar, a burocracia do exército deixa-o dois anos sem nada que fazer, dando-lhe tempo para ler os clássicos antigos e modernos da literatura inglesa. Autodidata, portanto, sem precisar de uma educação formal para ter gosto pela leitura e pela discussão de ideias, Bowling aproveitará pragmaticamente a oportunidade de desenvolvimento cultural para subir profissionalmente no mundo mais aberto do pós-guerra.

Mas a sua «ressaca do passado» e o ódio à civilização da máquina remetem-no ao mesmo tempo para o universo mental e emocional da era eduardiana[50], onde encontra

---

[50] Por era eduardiana entende-se o período em que reinou Edward VII, ou seja, entre a era vitoriana e a Primeira Grande Guerra, frequentemente

um sentido de comunidade e uma identificação orgânica inexistentes no presente. A mobilidade social e geográfica deixou-o, assim, com fidelidades múltiplas e contraditórias. Aos traços herdados de uma comunidade agrária destruída pelo progresso juntam-se agora as aspirações do habitante do subúrbio metropolitano. Bowling recolhe, deste modo, as características que Orwell entendia tipificarem a Inglaterra rural oitocentista e as da nova classe média urbana de novecentos. Expulso do paraíso arcadiano da primeira e imune ao apelo de visões utópicas como salvação para o desastre anunciado da segunda, o protagonista de *Um Pouco de Ar, Por Favor* oscila entre o passado irrecuperável e o futuro inescapável, preenchendo o fosso identitário com a vivência pragmática do presente, redimida apenas pelo otimismo e espírito de resistência que o caracterizam.

Que desperdício, sugere a obra, não se aproveitar o potencial imenso e valioso de quem nada (nem mesmo o «h» aspirado) teria a perder com a implantação do socialismo! Admirável por não se deixar enganar pela superfície sedutora da modernidade, arguta no detetar de tudo o que é embuste e vigarice, recusando arregimentações, pisando o risco sempre que possível e não se deixando abater pela adversidade, esta classe poderia trazer ao movimento o melhor do passado, conjugando-o com a sua facilidade de adaptação às exigências do presente. Mas, para Orwell, este era um terreno desaproveitado, ignorado e menosprezado pela esquerda, que assim deixava o campo aberto à inconsciência política, ao alheamento ideológico ou, pior, aos conservadorismos e totalitarismos de direita.

---

celebrado idilicamente como uma Idade de Ouro, próspera e estável, antes do eclodir da guerra.

George Bowling dramatiza, assim, as transformações em curso na sociedade inglesa, resultantes da emergência da modernidade, confirmando também o que Orwell há tempos suspeitava: seria preciso repensar o socialismo e repensar a nação para trazer à superfície tudo aquilo que, no povo inglês, poderia ser usado como forma de resistência à ditadura e instrumento de mudança democrática. É exatamente o que o ocupará nos anos seguintes, em especial nos numerosos ensaios que escreveu durante a Segunda Grande Guerra, de que *Um Pouco de Ar, Por Favor* é um claro prelúdio. Nas vésperas do conflito, esta investigação sobre o «homem comum» bem lhe mostrou que a tarefa de transformar os Georges Bowlings numa força revolucionária não seria certamente fácil nem suave. Mas a revolução espanhola dava-lhe alguma confiança na possibilidade de mobilização do povo em torno de uma causa justa. Na ausência de uma intelectualidade dinâmica e fortemente enraizada na cultura do país, potencializar a contribuição que esta classe central poderia trazer ao projeto afigurava-se-lhe tão urgente como indispensável. A nostalgia do passado eduardiano que perpassa a obra (e valeu algumas críticas ao autor) entende-se, assim, como algo mais do que a tentativa vã e passadista de «respirar ar puro» fora de uma modernidade asfixiante. Se tanto para George Bowling como para o autor este retorno ao passado serve indubitavelmente como escape ao pesadelo da guerra que se aproxima, ele é também um gesto retemperador de forças antes do árduo combate que se sabe inevitável. Bowling sobreviverá, melhor ou pior, à catástrofe da guerra. A epígrafe da obra — «He is dead, but he won't lie down»/«Está morto, mas não fica quieto» — postula--o *ab initio*. Mas Orwell reservava-lhe — a ele e a todos os «homens comuns» — outro destino bastante mais ativo no processo histórico, se isso dele dependesse.

4
1939-1945: PROJETOS

O Leão, o Unicórnio e o socialismo inglês

No final do capítulo anterior, dei provavelmente a ideia de que Orwell chega de Marrocos com um claro projeto de transformação da sociedade inglesa e uma energia renovada para o concretizar. Contudo, o seu estado de espírito nos meses que antecedem a guerra é bastante mais complicado e ambivalente. Embora nos anos seguintes venha a desenhar um ambicioso plano de confluência entre o socialismo democrático e a tradição cultural do país (daí o título deste capítulo), a verdade é que, na primavera de 1939, o encontramos muito dividido e indeciso relativamente à situação internacional. Por um lado, atipicamente, sente uma desmotivação imensa perante a perspetiva de uma guerra; por outro, mantém a vontade de criar condições para que uma esquerda independente se faça ouvir durante o conflito, por entre o ruído das bombas e da propaganda político-partidária predominante nos *media*.

As cartas que escreveu aos amigos nos últimos tempos passados em Marraquexe dão bem conta destas muitas e profundas oscilações:

> Damos graças a Deus por termos estado fora de Inglaterra durante a crise acerca da guerra, e espero que não cheguemos

mesmo a tempo do estalar de outra. A ideia da guerra persegue-me como um pesadelo, e recuso-me a acreditar que tenha algum efeito positivo ou que faça grande diferença quem sairá vencedor. (*CW,* vol. xi: 330)

Não sei se a situação mundial está melhor ou pior. De momento, encaro-a como um mero fenómeno meteorológico: vai chover ou não?, embora se calhar, quando eclodir, me vá ser impossível, como de costume, ficar de fora. Se eu fosse biologicamente um bom espécimen, capaz de fundar uma nova dinastia, dedicava as minhas energias durante a guerra a manter-me vivo e longe da vista. Está tudo numa horrível confusão e, se uma pessoa não estiver diretamente envolvida, o mais horrível será o falhanço absoluto da Esquerda em aprender seja o que for com o desastre, as controvérsias terrivelmente estéreis que se prolongarão durante anos, com todos a culparem-se mutuamente. (*CW,* vol. xi, 331)

Tenho dúvidas de que seja possível salvar a Inglaterra de uma forma qualquer de Fascismo, mas é evidente que temos de lutar contra isto, e seria uma estupidez calarmo-nos quando podíamos fazer barulho, só porque não se tomaram as precauções devidas. Se guardássemos uma série de máquinas de impressão nalgum lugar discreto, podíamos começar a trabalhar cautelosamente no sentido de criar uma distribuidora, e assim pensarmos «Bem, se as coisas se complicarem, estamos preparados». (*CW,* vol. xi: 341)

No primeiro extrato, reverbera a voz de um George Bowling a quem a guerra e os seus vencedores não afetarão pessoalmente. O segundo passo, na sua metáfora meteorológica, prolonga essa sensação de desalento perante algo tão incontrolável como os fenómenos da natureza, propondo como solução a fuga e o refúgio nalgum lugar seguro enquanto dure a tempestade. O cenário político, que prevê tumultuoso, remete-nos diretamente para as lutas fratricidas presenciadas em Espanha, transpostas agora para um palco nacional, com outros atores, mas com o mesmo enredo deprimente. Só na última citação se encontra o Orwell combativo, disposto a continuar a luta pela escrita, planeando, se necessário na clandestinidade, uma intervenção direta e lúcida no meio da desorientação geral.

Orwell apresentou-se voluntariamente para incorporação no exército no dia 9 de setembro, seis dias depois do início da Segunda Grande Guerra. A avaliar pelo que citei acima, a decisão não foi fácil nem inequívoca. No ensaio «Um, Dois, Esquerda ou Direita», publicado em 1940, explica-nos o porquê desta tomada de posição:

> Não sei bem em que ano me dei conta de que a presente guerra era inevitável. A partir de 1936, só um idiota não se aperceberia do facto. Durante anos, encarei a guerra como um pesadelo, tendo-me manifestado por diversas vezes, em conferências e panfletos, contra o conflito. Mas na noite antes do anúncio do pacto russo-germânico, sonhei que a guerra tinha estalado. Foi um daqueles sonhos que, independentemente do seu significado freudiano, nos revelam com clareza o que de facto sentimos. O sonho ensinou-me duas coisas: primeiro, que ficaria acima de tudo aliviado com o início de uma guerra há muito esperada; segundo, que lá no fundo eu era um patriota, não a sabotaria nem agiria contra o meu lado, que apoiaria a guerra e até nela lutaria, se de todo possível. [...]
>
> Se tivesse de defender a minha posição sobre a guerra, julgo que seria possível fazê-lo. Não há uma verdadeira alternativa entre resistir a Hitler e submetermo-nos a ele, e de um ponto de vista socialista penso que é melhor resistir-lhe; de qualquer

modo, não encontro argumentos a favor da rendição que não transformem a resistência Republicana em Espanha e a da China perante o Japão num absurdo total. Mas não vou fingir que, emocionalmente, seja esta a razão de ser da minha posição. O que o sonho me ajudou a descobrir naquela noite foi que o patriotismo inculcado por longos anos na classe média tinha dado os seus frutos, e que assim que a Inglaterra estivesse em sérios apuros eu seria incapaz de qualquer gesto de sabotagem. (*CW*, vol. XII: 271)

Não se pode dizer, portanto, que Orwell abraçasse esta causa com grande entusiasmo ou convicção. O apoio à guerra é frouxo, as posições são tomadas *faute de mieux*, e embora inequivocamente antifascista, recordando outros combates em prol da liberdade, parece haver da sua parte pouca confiança num eventual saldo positivo do conflito. As razões ideológicas pesam menos do que a influência da educação patriótica e tradicionalista, que agora regressa quando menos se espera, surpreendendo o controverso intelectual e «guerrilheiro» de esquerda neste momento de escolhas cruciais para ele próprio e para o país. Será possível que a «public school» e tudo o que ela representa não tenham sido eliminados da configuração mental e emocional de um adepto do socialismo democrático e recente membro das milícias populares de extrema-esquerda? Assim se admite, no que poderá muito bem ser um gesto retórico, mas que tem certamente um grande fundo de verdade.

No entanto, as frases seguintes do ensaio dão pistas para uma leitura algo diversa deste confuso quadro emocional:

Mas que ninguém interprete mal o que digo. O patriotismo não tem nada que ver com o conservadorismo. É a devoção a algo que está a mudar, mas misticamente se sente como o mesmo, como a dedicação à Rússia dos Bolcheviques ex-apoiantes do Exército Branco. Ser leal ao mesmo tempo à Inglaterra de Chamberlain e à Inglaterra de amanhã pode parecer impossível, se não o entendermos como um fenómeno perfeitamente natural. Só a revolução pode salvar a Inglaterra, há anos que isto é óbvio, mas agora a revolução começou, e evoluirá rapidamente se conseguirmos manter Hitler à distância. (*CW*, vol. XII: 271)

A ideia de aproveitar a guerra para promover uma revolução, aqui bem patente, parece-me ter sido a estratégia encontrada por Orwell para superar o desalento, criando um modelo de empenhamento pessoal e coletivo que lhe permitisse reconceptualizar pela positiva a sua participação no conflito. Na ausência de outras, esta era, sem dúvida, uma causa pela qual valeria a pena lutar: a alteração radical do país em direção ao socialismo democrático, aproveitando as convulsões sociais e económicas inerentes a qualquer guerra[1]. Em certo sentido, podemos também ler isto como um prolongamento da experiência na Guerra Civil de Espanha e da conclusão daí retirada relativamente à interligação essencial entre guerra e revolução: a primeira só se justifica e só mobilizará a população se houver esperança na concretização da segunda. A linha de orientação do POUM é, assim, retomada pelo autor neste novo contexto, depois de ter testemunhado em primeira mão os efeitos nefastos das propostas que pragmática e/ou desonestamente defendiam que primeiro se ganha a guerra e só depois se pensa na revolução[2].

---

[1] Foi esta reviravolta que o fez desvincular-se do ILP, partido que continuava a insistir que a guerra era um conflito capitalista e imperialista com que ninguém de esquerda devia, portanto, pactuar.

[2] É o que explicitamente se advoga no artigo «Our Opportunity», publicado na revista *The Left News*, em janeiro de 1940, onde se afirma convictamente que

O projeto de implantação de um socialismo democrático de raiz nacional, já tentativamente avançado em *O Caminho para Wigan Pier*, começa a desenvolver-se e a ganhar forma mais concreta. Nesse momento inicial da guerra, resistir a Hitler, resistir à imposição de medidas antidemocráticas a coberto do esforço de guerra, e se possível contribuir não só para a vitória militar, mas também — e sobretudo — para a vitória política e ideológica, colocaram-se-lhe como objetivos prioritários.

Em setembro de 1939, contudo, espera-o uma desilusão. Rejeitado pelo exército por razões de saúde, Orwell vê-se limitado à intervenção escrita, também esta a sofrer uma diminuição drástica, uma vez que, por falta de papel e de colaboradores, muitas das revistas nas quais publicava estavam a fechar. Eileen tinha já arranjado emprego no Censorship Department, em Londres, regressando a casa apenas aos fins de semana. Sozinho em Wallington, onde permanece até maio de 1940, Orwell ocupa o tempo escrevendo recensões, ensaios e crítica teatral e cinematográfica, uma vez que, segundo confessa a amigos, não tem condições para pensar numa obra de maior fôlego. O desastre de Dunkirk e o agravamento da situação acabaram por o levar de volta a Londres, onde continua a tentar uma incorporação no exército, interdita pelo parecer negativo de sucessivas juntas médicas. Depois de meses de frustração, Orwell resigna-se a colaborar na Home Guard, uma força voluntária de proteção civil, maioritariamente constituída por quem, como ele, tinha sido rejeitado pelo exército por incapacidade[3].

---

a Inglaterra «está a caminho da revolução» (*CW*, vol. XII: 343*)* e que «[u]ma Grã-Bretanha capitalista não conseguirá derrotar Hitler» (*CW*, vol. XII: 344), tornando imprescindível, portanto, a revolução.

[3] Curiosamente, a ideia da Home Guard recolheu inspiração numa obra de Tom Wintringham, o organizador das Brigadas Internacionais, fazendo-nos

Fraco substituto, portanto, para a desejada presença na linha da frente, mas atividade a que Orwell se dedicou com o habitual sentido de responsabilidade, não deixando de a investir também com um significado político. Verificando que a Home Guard era liderada por militares de alta patente na reserva, Orwell temia que a organização se transformasse numa força conservadora e militarista, perdendo-se a oportunidade de a tornar num exército popular, um verdadeiro «People's Army», em que a classe trabalhadora, como na Barcelona revolucionária, «segurasse as rédeas do poder» e, bem armada, pudesse vir a ser o embrião de um futuro movimento revolucionário. É precisamente o que defende num artigo que saiu no *Evening Standard*, em janeiro de 41, intitulado «Don't let Colonel Blimp[4] Ruin the Home Guard», no qual advoga a democratização do contingente e acentua o entusiasmo com que o «homem comum» se alistou, rematando-o com esta enfática e panfletária conclusão:

> Os Estados totalitários podem conseguir muito, mas há uma coisa que não podem fazer: entregar uma espingarda a um operário e dizer-lhe que a leve para casa e a guarde no quarto. ESSA ARMA, PENDURADA NA PAREDE DA CASA DO OPERÁRIO OU DA CABANA DO CAMPONÊS, É O SÍMBOLO DA DEMOCRACIA.

---

pensar que Orwell não era o único a imaginar com otimismo o seu potencial revolucionário. Mas, de facto, esta força voluntária teve sempre um papel secundário, limitando-se à proteção civil e à defesa do território contra uma possível invasão alemã. Frequentemente criticada por ser pouco eficaz, tanto pela idade e falta de treino militar de muitos dos seus membros como pelo armamento obsoleto de que dispunha, a Home Guard tornou-se rapidamente num objeto de troça. Na altura, brincava-se com a sua designação inicial — Local Defence Volunteers — dizendo que correspondia a «Look, Duck, Vanish» (em tradução livre: «Olha, Desvia-te, Pira-te»).

[4] «Colonel Blimp» é o estereótipo do militarão autoritário e reacionário, figura recorrente no imaginário inglês.

COMPETE-NOS A TODOS GARANTIR QUE ELA LÁ
CONTINUE. (*CW*, vol. XII: 365; maiúsculas no original)

Para quem conhece a história da Home Guard e a imagem que se lhe colou de ser um caricato «Dad's Army»[5], a ideia parece ingénua, absurda e risível. Que um grupo de amadores, sem experiência militar, sem traquejo político, sem armamento moderno e sem condições físicas para serviço ativo, pudesse vir a efetuar a desejada revolução socialista é, no mínimo, de um otimismo algo exagerado. Mas a proposta é sintomática do estado de espírito do autor nestes anos iniciais da guerra, demonstrando o que nos dissera no final de *Homenagem à Catalunha* sobre a confiança com que regressara de Espanha na possibilidade da instauração do socialismo e da mobilização popular em torno do ideal revolucionário. É este o objetivo que o norteia nos anos seguintes e está subjacente aos grandes ensaios da década de 40, encontrando-se amplamente explanado num dos primeiros, «O Leão e o Unicórnio», um dos textos axiais da ensaística orwelliana.

Grosso modo, podemos afirmar que Orwell passou os anos de guerra refletindo precisamente nos contornos de um socialismo democrático que, ao contrário de modelos anteriores, apelasse ao centro da nação e congregasse forças de todos os quadrantes sociais, recrutando adeptos de um vasto espetro político. A visão do que seria uma sociedade radicalmente nova, mas ainda reconhecivelmente inglesa, preside, direta ou indiretamente, à sua produção de 1939 a 1945 (maioritariamente constituída por ensaios e artigos de jornal, não havendo condições para escrever obras de maior

---

[5] Título de uma popular *sitcom* da década de 70 e expressão pela qual a Home Guard passou desde então a ser conhecida.

fôlego), prolongando-se mesmo para lá do final do conflito. Por esta razão se aproveitará este capítulo para uma análise alargada da ensaística do autor, mesmo quando ela extravasa das barreiras cronológicas indicadas, idealmente se criando desta forma o contexto necessário ao correto entendimento das duas últimas — e mais famosas — obras, *A Quinta dos Animais* e *Mil Novecentos e Oitenta e Quatro*, ambas devedoras da evolução do seu pensar nos anos precedentes.

Por questões metodológicas, é aconselhável reunir os ensaios em grandes grupos temáticos, de modo que se isolem as preocupações centrais do autor em vários momentos da carreira. Contudo, não devemos esquecer que qualquer arrumação rígida corre o risco de ignorar os inúmeros cruzamentos e sobreposições existentes entre eles. Um dos méritos da ensaística orwelliana é precisamente a forma como interliga questões que convencionalmente olhamos como díspares, distantes e autónomas. A visão prismática obtida através de perspetivas múltiplas e de ângulos de abordagem diferentes do mesmo tema é um dos traços essenciais da sua escrita, que seria incorreto, se não criminoso, menosprezar. Além disto, é necessário ter em conta que Orwell foi invertendo posições, reconsiderando ideias, ajustando conceitos e afinando opiniões ao longo dos anos, utilizando precisamente a forma do ensaio para ir «ensaiando» e testando a validade e viabilidade dos projetos em que se envolvia. Qualquer estrutura classificativa tem, portanto, de contemplar uma vertente dinâmica, cronológica, da sua produção, que dificilmente se encaixa em gavetinhas estáticas e estanques. Assim, tomemos como ponto de partida e mapa orientador o seguinte agrupamento dos ensaios, consoante a sua temática principal e respetivos subtemas, recordando que qualquer análise mais aprofundada deverá passar por uma leitura menos arrumada, mas mais integrada e transversal, do seu significado na evolução do escritor. Na listagem que se segue, indico, além do original inglês, o título dos ensaios já traduzidos para português, para quem queira ir (re)lê-los.

I. Ensaios político-ideológicos

Um primeiro grupo terá necessariamente de considerar os ensaios sobre questões do foro político-ideológico, em que se discutem os princípios e práticas das grandes ideologias e sistemas políticos — totalitarismo, democracia, socialismo, comunismo, imperialismo, etc. Sendo Orwell reconhecidamente um dos grandes escritores políticos do século XX, seria perverso não conceder a estes ensaios um lugar de proa no conjunto. Aí, incluem-se: «Notes on the Way» (1940), «Fascism and Democracy» (1941), «Will Freedom Die with Capitalism?» (1941), «You and the Atom Bomb» (1944), «Catastrophic Gradualism» (1945), «Second Thoughts on James Burnham» (1946), «Towards European Unity»/«Rumo à União Europeia» (1947) e «Burnham's View of the Contemporary World Struggle» (1947).

No entanto, um subgrupo, ainda mais numeroso e mais conhecido do público, interliga a temática político-ideológica na sua forma, por assim dizer, mais pura, com questões sobre a arte, a literatura, a linguagem e o estatuto do intelectual. «Inside the Whale»/«Dentro da Baleia» (1940), «Literature and Totalitarianism»/«Literatura e Totalitarismo», «The Frontiers of Art and Propaganda»/«As Fronteiras entre a Arte e a Propaganda» e «Wells, Hitler and the World State»/«Wells, Hitler e o Estado Mundial» (todos de 1941), «Literature and the Left» (1943), «Propaganda and Demotic Speech» (1944), «The Prevention of Literature»/«A Prevenção da Literatura» (1946), «Politics v. Literature: An Examination of *Gulliver's Travels*»/«Política *versus* Literatura: Uma Análise de *As Viagens de Gulliver*» (1946), «Politics and the English Language»/«A Política e a Língua Inglesa» (1946) e «Writers and Leviathan» (1948) contam-se, com toda a justiça, entre os seus ensaios mais famosos e de maior impacto cultural. A interrogação neles presente sobre o perene dilema entre a autonomia artística e o envolvimento político, a liberdade de criação e de expressão e o comprometimento ideológico, fruto sem dúvida de uma determinada moldura histórica, interpela-nos diretamente ainda hoje, mantendo a sua relevância na contemporaneidade. A responsabilidade do intelectual enquanto figura pública e/ou criador individual, nos vários contextos em que se move, preocupava Orwell muito em particular, nomeadamente frente à ameaça dos totalitarismos emergentes na época. Isto exigia, portanto, uma perspetiva englobante, em que arte e política se entrecruzassem nas suas múltiplas relações de cumplicidade, conflito, afinidade e incompatibilidade, e em que a própria linguagem, nas suas dimensões estética, ideológica, filosófica e comunicativa, teria de adquirir uma evidente centralidade.

II. Ensaios sobre questões identitárias

Um segundo grupo de ensaios investiga o que poderíamos designar em termos muito gerais como questões identitárias. Neles se reflete no que é ser inglês, no que se entende por uma cultura nacional, e no patriotismo e no nacionalismo como grandes forças impulsionadoras da história dos povos. «Notes on Nationalism»/«Notas sobre o Nacionalismo» (1945) discute estas matérias de forma mais abstrata, fornecendo a base teórica para a abordagem mais específica da cultura inglesa, explorada em dois ensaios mais longos — «The Lion and the Unicorn»/«O Leão e o Unicórnio» (1941) e «The English People» (1944) —, bem como em artigos dispersos, contribuições menos ambiciosas, mas não menos curiosas e sugestivas: «In Defence of English Cooking»/«Em Defesa da Cozinha Inglesa» (1945), «Nonsense Poetry» (1945), «A Nice Cup of Tea»/«Uma Boa chávena de Chá» (1946) e «The Moon Under Water» (1946).

Um outro subgrupo, dedicado ao estudo de várias manifestações visuais e escritas da cultura popular e de massas, tem sido recentemente aclamado pelo seu carácter inovador. Com efeito, Orwell foi um dos primeiros a dar-se conta do potencial inexplorado dessas formas «menores» de criação cultural, a que dedicou uma atenção a todos os títulos notável, quando mais não seja pelo seu pioneirismo. A sua intervenção como crítico cultural, percursor de figuras como Raymond Williams e Richard Hoggart (que, aliás, explicitamente lhe reconhecem a dívida), acrescenta assim novas e bem merecidas dimensões à imagem do autor. Considerando o seu interesse eclético por estas matérias, facilmente se chega à seguinte subdivisão:

1. A literatura infantojuvenil, a banda desenhada e as histórias de aventuras — «Boy's Weeklies» (1940), «Good Bad Books»/«Bons Maus Livros» (1945) e «Riding down from Bangor» (1946);
2. Os postais ilustrados de cariz humorístico e satírico — «The Art of Donald McGill» (1941);
3. O romance policial — «Raffles and Miss Blandish» (1944) e «Decline of the English Murder»/«O Declínio do Assassinato em Inglaterra» (1946).

Um terceiro subconjunto congrega ensaios sobre escritores e figuras públicas que marcaram indelevelmente a cultura britânica. Dele fazem parte «Charles Dickens», «Tolstoy and Shakespeare»/«Tolstói e Shakespeare», «Rudyard Kipling», «In Defence of P. G. Wodehouse»/«Em Defesa de P. G. Wodehouse» e «George Gissing», mas facilmente lhe poderíamos acrescentar os textos sobre Jonathan Swift e H. G. Wells, que remetemos para a primeira categoria, bem como os ensaios sobre Mark Twain, Jack London e W. B. Yeats, e um artigo inacabado sobre Evelyn Waugh. Dedicados a alguns dos grandes clássicos da literatura, maioritária, mas não exclusivamente inglesa, e à sua projeção na cultura nacional, estes ensaios conjugam análise literária e sociológica numa articulação pouco usual para a época. Mas este era precisamente o tipo de texto em que Orwell se sentia particularmente à vontade e lhe dava especial prazer: «Acho este tipo de crítica literária semissociológica muito interessante e gostava de escrever sobre muitos outros autores, mas, infelizmente, é coisa que não dá dinheiro» (CW, vol. XII: 137), confessa numa carta a Geoffrey Gorer. O mercado da literatura, como Gordon Comstock e o seu criador bem sabiam, exerce um poder tirânico sobre o artista. Orwell fez os possíveis por lhe resistir, conseguindo publicar uma meia-dúzia de estudos inovadores em que a literatura é encarada como construção estética, histórica e socialmente situada, projetando-se, na sua influência formativa, em todo o imaginário inglês subsequente.

III. Ensaios de base ou temática autobiográfica

A estes dois grandes grupos se deve acrescentar um terceiro, constituído pelos ensaios que relevam da experiência direta do autor e/ou são ostensivamente autobiográficos, alguns dos quais já analisámos ou referimos em capítulos anteriores:

«A Hanging»/«Um Enforcamento» (1931) e «Shooting an Elephant»/«Matar um Elefante» (1936), «The Spike» (1941), «Looking back on the Spanish War»/«Recordações da Guerra Civil Espanhola» (1943), «Why I Write»/«Porque Escrevo» (1946), «How the Poor Die»/«Assim Morrem os Pobres» (1946) e «Such, Such Were the Joys»/«Ah, Ledos, Ledos Dias» (1948), entre outros de menor monta. Relembro rapidamente que embora relevem da experiência do autor, muitos sejam narrados na primeira pessoa e todos nos forneçam dados preciosos sobre momentos fulcrais da sua vida, nenhum deles é confessional no sentido restrito do termo. Antes nos convidam a encarar a figura como paradigma de atitudes, preconceitos e valores de uma classe ou grupo social. Ou seja, nem quando fala de si mesmo Orwell deixa de pensar o mundo como uma estrutura interativa, um sistema complexo de relações entre o particular e o geral, o pessoal e o supraindividual, sugerindo que a partir da análise dos primeiros se podem tirar valiosas conclusões sobre a natureza dos segundos e vice-versa. É esta capacidade de alternar entre o micro e o macro, de inferir o todo a partir da parte e de na parte espelhar o todo, que, no fundo, melhor o define como escritor político[6].

Esta característica é bem visível num quarto grupo de ensaios, normalmente esquecido pela crítica e desconhecido do público, mas que faço questão, por isso mesmo, de incluir aqui.

---

[6] Ou, se quiserem, em versão humorística, segundo Cyril Connolly, Orwell não era capaz de assoar o nariz sem tecer longas considerações sobre os problemas da indústria têxtil (citado por Crick: 266).

IV. Ensaios sobre o campo e a natureza

«Some Thoughts on the Common Toad», «A Good Word for the Vicar of Bray» e «Pleasure Spots» (todos de 1946) defendem a natureza perante a ameaça da «civilização da máquina» e reclamam o direito de o indivíduo ter prazer na contemplação do natural. A celebração da primavera (no primeiro texto), o plantar de uma árvore ou arbusto (no segundo) e a ocupação das horas de lazer, não em atividades organizadas, mas na proximidade com a natureza (no terceiro), são vistos como gestos políticos de resistência contra a desumanização efetuada pela modernidade e a arregimentação promovida pelo autoritarismo. Sem sentimentalismos piegas ou pretensiosismos bacocos, deles emana um amor genuíno pelo campo e pela natureza, registado já em *Um Pouco de Ar, Por Favor* e futuramente utilizado em *Mil Novecentos e Oitenta e Quatro* como contraponto ao universo totalitário em que o protagonista vive. Recomendo vivamente a leitura destes textos, sobretudo do primeiro, a quem não conheça esta faceta negligenciada do autor, porque neles encontrará, em miniatura, um Orwell no seu melhor, tanto quanto nos grandes ensaios que lhe granjearam a fama.

Esta proposta de organização da ensaística orwelliana deixa deliberadamente de lado o jornalismo, também intensificado nos anos de guerra, a que voltaremos mais adiante no capítulo. Antes de passarmos à referência mais detalhada de alguns dos ensaios nucleares, a despistagem dos grandes grupos temáticos e a definição sumária da problemática presente em cada um permitem-nos avançar desde já algumas considerações gerais. A mais óbvia diz respeito à diversidade de interesses e preocupações do autor, cujo olhar percorre áreas convencionalmente distantes e atravessa fronteiras estabelecidas, recusando a reprodução de hierarquias tradicionais e promovendo, na teoria como na prática, uma democratização da reflexão sobre a sociedade. Desde os postais que se especializam «no humor "baixo" e ordinário e no tipo de piada sobre a sogra, a fralda do bebé e as botas do polícia» (*CW*, vol. XIII: 23), analisados em «The Art of Donald McGill», até às teorias de James Burnham, postulando que «a superfície do globo está a ser dividida em três grandes impérios, [...] todos eles governados, mais ou menos disfarçadamente, por uma oligarquia autoeleita» (*CW*, vol. XVII: 320); desde os «prazeres da Primavera [que] estão à disposição de todos e são inteiramente gratuitos», «outro fenómeno natural que não custa dinheiro e que não tem», como dizem os diretores dos jornais de Esquerda, uma ‹dimensão de classe›» (*CW*, vol. XVIII: 239) até à «esquizofrenia mental» da classe política, «um modo de pensar em que palavras como "democracia" podem ter dois sentidos irreconciliáveis, e os campos de concentração ou as deportações em massa são simultaneamente considerados como algo bom e mau» (*CW*, vol. XIX: 290), tudo é igualmente merecedor de atenção, estudo e discussão. Nenhum detalhe do nosso quotidiano, por insignificante, comezinho ou trivial, é desvalorizado em função das grandes linhas ideológicas ou filosóficas que presidem à organização do mundo; tudo está publicamente disponível para interpretação, crítica e reformulação, convidando-se o/a leitor/a a estabelecer insuspeitadas relações entre o concreto do seu dia a dia e o abstrato que, muitas vezes impercetivelmente, mas afinal sempre, lhe subjaz.

Orwell praticou, portanto, o que pregou: a sua versão do socialismo democrático passa, antes de mais, pelo envolvimento de um público alargado no delinear de uma sociedade mais justa e pela participação individual e coletiva na sua construção. O «homem comum», parte integrante desse processo, nele ocuparia o lugar central a que tem direito, tal como ocupa no discurso do autor, na sua qualidade tripla de objeto de reflexão, destinatário explícito da mensagem e sujeito pensante, e, portanto, interveniente no desenrolar da história.

Além destas primeiras conclusões, uma outra característica da ensaística orwelliana se infere facilmente da classificação proposta: as diferentes temáticas não se sucedem no tempo umas às outras, antes coexistem a cada momento da escrita. Correndo o risco de tornar a listagem dos ensaios de leitura ainda mais lenta e pesada, fiz questão de incluir a data de cada um a seguir ao título, precisamente para vincar o modo como as várias preocupações do autor se vão interpolando e interagindo umas com as outras ao longo dos anos.

Exemplifiquemos tomando como base dois dos anos mais produtivos do autor, 1941 e 1945. Em ambos os casos, os ensaios abarcam praticamente todas as categorias indicadas acima. No primeiro ano, saíram à estampa alguns dos principais textos sobre arte e política («Literatura e Totalitarismo», «As Fronteiras entre a Arte e a Propaganda» e «Wells, Hitler e o Estado Mundial»), bem como «O Leão e o Unicórnio» (sobre a identidade inglesa), «The Art of Donald McGill» (sobre a cultura popular) e «Tolstói e Shakespeare» (sobre dois clássicos da literatura ocidental). Em 1945, escreveu «You and the Atom Bomb» e «Catastrophic Gradualism» (sobre os cenários geopolíticos que se desenhavam no pós-guerra), mas mantém o interesse pelas manifestações da cultura popular («The Moon under Water», sobre o *pub* ideal, e «Uma Boa Chávena de Chá», sobre a icónica chávena de chá) — interesse que se prolonga no estudo da literatura juvenil com «Bons Maus Livros». A eles se junta a aprofundada reflexão sobre o estado da língua e seus usos e abusos em «A Política e a Língua Inglesa», e a discussão sobre a (im)possibilidade de uma arte livre e autónoma sob regimes totalitários («A Prevenção da Literatura»).

Prova evidente de que, para o autor, as várias dimensões do político, do social e do artístico têm de ser articuladas em simultâneo, o facto demonstra também como, no pensamento orwelliano, umas se alimentam das outras, reforçando argumentos e ajudando a consolidar posições. Assim, por exemplo, o seu estudo sobre H. G. Wells, escritor que entusiasmou toda uma geração com a sua crença inabalável no potencial do progresso tecnológico para a construção de uma paz universal, revela-lhe os limites de uma intelectualidade incapaz de perceber a natureza dos novos totalitarismos. Ingenuamente confiante na razão e na ciência, desligada de uma cultura popular satírica e anárquica (como a analisada em «The Art of Donald McGill»), essa intelectualidade ficou presa ao passado, minimizando os perigos do presente. Ao ignorar os efeitos fatais das emergentes formas de autoritarismo na produção artística (discutidos em «Literatura e Totalitarismo») e sucumbindo facilmente à sedução da ortodoxia, o intelectual corre o risco de se transformar num mero instrumento de propaganda, comprometendo a sua integridade e autonomia (como se sugere em «As Fronteiras entre a Arte e a Propaganda»). A proposta de revolução avançada em «O Leão e o Unicórnio», reúne, como veremos, estes e outros argumentos, explorados separadamente em diversos ensaios, mas aí conceptualmente integrados numa visão global.

Do mesmo modo se interligam os ensaios de 1945: a ameaça do poder atómico, que retira «às classes exploradas o poder de se revoltarem, ao mesmo tempo que coloca os donos da bomba numa base de igualdade em termos militares» («You and the Atom Bomb»), parece confirmar as teorias pessimistas de James Burnham da divisão do mundo em três superpotências governadas por uma nova oligarquia de gestores e burocratas. Esse novo modelo de ditadura, mais feroz e eficaz do que os anteriores, rapidamente eliminará tudo o que é supostamente subversivo, desde a «nonsense poetry», na sua revolta absurdista e libertária contra as convenções, até ao espírito comunitário que reúne o povo em saudável convívio à volta de uma caneca de cerveja ou da omnipresente chávena de chá. A linguagem, cada vez mais usada para justificar o injustificável, passará a ser uma das mais fortes ferramentas de controle e manipulação social, reduzindo cada vez mais a nossa capacidade de pensar criticamente o mundo («A Política e a Língua Inglesa»), tornando-nos, portanto, súbditos passivos do poder totalitário. A revitalização da língua e cultura nacionais (incluindo a injustamente denegrida cozinha inglesa) constituirá o melhor antídoto contra a ditadura. Este patriotismo, contudo, não se deve confundir com nacionalismo. O primeiro significa «a devoção a um lugar e a um modo de vida particulares, que se consideram os melhores do mundo, mas que não queremos impor aos outros», sendo, portanto, um impulso legítimo e positivo; o segundo, no entanto, «é inseparável da sede de poder» e, pela sua própria natureza, agressivo e expansionista, em muito responsável pelos conflitos imperialistas do passado e do presente e eventualmente por outros no futuro, como se lê em «Notas sobre o Nacionalismo» (*CW*, vol. XVII: 141-142).

Poderiam multiplicar-se os exemplos, mas penso ser já claro que a ensaística orwelliana beneficia de uma análise ao mesmo tempo sincrónica e diacrónica, exigindo uma atenção, por um lado, às (des)continuidades do pensamento do autor, mas não descurando, por outro, as contiguidades temporais e o modo como os vários textos se articulam lateralmente.

Este capítulo não ficaria completo se, depois da panorâmica geral, não nos detivéssemos num dos textos para melhor explorarmos questões, não só de conteúdo, mas inerentes ao género do ensaio tal como Orwell o pratica. A escolha não é fácil, dado o volume e a qualidade da produção, mas, para os efeitos presentes, parece óbvia a opção por «O Leão e o Unicórnio», ensaio imprescindível, como se sugeriu, para a compreensão do projeto orwelliano de criação de um socialismo democrático durante os anos de guerra. Tomando-o como centro, exploraremos depois as suas ramificações no resto da década, acompanhando as extensões e inversões da reflexão aí presente.

«O Leão e o Unicórnio» adota como título uma das imagens icónicas do Reino Unido, presente no brasão de armas real desde que a coroa escocesa (representada pelo unicórnio) se uniu à inglesa (o leão) sob o governo de James I, em 1603. A luta mítica entre os dois animais, tradicionalmente combatendo pelo poder supremo, surge na representação heráldica como um equilíbrio de forças entre dois sérios opositores, que, juntos agora num projeto que se supõe mutuamente vantajoso, por igual sustentam a nova união. Não sei se Orwell pensou em todas as implicações do título que escolheu para a sua análise do que o país fora e poderia vir a ser, ou se pegou simplesmente num dos símbolos convencionais do Reino Unido para de imediato convocar o substrato patriótico da nação. Mas o paralelismo entre título e subtítulo — «O Leão e o Unicórnio. O Socialismo e o Génio Inglês» — é curioso, e não será de certo coincidência que tanto um como outro partam precisamente da imagem de dois velhos rivais, esquecidas que foram as querelas, agora associados em coexistência pacífica sob a égide de algo maior do que cada um deles.

Era este, no fundo, o projeto que Orwell desenvolveria nesse momento decisivo para o país, em guerra com o nazismo de Hitler e o fascismo de Mussolini, procurando reforçar a identidade nacional, levantar o moral da população, relembrar os valores a defender e, evidentemente, acima de tudo, propor um objetivo de futuro que justificasse o presente difícil e penoso. Estaria ele a sugerir uma fusão de contrários, uma associação de iguais ou uma dialética de opostos? Afinal, o que une e desune o socialismo e o espírito da nação? E de que forma será possível conciliá-los sem abdicar do que de melhor cada um tem para oferecer? Como se pode alterar algo de forma profunda, mas sem ruturas brutais e contraproducentes? São perguntas a que Orwell tentou dar resposta no ensaio.

Dividido em III Partes — «Parte I: Inglaterra, a nossa Inglaterra»; «Parte II: Lojistas em Guerra»[7] e «Parte III: A Revolução Inglesa» —, o texto foi publicado no âmbito de uma série planeada por Fredric Warburg, Orwell e T. R. Fyvel, *Searchlight Books*, que pretendia lançar o debate sobre o estado do país durante a guerra e sobre os cenários possíveis no final do conflito. «O Leão e o Unicórnio» foi o primeiro volume da série, vendendo em poucos meses um número inesperado de exemplares (perto de 10 000), mais do que qualquer outra das obras do autor até esse momento. Apesar do sucesso imediato, a verdade é que ela faz parte do grupo das enjeitadas por Orwell no seu testamento literário, onde deixou indicações para que não voltasse a ser reeditada. Deixemos para já de lado alguma especulação sobre o facto, que neste caso, como noutros[8], nos parece hoje resultar de

---

[7] A expressão original, «Shopkeepers at War», joga ironicamente com a suposta definição que Napoleão teria dado, muito pejorativamente, dos ingleses: «The English are a nation of shopkeepers». Numa tradução livre, mas porventura mais de acordo com o espírito da frase: «A Inglaterra é uma nação de merceeiros».

[8] O mesmo se passa, como vimos, com as indicações que Orwell deixou para a remoção dos «capítulos políticos» de *Homenagem à Catalunha* do corpo da obra.

uma autocrítica demasiado severa por parte do autor, mas é bom mantê-lo presente na leitura do texto enquanto indicador dos condicionalismos da escrita e da evolução de quem o escreveu.

A primeira secção considera as questões teóricas: existirá, ou não, um carácter nacional, e diferenças profundas entre os povos? E se sim, será que as divisões internas do país radicalizam as diferenças e nos impedem de pensar no todo como uno? À primeira pergunta, responde-se rapidamente:

> Mas sempre que falamos com estrangeiros, ou lemos livros e jornais estrangeiros, a ideia volta a impor-se. Sim, *há* de facto algo de distinto e reconhecível na civilização inglesa, uma cultura tão individualizada como a espanhola. É qualquer coisa que tem que ver com pequenos-almoços substanciais e domingos deprimentes, cidades envoltas em fumo e estradas que serpenteiam, campos verdejantes e marcos do correio vermelhos. Tudo isto lhe dá um sabor muito próprio. (*CW*, vol. XII: 392–393; ênfase no original)

Os estudos sobre a identidade têm ocupado críticos de várias disciplinas nas últimas décadas. No mundo globalizado e diaspórico da atualidade, onde sistemas transnacionais e movimentos de povos problematizam identidades nacionais e regionais de longa tradição, especialistas de várias disciplinas têm-se congregado para entender os processos de formação da nação e de construção da sua (auto)imagem. Também nestas matérias Orwell se destaca pelo seu pioneirismo. Sem o substrato teórico de que dispomos hoje, Orwell atacou ainda assim o problema de forma certeira, colocando questões com que ainda hoje os especialistas se debatem e fornecendo respostas que, se não inteiramente válidas, são sempre estimulantes. O primeiro momento desta reflexão sobre a identidade nacional reconhece os paradoxos essenciais do processo: como se pode falar de uma entidade una quando a verdade é que as divisões geográficas, culturais, económicas e sociais do país são tão profundas? E como se pode afirmar «os ingleses são» isto ou aquilo, se na realidade estamos a falar de uma sociedade complexa e contraditória, sobre a qual é difícil generalizar? E tendo em conta o passado e o modo como os povos e as sociedades vão evoluindo, com que legitimidade se define um povo como se este não mudasse, antes exibisse sempre os mesmos traços identificativos?

O que faltava ao autor era a noção de que a identidade nacional foi por longo tempo encarada ontologicamente, quando hoje sabemos que ela é sobretudo instrumental e estratégica. A cada momento da história, um povo tem necessidade de se definir em oposição a Outros, investindo a sua autoimagem com traços positivos (ou muitas vezes negativos) como resposta a um sem número de condicionantes. Os estereótipos nacionais, que veiculam uma perspetiva essencialista da identidade, são, portanto, uma ficção social, política e culturalmente construída, taticamente utilizada e persuasivamente naturalizada. Orwell teve a intuição de que assim era, chamando sobretudo a atenção para as mudanças e ruturas visivelmente presentes na formação dos povos em geral e dos ingleses muito em particular. Assim, na segunda secção do ensaio, em que Orwell tenta definir o que há de típico na identidade inglesa, faz-se um levantamento dos traços que convencionalmente se atribuem a esse povo: a falta de talento artístico e o desprezo pelos intelectuais; a hipocrisia; a obsessão com os «hobbies»; o amor pelos animais, plantas e jardins; a crença na liberdade individual e o ódio à guerra e ao militarismo; a irreverência e a transgressividade da cultura popular; a constante defesa da vítima e do mais fraco; os bons modos, a boa educação e o respeito pela legalidade; a xenofobia, a insularidade e a desconfiança em relação a tudo o que é diferente; o snobismo e a polarização das classes; o patriotismo profundo, mas não agressivo nem exibicionista.

A enumeração dessas características, tanto positivas como negativas, serve para enaltecer e criticar por igual a cultura que os produziu, vincando ao mesmo tempo as continuidades com o passado e as alterações presentes ao longo da história. O objetivo é claro: por um lado, no contexto de guerra, Orwell pretende lembrar a nação daquilo que a distingue do inimigo nazi, brutal, militarista e autoritário, insistindo também na ideia de que a mudança pode e deve ser salutar, não havendo razões para a temer ou evitar. Muito foi mudando ao longo da história do país, argumenta Orwell — logo, porque não mudar agora em função de um ideal que congregue o melhor da tradição e os traços potencialmente revolucionários da cultura? A sua imagem da sociedade inglesa como uma família, frequentemente criticada pelo seu suposto sentimentalismo e conservadorismo, pretende no fundo mobilizar a população em torno de um ideal ao mesmo tempo reconhecível e aceitável pela generalidade da população:

> A Inglaterra não é nem a joia do famoso passo de Shakespeare[9] nem o inferno descrito pelo Dr. Goebbels[10]. Antes se assemelha a uma família, uma daquelas bafientas famílias vitorianas, sem muitas ovelhas ronhosas, mas com os segredos inconvenientes fechados a sete chaves num armário. Uma família

---

[9] O passo referido vem da peça de Shakespeare, *Richard II*, e constitui uma glorificação da pátria que é famosa na cultura inglesa.

[10] Goebbels era o ministro da propaganda de Hitler.

com parentes ricos que têm de ser bajulados e parentes pobres terrivelmente maltratados, e em que há uma enorme conspiração de silêncio sobre a origem dos rendimentos. Uma família onde os jovens são sempre contrariados e a maior parte do poder está nas mãos de tios irresponsáveis e tias entrevadas. Ainda assim, é uma família, com uma linguagem própria e memórias comuns, que cerra fileiras mal avista o inimigo. Uma família em que os membros errados detêm o controle — é talvez, em poucas palavras, a definição mais exata da Inglaterra. (CW, vol. XII: 401)

A metáfora da Inglaterra como família destina-se indubitavelmente a acentuar tanto o que liga os seus membros como o que os divide, enfatizando-se ainda a necessidade de alterações profundas na classe dirigente, com a remoção da velha elite parasítica e paralítica que ainda presidia aos destinos do país. «Sangue novo, homens novos, ideias novas — uma revolução na verdadeira aceção da palavra» (CW, vol. XII: 413) é o que aqui se propõe. Uma revolução que passa, antes de mais, por uma mudança radical nas estruturas de poder e na hierarquia tradicional das classes sociais; uma revolução que «não significa bandeiras vermelhas ou lutas de rua», nem «a ditadura de uma única classe»; uma revolução que pode ou não acontecer sem um banho de sangue, mas que terá origem «numa revolta das pessoas comuns contra a ineficácia, o privilégio de classe e um governo de velhos» (idem). Claramente, Orwell não propõe uma revolução nos moldes da Revolução Francesa ou Russa, nem sequer, se isso puder ser evitado, uma luta fratricida como a da Guerra Civil de Espanha. O seu propósito é precisamente o de encontrar uma fórmula que, na sua perspetiva, esteja em sintonia com o carácter do povo inglês, já definido como respeitador da lei e da tradição, avesso a exageros militaristas e a abusos de poder institucionalizados. Algo, portanto, que respeite a «linguagem própria e as memórias comuns» da cultura e leve os seus membros a «cerrarem fileiras» em torno de um ideal que apele à maioria, cansada de ser «maltratada» e «contrariada» pela elite minoritária de até então.

No entendimento de que as nações «não escapam ao passado mesmo quando efetuam uma revolução», Orwell sugere a construção de um socialismo especificamente inglês, que «transforme o país de alto a baixo, mas que retenha todas as marcas da nossa civilização» (*CW*, vol. XII: 427). Esse socialismo inglês, diz ele, não será lógico nem doutrinário; abolirá a Câmara dos Lordes, mas preservará a monarquia; deixará pontas soltas e anacronismos — como as perucas dos juízes e o Leão e o Unicórnio nos botões das fardas militares — um pouco por todo o lado; reagrupar-se-á em torno do Partido Trabalhista e do movimento sindical; será uma meritocracia, recrutando os seus líderes não nas classes privilegiadas, mas numa nova classe que, segundo o autor, crescia em número e influência: «a classe imprecisa dos trabalhadores mais qualificados, dos peritos técnicos, dos aviadores, cientistas, arquitetos e jornalistas», de todos aqueles, como George Bowling, «que se sentem em casa na era do rádio e do betão e do aço» (*CW*, vol. XII: 427); respeitará a liberdade de criação e de expressão, não perdendo contacto com a tradição de compromisso e de confiança na lei e na justiça; finalmente, aproveitará o patriotismo como força positiva e terá orgulho na cultura nacional, sempre revigorada por uma cultura popular de natureza anárquica e libertária, a que o intelectual deverá estar umbilicalmente ligado.

A sugerida revolução é também consubstanciada no programa em seis pontos constante da terceira e última secção do ensaio, que daria início à sua implementação no imediato:

I. Nacionalização da terra, das minas, do caminho de ferro, dos bancos e das grandes indústrias.

II. Redução dos rendimentos, de tal forma que o rendimento líquido mais alto na Grã-Bretanha não seja mais do que dez vezes superior ao mais baixo.

III. Reforma do sistema de ensino em moldes democráticos.

IV. Concessão imediata do estatuto de Domínio à Índia, com a possibilidade de se tonar independente depois da guerra.

V. Constituição de um Conselho-Geral do Império, em que os povos de cor se encontrem representados.

VI. Declaração formal de aliança com a China, a Abissínia e todas as outras vítimas dos poderes Fascistas. (*CW*, vol. XII: 422)

O projeto inclui deste modo uma reorganização interna e o reposicionamento externo do país. As reformas sociais e económicas complementar-se-iam com a descolonização e a solidariedade internacional antifascista, duas faces da mesma moeda democrática que de futuro colocaria o país numa rede de alianças com outras forças (idealmente) socialistas. O final do ensaio insiste na urgência da proposta, garantindo também a sua viabilidade mediante a congregação de vontades, terminando em tom épico e grandiloquente:

Com a revolução, tornamo-nos mais ingleses, não menos. Está fora de causa desistirmos antes de tempo, fazermos compromissos, salvarmos «a democracia», ficarmos parados. Nada fica parado neste mundo. Ou acrescentamos ao legado ou vamos perdê-lo, ou nos engrandecemos ou encolhemos, ou andamos para a frente ou regredimos. Eu acredito na Inglaterra, e acredito que iremos avançar. (*CW*, vol. XII: 432).

Deste breve resumo da argumentação despendida no ensaio, depreende-se facilmente que este texto é indubitavelmente central na obra orwelliana. Para ele confluem as reflexões sobre variadas problemáticas que Orwell vinha efetuando sob forma ficcional e não-ficcional, aqui reunidas ao serviço de uma visão integrativa e abrangente do futuro do país. Do económico ao social, do cultural ao político, do pragmático ao identitário, do interno ao geopolítico, Orwell contempla a transformação do país nas suas vertentes fundamentais, procurando um modelo que responda completa e convincentemente às necessidades urgentes de mudança tal como ele as entendia. Projeto arrojado — utópico, até —, tão contraditório e paradoxal como o próprio autor, a um tempo simples e complexo, ambicioso e ingénuo, vago nuns aspetos (sobretudo os de natureza económica) e extremamente detalhado noutros (os de ordem mais sociológica e cultural), foi claramente fruto da pressão da história, mas também correlato lógico do seu pensar até então. Ainda hoje celebrada por uns e vilipendiada por outros, esta visão de um país futuro, com todas as suas limitações, promoveu e promove o debate sobre algumas das questões centrais que qualquer nação continua a enfrentar. Mais do que na bondade ou exequibilidade do programa, o seu mérito reside na capacidade de isolar, analisar e refletir nalgumas das componentes essenciais da própria cultura, gesto sempre difícil, como o é a autocrítica que, não desmoralizando o país, o convença de que pode e deve mudar.

Para muitos críticos, «O Leão e o Unicórnio» representa o zénite do seu otimismo antes do desabar da esperança e do instalar do pessimismo supostamente visível nos dois últimos romances. Discordando desta leitura, por demasiado simplista e redutora, entendo sobretudo o texto como o culminar de um processo de reflexão que futuramente terá de interagir com as variáveis da história. Por outras palavras: Orwell foi o primeiro a reconhecer que se tinha redondamente enganado ao pensar que a guerra traria a oportunidade da revolução. Num artigo escrito para a *Partisan Review*[11] no final de 1944, lê-se o seguinte:

> Depois de termos aparentemente ganhado a guerra, mas perdido a paz, já é possível perspetivar o passado recente de forma diferente, e a primeira coisa que tenho de admitir é que, pelo menos até final de 1942, a minha análise da situação estava completamente errada. [...]
> Mas o que interessa é que caí na ratoeira de acreditar que «a guerra e a revolução são inseparáveis». Há desculpas para o facto, o que não quer dizer que não tenha sido um erro grosseiro, porque, a não ser que as aparências enganem, ganhámos a guerra, mas não implantámos o Socialismo. A Inglaterra move-se em direção a uma economia centralizada e as divisões de classe tendem a esbater-se, sem haver, no entanto, uma verdadeira alteração das estruturas de poder e uma democracia genuína. A propriedade ainda está nas mãos das mesmas pessoas, que continuam a usurpar os melhores empregos. (*CW*, vol. XVI: 411–412)

Como foi possível um erro desta monta? O artigo responde também a esta pergunta, e a resposta que dá é sintomática e relevante para as projeções futuras consubstanciadas nos últimos romances:

---

[11] A *Partisan Review*, para a qual Orwell escreveu regularmente uma «London Letter» durante os anos de guerra, era uma revista de esquerda não estalinista norte-americana. Pelas suas páginas passaram alguns dos intelectuais mais influentes de meados do século XX, como Philip Rahv, Irving Howe, Lionel Trilling e Dwight Macdonald, bem como escritores famosos como Philip Roth, Mary McCarthy e Susan Sontag. Embora ideologicamente próximo da revista, Orwell provocou acesa polémica entre os seus colaboradores e leitores, atacando o pacifismo de muitos por o considerar na prática pró-fascista.

Tanto quanto me é dado verificar, todo o pensamento político das últimas décadas está igualmente viciado. Só se pode prever o futuro quando este coincide com os nossos desejos, e os factos mais retumbantemente óbvios são ignorados quando não são bem-vindos [...]
Penso que é possível ser mais objetivo do que a maioria de nós costuma ser, mas isso implica um esforço *moral*. Não podemos escapar aos nossos sentimentos subjetivos, mas podemos pelo menos ter consciência deles e dar-lhes o devido desconto. (*CW*, vol. XVI: 414-415; ênfase no original)

O erro de cálculo é, portanto, frontalmente assumido pelo autor, que bem vinca a distância entre o sonho utópico e a realidade concreta, reconhecendo a forma como o real permanentemente desconfirma os modelos conceptuais que lhe tentamos impor. As nossas previsões, diz-nos ele, estão sempre confinadas pelos nossos desejos (e porventura medos), nem sempre atendendo ao desenrolar da história à nossa volta. O «esforço moral» consiste, assim, na disciplina de uma autoavaliação lúcida e severa, que promova os reajustamentos necessários a um diálogo efetivo com um mundo em constante mutação.

Apesar de a Grã-Bretanha do pós-guerra não ter adotado o socialismo democrático de raiz nacional defendido em «O Leão e o Unicórnio»[12], Orwell não cruzou os braços. O ensaio gémeo escrito alguns anos depois, «The English People», deixa de lado, é certo, a ideia da revolução, mantendo, no entanto, em linhas gerais, a mesma visão de uma

---

[12] O governo trabalhista de Clement Attlee, vencedor das eleições de 1945, implementou, contudo, muitas das medidas propostas por Orwell, como a nacionalização das indústrias-chave do país, a democratização parcial do sistema de ensino e o início da descolonização. Se não o socialismo democrático, nascera pelo menos o «Welfare State», ou seja, o Estado-providência.

sociedade ancorada num tempo e num lugar, mas permeável à mudança; orgulhosa das suas melhores tradições, mas não conservadora ou passadista; capaz de se repensar e reestruturar e, acima de tudo, de potencializar o que, no Leão e no Unicórnio, sempre lá esteve como princípio socialista e democrático.

Embora nunca concretizado, este ideal orientou Orwell daí em diante. Rejeitado que foi pelo autor (possivelmente, pela previsão incorreta sobre a iminência da revolução), de algum modo este texto serviu-lhe de guia no futuro, norteando a discussão posterior sobre o evoluir do mundo. É impossível ler a sua produção ensaística e ficcional subsequente sem encontrar ecos claros das propostas aqui explanadas, variações de temas cuja validade e urgência não diminuíram com o passar do tempo, antes se adaptaram, como veremos, aos novos cenários internos e externos do pós-guerra. «O Leão e o Unicórnio» representa também, para o autor, a construção de uma comunidade imaginada, onde ele, na sua qualidade de inglês, intelectual, socialista e até «guerrilheiro indesejado» se poderia produtivamente inserir. O dilema entre uma posição de conformismo e subserviência por parte do escritor (político) ou, nos seus antípodas, de rebeldia, marginalização e alienação (com a resultante perda de eficácia) seria uma dicotomia ultrapassada no cenário ideal que o ensaio desenha. Tendo-se debatido com a questão durante décadas, Orwell criou imaginativamente uma representação da nação que dava espaço a quem, como ele, queria ao mesmo tempo estar dentro e fora, ser solidário e subversivo, manter-se ligado ao centro, mas escrevendo a partir da margem e sobre a margem.

É curioso que na galeria fotográfica do autor predominem nestes anos as imagens de um Orwell doméstico, escrevendo à secretária, cigarro ao canto da boca, ou conversando, chávena de chá na mão, ou a fazer carocas de carpintaria numa bancada de madeira, envergando um surrado casaco de *tweed* e lenço branco no bolso. Como já referimos no capítulo inicial, a biografia de Gordon Bowker assim o representa na capa, numa foto que foi claramente manipulada digitalmente, de modo que o azul da camisa e gravata duplicasse o azul muito inglês dos olhos da figura. Orwell como o inglês típico, encarnando a quinta-essência da cultura nacional, é uma imagem que se generalizou a partir daqui, sendo ainda hoje usada e abusada em versões domesticadas do autor e de tudo o que ele representa. Com alguma razão, convenhamos, porque, como sugeri, nos anos de guerra Orwell reinventou-se como inglês — não sem, contudo, ter reinventado por arrasto um país onde de outra forma não encontrava lugar certo e seguro.

A instabilidade dos anos de guerra, sentida no plano pessoal e público, foi transmutada numa visão a um tempo conciliatória e desestabilizadora. A produção entre 1939 e 1945 confirma-o também como escritor controverso, mas figura incontornável da cultura. A obra de consagração, *A Quinta dos Animais*, está ao virar da esquina e será objeto do próximo capítulo. Antes de terminarmos este, impõe-se uma breve menção a outras atividades a que se dedicou durante a guerra: as funções assumidas no serviço internacional da BBC e a produção jornalística.

Orwell parece ter aceitado o emprego de produtor radiofónico («Talks Producer») no Eastern Service da BBC (dirigido sobretudo à Índia) mais pela necessidade de um rendimento fixo do que por qualquer outra razão. Do relato feito pelos biógrafos sobre esta fase da sua vida, sobressai, com efeito, a ideia de que muitas eram as reservas e desconfianças mútuas entre empregador e empregado. Orwell temia ser transformado no «gramofone» que debita propaganda governamental em tempo de guerra, e a BBC, por seu lado, receava o espírito de independência do autor e as controvérsias que o seguiam para todo o lado. Uma delas surgiu quase de imediato: com que nome devia o escritor identificar-se nos programas de sua autoria: Eric Blair, o nome pelo qual era conhecido na BBC, ou George Orwell? A questão do pseudónimo, para outros efeitos ultrapassada, volta curiosamente quando Orwell assume um novo papel, papel esse que o tornaria conhecido de um público indiano cuja lealdade para com a potência colonizadora se mostrava cada vez mais duvidosa. O Serviço Internacional da BBC seguia, sem dúvida, a orientação governamental de se reforçarem os laços entre as colónias e a metrópole imperial, impedindo assim o perigo iminente de uma sublevação na Índia e da sua aliança com as forças fascistas. Como já vimos, Orwell tinha ideias muito claras sobre o destino do Império, tendo-se manifestado publicamente a favor da independência da Índia mal a guerra terminasse, e não estava, portanto, interessado em que «George Orwell», o escritor de *Dias Birmaneses,* «Um Enforcamento» e «Matar um Elefante», fosse agora entendido como um vira-casacas e porta-voz de um governo conservador e colonialista. A carta que escreveu ao diretor do Eastern Service vinca bem a sua posição:

> Se nos programas radiofónicos me identificar como George Orwell, estou, por assim dizer, a vender a minha reputação literária, que no que à Índia diz respeito reside sobretudo em obras de tendência anti-imperialista, algumas das quais estão proibidas no país. Se os meus programas parecessem apoiar incondicionalmente a política do governo britânico, não tardaria a ser denunciado como «renegado», perdendo deste modo o meu público potencial, pelo menos entre a população estudantil. [...] Não estou a pensar em termos pessoais, mas é óbvio

que os nossos objetivos ficam comprometidos se eu não puder manter a minha posição de independência e de comentador crítico do governo. Assim, quero ter antecipadamente garantias de uma razoável liberdade de expressão. (*CW*, vol. xiv: 100)

A argumentação é inteligente, virando o feitiço contra o feiticeiro, e a firmeza com que Orwell defende a sua integridade e autonomia são dignas de registo. Paradoxalmente, Orwell teve de assumir a identidade privada e pré-literária como forma de se preservar como figura pública, ressuscitando o Eric Blair que deixara para trás na carreira de escritor. A identidade comporta sempre várias *personae*, e, como temos vindo a sugerir, Orwell foi-se reconstruindo ao longo do percurso, fazendo-se valer, como neste caso, da imagem que a cada momento mais coincidia com os seus interesses e preocupações. O imbróglio na BBC entre as suas duas *personae* acabou por se resolver, continuando o autor a utilizar o nome de batismo na programação e assinando a correspondência oficial como «Eric Blair», a que acrescentava «George Orwell» por baixo, escrito à máquina. Mas o mal-estar de parte a parte persistiu. A BBC deu-se conta de que Orwell não era facilmente manipulável, mas o colaborador era demasiado valioso para ser dispensado. Orwell, por seu lado, deve ter sentido algum atenuar dos escrúpulos ao lembrar-se de que as funções lhe permitiam a concentração em programas de índole literária e cultural, além do boletim noticioso semanal que, esse sim, era de natureza mais diretamente político-ideológica.

Uma das séries que Orwell planeou e produziu, intitulada «Voices»/«Vozes», destinava-se, com efeito, prioritariamente aos estudantes universitários indianos (aprofundando conhecimentos de literatura inglesa exigidos pelos curricula), um público diminuto, hostil e imune à propaganda britânica, como virá a afirmar numa reflexão posterior sobre a experiência, «A Poesia e o Microfone» (*CW*, vol. XVII: 75ss). Apesar disso — ou precisamente por isso —, Orwell esforçou-se por dar uma panorâmica sólida do cânone literário inglês, que sintomaticamente incluiu também o melhor da poesia contemporânea: T. S. Eliot, por exemplo, acedeu a ler passos de «The Waste Land»/«A Terra Devastada», e outras figuras de proa, como Stephen Spender, William Empson e Edmund Blunden também por lá passaram, bem como escritores indianos (Mulk Raj Anand, de entre outros) e caribenhos (Una Marson)[13]. Não penso que fosse apenas por motivos propagandísticos que Orwell convidasse intelectuais e artistas das colónias a ombrearem com gigantes como Eliot; incipientemente, dado o contexto, Orwell pôs em prática uma noção inclusiva e abrangente de literatura, em que «as margens» teriam também, tal como no seu projeto político, a representação a que tinham direito.

No fundo, a experiência na BBC foi encarada pelo autor como extremamente ambígua e ambivalente. Se, por um lado, lhe permitiu voltar simbolicamente à Índia e fazer uso de tudo o que aprendera no e sobre o Império, por outro, as limitações da censura e a vigilância permanente a que ele (como todos) estava sujeito devem ter-lhe colocado problemas de consciência constantes e delicados. O balanço final foi claramente negativo. Numa carta a um amigo, Orwell refere-se a este período como «dois anos perdidos» (*CW*, vol. XVI: 22), escrevendo no diário pessoal mantido durante a guerra:

---

[13] Os arquivos da BBC preservam ainda algum deste material; infelizmente, não restam cópias de nenhum dos programas transmitidos pelo autor, não havendo, portanto, qualquer registo da sua voz.

Estou na BBC há seis meses. Por cá ficarei se as mudanças políticas que prevejo se verificarem; de outro modo, não. O ambiente é um misto de colégio interno de meninas e manicómio, e tudo o que fazemos é inútil, ou pior do que inútil. A nossa estratégia radiofónica é ainda mais ineficaz do que a estratégia militar. No entanto, rapidamente ganhamos os hábitos mentais da propaganda e socorremo-nos de manhas até aí insuspeitadas. (*CW*, vol. XIII: 229)

Passos como este, na franqueza permitida pelo género do diário, fazem-nos pensar se Orwell receava acima de tudo vir a ceder com demasiada rapidez às pressões a que estava sujeito. Ou, por outras palavras, mostram que o autor tinha consciência dos riscos de uma autocensura que fizesse perigar os valores éticos por que sempre se pautara. Bem assinalara ele, por várias vezes, as tentações a que os intelectuais, em geral marginalizados pela sociedade, facilmente sucumbem quando são cortejados pelo poder. Orwell nitidamente não queria ser um deles. E se, por um lado, não tinha problemas de consciência em convencer os indianos de que era do seu interesse apoiarem os Aliados em vez de se associarem a Hitler, a posição oficial sobre o futuro da Índia deixava-o inquieto. Ou seja, no contexto de uma guerra que ele queria ver ganha, a distinção entre propaganda oficial e empenhamento na causa antifascista revelava-se cada vez mais difícil de gerir. «A propaganda é sempre mentira, mesmo quando se diz a verdade. Julgo que isto não importa desde que tenhamos consciência do que estamos a fazer e das razões por que o fazemos» (*CW*, vol. XIII: 229), diz ele mais adiante nesse passo do diário. Sem ilusões quanto à natureza do seu comprometimento na máquina de propaganda governamental, Orwell tentou ainda, como ele diz, «desodorizar» a BBC e «manter este nosso cantinho razoavelmente limpo», livre do «lixo e da porcaria» (*CW*, vol. XIV: 214) veiculada por outras agências noticiosas.

Não deve ter sido fácil. E sendo este um trabalho que, além de eticamente problemático, se lhe afigurava como pouco proveitoso em termos práticos, Orwell acabou por tomar a decisão de se demitir. Apesar da opinião do autor, os dois anos não foram completamente perdidos. Além de aprofundarem as suas ideias de arte e propaganda, os modos operativos da censura ajudaram-no a imaginar o mundo de permanente vigilância e controlo absoluto de *Mil Novecentos e Oitenta e Quatro*. E, na sua disputa com a empresa, Orwell teve, sem dúvida, a última palavra: o local mais temido do romance, onde decorrem as torturas aos presos políticos, é o famoso «room 101» — a sala onde reunia a direção da BBC[14].

Felizmente, logo após a demissão, apresentaram-se-lhe outras possibilidades mais consentâneas com os seus interesses e princípios. A revista *Tribune*[15] convidou-o para editor literário, cargo que Orwell aceitou, escrevendo também uma

---

[14] Em 2012, o George Orwell Memorial Trust propôs à BBC a encomenda de um busto do autor para o hall de entrada das suas novas instalações. A sugestão foi liminarmente recusada pelo diretor-geral, Mark Thompson, alegando que o autor era «demasiado esquerdista» («too Left-wing»). A BBC parece não ter esquecido da má impressão com que Orwell ficou da instituição, nem as desfeitas que lhe fez. Felizmente, Orwell conta ainda com um grupo de apoiantes incondicionais, graças aos quais a estátua acabou por ser instalada, em novembro de 2017, não no átrio, como inicialmente previsto, mas no exterior, à entrada do novo edifício. Orwell teria apreciado as inúmeras ironias de toda a situação...

[15] *Tribune*, fundada em 1937 por membros da ala esquerda do Partido Trabalhista, era (e é) uma revista que se definia como apoiante do socialismo democrático e de uma esquerda não comunista. Orwell foi o editor literário da revista entre 1943 e 1945, continuando como colaborador mesmo depois de deixar o cargo. Os seus sucessores incluem nomes famosos da esquerda britânica como Aneurin Bevan, Michael Foot e Chris Mullin. *Tribune* continua hoje a ser o porta-voz da fação mais radical do Partido Trabalhista, insurgindo-se contra a guerra no Afeganistão e no Iraque. Os artigos que Orwell escreveu

coluna semanal que lhe trouxe grande popularidade, sobretudo entre as bases do Partido Trabalhista. «As I Please» (título que apetece traduzir por «O que me der na gana») era isso mesmo: jornalismo de opinião sobre os mais variados tópicos, umas vezes discutindo questões do imediato político, económico ou cultural, outras divagando sobre tudo e mais alguma coisa que interessava ao autor. Era exatamente o tipo de artigo em que Orwell de distinguia, pela flexibilidade de tema, registo e forma de tratamento que proporcionava, e onde podia explorar a sua capacidade de interligação entre as múltiplas dimensões do real. O formato assentava-lhe como uma luva, permitindo-lhe também esse contacto próximo com o «homem comum», que Orwell muito prezava, bem como o diálogo com os/as leitores/as, a que nunca se eximiu, respondendo sempre às inúmeras cartas recebidas e frequentemente mencionando, nos artigos seguintes, as críticas a que fora sujeito. A voz tipicamente orwelliana encontra aqui o fórum ideal para se expressar, desenvolver e consolidar. «As I Please» confirma Orwell como um jornalista inato, exemplar tanto na técnica como na ética que subjaz a tudo o que escreveu. Os cinquenta e nove artigos que escreveu entre 1943 e 1945 são mais do que jornalismo efémero e rapidamente caducado. Muitos se leem mais como ensaios do que peças de ocasião, mantendo ainda hoje o interesse não só pelo que nos revelam da personalidade do autor, mas pela visão certeira, sardónica, provocatória e sempre estimulante que dão do mundo à nossa volta.

As suas contribuições regulares para outros dois jornais, *The Manchester Evening News* e *The Observer*, tanto como crítico literário como articulista, alargaram e confirmaram

---

para a revista, incluindo *fac similae* do original, estão disponíveis em: http://archive.tribunemagazine.co.uk/

o seu perfil público nos anos de guerra, reforçando a imagem do escritor severo (se não mesmo brutal) nos ataques, mas também capaz de um lirismo e de uma tolerância que o humanizam como artista[16]. Nas adversas condições de um país em guerra, no meio dos bombardeamentos constantes, que o obrigaram várias vezes a mudar de casa, das complicações com o racionamento e a falta de transportes, da sobrecarga de trabalho, das preocupações com o desenrolar do conflito e tudo o que se lhe seguiria, enfim, apesar de todas as convulsões pessoais e profissionais destes difíceis anos, Orwell atingira a maturidade como escritor político e polémico.

Alguns amigos referem que ele se sentiu na guerra como peixe na água[17]. Para quem cedo rejeitara os privilégios da classe onde nascera e por longos tempos vivera numa frugalidade mais ou menos deliberada, as privações da guerra poucos problemas trariam. O combate literal não lhe era estranho, e ao combate simbólico Orwell nunca se tinha eximido. A guerra, com tudo o que trouxe de negativo, acabou por se revelar como essencial ao escritor. Bem longe das hesitações iniciais sobre o significado do conflito, Orwell foi encontrando nestes anos várias causas pelas quais valia a pena lutar e em que se empenhou com o habitual vigor. A de

---

[16] Bernard Crick refere que muitos dos amigos de Orwell assinalavam o contraste entre a invetiva feroz do escritor e a cordialidade, simpatia e compaixão do homem. Na sua qualidade de editor de *Tribune*, Orwell tinha sempre problemas de consciência em rejeitar manuscritos, deixando-os acumular na secretária, e muitas vezes as cartas enviadas recusando a publicação continham contribuições monetárias do seu próprio bolso (Crick: 304).

[17] Ou, mais exatamente, o que Cyril Connolly diz é o seguinte: «Para Orwell, a guerra foi como voltar a vestir um velho casaco de *tweed*. [...] Sentia-se completamente em casa no meio do *Blitz* e das bombas, da bravura e dos escombros, das privações e dos desalojados, de todos os sinais de um espírito revolucionário que despontava» (citado por Crick: 266).

expor os excessos autoritários de ideologias supostamente igualitárias e, por isso mesmo, duplamente insidiosas veio a tornar-se num imperativo para o presente e o futuro.

5

1945–1950: PROJEÇÕES

5.1. *A Quinta dos Animais*

Orwell iniciou a escrita de *A Quinta dos Animais* logo que deixou a BBC e assumiu funções na revista *Tribune*, completando a obra no curto espaço de tempo de quatro meses, entre novembro de 1943 e fevereiro de 1944. Tendo em conta a sua prolífica produção jornalística da altura, a que se juntavam as responsabilidades do cargo de editor literário, o novo romance parece ter-lhe saído rápida e fluentemente, sem o habitual longo e penoso processo de gestação que presidiu à escrita de muitos outros. Uma das razões para o facto é-nos apresentada no Prefácio da versão ucraniana de *A Quinta dos Animais*[1]:

> Quando regressei de Espanha, tive a ideia de desmascarar o mito soviético através de uma história que pudesse ser facilmente compreendida por toda a gente e fosse de fácil tradução para outras línguas. Contudo, os pormenores da história só me ocorreram algum tempo depois. Um dia, vivia eu numa

---

[1] E de cujos direitos de autor prescindiu, num gesto de solidariedade com os exilados ucranianos que se empenharam em a traduzir.

pequena aldeia, vi um miúdo, com cerca de dez anos, a conduzir uma carroça puxada por um cavalo numa vereda estreita, e a chicotear o animal cada vez que este se tentava virar. Apercebi-me de repente que se os animais tivessem consciência da sua força, nós deixaríamos de ter poder sobre eles, e que os homens exploram os animais da mesma forma que os ricos exploram o proletariado.

Comecei a analisar as teorias de Marx centrando-me no ponto de vista dos animais. [...] Partindo desta ideia inicial, não foi difícil desenvolver o resto da história. Só a escrevi em 1943 porque estive sempre ocupado com outras tarefas que não me deixavam tempo livre, e acabei por incluir alguns acontecimentos, como a Conferência de Teerão, que ocorreram enquanto a escrevia. Deste modo, tive na cabeça os contornos gerais da história durante seis anos antes de efetivamente a passar ao papel. (*CW*, vol. XIX: 88)

Segundo o autor, a ideia era antiga e a história germinara longamente, dando-lhe tempo, portanto, para a amadurecer e lhe desenhar as linhas gerais antes de se dedicar a ela em mais pormenor. Além de explicar a rapidez da execução, este passo fornece outras pistas importantes sobre a génese e a natureza do texto: primeiro, torna claro o propósito político que o impulsionou, na sequência da sua experiência em Espanha — a desmitificação da URSS como utopia de esquerda —, propósito esse que Orwell pretendia levar a um público tão alargado quanto possível; em segundo lugar, conta-nos o episódio, ocorrido provavelmente quando vivia em Wallington, que lhe forneceu a ideia de escrever uma fábula sobre animais, depois adaptada a um contexto ideológico e histórico preciso — as teorias marxistas e a revolução soviética; por último, dá-nos conta da porosidade da obra, isto é, da sua capacidade de absorver e incorporar acontecimentos que decorriam durante o processo de escrita, tornando assim a sátira ainda mais atual e interveniente.

Deixei deliberadamente ao autor a primeira palavra sobre uma obra por demais conhecida do público, não porque acredite que as intenções dos criadores se plasmem necessariamente nas obras produzidas, nem porque a sua autoridade na interpretação do texto seja automaticamente soberana, mas porque, perante uma obra suscetível de leituras muito díspares, é bom conhecer antes de mais a opinião de quem a escreveu. E, num caso como este, em que o autor fez questão de no-la fazer chegar por diversos meios, o que ele nos diz pode e deve ser tido em conta na nossa avaliação final, quando mais não seja para assinalarmos as eventuais discrepâncias entre os objetivos autorais e os resultados textuais, e verificarmos em que medida a obra lhe fugiu ao controle e foi ganhando significados por direito próprio.

A Quinta dos Animais é inquestionavelmente um clássico da literatura da segunda metade do século XX. Obra de sucesso imediato, exigindo reedições constantes nos meses seguintes à publicação, foi tão badalada que até a futura Isabel II mandou comprar uma cópia para se inteirar das causas de tanta fama[2]. E desde então, lido no original ou nas traduções existentes em vinte e seis línguas[3], *A Quinta dos Animais* chegou a milhões de pessoas nos quatro cantos do globo, não só na sua edição impressa, mas através de inúmeras adaptações cinematográficas, teatrais e em banda

---

[2] Segunda reza a história, o criado do palácio de Buckingham correu várias livrarias sem sucesso, porque a obra se encontrava esgotada, tendo de a ir comprar — ironia das ironias — a uma livraria anarquista, onde o dono, George Woodcock, lhe cedeu a sua própria cópia (Crick: 341).

[3] Informação recolhida em Gillian Fenwick, *George Orwell. A Bibliography*. Sendo esta obra de 1998, é possível que entretanto tenham surgido traduções para ainda mais línguas.

desenhada[4]. Inúmeras gerações de leitores/as de vários países travaram conhecimento com a obra porque ela era de estudo obrigatória nas escolas, às vezes seguida, uns anos mais tarde, de *Mil Novecentos e Oitenta e Quatro*, no que constituía o primeiro (e em muitos casos o único) contacto com a obra orwelliana. Por tudo isto, *A Quinta dos Animais* quase dispensa apresentações neste estudo, até as do autor, porque a maioria das edições, mesmo em tradução, incluem os dois prefácios (o que devia ter saído na edição original, mas não chegou a ser incluído, e o da edição ucraniana) em que Orwell explica a obra ao público em geral. E a afirmação em «Porque Escrevo» de que *A Quinta dos Animais* «foi o primeiro livro em que, com perfeita consciência do que estava a fazer, tentei fundir o propósito político e o artístico num todo coerente» (*CW*, vol. XVIII: 320) é também invocada com frequência quando se discute a obra e será certamente do conhecimento de muitos.

Tal como *Mil Novecentos e Oitenta e Quatro*, *A Quinta dos Animais* é, assim, o que poderíamos designar como uma obra sobredeterminada, que nos chega sempre com camadas e camadas de sentidos que se lhe foram colando ao longo

---

[4] Uma das primeiras adaptações da obra, realizada por dois conhecidos «cartoonists», Halas & Bachelard (1955), foi, sabe-se hoje, financiada pela CIA (Bowker: 422). O final da obra foi até alterado para evitar que a associação entre os porcos e os capitalistas se tornasse óbvia. Mas além da sua apropriação pela direita, *A Quinta dos Animais* continua a ser potencializado como crítica à perversão das revoluções. Uma adaptação recente na Cisjordânia, posta em palco por um grupo de teatro palestiniano, que criticava a liderança palestiniana alertando para a possibilidade de revolucionários se transformarem em opressores, valeu ao produtor várias ameaças de morte e de fogo posto no teatro (A notícia pode ser consultada em: http://news.bbc.co.uk/2/hi/middle_east/7968812.stm). Em *Orwell's Victory*, Christopher Hitchens refere ainda a serialização de *A Quinta dos Animais* publicada no Zimbabwe em 2001 pelas forças da oposição a Robert Mugabe, caricaturado como um dos porcos, que usa óculos iguais aos do ditador (Hitchens: 54–55).

das suas sete décadas de existência. É uma das razões pelas quais a obra é um clássico: porque permite — encoraja até — leituras muito diversas, sem se esgotar como obra nem diminuir o seu potencial interpretativo. Mas, pela mesma razão, não é fácil olhá-la sem que todo esse lastro crítico (que a ancora ou afunda?) venha por arrasto. Em termos absolutos, nenhum/a leitor/a produz uma leitura, por assim dizer, «ingénua» de uma obra, porque esta lhe surge sempre enquadrada por inúmeros contextos socioculturais, políticos, institucionais e até pessoais. Mas sobretudo num caso como este, em que a obra é não só famosa como polémica, o peso do seu passado crítico é incontornável e não pode ser obliterado ou escamoteado, passando a ser parte integrante da forma como a avaliamos hoje.

Eu, por exemplo, li *A Quinta dos Animais* pela primeira vez nas aulas de inglês do 5.º ano do liceu, num Portugal pré-25 de Abril, sendo-me inevitavelmente passada a visão da obra predominante durante a Guerra Fria e bem consentânea com os princípios e valores do salazarismo. Lembro-me de não ter tido qualquer dificuldade em a entender como crítica feroz à URSS e, mesmo sem ter identificado todos os protagonistas ou episódios da sátira, a mensagem geral, no momento político da altura, não deixava margem para dúvidas sobre o anticomunismo do autor. Reli-a algum tempo depois, quando era aluna universitária, nos anos altamente politizados do pós-25 de Abril, conhecendo já de que lado do espectro político vinha o ataque ao estalinismo. Mas não sei em que medida a leitura inicial determina a atual e foi ou não completada, alterada ou modulada por ela, ou até que ponto a minha visão presente é resultado do que li entretanto sobre a obra e da perspetiva individual que fui construindo sobre a totalidade da produção orwelliana. Um pouco de tudo, provavelmente.

Esta aparente digressão tem como objetivo alertar os leitores e as leitoras para um problema com o qual me debato relativamente às duas últimas obras deste estudo, e que mais vale encarar com frontalidade: o facto de os seus sentidos serem, como disse, sobredeterminados e de a maioria do meu público já ter ideias feitas sobre elas torna duplamente difícil o que me propus fazer neste livro, isto é, falar de cada obra como elemento de um conjunto e estádio de um processo, nem mais, nem menos. Recontextualizar *A Quinta dos Animais* e *Mil Novecentos e Oitenta e Quatro,* atribuindo-lhes o lugar a que têm direito na carreira e pensamento do autor, sem os sobrevalorizar relativamente aos outros romances (já para não falar dos documentários e jornalismo) parece tarefa inglória, condenada ao fracasso pelas fundas marcas deixadas por esses dois romances na cultura e na política das últimas décadas. E, no entanto, julgo ser essencial haver uma noção equilibrada do todo para se avaliar com justeza cada uma das partes, sem o que corremos o risco de perder alguns dos sentidos dos textos ao maximizarmos outros.

Ora, este foi certamente um dos problemas que acompanharam as sucessivas leituras de *A Quinta dos Animais*. Cedo aproveitada em momentos político-ideológicos particulares, descontextualizou-se relativamente à obra do autor no seu todo, cortando as amarras que a ligavam a um percurso literário e a um tempo histórico. A obra passou, assim, a valer por si mesma, independentemente das condicionantes que lhe deram origem e a situam tanto individual como historicamente. Antes de mais, proponho exatamente esse exercício: tentar perceber em que medida *A Quinta dos Animais* se enquadra na trajetória literária e política do autor e compreender a razão pela qual Orwell a sentiu como oportuna nesse preciso momento (1943–1944) em que o país estava em guerra com a Alemanha, tendo na União Soviética um dos seus principais aliados. No fundo, as duas questões interligam-se de forma estreita. Dois anos depois, em «Porque Escrevo», Orwell irá assinalar o ano de 1936 como um ponto de viragem, o momento a partir do qual tudo o que escreveu foi «*contra* o totalitarismo e *em prol* do Socialismo democrático» (*CW*, vol. XVIII: 319; ênfase no original). No mesmo ensaio autobiográfico, menciona-se, como lembrei acima, a sua qualidade de primeiro texto em que deliberadamente tentou fundir o propósito político e o artístico num todo coerente. É, pois, evidente que, para o autor, *A Quinta dos Animais* representa o correlato lógico de um percurso cujas prioridades eram a um tempo a defesa de uma ideologia e a procura de uma escrita que, sendo frontalmente interventiva, não descurasse os valores artísticos que Orwell tanto prezava.

A proposta de reconstrução nacional em direção a uma sociedade socialista e democrática ocupou Orwell, como vimos, durante os anos de guerra, estando presente nomeadamente em «O Leão e o Unicórnio», escrito dois anos antes de *A Quinta dos Animais*. Aí se advoga uma revolução pacífica, bem à moda inglesa, mas nem por isso menos radical. A constatação de que se enganara na previsão desta «revolução inglesa» e de que o país ganhara a guerra, mas não implantara o socialismo, encontra-se na «London Letter» enviada à *Partisan Review* no final de 1944 e já citada no capítulo anterior. Muita da crítica lê este processo como sinalizando a progressiva desilusão de Orwell com a possibilidade de sucesso de qualquer revolução, a que *A Quinta dos Animais* acrescentaria argumentos irrefutáveis. Depois desse momento de otimismo no início da guerra, Orwell teria, nesta perspetiva, encetado um percurso descendente que gradual, mas irremediavelmente, o teria conduzido à perda de fé, ao desalento e ao azedume, consumados no pessimismo irredimível de *Mil Novecentos e Oitenta e Quatro*. Ou, por outras palavras, Orwell teria passado, em pouco tempo, da crença na possibilidade da utopia à convicção da inevitabilidade da distopia.

Mas será que *A Quinta dos Animais* demonstra que Orwell se convenceu definitivamente da impossibilidade de uma mudança profunda na sociedade inglesa e em qualquer outra? Ou será a obra um alerta, mostrando o que *não deve* acontecer numa revolução para que esta produza os efeitos desejados? A resposta a estas perguntas deverá começar por algo que é explicitamente referido no prefácio da edição ucraniana da obra: a ideia de Orwell de que a implantação do socialismo passava, antes de mais, pelo reconhecimento de que a URSS *não era* um país socialista:

> De facto, na minha opinião, nada contribuiu mais para o desvirtuar dos ideais de origem do Socialismo do que a noção de que a Rússia é um país socialista, e de que os atos praticados pelos seus governantes têm de ser desculpados, se não mesmo imitados.
>
> E por isso de há dez anos para cá mantenho a convicção de que destruir o mito soviético é essencial para o renascer do movimento socialista. (*CW*, vol. xix: 88)

Escrito três anos depois da obra, em 1947, este prefácio parece-me reafirmar o continuado empenhamento de Orwell na construção do socialismo democrático, para o qual *A Quinta dos Animais* teria dado, do seu ponto de vista, um valioso contributo ao desmascarar os desvios do regime soviético relativamente aos ideais e práticas socialistas tal como Orwell os vinha definindo desde *O Caminho para Wigan Pier*. A intelectualidade inglesa, como tantas vezes referiu, era particularmente responsável pela propagação do mito soviético e por uma atitude de subserviência acrítica relativamente a Estaline. Nesta medida se compreende que, do ponto de vista do autor, a oportunidade da obra não pudesse ser mais evidente: no contexto de guerra, tanto a esquerda (maioritariamente pró-soviética) como a propaganda governamental (por razões diplomáticas) tenderiam a minimizar ou rasurar as falhas, erros e fraquezas de um dos seus aliados mais importantes, a URSS. *A Quinta dos Animais* constituiria, assim, um lembrete de que, aliado ou não, talvez mesmo indispensável à vitória sobre o nazismo, o regime estalinista não devia ser santificado nem tomado como modelo ideal de socialismo. A sua glorificação era, segundo Orwell, incorreta em termos ideológicos, éticos e até estratégicos, impedindo o desenvolvimento e consolidação futuros do ideário socialista. Assim entendido, *A Quinta dos Animais* representa mais uma etapa da luta política do autor e não o momento de desistência e desmotivação que muitos pretendem registar.

O seu percurso durante os anos de guerra confirma esta ideia: Orwell sentiu de forma aguda as exigências opostas da propaganda de guerra e da integridade ideológica e artística que tão cara lhe era, muito em particular durante a sua experiência na BBC. A visão oficial dizia, evidentemente, que a vitória sobre a Alemanha se devia sobrepor a todas as outras considerações, mesmo que para isso fosse preciso fechar os olhos a tudo o que a URSS representava. Mas Orwell conhecia bem demais o argumento que justificava a censura, a perseguição política, a alteração do registo histórico e o abafar das revoluções como males temporários, mas necessários ao esforço de guerra. No seu entendimento, era o que potencialmente se passava na Inglaterra da altura, e exatamente como na Guerra Civil de Espanha, Orwell sentia ser seu dever lutar contra o apagar da memória factos recentes e o silenciar da oposição inconveniente, não estando disposto a vergar as suas convicções às supostas necessidades estratégicas do país. Bem pelo contrário, o futuro para lá da guerra (que se ocupou a delinear durante o conflito) afigurava-se-lhe duplamente problemático se o aliado não fosse desde já desmascarado e a verdade sobre a natureza do regime estalinista reposta.

Mais um ato de «guerrilha» que lhe podia ter custado caro. Mas Orwell nunca fechara os olhos ao que, dentro dele próprio ou na esfera pública, lhe surgia como contestável. E é com os olhos bem abertos e postos tanto no passado como no pós-guerra que tenta publicar uma obra — ainda outra — que sabe irá gerar acesa controversa e causar um grande incómodo aos editores-livreiros a quem for apresentada. Não se enganou. Victor Gollancz, que Orwell contactou em primeiro lugar por exigências contratuais, foi avisado pelo autor de que o novo romance «é — penso eu — completamente inaceitável politicamente do seu ponto de vista (é antiestalinista)» (*CW*, vol. XVI: 127). Antes de ler a obra, Gollancz protestou, muito ofendido, que sempre se opusera ao estalinismo; mas a lacónica resposta que Orwell recebeu dele após a leitura de *A Quinta dos Animais* confirmou as suspeitas do autor:

> Meu caro Blair,
> Você tinha razão e eu estava enganado. Peço imensa desculpa. Já devolvi o manuscrito ao Moore[5]. (citado por Crick: 310)

Depois desta primeira (e já esperada) rejeição, Orwell contactou outra editora, a Nicholson & Watson, igualmente sem sucesso; enviou de seguida o manuscrito a uma terceira, a Jonathan Cape, onde obteve uma reação entusiástica em

---

[5] Leonard Moore, o agente literário de Orwell.

termos do seu valor literário. Por precaução, antes de tomar uma decisão final, Jonathan Cape consultou um alto funcionário do Ministério da Informação que o desaconselhou vivamente a publicar uma obra contra os interesses nacionais[6]. Cape recuou, portanto, perante a desfavorável posição oficiosa, colocando o interesse político acima das considerações artísticas. Orwell contactou de seguida a Faber & Faber, da qual recebeu uma resposta escrita por T. S. Eliot, que, por um lado, elogiava as qualidades literárias de *A Quinta dos Animais* e reconhecia a integridade da escrita, mas, por outro, manifestava uma clara discordância relativamente à orientação assumida na obra «a partir da qual se critica a situação política presente» (*CW*, vol. XVI: 282)[7], que Eliot leu como inequivocamente trotskista. As tentativas de publicação nos Estados Unidos goraram-se de igual modo, tendo uma das editoras, a Dial Press, alegado que «era impossível vender histórias de animais» no país (citado por Crick: 316-317), argumento que deve ter deixado o autor tão furioso como divertido. Perante este cenário, Orwell chegou a considerar publicar a obra a expensas próprias, com a colaboração de um amigo, uma vez que, como afirmou numa carta a Leonard Moore, tinha «um empenho muito particular em ver esta obra publicada por razões de ordem política» (*CW*, vol. XVI: 182). Em desespero de causa, Orwell fez uma última tentativa junto de Fredric Warburg, que tinha já publicado *Homenagem à Catalunha* e «O Leão e o Unicórnio», e cuja fama de editor trotskista lhe oferecia garantias de

---

[6] Segundo as biografias mais recentes, o alto funcionário contactado por Jonathan Cape era Peter Smollett, que mais tarde seria desmascarado como espião soviético (Gordon Bowker: 312).

[7] Orwell manteve relações cordiais com T. S. Eliot mesmo depois deste episódio. Provavelmente, não esperava dele nem da firma uma posição diferente relativamente a tão espinhosa matéria.

que o manuscrito não seria liminarmente rejeitado pelo seu antiestalinismo[8]. Mesmo com muitas dúvidas sobre a reação oficial a uma obra desta natureza, e depois de muito hesitar e protelar, Warburg decidiu correr o risco. *A Quinta dos Animais* saiu finalmente à estampa em agosto de 1945, um ano e meio depois de ter sido escrita — e quando a Segunda Grande Guerra estava prestes a terminar.

Vinco este último facto, por óbvio que seja, pela enorme ironia que ele comporta. Uma obra que atacava um aliado da Grã-Bretanha, e por esse motivo fora rejeitada por vários editores, vem assim a público depois de findas as razões para a recusa, e no preciso momento em que a Cortina de Ferro caía no palco das relações internacionais, dividindo o mundo em dois blocos rivais. Sem o saber, Orwell tinha afinal produzido uma obra que, a breve trecho, seria extremamente «oportuna» para a propaganda ocidental na Guerra Fria que se avizinhava, uma vez que atacava o aliado recente, entretanto transformado do dia para a noite em inimigo figadal. As reviravoltas da política internacional, que invertem o sentido do discurso dominante e fazem tábua rasa do passado, fenómeno bem conhecido do autor e precisamente aquilo contra o que se insurgia em *A Quinta dos Animais,* acabaram por ser responsáveis pela fama imediata da obra, determinando a leitura e interpretação da mesma durante as décadas seguintes como um brilhante trato anticomunista.

---

[8] Bernard Crick interroga-se, com toda a razão, sobre os motivos que teriam levado Orwell a não oferecer em primeiro lugar o manuscrito a Frederic Warburg. E conclui, correctamente, na minha opinião, que o autor não queria ver *A Quinta dos Animais* imediatamente etiquetada de obra trotskista e circulada apenas entre os seus simpatizantes, tendo a plena noção de que o texto merecia chegar a um público mais alargado e ser interpretado também de forma mais abrangente (Crick: 316).

Não sei se Orwell se deu conta de todas as implicações desta ironia. Falecido em 1950, antes dos piores excessos cometidos em nome da defesa do Ocidente, não assistiu também aos excessos de instrumentalização da sua obra e ao modo como esta foi sistematicamente usada como arma de arremesso da NATO contra os países do Pacto de Varsóvia. Em 1946, numa carta endereçada a Dwight Macdonald, um dos seus melhores amigos nos Estados Unidos, Orwell comentava algo ingenuamente:

> Vi-me aflito para conseguir publicar a obra aqui. [...] O engraçado é que depois de toda esta confusão, a obra praticamente não teve recensões hostis quando saiu. A verdade é que as pessoas já estão fartas destes disparates todos sobre a Rússia, e é só uma questão de quem vai ser o primeiro a dizer «O rei vai nu». (*CW*, vol. XVI: 11)

Consciente, portanto, de que a Rússia começara a cair do pedestal onde tinha sido recentemente colocada, Orwell surpreendeu-se, ainda assim, por não ter sido objeto de ataques mais violentos devido a uma obra que sabia ser altamente incómoda. Mas, com o correr dos tempos, não há dúvida de que o autor teve consciência de que o texto estava a ser mal interpretado: os vários prefácios que escreveu destinavam-se precisamente a situá-lo no contexto ideológico e histórico original, detalhando as razões do autor para a denúncia aí constante, e tentando corrigir o que entendia serem leituras abusivas da obra. Não serviu de muito. *A Quinta dos Animais* impôs-se como um *best seller* que trouxe ao autor a notoriedade e o desafogo económico que até aí não conseguira, bem como, provavelmente, o sentimento agridoce de ver a sua escrita internacionalmente reconhecida, embora em grande parte pelas razões erradas.

Um amigo, William Empson, bem o avisara de que *A Quinta dos Animais* lhe traria, por outros motivos, alguns dissabores. Depois de rasgados elogios ao livro, a carta que escreveu ao autor termina nestes termos: «Mas acho por bem avisá-lo [...] que você deve contar ser mal interpretado em grande escala a propósito deste livro; é uma forma que, por inerência, significa mais do que o autor quer dizer, quando bem utilizada» (citado por Crick: 340). Empson, professor de literatura, poeta, crítico literário e autor de *Seven Types of Ambiguity*, lembra-nos de uma outra ordem de razões para as inúmeras, e muitas vezes discrepantes, leituras da obra: a forma da fábula.

A fábula é um género literário antiquíssimo, existente em todas as culturas e civilizações. Na cultura inglesa, o género está bem representado pelo famoso *As Viagens de Gulliver*, de Jonathan Swift, um dos autores preferidos de Orwell desde a infância e figura com quem manteve um diálogo permanente, concretizado em diversos ensaios e produções radiofónicas[9]. A utilização de animais para falar de seres humanos exige uma simplificação de traços, tornando o que é complexo em algo simples e claro, de fácil acesso até a leitores/as pouco sofisticados/as. O antropomorfismo da fábula permite revermo-nos distanciadamente nos animais, que encarnam traços psicológicos ou morais, divertindo-nos assim com esse retrato distorcido do humano. A fábula serve, portanto, propósitos didáticos e/ou moralizantes, dando-nos lições cujo valor pedagógico resulta, em parte, dessa transferência de perspetiva e da acuidade de visão que ela

---

[9] Veja-se o ensaio «Política *versus* Literatura: uma Análise de *As Viagens de Gulliver*» (1946) e o programa radiofónico «Entrevista Imaginária com Jonathan Swift» (1942) (*CW*, vol. XIV: 154–163), em que Orwell afirma explicitamente que *As Viagens de Gulliver* foi o livro mais marcante da sua vida.

produz. Mas para que dela se retirem lições, a fábula exige um esforço interpretativo que passe para lá da superfície da história e do seu significado óbvio e descubra os sentidos segundos que lhe subjazem e se encontram nas profundezas do texto. Ora, é precisamente neste processo hermenêutico que se abrem áreas de indefinição que permitem interpretações muito diversas do seu significado. Tal como outros géneros afins, como a alegoria ou a parábola, a fábula pode ser lida literalmente: *A Quinta dos Animais* é, de certa forma, uma história sobre os animais de uma quinta que se revoltam contra a opressão do dono. Não é por acaso que as fábulas (como por exemplo as de La Fontaine) eram dadas a ler a crianças. A simplicidade das histórias e a sua dimensão ao mesmo tempo lúdica e didática divertem-nas, treinando-as também no processo mais complexo de extração da moral da história. Mas um/a leito/ar adulto/a, mais competente e conhecedor/a de contextos extratextuais, não terá dificuldade em identificar outras camadas de sentido, bem mais fluidas, porque dependentes da capacidade e investimento individuais no jogo interpretativo que a forma propõe. No caso em apreço, a chave da interpretação é obviamente a revolução soviética, mas mesmo quem não a conheça em pormenor terá acesso a uma camada (por assim dizer intermédia) de sentidos, descodificando a mensagem da obra como uma reflexão sobre o destino das revoluções. A fábula apela, portanto, a vários tipos de público, dos menos ao mais sofisticados, dos ingénuos aos iniciados, que dela retirarão sentidos muito díspares. É certo que a obra literária é sempre por natureza polissémica, mas algumas formas específicas, como a alegoria, a parábola e a fábula, prescindem deliberadamente de alguns mecanismos textuais de controle de sentidos, vivendo justamente da abertura ampla do significado e do indeterminismo e ambiguidade que daí resultam.

É nesta medida que a fábula diz sempre mais do que o autor quis dizer, como Empson bem sabia, e a sua arguta previsão de que seria impossível controlar a explosão de sentidos deste texto veio a concretizar-se estrondosamente. Orwell bem tentou estancar as fugas de sentido de que se apercebeu (daí a escrita dos vários prefácios), mas foi o mesmo que tapar um buraco com o dedo perante a força de uma inundação diluviana. Na era da Guerra Fria, *A Quinta dos Animais* foi publicitado, sobretudo (mas não exclusivamente) a partir dos EUA, como prova dos malefícios do comunismo e aclamado como inveltiva inspirada contra o regime soviético.

Esta ênfase na crítica à revolução russa restringiu, portanto, os significados do texto, codificando uma imagem unívoca desta fábula de que ela dificilmente se libertará. Durante a Guerra Fria, tanto a direita como a esquerda estalinista acentuaram a vertente mais óbvia do texto, lendo aprobatoriamente (no primeiro caso) ou criticando severamente (no segundo) esta sátira à revolução russa e ao governo soviético. A nenhuma delas, convenhamos, interessaria recordar que autor e texto se posicionam antes de mais contra o capitalismo e se situam ideologicamente numa esquerda socialista e democrática; lembrá-lo seria largar mão da eficácia propagandística do texto para as respetivas causas. Paradoxalmente, estas duas posições ideologicamente opostas concertaram-se no reforço de um dos sentidos do texto que, sendo incontornável, não é o único, nem necessariamente o dominante.

Alguma opinião crítica, contudo, tentou evitar este afunilamento de sentidos. Encontram-se leituras (como, por exemplo, a de Raymond Williams) que, admitindo embora a centralidade da revolução soviética no enredo da obra, propõem que ela seja vista como paradigma de toda e qualquer revolução, valendo, portanto, não tanto por si mesma (ou seja, como crítica a uma revolução específica), mas pelo que essa revolução comporta da natureza de todas as outras. Neste sentido, *A Quinta dos Animais* veicularia a ideia de que o percurso inevitável de qualquer revolução é a perversão dos ideais, a traição de princípios e valores, a permanência da exploração do povo e, quando muito, a substituição das elites dominantes por outras igualmente autoritárias. Versão mitigada da anterior, esta ótica alarga o âmbito da sátira, atribuindo-lhe um sentido universal e atemporal, uma vez que a moral desta parábola política teria uma aplicabilidade muito para lá do contexto histórico imediato e imediatamente reconhecível da revolução soviética.

Nesta interpretação da obra, *A Quinta dos Animais* demonstraria claramente a inutilidade da mudança, uma vez que sugere que tudo regressa sempre ao ponto de partida, encorajando, portanto, a passividade política e a descrença na rebelião como forma de alterar sistemas sociais e políticos. Não sendo esta perspetiva, no seu conservadorismo, muito consentânea com a atuação anterior e futura de Orwell, a verdade é que a obra, se não autorizando unicamente esta leitura, coloca-nos algumas interrogações que ficam em suspenso: foi só esta revolução que correu mal, e se sim, por responsabilidade de quem? Ou terão todas elas o mesmo destino, e, se sim, deve-se isso à imperfeição inerente à natureza humana ou a uma qualquer causa estrutural?

Curiosamente, são perguntas que o próprio Orwell coloca sobre um outro autor, Charles Dickens, no ensaio homónimo que lhe dedicou, escrito em 1940. Vale a pena investigar as reflexões de Orwell sobre a natureza e a viabilidade das revoluções nos anos que rodeiam *A Quinta dos Animais* para contextualizarmos mais fundamentadamente a sua posição quanto à matéria, e não lhe atribuirmos, como tantos, intenções e opiniões a que era estranho. Acompanhemos, portanto, essas reflexões, nos anos imediatamente antes e depois da produção da obra, e o processo, às vezes sinuoso e sempre complexo, por que Orwell passou mentalmente na sua procura de respostas para um problema que há muito o acompanhava e fora adquirindo cada vez maior centralidade na sua escrita e no seu pensar.

No ensaio que dedicou a Dickens, um misto de análise literária e sociológica que, como vimos no capítulo anterior, era um modelo ensaístico que lhe interessava particularmente, a fama de Dickens como escritor «revolucionário» ocupa uma larga secção do texto. A categórica afirmação inicial do ensaio de que «na aceção corrente do termo, Dickens não é um escritor ‹revolucionário›» (*CW*, vol. XII: 22) é depois modulada e discutida mais em pormenor. Para Orwell, Dickens é acima de tudo um moralista, não criticando o capitalismo enquanto sistema, apelando sempre e só à regeneração interior do indivíduo:

> Não há qualquer sinal de que ele [Dickens] queira subverter a ordem vigente ou tão pouco de que faria uma grande diferença se ela fosse subvertida. Porque, de facto, o seu alvo não é tanto a sociedade como a «natureza humana». Seria difícil encontrar em toda a sua obra um passo que desse a entender que o sistema económico está errado enquanto *sistema*. [....] A sua «mensagem» limita-se à primeira vista a uma enorme platitude: se os homens se portassem decentemente, o mundo seria bem melhor. (*CW*, vol. XII: 23; ênfase no original)

Esta é, portanto, segundo Orwell, uma das grandes limitações do autor, determinando que a Revolução Francesa, por exemplo, tema central de *Um Conto de Duas Cidades*, seja encarada da seguinte forma:

Por outras palavras, a aristocracia francesa tinha cavado a sua própria sepultura. Mas não há aqui perceção alguma do que agora se designa por necessidade histórica. Para Dickens, perante estas causas, os resultados são inevitáveis, mas na sua opinião as causas podiam ter sido evitadas. A Revolução aconteceu porque séculos de opressão tinham transformado o campesinato francês numa espécie sub-humana. Se os malvados dos nobres tivessem virado a página, como Scrooge[10], não teria havido revolução, ou Jacquerie, ou guilhotina — e tanto melhor. Ora, isto é o oposto da atitude «revolucionária», uma vez que do ponto de vista «revolucionário» a luta de classes é a maior causa do progresso, e, portanto, o nobre que rouba o camponês e o incita à revolta está a desempenhar um papel tão essencial como o do Jacobino que guilhotina o nobre. Não se encontra uma palavra neste sentido em toda a obra de Dickens. Segundo ele, a revolução é um monstro gerado pela tirania que acaba sempre por devorar os seus próprios instrumentos. (*CW*, vol. XII: 26)

Julgo que é evidente neste passo a caricatura tipicamente orwelliana de duas posições contrárias: a primeira, a visão do moralista, que considera a mudança interior como condição única para o progresso; a segunda, a do determinismo histórico marxista, em versão muito ortodoxa, que olha o devir histórico como processo estrutural, irreversível e independente do sentir e do agir individuais. Segundo Orwell, as duas noções têm alternado historicamente, ora predominando uma, ora a outra:

> Marx dinamitou a posição moralista com uma carga explosiva de cem toneladas, e ainda hoje vivemos ao som do

---

[10] Scrooge é a famosa personagem da obra de Dickens, *Cântico de Natal*, um sovina que arrepia caminho e se emenda no final.

eco dessa tremenda deflagração. Mas já algures, os sapadores se afadigam a colocar a dinamite que mandará Marx pelos ares. E depois, Marx, ou alguém como ele, regressará com mais dinamite, e o processo continuará sem fim à vista. O problema central — como impedir que haja abusos de poder — continua sem solução. (*CW*, vol. xii: 31)

É impossível ler estes passos sobre Dickens sem os aplicarmos ao próprio Orwell e em particular à obra *A Quinta dos Animais*, onde a revolução também pode ser entendida como esse «monstro gerado pela tirania que acaba sempre por devorar os seus próprios instrumentos» e a solução para os abusos de poder é sonho distante e irrealizável. Se esta é uma das limitações apontadas a Dickens, não precisa o nosso autor de enfiar também a carapuça? A verdade é que Orwell parece estar preso entre dois modelos antagónicos e irreconciliáveis de evolução histórica, de cujas limitações tem uma consciência aguda, mas sem conseguir encontrar uma alternativa satisfatória para o problema. A insistência na reforma moral do indivíduo é criticada por ser «o álibi usado por quem não pretende ver mudado o *statu quo*»; o determinismo histórico marxista, por outro lado, afigura-se-lhe um processo demasiado mecânico para explicar convincentemente a progressão da história. Não o satisfazem, portanto, nem modelos que se centram exclusivamente no indivíduo, esquecendo que ele é parte de um sistema mais vasto, nem modelos que o descentram de tal forma que produzem a desumanização da história.

Em termos teóricos, o problema é com efeito de difícil resolução, sendo ainda hoje discutido por uma historiografia que, tal como Orwell, pretende superar os constrangimentos de uma visão da história como a história dos grandes homens (na visão positivista do século xix), tendo aprendido também a modular o determinismo marxista, que elimina a contingência e a imprevisibilidade da interação entre o individual e o contextual. Em «O Leão e o Unicórnio», escrito imediatamente a seguir ao ensaio sobre Dickens, Orwell procurou ultrapassar precisamente estes dilemas, propondo, por um lado, medidas estruturais, como a distribuição da riqueza, a democratização do sistema de ensino, a nacionalização das indústrias-chave do país e por aí adiante, ao mesmo tempo que apelava a mudanças culturais, simbólicas e identitárias em determinadas classes e grupos sociais e respetivos membros individuais.

O tom épico do último parágrafo de «O Leão e o Unicórnio», como assinalei na altura, acentua a possibilidade de construção de um «socialismo inglês» ao mesmo tempo revolucionário e conciliador, nota de otimismo necessária para levantar o moral em tempo de guerra e delinear metas futuras para redimir as dificuldades do presente. No ensaio anterior sobre Dickens, contudo, esse otimismo surge algo relativizado:

> O progresso não é uma ilusão, acontece, mas é lento e invariavelmente dececionante. Há sempre um tirano a postos para substituir o anterior — em geral, não tão mau, mas ainda assim um tirano. (*CW*, vol. XII: 31)

Que conclusões retirar deste último passo e da reflexão mais geral sobre a natureza das revoluções presente no ensaio dedicado a Dickens? Em primeiro lugar, penso que aquilo que alguma crítica identifica como o pessimismo de Orwell, que supostamente transparece de *A Quinta dos Animais*, está já bem expresso no ensaio que precede a fábula, sendo particularmente visível nas últimas linhas citadas, onde parece postular-se a inevitabilidade da tirania e, logo, da opressão.

Mas eu chamar-lhe-ia antes um otimismo reservado, prudente e pragmático. Orwell não tinha a ilusão de que qualquer revolução traz a utopia e resolve de uma vez por todas os problemas da humanidade. O modelo orwelliano de progresso parece apontar sobretudo para pequenos ganhos, notórios a longo prazo, mas discretos e precários no imediato, necessitando, portanto, de uma atenção e intervenção constantes com vista à sua consolidação. Neste sentido, Orwell demarcar-se-ia tanto da crença utópica na perfetibilidade do indivíduo e da sociedade, como da visão distópica que diz ser impossível melhorar um ou outro.

Outros escritos da época parecem confirmar esta interpretação. Em 1944, uns meses depois de terminar *A Quinta dos Animais*, Orwell continua a refletir no curso das revoluções. O ensaio sobre Arthur Koestler[11] aproveita a obra deste autor para mais uma vez discutir a forma como indivíduos, ideologias e sistemas políticos encaram a revolução, sobretudo a soviética:

---

[11] Arthur Koestler: amigo pessoal de Orwell, e figura controversa da esquerda. De origem judaica, nascido na Hungria, mas educado na Áustria, Koestler alistou-se no Partido Comunista Alemão, que deixou em 1938, desiludido com o regime soviético. Participou na Guerra Civil de Espanha, tendo sido preso e condenado à morte pelas forças franquistas. Beneficiando de uma troca de prisioneiros, Koestler foi libertado, conseguindo chegar a Inglaterra, onde se alistou no exército e participou na Segunda Grande Guerra. A sua obra, *O Zero e o Infinito*, é um dos mais influentes textos sobre o totalitarismo. Depois da guerra, já nos Estados Unidos, Koestler continua a sua campanha anticomunista, participando polemicamente em sessões do Congress for Cultural Freedom, organização fundada pela CIA. Até ao seu suicídio em1983, Koestler envolveu-se na defesa de inúmeras causas, como a abolição da pena de morte na Grã-Bretanha, interessando-se também pela emergente «drug culture» americana e os fenómenos paranormais. Romancista, ensaísta e jornalista prolífico, Koestler é um dos vultos incontornáveis da esquerda da segunda metade do século XX, protagonizando muitas das controvérsias sobre a ligação (ou não) da esquerda ao regime soviético.

O acontecimento central da vida de Koestler, a Revolução Russa, trouxe inicialmente enormes expetativas. Já nos esquecemos disso, mas há um quarto de século confiava-se plenamente que a Revolução Russa conduziria à Utopia, o que obviamente não aconteceu. Koestler é demasiado lúcido para não ver isto, e demasiado sensível para não se lembrar dos objetivos originais. [...] Por isso, a sua conclusão é a seguinte: é a isto que conduzem as revoluções. Nada a fazer a não ser tornarmo-nos num «pessimista de curto prazo», isto é, ficar fora da política e criar uma espécie de oásis onde nós e os nossos amigos possamos manter a sanidade e esperar que as coisas melhorem daqui a uns cem anos. Na base disto, está o seu hedonismo, que o leva a pensar que o Paraíso na terra é desejável. Contudo, desejável ou não, talvez não nos seja possível alcançá-lo. Talvez não seja possível erradicar todo o sofrimento humano, talvez a nossa escolha seja sempre entre o menor de dois males, e talvez o objetivo do Socialismo não seja a perfeição, mas tão-só a melhoria da nossa condição. Todas as revoluções falham, mas não falham todas do mesmo modo. É precisamente porque não quer admitir isto que Koestler foi dar temporariamente a um beco sem saída [...]. (*CW*, vol. XVI: 400)

Exatamente como em relação a Dickens, é impossível ler estes passos sem os aplicarmos ao próprio Orwell. Uma das razões parece-me óbvia: ao analisar a ideia de revolução noutros autores, Orwell estava a testar o seu próprio conceito de revolução, utilizando Dickens e Koestler como espelhos opostos em que se revê distorcidamente. Por outras palavras, Orwell deteta em Dickens e em Koestler uma reflexão semelhante à sua sobre a natureza das revoluções, mas, partilhando de iguais preocupações, em última análise nem uma nem outra posição o preenchem intelectual ou politicamente. O moralismo de Dickens é condescendente, conceptualmente limitado e pragmaticamente ineficaz; o hedonismo de Koestler leva-o a crer ingenuamente no paraíso terrestre e está, por isso, condenado à desilusão e ao fracasso, que inevitavelmente conduzem à passividade, alheamento e indiferença. Dois extremos que vão dar a «becos sem saída» que Orwell pretendia a todo o custo evitar. Qual a solução para o dilema?

Embrionariamente, julgo estar ela presente na frase «todas as revoluções falham, mas não falham todas do mesmo modo». Tal como a interpreto, esta frase aceita a impossibilidade da construção da utopia, sem, no entanto, cair no cinismo que afirma que, sendo assim, nem vale a pena tentar melhorar o mundo. A frase parece indicar que as revoluções não se medem a partir de uma bitola inatingível, mas tão só pelos valores e princípios que as orientaram *ab initio* e pelos ganhos (pequenos, talvez, mas relevantes) que se obtêm através delas. O segundo tirano será menos mau do que o primeiro, a escolha pode ser entre o menor de dois males, mas gradualmente, a pouco e pouco, «o progresso acontece», se a intervenção individual for suficientemente ambiciosa para exigir a mudança de sistemas e não se der por satisfeita, resignadamente, com a reforma da alma.

Dickens, o moralista, é criticado por entender que nada redime a revolução e justifica a violência e o terror que lhe são inerentes; Koestler, o idealista, porque desiste logo quando o ideal desaba, remetendo-se à esfera do privado e aceitando a impotência. Orwell entende as duas posições, manifestando até alguma simpatia por ambas. Dickens demonstra, segundo o autor, uma consciência aguda da injustiça, lutando contra ela por todos os meios ao seu alcance:

> O problema central — como impedir que haja abusos de poder — continua sem solução. Dickens, que não tinha visão suficiente para perceber que a propriedade privada é um obs-

táculo incómodo, deu-se conta disso mesmo. «Se os homens se portassem bem, o mundo seria melhor» não é afinal uma platitude tão grande como parece. (*CW*, vol. XII: 31)

Com todas as suas limitações, regista-se positivamente, portanto, o empenhamento individual na esfera pública, vindo de uma ética de intervenção social e política com que Orwell claramente se identifica e que ele próprio sempre praticara. E quanto ao pessimismo de Koestler, como Orwell o compreende! Não tivera ele também a tentação, na iminência da Segunda Grande Guerra, de dedicar as suas energias a manter-se «vivo e longe da vista», separado de um conflito de que pouco ou nada esperava? E talvez Koestler e os pessimistas todos tenham razão: «Em geral, os profetas da desgraça têm mais razão do que quem imaginou que se tinha dado um passo em frente com a educação para todos, o sufrágio feminino, a Liga das Nações e coisas semelhantes» *(CW*, vol. XVI: 35), escreve Orwell num dos seus artigos na coluna semanal «As I Please» em dezembro de 1943. Mas este tom negativo é rapidamente mitigado, expondo-se uma alternativa a esta posição:

> A única solução viável é dissociar o Socialismo da Utopia. A apologética dos neopessimistas consiste quase sempre em erguer espantalhos de palha para depois os derrubarem, e um desses espantalhos chama-se Perfetibilidade Humana. Os Socialistas são acusados de acreditar que a sociedade pode ser — e que depois do estabelecimento do Socialismo será efetivamente — totalmente perfeita, e que o progresso é *inevitável*. Demolir estes argumentos é fácil, evidentemente.
> A resposta que devia ser dada a alto e bom som (mas quase nunca se ouve) é que o Socialismo não é perfecionista, talvez mesmo nem sequer seja hedonista. Os Socialistas não se

reclamam de construírem um mundo perfeito: apenas de o tornarem melhor do que é. *(CW,* vol. XVI: 35; ênfase no original)

A resposta direta a Koestler, um desses «neopessimistas», configura a resposta que Orwell deu a si mesmo sobre a possibilidade da mudança radical, no preciso instante em que tinha em mãos a escrita de *A Quinta dos Animais*. Orwell revê-se sem dúvida nesse Koestler desiludido politicamente e esgotado ideologicamente, protagonizando o mito de declínio da geração modernista no seu retiro para a esfera privada e a recusa em assumir o público e o coletivo. Mas fora precisamente a tudo isso que Orwell resistira e conseguira evitar em si mesmo. A resposta é dada pelo Orwell prudentemente otimista, como lhe chamei acima, aquele que criticara já, em *O Caminho para Wigan Pier*, os modelos utópicos do socialismo oitocentista, como o de William Morris e o de H. G. Wells, e que sempre se insurgiu contra a ideia desumana da perfeição[12]; aquele que, depois da vivência da *sua* utopia junto das milícias e do assistir ao desabar da revolução espanhola, retira uma nota positiva da experiência e continua a afirmar que esta o levou «a desejar a implantação do Socialismo ainda mais intensamente do que antes»; aquele que consegue, nos anos de guerra, reconceptualizar o sentido da luta literal e metafórica que então se travava e projetar um futuro melhor para o país; o Orwell, enfim, que, em 1943-1944, demarca o socialismo democrático de modelos utópicos (como o soviético) perigosamente sedutores — e, portanto, perigosamente dececionantes.

O que nos diz *A Quinta dos Animais*, então, do destino das revoluções? Antes de mais, diz-nos inequivocamente que

---

[12] No ensaio sobre Gandhi, por exemplo, Orwell critica a figura precisamente pelo seu ideal de perfeição, que considera desumano, insistindo que ser humano é assumir sempre a imperfeição e a falibilidade.

esta revolução — a soviética — falhou estrondosamente, porque os ideais de origem se foram perdendo e pervertendo, graças à sede de poder da nova elite que toma conta da quinta e consegue manipular as massas, fazendo-as trabalhar na ilusão de que constroem ainda um mundo melhor. Os porcos, mais inteligentes e educados do que os outros animais, assumem as funções de liderança, constituindo-se rapidamente numa elite intelectual, política e social distanciada do povo, mão de obra utilizada apenas em seu próprio proveito e facilmente influenciada pelas palavras de ordem revolucionária que escamoteiam a realidade da exploração. Nem os ganhos iniciais, conquistados pelo esforço coletivo dos animais, se mantêm no final, o que redime, pelo menos parcialmente, o falhanço deste modelo de revolução: a fome regressa, o trabalho aumenta cada vez mais e os animais não fazem ouvir a sua voz mais do que no tempo de Jones/o Sr. Reis, o tirano deposto pela revolução. O passado é literalmente rasurado ou reescrito em função de uma nova narrativa que legitima a oligarquia dominante, eliminando a oposição e a dissidência, cuja memória do passado de antes e depois da revolução se tornara demasiado perigosa para o poder. Mas a utopia que subjaz à rebelião continua incorrectamente a ser publicitada dentro e fora de portas como realidade construída, paraíso terreno, alternativa viável a outros sistemas sociais e políticos. A desmitificação da revolução russa, processo seguido tão de perto pelo enredo da fábula, desde a luta pelo poder dentro da própria elite revolucionária ao deteriorar da situação económica com os planos quinquenais, desde a modernização da produção à desonesta política de alianças geoestratégicas, desde as purgas políticas à censura férrea, é inequívoca, certeira e mordaz.

Quem são os responsáveis pelo falhanço? Todos! Os porcos, por terem indevidamente usurpado o poder, tomando o lugar do tirano que os animais expulsaram, secundados por Squealer/o Tagarela, o intelectual tornado propagandista; os donos das quintas, os antigos opressores, por conspirarem contra a revolução, comprazendo-se na sua perversão e contribuindo para o seu descalabro; Benjamim, o burro, pelo seu cinismo, possivelmente correto, mas totalmente paralisante; Mollie/Mimi, a égua, pela futilidade egoísta e a suscetibilidade à lisonja, que a impedem de participar no esforço coletivo e a levam a deixar-se seduzir pelos antigos donos; Moses/Moisés, o corvo, por apregoar que o paraíso só existe no céu, assim legitimando o sofrimento na terra; o gato, por pretender usufruir das vantagens da revolução sem oferecer qualquer colaboração na sua construção; os carneiros, pela sua subserviência acrítica e aceitação passiva das ordens dos tiranos, etc. Com exceção de Boxer/o Trovão, a besta de carga que literalmente se mata a trabalhar na prossecução dos objetivos da revolução, nenhum animal está isento de responsabilidades no desabar dos ideais.

A fábula não deixa praticamente ninguém incólume, no que poderíamos entender com um pessimismo muito swiftiano, que renuncia totalmente à crença na humanidade e no progresso. Era isto então que Orwell pretendia veicular, alargando o âmbito da história a toda e qualquer tentativa de melhorar o mundo? Confirmam-se as leituras mais negativas da obra? Cito um último passo em que o autor responde precisamente a esta questão, colocada por Dwight Macdonald, numa carta escrita em 1946:

> Relativamente à sua questão sobre *A Quinta dos Animais*: claro que a minha intenção principal era satirizar a revolução russa, mas também pretendi que a obra tivesse uma aplicação mais geral, na medida em que quis dizer que *aquele tipo* de revolução (uma revolução conspiratorial e violenta, liderada

por pessoas inconscientemente sedentas de poder) só pode levar a uma mudança dos donos. A minha intenção era que a moral da história dissesse que as revoluções só efetuam transformações radicais quando as massas estão atentas e sabem que têm de se livrar dos líderes assim que estes cumprem a sua função. O ponto de viragem da história devia ser o momento em que os porcos ficam com o leite e as maçãs para consumo próprio (Kronstadt[13]). Se os outros animais tivessem tido a sensatez de bater o pé nessa altura, as coisas teriam corrido bem. Se as pessoas pensam que eu estou a defender o *statu quo*, isso deve-se, na minha opinião, ao pessimismo crescente em que vivemos, que parte do princípio que não há alternativa exceto a ditadura ou o capitalismo *laissez-faire*. [...] O que eu tentei dizer foi: «Não se pode ter uma revolução a não ser que a construamos por nós mesmos; as ditaduras benevolentes não existem». (CW, vol. XVIII: 507; ênfase no original)

A perspetiva do autor da sua obra é, assim, bem mais positiva do que a moral que a certo nível emerge do próprio texto. Não só se reafirma a convicção de que a revolução é possível, como se apela à intervenção individual e coletiva na sua concretização, única forma de controlo democrático sobre a inevitável luta pelo poder por parte de elites autoproclamadas, mesmo aquelas — ou sobretudo aquelas — que lideraram a revolta. A noção de que a revolução é algo que se constrói gradualmente, de baixo para cima e não por imposição do topo, requerendo uma atenção constante por parte da sociedade aos desvios da rota original e das metas propostas, surge assim como alternativa aos dois grandes modelos

---

[13] Orwell refere-se à revolta dos marinheiros da base naval de Kronstadt em 1917, que exigiam liberdades democráticas e melhores condições económicas. A revolta foi violentamente reprimida pelo governo bolchevista.

ideológicos e políticos dominantes. Poderíamos acrescentar que é também alternativa a outros conceitos de progresso e evolução histórica, incorretos no seu idealismo irrealista ou ceticismo destruidor, como o de um Swift, de um Dickens ou de um Koestler. Segundo Orwell, portanto, a revolução violenta, justificada como forma de depor tiranos, só se legitima se mantiver as liberdades democráticas de expressão, de intervenção na escolha (e eventual deposição) dos seus líderes e de monitorização constante da sua atuação. A explicação dada a Dwight Macdonald reforça, assim, o sentido de um texto como «O Leão e o Unicórnio», em que Orwell postulara a possibilidade de uma revolução deste tipo e sugerira a melhor forma de a pôr em prática.

Mas, perguntar-se-á, mediante o que argumento acima: então autor e texto entram em contradição um com o outro? De certo modo, sim. A forma ao mesmo tempo vincadamente hiperbólica e inerentemente ambígua da fábula prenderam Orwell a um paradoxo de que ele bem tentou, mas não conseguiu, libertar-se: este tipo de obra, como notara Empson, diz sempre mais (ou menos) do que o autor quis dizer. Ao escolher uma forma literária que exige a simplificação do traço e ao mesmo tempo deixa larga margem de manobra a leitores e leitoras no jogo hermenêutico da sua interpretação, Orwell abrangeu o público alargado que procurava para a sua denúncia, mas efetivamente prescindiu da sua autoridade sobre o texto. Lida fora do contexto da obra e do pensamento orwellianos no seu todo, *A Quinta dos Animais* permite mais leituras do que as autorizadas pelo autor. Posto de outro modo: a grande força da obra é, também, a sua grande fraqueza.

Isto não significa, contudo, que qualquer sentido do texto seja legítimo e admissível. Mesmo a fábula, na grande amplitude de sentidos que lhe é inerente, coloca ainda assim alguns limites à interpretação — aqueles que transgridem a materialidade do próprio texto. Dou um exemplo: é frequente lerem-se opiniões sobre *A Quinta dos Animais* que deliberadamente esquecem a crítica que aí se faz antes de mais ao capitalismo. Os donos das quintas, figuras que representam as potências ocidentais, não são exatamente personagens que inspirem simpatia ou suscitem concordância por parte do leitor; antes nos surgem com todos os traços do capitalista desumano, aquisitivo, cruel, traiçoeiro e egoísta a que a muito romance realista (nomeadamente o romance industrial de um Dickens ou de uma Mrs. Gaskell) já nos habituara. Explorando os animais, fugindo cobardemente perante a rebelião, que depois procuram por todos os meios sabotar, acabam por se aliar aos porcos, demonstrando uma completa falta de princípios e agindo apenas segundo o pragmatismo mais baixo e egoísta. Não sendo o cerne da obra, que se debruça, evidentemente, no desenrolar da revolução, a verdade é que a crítica ao capitalismo e às suas sucessivas inversões estratégicas, destinadas a manter o *statu quo* na sociedade ocidental, também consta indubitavelmente do texto. A opressão a que os animais estão sujeitos serviu a Orwell como oportunidade para mais uma vez acentuar a injustiça do sistema e para desmascarar a perfídia de alianças que se destinavam precisamente a impedir a mudança radical em cada um dos blocos político-ideológicos em conflito.

Mas como o capitalismo é expulso nas primeiras páginas da obra, regressando apenas no final para se aliar à nova oligarquia que tomou conta da quinta, só tangencialmente alguma crítica lhe presta atenção, não se lembrando de que parte do desvirtuar desta revolução, iniciada com tão boas intenções e ideais de igualdade e solidariedade entre todos os animais, significa precisamente o regresso aos vícios do sistema anterior: a hierarquia de classes, os privilégios da elite, a exploração dos trabalhadores e a manipulação das massas. A volta de 360° e a substituição de uma classe dominante por outra, que acaba literalmente por lhe vestir a pele (como a cena final bem deixa claro), depois de perder a oportunidade histórica de efetuar mudanças radicais, constitui efetivamente a grande crítica da obra. Só treslendo deliberadamente o texto se pode restringir o ataque ao comunismo e respetivo sistema político, quando na verdade o que a obra nos diz é que tanto comunismo como capitalismo se conjugam para salvaguardar os seus interesses a expensas do povo trabalhador. Sem invocarmos, portanto, as intenções do autor (terreno sempre dúbio e pantanoso), mas recorrendo apenas às evidências textuais, podemos facilmente refutar algumas das interpretações abusivas da obra, criadas por uma direita que assim instrumentaliza o texto para fins de propaganda anticomunista, eliminando da obra tudo o que não lhe convém. Nem está muita da esquerda pró-soviética isenta de igual leitura muito truncada da obra; sentindo-se atingida nos seus mitos estruturantes, responde violentamente à sua desmitificação, contribuindo assim para uma redução substancial dos sentidos do texto.

A Quinta dos Animais continua, por todos estes motivos, a ser ainda hoje uma obra ao mesmo tempo controversa e permanentemente atual. Leitores/as de origens e formações ideológicas diversas nela encontram muito de relevante para a compreensão do mundo em que vivem — e nem precisa este de ser o resultado próximo de uma revolução que correu mal. A verosimilhança social e psicológica que Orwell conseguiu imprimir aos protagonistas da história, fazendo com que o comportamento de cada animal seja simultaneamente «animalesco» e humano, simbólico e histórico, é sem dúvida um dos méritos da obra e razão pela qual ela nos diverte a cada leitura que fazemos. E provavelmente em cada releitura se encontrará algo novo, um pequeno pormenor do enredo que nos escapara antes, ou algo que passou a fazer sentido porque o encontrámos entretanto no mundo à nossa volta, e que ali está exposto com o traço forte da sátira, com a lucidez brutal da escrita polémica e um humor que os suavizam e humanizam.

Pelo que deixou escrito sobre a fábula, é fácil de concluir que este era o livro preferido do autor. Ao contrário dos restantes, compostos ciosa e solitariamente, *A Quinta dos Animais* foi discutido quotidianamente com Eileen, igualmente entusiasmada com o desenrolar da história, para a qual contribuiu com inúmeras sugestões. O gozo de Orwell na composição sobressai em cada página; quase o imaginamos a sorrir ao encontrar a equivalência perfeita entre o caráter dos animais e o dos atores da revolução soviética, entre o funcionamento de uma quinta e o da sociedade, entre o quotidiano da ruralidade inglesa e o do mundo em geral. Em *A Quinta dos Animais* fundem-se, sem dúvida, num equilíbrio ideal, o objetivo artístico e político que Orwell sempre almejara para a sua escrita. E mesmo quem, como eu, considera ter sido este objetivo conseguido mais eficazmente noutras obras (menos espetacularmente literárias, mas se calhar por isso mesmo melhores exemplos dessa importantíssima fusão) tem de admitir, algo relutantemente, que as razões para a fama se justificam amplamente. Lendo-a numa só ou nas várias camadas de sentido que nos oferece, esta fábula tem um brilho e um fulgor que estão ausentes do resto da produção orwelliana, por excelente que seja. Curiosamente, o descalabro da revolução não nos deixa um amargo de boca tão grande como seria de esperar. Venha isso desse otimismo prudente com que Orwell encara mesmo a tragédia da revolução traída, ou do riso superior que inevitavelmente acompanha a nossa descodificação de cada elemento da história, a verdade é que o tom geral da mesma nunca me surgiu como derrotista.

Mas admito que não seja esta a opinião geral sobre a obra quando lida fora do contexto da produção orwelliana. No fundo, a interpretação de *A Quinta dos Animais* diz tanto (ou mais) de quem a lê como de quem a escreveu — e nisto incluo a interpretação do próprio autor de um texto que tão caro lhe era, mas que em breve deixou, em certo sentido, de lhe pertencer. Depois de terminar *A Quinta dos Animais*, Orwell teve a sensação do dever cumprido: desmascarar o mito soviético e assim contribuir para a construção do socialismo democrático. Mas, sem o saber, seria a breve trecho ultrapassado nesta sua intenção pela Guerra Fria, tendo sido apanhado pela vaga do antiestalinismo de direita a quem a popularidade da obra caiu como ouro sobre azul. Passadas sete décadas, e quando os males do estalinismo já não são novidade para ninguém (nem para comunistas encartados), chegou a altura de repensar a obra e de lhe acentuar os outros traços que por longo tempo foram eliminados ou minimizados pelos discursos dominantes nos dois lados da Cortina de Ferro. Não se trata evidentemente de recuperar algum sentido original uno e unívoco, mas tão-só de alargar os horizontes interpretativos que a fábula propõe, antes de mais, incluindo os do próprio Orwell. Cada leitor e leitora saberá dos seus.

5.2. *Mil Novecentos e Oitenta e Quatro*

Além das mencionadas no capítulo anterior, há provavelmente uma outra razão, de ordem pessoal, para Orwell se ter voltado, em *A Quinta dos Animais*, para a forma da fábula, género de literatura infantil por excelência. Em 1943, os

Blairs adotaram um bebé de um mês, a quem deram o nome de Richard Horatio Blair. O casal tentara durante anos ter filhos, sem sucesso, tendo resolvido (sobretudo por interesse de Orwell) seguir para a adoção, mesmo no desfavorável contexto do momento. De facto, Orwell e Eileen sofreram, como toda a população londrina, dos efeitos dos bombardeamentos, que os obrigaram a mudar de casa várias vezes. Além disso, o racionamento, as longas filas para comprar os bens essenciais (sempre escassos), o trabalho desgastante (e efetuado em precárias condições), enfim, todos os condicionalismos de um tempo de guerra poderiam ter desencorajado o casal de escolher precisamente esta altura para assumir mais responsabilidades. Mas a oportunidade surgiu, e ambos a abraçaram, se não com o mesmo entusiasmo, pelo menos com igual empenhamento na sua nova condição de pais.

Segundo as biografias de Orwell, Eileen não aderiu imediatamente à ideia da adoção, o que não é de espantar, porque lhe caberia o grosso da tarefa e seria ela a ter de deixar o emprego e a dedicar-se à função de mãe a tempo inteiro. E, como veremos, Eileen sofria já dos problemas de saúde que em breve, se bem que indiretamente, contribuiriam para o seu falecimento prematuro daí a dois anos. Orwell, no entanto, parece ter levado muito a sério o papel de pai, ajudando a mudar fraldas, a dar banho ao bebé, levantando-se durante a noite para o embalar e, a julgar pelas fotografias da época, em que surge várias vezes empurrando orgulhosamente o carrinho de bebé, levando-o a passear pelas ruas de Londres sempre que tinha oportunidade. Pouco vulgar num homem da sua época e condição social, esta partilha de funções, tanto quanto se sabe, foi encarada por Orwell com a maior naturalidade — com prazer até —, tendo os amigos registado com algum espanto a sua competência como cuidador e educador (Crick: 334).

A adoção condicionou a vida de Orwell daí para o futuro, estando provavelmente na base do projeto de se mudar para uma zona rural do Norte depois da guerra. O que se sabe é que, por esta altura, Orwell começa a colocar a hipótese de ir viver para a ilha de Jura, nas Hébridas, ao largo da costa escocesa, refúgio que efetivamente o acolherá no final do conflito e onde escreverá a sua última obra, *Mil Novecentos e Oitenta e Quatro*. O mundo urbano, de que nunca gostara, seria ambiente a evitar a todo o custo para educar uma criança, além de, tal como em Wallington, o campo lhe oferecer a oportunidade de cultivar a terra e lhe dar a tranquilidade necessária para escrever o romance que vinha planeando.

Os dois últimos anos de guerra foram, assim, muito agitados. Para lá das funções diretivas na revista *Tribune*, da escrita de *A Quinta dos Animais* e de alguns dos seus mais importantes ensaios, a situação doméstica dos Blairs exigiu a ambos esforços acrescidos que se refletiram tanto na saúde de um como do outro. Vários amigos notaram a deterioração física de Orwell e Eileen, que no bom espírito inglês do «stiff upper lip» e do «mustn't grumble» nunca se queixavam, aguentando estoicamente as dificuldades no espírito de solidariedade que lhes era próprio. Se bem que em termos intelectuais e emocionais a sua reação ao conflito tivesse sido positiva, levando a uma cada vez maior mobilização política do autor, a verdade é que as condições físicas e materiais da vivência quotidiana da guerra acabaram por ter consequências nefastas não só para Orwell como para Eileen.

Em fevereiro de 1945, David Astor, dono de um dos mais influentes jornais britânicos, *The Observer*, amigo e admirador incondicional de Orwell, propõe-lhe que vá a França cobrir a libertação do país. Orwell aceita sem hesitar. Voltar a Paris, onde vivera na década de 20, nesse momento histórico em que a vitória sobre o nazismo se concretizava gradual, mas irreversivelmente, deve ter-lhe surgido como convite irrecusável. Em Paris, trava conhecimento com Hemingway e almoça com P. G. Wodehouse[14]. A Paris dos escritores e artistas, que na juventude só de longe vislumbrara, está agora bem mais próxima: afinal, Orwell é já uma figura conhecida e conceituada, movendo-se com um outro à-vontade no mundo das celebridades literárias[15]. Mas a tarefa de jornalista de guerra que ali o levara (eco da experiência na Guerra Civil de Espanha) teve de ser interrompida: a bronquite que nunca o largava agravou-se e resultou numa infeção pulmonar que o deixou de cama durante uns dias. Mal recomposto, recebe um telegrama com a notícia do falecimento de Eileen.

Eileen sofria há algum tempo de problemas ginecológicos, tendo-lhe sido detetado um tumor (provavelmente maligno), que os médicos decidiram extrair. A histerectomia correu mal, e Eileen faleceu pouco depois de lhe ter sido administrada a anestesia, durante uma intervenção que descrevera aos amigos e ao próprio marido como uma mera operação de rotina. Os biógrafos de Orwell discutem demoradamente

---

[14] P. G. Wodehouse é o autor da popular série de romances cómicos e satíricos *Jeeves e Wocester*. Figura bem conhecida do público, causou grande controvérsia com os programas radiofónicos que acedeu fazer durante a ocupação de França pelas forças nazis. Orwell defendê-lo-á das acusações de colaboracionismo no ensaio de 1945 «Em Defesa de P. G.Wodehouse».

[15] O encontro com Hemingway é disso sintomático: Orwell bateu à porta do quarto de Hemingway, quando descobriu que o escritor americano se hospedava no mesmo hotel, e apresentou-se-lhe, mas como Eric Blair. Segundo um amigo, Paul Potts (citado por Crick: 324), Hemingway teria respondido «E que diabo é que você quer?», não reconhecendo o nome do autor. Desfeita a confusão, Hemingway recebeu Orwell de braços abertos, convidando-o a tomar um *whiskey*. Seria interessante saber se partilharam memórias da Guerra Civil de Espanha. Para uma discussão deste episódio e algumas dúvidas que ele levanta, leia-se John Rodden, *The Unexamined Orwell* (197–224).

a atitude do autor perante os problemas de saúde e a morte da mulher. Nos dias de hoje, com efeito, afigura-se-nos como algo irresponsável que Orwell se tivesse ausentado para o estrangeiro num momento em que deveria dar apoio a Eileen, e custa a acreditar que não tivesse consciência da gravidade da situação médica da mulher. Mas é preciso lembrar de que numa cultura, numa classe e num círculo doméstico em que admitir a doença é coisa que não se faz (sobretudo se esta for do foro ginecológico), porque isso é dar parte de fraco (e dos fracos não reza a história), seria relativamente fácil minimizar o problema. É possível, provável até, que Orwell, meio por ignorância, meio por cegueira masculina, tenha acreditado na versão mitigada do problema que Eileen lhe fornecera e se tenha autoconvencido de que a operação não implicava grandes riscos. Quem, como ele, ignorara durante décadas os seus próprios problemas de saúde[16], também eles a sofrerem de um nítido agravamento, espera dos outros a mesma atitude, e Eileen pautava-se sem dúvida pela mesma indiferença do marido relativamente às questões de saúde.

A reação de Orwell ao falecimento da mulher causa também alguma estranheza. Nas cartas que escreveu a amigos, refere sempre o facto muito eufemisticamente, em duas ou três linhas secas e frias, sem nunca falar dos seus sentimentos ou dar a ideia de que estava inconsolável. Numa carta endereçada a Richard Rees (*CW*, vol. XVII: 124), um dos amigos mais chegados, e depois da descrição factual do acontecido, Orwell limita-se a dizer que fora «terribly sad», ou seja, muito triste, o facto de Eileen ter falecido quando se tinha afeiçoado ao bebé e estava a ser uma ótima mãe. E a carta termina com uma série de questões práticas e profissionais,

---

[16] Segundo Bernard Crick, Orwell era «agressivamente anti-hipocondríaco» (354).

sem nunca mencionar a reação pessoal à morte inesperada da mulher. Mais uma vez, penso ser necessário perspetivar corretamente o caso. É bem conhecido o comportamento contido e reservado da classe alta britânica, sobretudo em momentos difíceis ou dramáticos, atitude que essa classe usa como forma de manter a autoridade e o controlo imprescindíveis à sua manutenção como elite. Assim reagiu Orwell, segundo a educação que lhe tinha sido inculcada, da qual fora seletivamente descartando pedaços ao longo da vida, por razões políticas ou ideológicas, mas à qual sem dúvida o vemos recorrer (para o melhor ou para o pior) em muitas situações que se lhe vão apresentando. Sem dramas, portanto, sem manifestações exteriores de dor, de culpa ou de pesar, Orwell geriu a perda como soube e como pôde: em termos profissionais, mantendo os compromissos assumidos, regressando ao continente para completar a cobertura da guerra e, na volta, continuando sem interrupção com a rotina da escrita; em termos pessoais, tratando de arranjar uma ama para o ajudar a tomar conta de Richard.

A publicação de *A Quinta dos Animais*, em agosto de 1945, livro que o tornou famoso e lhe trouxe pela primeira vez condições económicas nunca antes imaginadas, acrescenta novos dados à sua situação pessoal e profissional. Por um lado, chovem convites para falar em público ou participar em organizações de cariz político ou literário[17], facto bem revelador do prestígio que o nome do autor traria a qualquer associação a que estivesse ligado. Orwell dá uma

---

[17] Como o da League for European Freedom, liderado pela Duquesa de Atholl, e a que já nos referimos na nota 13 do ponto 2. 2. Orwell recusou o convite porque discordava da ausência de uma política de descolonização por parte da associação. Mas aceitou outros, sendo membro fundador do Freedom Defence Committee, que pugnava pela liberdade de imprensa, juntamente com outras figuras prestigiadas como Herbert Read, Benjamin Britten e E. M. Forster.

resposta negativa à maioria destas solicitações, ou por discordar ideologicamente das causas, ou porque a sua reserva natural não se coadunava com a exposição mediática que lhe era exigida, ou ainda — e sobretudo — porque os compromissos lhe tirariam tempo para a escrita. Com efeito, por esta altura, *Mil Novecentos e Oitenta e Quatro* passara da fase de planeamento à da execução, e Orwell desejava libertar-se do jornalismo (que, segundo afirma, o está a «sufocar») para se dedicar a tempo inteiro ao projeto que vinha delineando desde 1943[18].

Os primeiros meses de 1946 são, assim, preparatórios do futuro em vários planos. Por um lado, e entendido claramente como objetivo prioritário, está a escrita de *Mil Novecentos e Oitenta e Quatro*, que lhe exige o retiro indispensável à sua concretização; por outro, é visível a sua preocupação com Richard e com as suas responsabilidades enquanto pai. Antes de partir para Jura, Orwell pede em casamento nada menos do que quatro mulheres, num espaço curto de meses: Sonia Brownell (com quem virá efetivamente a casar três anos depois e de que falaremos a seu tempo), Celia Kirwan, cunhada do amigo Arthur Koestler, Audrey Jones, que conhecera através de um outro amigo, Rayner Heppenstal, e Anne Popham, vizinha, que recentemente se mudara para o andar de baixo[19]. As quatro recusaram o pedido, inopinado em todos os casos, uma vez que Orwell não tinha com

---

[18] Numa carta ao amigo Geoffrey Gorer, datada de janeiro de 1946, Orwell dá-lhe conta da sua decisão de largar as restantes tarefas e ir viver para Jura ou outro local fora de Londres, «onde não possa ser contactado telefonicamente» (*CW*, vol. XVIII: 53), para ter a paz necessária à escrita do romance.

[19] Prestes a fazer 100 anos, Anne Popham relatou o episódio do pedido de casamento ao *The Guardian*, numa entrevista disponível em: https://www.theguardian.com/books/2016/jun/11/anne-olivier-bell-last-survivor-bloomsbury-set

qualquer delas uma relação anterior que justificasse tão surpreendente proposta.

A carta que escreveu a Anne Popham deixa antever as motivações que subjazem ao gesto, e lê-se quase como um autorretrato do autor nesta fase do percurso. «Queria muito ter com quem partilhar o resto da minha vida e do meu trabalho» (*CW*, vol. XVIII: 248), diz ele logo no início, seguindo-se o pedido, feito em termos muito pouco convencionais: «No fundo, pergunto-lhe se estaria disposta a ser a viúva de uma figura literária» (*idem*). Invocando como vantagem os direitos de autor que a viúva receberia, Orwell admite, no entanto, que não poderia competir com alguém mais jovem, bem-parecido e apto a ter filhos. A franqueza (quase brutal) de Orwell não se fica por aqui, explicando em grande pormenor o tipo de relação que tem em mente (não espera que a mulher lhe seja fiel em termos sexuais, apenas emocionais) e confessando que é «estéril»[20], mas que não se importaria que a esposa quisesse «ter filhos próprios de um outro homem» (249). Confidencia até que tanto ele como Eileen tinham tido casos amorosos durante o casamento, mas que este fora «um casamento de verdade», no sentido em que tinham partilhado dificuldades e superado problemas. Finalmente — e porventura o mais importante —, «Há a questão do Richard» (*idem*), lembrando à potencial companheira essa outra responsabilidade que viria por acréscimo. Em suma, Orwell demonstra uma consciência aguda das limitações físicas de vário tipo que o tornavam num fraco partido, alegando em seu favor apenas a futura situação económica da viúva, e a sua visão, muito liberal para a época, do tipo de relação matrimonial que imaginava. A lucidez,

---

[20] Orwell pensava, efetivamente, que a ele se devia o facto de o casal não ter tido filhos; sabendo-se do problema ginecológico de Eileen, ficará sempre a dúvida sobre a questão.

frontalidade e capacidade de autocrítica que lhe conhecemos como escritor estendem-se, sem dúvida, ao domínio pessoal, produzindo esta visão desencantada (ou realista?) dos seus méritos como indivíduo e futuro marido.

Dei algum pormenor sobre uma questão do foro íntimo, não só porque é reveladora da figura, mas porque me parece importante avaliar o estado de espírito de Orwell nesta última fase da vida. Os títulos dos capítulos de várias das suas biografias — veja-se o de Crick, por exemplo, «Famous and solitary man», ou o de Gordon Bowker, «The Dark Side of Solitude» — acentuam o isolamento e a solidão do autor depois da morte da mulher. Muitos estudos críticos enfatizam também a sua suposta depressão quando se aproxima do fim, responsabilizando o facto, bem como a intensificação do problema pulmonar, pelo pessimismo de *Mil Novecentos e Oitenta e Quatro*. Não estou certa de que seja esse o caso.

Que Orwell sentisse a perda de Eileen em muitos planos, do emocional e intelectual ao mais doméstico e pragmático, é natural. Que tenha tentado encontrar uma companheira que a substituísse a todos os títulos, é indiscutível[21]. E que tenha ficado desiludido — embora não surpreendido — com as recusas, compreensível é. Mas não se pode deduzir de tudo isto nem que Orwell se sabia à beira da morte, nem que fugiu para o cu de judas, deprimido, deixando-nos como último legado uma obra negra, tão amarga como o próprio autor em fim de vida. Em 1946, consciente ainda

---

[21] É interessante constatar que todas as mulheres a quem propôs casamento eram, tal como Eileen, mulheres de carreira, e na sua maioria figuras ligadas ao meio artístico e intelectual: Sonia Brownell e Celia Kirwan eram membros dos conselhos editoriais de revistas literárias; Anne Popham fizera parte do «Bloomsbury Group» liderado por Virginia Woolf e pelo marido, e na altura trabalhava para o departamento governamental que tinha como objetivo salvar as obras de arte do caos do pós-guerra (projeto que serviu de inspiração ao filme *The Monuments Men/Os Caçadores de Tesouros*, de 2014).

da sua fraca saúde, Orwell acreditava ter uns dez anos de vida pela frente, como várias vezes refere a amigos e amigas, esperando poder completar ainda uns dois ou três romances[22]. E a mudança para Jura tinha sido planeada ainda em vida de Eileen[23], justificando-se antes de mais por razões de saúde, a que se acrescentavam os benefícios da vida no campo que já experimentara com sucesso em Wallington dez anos antes.

Orwell mudou-se definitivamente para Barnhill, na ilha de Jura, em abril de 1947, depois de, prudentemente, aí ter passado o verão anterior à laia de experiência. Com ele vão não só Richard e a ama, Susan Watson, mas a irmã mais nova de Orwell, Avril, que, solteira e desimpedida, acedeu a tomar conta da casa e a organizar o quotidiano doméstico do irmão. O círculo familiar não seria o idealizado pelo autor, mas dá-lhe as condições necessárias para educar Richard e continuar a escrever. Os amigos e amigas que o visitaram em Jura deixaram testemunhos da épica viagem até esse ponto remoto de uma ilha periférica da costa escocesa. Hoje em dia parte do roteiro turístico de uma nação que sabe tirar proveito dos seus recursos naturais e paisagísticos, a ilha de Jura no final da guerra era esparsamente povoada e de difícil acesso, com ligações marítimas apenas três vezes por semana, não mais do que uma ou duas estradas decentes e com infraestruturas modernas praticamente inexistentes.

Orwell deslocava-se prioritariamente de motorizada, tão velha que avariava constantemente, deixando-o apeado — a ele e aos convidados a quem oferecera boleia. Com efeito,

---

[22] É precisamente o que Orwell diz na já referida carta a Anne Popham (CW, vol. XVIII: 249).

[23] Fora Eileen, com efeito, que fizera toda a investigação preliminar sobre as condições de vida na ilha de Jura, tentando apurar a viabilidade do plano e os benefícios que o clima poderia trazer à saúde do marido.

Barnhill, a quinta que Orwell alugou[24], situava-se no fim de um carreiro de cabras, e era frequente os visitantes terem de palmilhar a pé, de mala na mão, os últimos 7 ou 8 km. Há muito desabitada e a precisar de obras, sem eletricidade nem aquecimento além da lareira[25], a casa tinha um vasto quintal e vistas espetaculares sobre o mar, que de alguma forma compensavam o desconforto e a falta de condições do edifício. O clima, húmido, mas relativamente ameno graças à corrente do Golfo, agradava a Orwell (que tinha horror ao frio), e supostamente ajudá-lo-ia a recuperar das lesões pulmonares. Entre as vantagens e os inconvenientes, a mudança para Barnhill não foi, assim, uma opção tão descabida ou suicida como se poderia pensar. A verdade é que Orwell depressa se sentiu em casa, retomando as atividades campestres, caçando coelhos, apanhando lagostas e pescando num barquinho que comprara, assim suprindo as faltas causadas pelo isolamento e pelo racionamento do pós-guerra. Os diários que assiduamente escreveu revelam também o seu constante interesse pela natureza (presente, como vimos, em muitos dos ensaios) e a sua observação curiosa da fauna e da flora locais[26].

---

24 Barnhill ainda existe e é propriedade da mesma família que alugou a quinta a Orwell. Explorada como turismo rural e cultural (pela sua ligação ao autor) continua tão inacessível como na época. Veja-se a publicidade, com a reconstituição do escritório do autor e a vista para o mar em: http://www.escapetojura.com/Barnhill.html

No Youtube, encontra-se também um vídeo que mostra o famoso remoinho de Corryvreckan, onde Orwell quase se afogou, e que fornece uma perspetiva de Barnhill vista do mar: https://www.youtube.com/watch?v=U5SKPVPIZ3I

[25] A água quente e o fogão eram alimentados a gás; a iluminação vinha de candeeiros de petróleo; a lenha para a lareira era cortada pelo próprio Orwell; o correio só chegava duas vezes por semana, e o telefone mais próximo situava-se na única vila da ilha, a 20 km de distância.

[26] Consultem-se estes «Domestic diaries» sobre a vida em Jura, nos volumes XVIII e XIX dos *CW*. Deles, transparece, a meu ver, um contentamento que poucas vezes se encontra nas notas pessoais do autor.

É impossível ler estes registos do seu dia a dia em Jura sem nos darmos conta de que este foi, sem dúvida, e pese embora a viuvez recente, um dos períodos mais felizes do autor. Depois de anos de intensa produção jornalística e literária, depois da vida numa Londres devastada pelos bombardeamentos, depois do desgosto pessoal e da preocupação com Richard, Orwell assentou arraiais em Jura, reorganizou o círculo familiar e reconstituiu a rotina doméstica, alternando disciplinadamente entre as tarefas práticas, que tanto prazer lhe davam, e a atividade da escrita. Estavam finalmente reunidas as condições necessárias para escrever o romance que tinha na forja há cerca de três anos.

Apesar da distância física, Orwell não cortou com o resto do mundo, mantendo-se em contacto epistolar com amigos e amigas e acompanhando as notícias através de um velho rádio a pilhas e dos jornais que chegavam pelo correio duas vezes por semana. O panorama internacional era, com efeito, demasiado preocupante para poder ser ignorado, e Orwell seguiu atentamente o evoluir do pós-guerra. Antes de falarmos da obra em si, convém investigar o que inquietava Orwell nesta altura para entendermos como o seu último romance foi tomando forma, reagindo à situação do momento, bem como repescando e aprofundando questões que surgem dispersas, aqui e ali, numa série de artigos e da vasta correspondência com amigos, antes e depois da mudança para Jura. Inserir em termos históricos os temas e as interrogações do autor no final da guerra é indispensável, tal como o foi no capítulo sobre *A Quinta dos Animais*, para não deixarmos a obra solta e desamarrada, vogando apenas ao sabor das diversas leituras que dela se fizeram e com frequência a instrumentalizam para os seus próprios fins.

As preocupações de Orwell com o mundo que despontava no pós-guerra eram múltiplas. Se em «O Leão e o Unicórnio», escrito durante o conflito, se voltara para dentro, dedicando-se a imaginar como a Inglaterra se poderia reinventar segundo linhas mais justa e democráticas, o quadro internacional mais amplo entrara já na escrita de *A Quinta dos Animais*. A cena final, que descreve um amistoso encontro entre velhos rivais, agora tão parecidos que já nem se distinguem um do outro, satirizava claramente as Conferências de Ialta e Potsdam, que em 1945 reuniram os líderes aliados (EUA, URSS e GB) naquilo que viria a ser a partilha do mundo no final do conflito. Orwell bem sabia que humanos e porcos — capitalismo e comunismo — estavam na privilegiada posição de vencedores, pondo e dispondo do futuro de uma Europa onde cada vez menos espaço haveria para a revolução socialista que advogava. Num curioso artigo que escreveu em julho de 1945 para uma revista juvenil, explicando os dilemas que a comunidade internacional enfrentava no pós-guerra, Orwell comenta deste modo a situação:

> Como resultado da guerra, as grandes potências têm muitos menos escrúpulos em desrespeitar a neutralidade, e muito menos propensão para tolerar governos hostis perto das suas fronteiras. A tendência presente é para retalhar o mundo em «zonas de influência», com uma potência toda poderosa dominando cada uma delas. (CW, vol. XVII: 231)

Mesmo sem informação certa do rumo das conversações em Potsdam, diz ele, é fácil de adivinhar que a questão central será como irão os vencedores dividir o mundo entre si, e onde começam e acabam essas várias zonas de influência que a cada um estavam destinadas. Chamando a atenção para os perigos da situação, Orwell argumenta que ela produziria uma fricção constante entre as superpotências, dada a fluidez das fronteiras e as inevitáveis áreas de sobreposição entre as zonas controladas por cada uma delas. Como exemplos, refere (e tinha razão, como sabemos hoje) a Pérsia (que corresponde *grosso modo* ao Irão atual), o Afeganistão e a Manchúria, onde, segundo o autor, os interesses das várias superpotências entrariam previsivelmente em rota de colisão, dada a relevância estratégica dessas áreas para mais do que uma delas.

Mas um outro elemento se juntou a este cenário já de si problemático: a explosão da primeira bomba atómica em Hiroshima. Orwell deu-se rapidamente conta de que o poderio nuclear iria alterar profundamente não só a natureza de qualquer guerra futura, mas todo o equilíbrio geopolítico do mundo. Em «You and the Atom Bomb», artigo publicado em outubro de 1945, Orwell reflete justamente nos desníveis de poder e na perturbação da ordem internacional que a bomba acabara de criar:

> Existem indicadores de que a Rússia ainda não possui o segredo da produção da bomba atómica, mas é consensual que o terá em breve. Desenha-se, portanto, um cenário em que duas ou três superpotências monstruosas, cada uma delas em posse de uma arma que pode exterminar milhões de seres humanos em poucos segundos, irão dividir o mundo entre si. Tem-se partido do princípio, se calhar precipitadamente, de que isto significará guerras cada vez mais devastadoras e sangrentas, e provavelmente o próprio fim da civilização da máquina. Mas imaginemos — o que é ainda mais provável — que as grandes potências existentes acordam entre si em não usar a bomba atómica umas contra as outras? Imaginemos que só a usarão, ou ameaçarão usá-la, contra os povos que não podem retaliar? Neste caso, estamos de volta ao passado, com a única diferença de que agora o poder está concentrado num menor número de países, e que as perspetivas para os povos subjugados e as classes oprimidas são bem mais sombrias. (*CW*, vol. XVII: 320)

Segundo Orwell, o facto de a bomba atómica ser extraordinariamente cara e difícil de produzir levaria inevitavelmente a uma concentração do poder nas duas ou três superpotências com capacidade para explorar o nuclear, com a consequente perda da independência e autonomia dos restantes países, fracos demais para se afirmarem no palco das relações internacionais e sem outra alternativa a não ser a subserviência relativamente a uma destas «superpotências monstruosas». Assim se acentuariam os desequilíbrios já existentes, retirando aos povos dominados a possibilidade de qualquer revolta, ao mesmo tempo que se colocariam «os donos da bomba numa base de igualdade em termos militares». A conclusão lógica deste processo leva Orwell a imaginar um cenário futuro de guerra permanente, mas — e aqui está a grande novidade — apenas *latente* entre as superpotências:

> As teorias de James Burnham têm sido objeto de discussão acesa, mas poucos se têm detido nas suas implicações ideológicas — ou seja, no tipo de mundividência, crenças e estrutura social de um Estado que seria a um tempo invencível e estaria numa situação permanente de «guerra fria» com os países vizinhos. (*CW,* vol. XVII: 321)

Na sua perspetiva, o poder atómico poderia pôr fim às guerras em grande escala, mas o preço a pagar seria o prolongamento por tempo indefinido de «uma paz que não é paz». Ou seja, o mundo passaria a viver numa paz podre, como dizemos em português, situação em que os conflitos não eclodiriam numa guerra aberta, mantendo-se de pousio, subterraneamente, mas constituindo uma ameaça constante à paz e harmonia internacionais.

Especular acerca do futuro mediante as tendências discerníveis no presente está sem dúvida na base do romance que Orwell planeava desde 1943, a que se foram acrescentando os novos elementos resultantes da explosão atómica, da subsequente vitória aliada e do retalhar do mundo do pós-guerra. Mal sabia o autor que a expressão «guerra fria», que acabara de cunhar no artigo, se popularizaria e viria a designar precisamente o processo que antevira, com tanto receio, em «You and the Atom Bomb»: a divisão do mundo em blocos rivais, cada um deles encimado por uma superpotência (neste caso os EUA e a URSS), cujo poder residia antes de mais na posse da tecnologia nuclear, ambos exercendo um controle direto ou indireto sobre vastas zonas do globo, em particular as que lhe são limítrofes. A chamada Cortina de Ferro (de que o Muro de Berlim passou a ser o símbolo mais visível e material) separou, efetivamente, o mundo ocidental, liderado pelos EUA, de toda a zona do Leste da Europa, controlada pela URSS, deixando durante décadas as duas superpotências num estado de tensão permanente, cada uma delas tentando alargar as suas zonas de influência, e ambas envolvidas numa corrida ao nuclear. Orwell foi, assim, um dos primeiros a refletir nas consequências da viragem histórica a que se assistia e a prestar uma atenção detalhada às suas diversas implicações. *Mil Novecentos e Oitenta e Quatro* é, com efeito, um romance da Guerra Fria (ou talvez, mais precisamente, do início da Guerra Fria), muito devendo aos condicionalismos políticos e ideológicos do momento, a que Orwell reagiu de forma intensa e com o imediatismo de quem encontrou de repente o horizonte toldado pelo cogumelo nuclear e se viu forçado a pensar o impensável.

E como entram as teorias de James Burnham[27], que Orwell menciona no excerto citado, em toda esta complicada

---

[27] James Burnham (1905-1987) é um dos mais controversos intelectuais do pós-guerra americano. Aluno brilhante em Princeton e Oxford, e professor de Filosofia na New York University, iniciou o ativismo político na década de

equação? O interesse de Orwell por este influente intelectual, filósofo e ativista americano está bem patente nos vários textos que lhe dedicou: dois mais curtos, um deles integrado na sua coluna semanal «As I Please», outro, a recensão crítica de um livro de Burnham, *The Machiavellians*, ambos de 1943; e dois mais longos, «Second Thoughts on James Burnham», publicado em 1946, e «Burnham's View of the Contemporary World Struggle», em 1947. A obra de Burnham, *The Managerial Revolution. What is Happening in the World*, levantara uma acesa polémica aquando da sua publicação em 1941. Nela se propõe a ideia de que o capitalismo, enquanto sistema, estava moribundo, e seria substituído, num futuro próximo, não pelo socialismo (como a esquerda acreditava e desejava), mas por uma nova ordem encabeçada por uma elite de «managers», isto é, de gestores, técnicos e executivos, que assumiriam o controle das sociedades avançadas e promoveriam formas de organização mais centralizadas e burocratizadas, dependentes de um planeamento rígido e de uma alta concentração do poder estatal. Esta nova classe, claramente uma oligarquia, eliminaria a classe dirigente tradicional, cujo poder residia na propriedade, submeteria a classe trabalhadora e manteria apenas uma fachada de democracia, preservando alguma liberdade de expressão e tolerando, nal-

---

1930, tendo estado envolvido na criação de vários partidos de orientação comunista e posteriormente trotskista. O pacto russo-germânico de 1939, contudo, levou-o a deixar o marxismo e a considerar a URSS como Estado totalitário. *The Managerial Revolution* surge, assim, na sequência da sua desilusão com vários modelos de esquerda, que resultaram numa marcada inflexão à direita do seu percurso ideológico. Durante a Segunda Grande Guerra, trabalhou no Office of Strategic Services (entidade precursora da CIA), e durante a Guerra Fria foi uma das vozes mais agressivamente antissoviéticas, tendo apoiado o macartismo e sendo considerado um dos primeiros neoconservadores americanos. Muito sintomaticamente, Ronald Reagan galardoou-o com a Presidential Medal of Freedom.

guns casos, a existência de organizações partidárias. Mas, de facto, segundo Burnham, esta sociedade seria tirânica, gerida por uma nova elite que controlaria totalmente os meios de produção e governaria com pulso de ferro, em nome da eficácia e da produtividade, mas exclusivamente em função dos seus próprios interesses.

The Managerial Revolution suscitou reações fortes de vários quadrantes político-ideológicos, uma vez que abalou alguns dos pilares da direita e da esquerda, ao pôr em causa, por um lado, a permanência do capitalismo como sistema e, por outro, a evolução do mundo em direção ao socialismo. Burnham atacou, portanto, as convicções mais profundas das duas grandes correntes ideológicas da altura, postulando um futuro negro, irreversível, em que se mudariam sistemas e elites, mas não se eliminariam hierarquias nem injustiças. Orwell, como tantos outros intelectuais e escritores, reagiu ao cenário proposto por Burnham com uma espécie de fascínio mórbido. Aceitando alguns dos seus pressupostos, como o da expansão dessa nova classe de gestores e técnicos[28], Orwell critica, nos ensaios, o que entende ser a atitude de reverência de Burnham perante este novo modelo de poder, um poder que é um fim em si mesmo, esvaziado de qualquer substrato político-ideológico — o poder pelo poder, total, absoluto e inédito nos termos em que se viria a constituir e a operar. E Orwell reage também contra o tom apocalítico que enforma a visão de Burnham, alegando que a história demonstra que os totalitarismos não são permanentes nem

---

[28] Tal como Burnham, também Orwell se dera conta do aparecimento e expansão dessa nova «classe imprecisa dos trabalhadores mais qualificados, dos peritos técnicos, dos aviadores, cientistas, arquitetos e jornalistas, de todos aqueles que se sentem em casa na era do rádio e do betão e do aço» (*CW*, vol. XII: 427), entendendo-a como essencial para a revolução que advogara em «O Leão e o Unicórnio» e propondo que o socialismo aí recrutasse adeptos.

invencíveis, e que até a URSS terá de se democratizar ou será destruída, tal como acontecera com outras ditaduras do passado. Para Orwell, o garante dessa revolta contra o totalitarismo é sempre a força da opinião púbica e a voz do «homem comum», que mais tarde ou mais cedo se fará ouvir, exigindo a liberdade e a democracia.

Quem conhece *Mil Novecentos e Oitenta e Quatro* já se deu certamente conta de que o romance trabalha muitas destas questões, e terá notado também que a acusação de pessimismo que Orwell dirige a Burnham se pode voltar contra o seu próprio romance. Não há dúvida de que Orwell não encerrou, com estes artigos, o diálogo com Burnham, ficando a remoer por longo tempo nos problemas que *The Managerial Revolution* lhe havia colocado. E não será coincidência o facto de ter entrado no debate público sobre a validade das teorias de Burnham no preciso momento em que tinha em mãos o seu novo romance. Podemos efetivamente considerar que *Mil Novecentos e Oitenta e Quatro* investiga, sob a forma romanesca, «o tipo de mundividência, crenças e estrutura social de um Estado que seria a um tempo invencível e estaria numa situação permanente de "guerra fria" com os países vizinhos». Agora em registo ficcional e não ensaístico, Orwell volta a pegar na sugestão de Burnham, analisa-a sob vários ângulos, explora-lhe as implicações, chegando a conclusões porventura mais ambíguas do que as expressas, em tom tão categórico, nos artigos que lhe dedicou. Na análise da obra, voltaremos a estas questões; de momento, convém notar a profunda influência do filósofo americano na criação do universo ficcional de *Mil Novecentos e Oitenta e Quatro*, acrescentando dados novos às condições políticas e ideológicas que rodearam a obra e a ajudaram a tomar forma.

E já que estamos a tratar das influências visíveis desta obra, aproveitemos para fazer menção dos seus antecedentes literários, porque a literatura, no fundo, é sempre uma reescrita do que veio antes, e a intertextualidade um fenómeno que, assumido ou não, em muito condiciona os sentidos de qualquer texto. O contexto literário de *Mil Novecentos e Oitenta e Quatro* merece, portanto, alguma referência, ainda que breve, para percebermos o modo como Orwell utilizou modelos narrativos existentes e os redirecionou para os seus propósitos específicos. Um bom ponto de partida é precisamente o ensaio «Second Thoughts on James Burnham», onde Orwell tenta identificar algumas das obras que já haviam desenhado cenários futuros igualmente sinistros e perturbadores:

> É bom de ver que a teoria de Burnham não é, em si mesma, particularmente inovadora. Muitos escritores do passado já tinham previsto a emergência de um novo tipo de sociedade, nem capitalista nem socialista, provavelmente baseada na escravatura, embora muitos deles não tenham, ao contrário de Burnham, partido do princípio de que ela era *inevitável*. Um bom exemplo é a obra de Hilaire Belloc, *O Estado Servil*, publicada em 1911. O estilo é entediante, e a solução proposta (o regresso à pequena propriedade rural) é, por várias razões, uma impossibilidade. Ainda assim, a obra prevê, com grande argúcia, alguns dos desenvolvimentos de 1930 para cá. Chesterton, de forma menos metódica, previu o desaparecimento da democracia e da propriedade privada, e a construção de uma sociedade esclavagista que não se pode designar por capitalista ou comunista. Jack London antecipou, em *O Tacão de Ferro* (1909), alguns dos traços fundamentais do Fascismo, e a obra de [H. G.] Wells, *The Sleeper Awakes* (1900), e a de [Yevgeni] Zamyatin, *Nós* (1923), bem como *O Admirável Mundo Novo* (1930), de Aldous Huxley, descrevem cenários imaginários em que os problemas específicos do capitalismo foram resolvidos

sem que a liberdade, a igualdade e a verdadeira felicidade ficassem mais ao nosso alcance. (*CW*, vol. XVIII: 270; ênfase no original)

Neste passo, Orwell traça o historial da narrativa distópica, género que surgiu na viragem do século XIX para o XX, e a que os nomes por ele indicados indubitavelmente pertencem — como a ela pertencerá o seu próprio texto, *Mil Novecentos e Oitenta e Quatro*. Entendendo essas obras como precursoras da visão de Burham, Orwell está também, indiretamente, a criar antepassados literários para o romance cuja escrita estava a iniciar, situando-se numa linha de continuidade com essa tradição[29]. Bem consciente desses vários «cenários imaginários» que a literatura desenhara para responder a algumas das questões cruciais da primeira metade do século XX — em que medida contribui o desenvolvimento tecnológico para um verdadeiro progresso civilizacional, e que alternativas existem aos dois grandes modelos de sociedade, capitalismo e comunismo? —, Orwell participa no debate acrescentando-lhes ainda um outro, atualizando temas, reposicionando preocupações e renovando mesmo algumas das componentes essenciais desse género narrativo.

A narrativa distópica é uma derivante da longa tradição da utopia, que remonta à *República* de Platão, tendo atingido

---

[29] Muitas destas obras constituíram, de facto, uma influência direta ou indireta em *Mil Novecentos e Oitenta e Quatro*, nomeadamente a de Zamyatin, *Nós*, que Orwell lera pouco antes, e que tem inúmeros pontos de contacto com o seu romance: também aí há um Estado único e totalitário, governado por uma oligarquia de «Guardiães», encimada pela figura do «Benfeitor»; tudo é feito de vidro para permitir a vigilância sobre o indivíduo; a ciência e a lógica pervertidas são um dos esteios desta sociedade de controle, fortemente arregimentada, que literalmente lobotomiza os dissidentes; e também nesta obra há uma relação amorosa entre duas figuras que se revoltam, acabando por ser neutralizadas.

o seu momento áureo no Renascimento, com a obra-prima do género, a *Utopia*, de Thomas More (que lhe forneceu o nome), e se prolonga ainda em textos como o de William Morris, *News from Nowhere*, e o de H. G. Wells, *A Modern Utopia*, até ao final do século XIX, início do XX. O cerne da utopia reside, evidentemente, na construção imaginária de um mundo em tudo melhor do que aquele em que habitamos, criando sociedades ideais, perfeitas, onde os problemas que afligem o mundo foram satisfatoriamente resolvidos mediante novas formas de organização social, política e económica. O mundo da utopia situa-se sempre geográfica ou temporalmente longe do nosso, vincando-se assim a diferença entre o que *é* e o que *podia ser*, entre a realidade imperfeita em que vivemos e o ideal inatingível a que aspiramos. Daí a designação de «utopia», termo que vem do grego «topos» («lugar») e a que Thomas More acrescentou o prefixo «u», que nessa língua significa negação. A utopia é, assim, paradoxalmente, o «não-lugar», aquilo que materialmente nunca se concretizará aqui na terra, autodesignando-se, portanto, enquanto género, como pertencendo ao reino da mais pura imaginação. A narrativa utópica foi, por isso mesmo, utilizada como crítica impiedosa ao real, denunciando-lhe as falhas, expondo-lhe as imperfeições e, por contraste, mostrando como o mundo devia ser, mas não é. Substituindo a realidade do presente por outras (im)possíveis no futuro ou existindo apenas nalgum local distante e inacessível, a utopia é sempre, no fundo, uma proposta política e ideológica de alteração radical do mundo. Género paradoxal e ambivalente nas suas bases constitutivas, uma vez que ao mesmo tempo postula e nega a viabilidade da mudança para melhor, a utopia serviu por longo tempo como princípio orientador de sociedades e classes que renegavam o presente e lutavam por um novo *statu quo* que lhes fosse mais favorável, otimisticamente acreditando na possibilidade da melhoria e na capacidade humana de se aproximar do ideal.

Mas a crise existencial da viragem do século XIX para o XX abalou profundamente a crença no progresso e no movimento ascendente da história da civilização. A utopia, com efeito, parecia cada vez mais distante, fugindo por entre as consequências nefastas da sociedade industrial, que agravara injustiças, promovera desigualdades e celebrara a vitória da máquina sobre o ser humano. A distopia surge precisamente nesse momento de desilusão e desalento, dramatizando essa incapacidade de pensar o mundo sem ser como horror ou pesadelo a que o Modernismo tão bem deu voz no primeiro quartel do século XX. De então para cá, a distopia substituiu a utopia na criação de realidades alternativas, de cenários imaginários que pretendem criticar, por comparação e contraste, a organização da nossa própria sociedade. O século XX é, com efeito, o século da distopia; aparentemente incapaz de pensar o ideal e enfatizando os traços negativos do presente na sua especulação do futuro, este século privilegia um género que, à primeira vista, se situa nos antípodas do da utopia, substituindo otimismo por pessimismo, e oferecendo a antevisão do inferno em vez da revelação do paraíso.

A utopia e a distopia têm, no entanto, muito mais em comum do que se poderia pensar. Construindo ambientes de sentido contrário, ambas radicam na insatisfação com o presente, pretendendo intervir na sua alteração futura. Espelhos invertidos ou faces da mesma moeda, que muito partilham nos seus pressupostos-base, mas se afastam nas estratégias para atingir os objetivos pretendidos, a verdade é que as duas variantes do género estão indissoluvelmente ligadas, implicando-se uma à outra em níveis insuspeitados, mas ainda percetíveis. Ou seja, a distopia não implica necessariamente uma atitude de passividade, desistência ou paralisia face ao que se lê como a imperfeição do mundo; pelo contrário, e tal como a utopia, o género assume-se muitas vezes como empenhada crítica social e gesto emancipatório de resistência[30].

Senão, vejamos o caso particular de Orwell e da sua relação com a forma utópica e distópica, algo que nos ajudará a situar *Mil Novecentos e Oitenta e Quatro* num determinado enquadramento literário e a perceber porque escolheu Orwell a distopia para intervir no debate sobre o futuro do mundo do pós-guerra. Lembremos antes de mais que Orwell sempre expressara sérias reservas relativamente a visões utópicas, muito em particular quando estas vinham da esquerda. No capítulo sobre *O Caminho para Wigan Pier*, referimos a sua contestação do socialismo utópico de William Morris, que Orwell pensava ser inviável na sua sugestão de um regresso a sociedades pré-industriais, algo que definira como «puro diletantismo» e satirizara como tentativa vã de «salvar a alma com o artesanato» (*RWP*: 186). Mas as utopias futuristas de um H. G. Wells, que abraçava o progresso tecnológico e o considerava como remédio para todos os males, merece igualmente a invetiva do autor e uma caricatura tão pouco lisonjeira como a anterior: esses paraísos de betão e aço, mundos «resplandecentes» feitos à medida de «homenzinhos gorduchos» (como os dois socialistas com os traseiros a transbordarem dos calções de caqui, que para ele tipificavam a excentricidade do movimento), são para o autor versões abastardadas e contraproducentes do que o socialismo devia

---

[30] Um caso óbvio é a obra da ativista e feminista Margaret Atwood, *The Handmaid's Tale/Crónica de uma Serva*, distopia que denuncia a subalternização da mulher numa cultura machista e paternalista, e cuja versão fílmica, saída em 2017, foi aproveitada como instrumento de resistência contra Donald Trump e tudo o que ele representa. Atwood reconhece a influência de Orwell na sua obra, propondo até uma visão mais otimista de *Mil Novecentos e Oitenta e Quatro* do que a comumente aceite. Veja-se o seu artigo em: https://www.theguardian.com/books/2003/jun/16/georgeorwell.artsfeatures

representar. O marxismo não se lhe apresenta, também ele, como alternativa à crise do capitalismo, por tudo o que tem de determinismo, de descentramento do individual no processo histórico e de falta de apelo popular, em grande parte graças à sua linguagem hermética e incompreensível, «tão afastada da linguagem comum como a de um compêndio de matemática» (RWP: 163).

Se em O Caminho para Wigan Pier se atacam, portanto, várias versões do socialismo utópico, mais adiante Orwell porá em causa a própria ligação do socialismo, enquanto ideologia, com o conceito de utopia. Citámos já, no capítulo sobre A Quinta dos Animais, o passo do ensaio sobre Koestler em que Orwell argumenta a favor da dissociação entre o socialismo e a utopia, considerando que a promessa da perfeição rapidamente trará a desilusão dos seus adeptos, promovendo a passividade e o recuo do público para o privado. Para ele, nem a religião, que prometia o paraíso no céu, nem as ideologias que o transferiam para a terra eram modos eficazes de intervenção social e de luta política. Orwell tinha, com efeito, um saudável ceticismo relativamente ao que hoje designamos como as grandes narrativas teleológicas, isto é, modelos conceptuais do mundo em que o desenrolar da história se encaminha inelutavelmente para um objetivo definido, seja ele o do retorno a um mundo agrário e pré-industrial, a um futuro tecnologicamente avançado ou à ditadura do proletariado. A sua opinião quanto a eventuais ganhos civilizacionais era menos ambiciosa e mais gradualista, resistindo ao que via como otimismos perigosamente ingénuos e irresponsáveis, por muito sedutores que fossem.

Mas não esqueçamos que Orwell viveu, embora transitoriamente, a sua própria utopia, utopia essa resultante de uma revolução e consubstanciada na comunidade das milícias espanholas onde, por acidente, tinha ido parar, mas que o deixaram com mais fé no ser humano e na sua capacidade de criar sociedades mais justas e igualitárias. A Guerra Civil de Espanha, ao mesmo tempo que lhe forneceu dados importantes para o desenho do mundo totalitário de *Mil Novecentos e Oitenta e Quatro*, foi também determinante para a continuação da sua luta política em prol do socialismo, como o provam «O Leão e o Unicórnio» e, mais indiretamente, *A Quinta dos Animais*. Reconhecendo ainda a efemeridade da experiência em Espanha, Orwell transportou consigo o ideal para o resto da vida. A sua ideia de que a Segunda Grande Guerra poderia trazer a desejada revolução saiu gorada, é certo, tendo o próprio admitido o erro em que caíra, e reconhecendo que as nossas previsões têm frequentemente origem em sonhos que a realidade depressa se encarrega de destruir. Se alguma vez Orwell tivera a tentação de ser profeta, ela desapareceu neste momento, ao reconhecer que a Inglaterra ganhara a guerra, mas perdera, na paz, uma excelente oportunidade de se repensar e se reconstruir.

Orwell tem, contudo, uma grande capacidade de gerir a desconfirmação pelo real das suas teorias, reorientando--as consoante as novas condições que o mundo lhe vai apresentando, resistindo sempre a tornar-se num desses «neopessimistas», que ele tão bem compreendia, mas tanto criticara. Mantendo o ideal do socialismo democrático como meta orientadora — nem mais nem menos —, *Mil Novecentos e Oitenta e Quatro* experimenta as virtualidades da distopia para a crítica social, política e ideológica de que não desistira, usando esse género com o mesmo intuito com que outros no passado utilizaram a utopia, duas visões extremas que servem para aferirmos, por contraste, as qualidades e defeitos do mundo em que vivemos e, assim, nas palavras do autor, o podermos «empurrar numa determinada direção» (*CW*, vol. XVIII: 318). O combate, portanto, é o mesmo, e o «guerrilheiro» torna a pegar em armas para espevitar o resto do exército e o alistar na luta contra velhos e novos inimigos. Em reforço desta posição, vejamos o que o autor nos diz sobre a obra que acabara de publicar:

> No meu novo romance, *1984*, não era minha intenção criticar o socialismo nem o Partido Trabalhista britânico (de que sou apoiante), mas tão só denunciar as perversões a que uma economia centralizada está sujeita e que já foram parcialmente concretizadas no Comunismo e no Fascismo.
> Não creio que a sociedade que aí descrevi venha necessariamente a existir, mas acredito (tendo em conta, evidentemente, o facto de a obra ser uma sátira) que algo de semelhante possa vir a ter lugar. Penso também que as ideias totalitárias se têm gradualmente enraizado na mente dos intelectuais, e tentei levá-las às suas últimas consequências.
> A obra passa-se na Grã-Bretanha para acentuar a noção de que as raças anglo-saxónicas não são inerentemente melhores do que qualquer outra, e que, **se não lutarmos contra ele**, o totalitarismo poderá triunfar em qualquer lugar. (*CW*, vol. xx: 136; ênfase no original)

Mesmo atendendo ao facto de a intenção do autor não controlar nem esgotar os sentidos do texto, é interessante que Orwell defina a sua obra como uma sátira, que não pretende prever o futuro, mas, antes, encorajar o ativismo político na luta contra o que considera serem as manifestações totalitárias do presente. Ler *Mil Novecentos e Oitenta e Quatro* como sátira é não só possível como legítimo e produtivo. A sátira, que vive do exagero caricatural de figuras, instituições e práticas sociais, que denuncia vícios e abusos e publicamente os expõe e desacredita, é também uma moldura formal e literária em que a obra perfeitamente cabe.

Na sua crítica acerba e sarcástica a tudo o que representa a autoridade e os valores dominantes, a sátira muito tem em comum com a distopia, usando o mesmo método hiperbólico, enfático, às vezes chocante e bombástico, para argumentar com veemência contra o *statu quo*. Como escritor polémico, Orwell estava muito à vontade neste mundo da malha grossa e do traço forte, do acentuar do negativo, de um *reductio ad absurdum* de ideias e teorias que expusesse a sua verdadeira natureza, assim construindo os cenários extremos necessários à persuasão de um público frequentemente cético e/ou apático.

Distopia, sátira, texto polémico — *Mil Novecentos e Oitenta e Quatro* deles todos tem um pouco, jogando com modelos literários e tradições formais que o autor bem conhecia[31] e bem lhe tinham servido, no passado, para causar controvérsia, questionar ortodoxias e promover o debate público sobre as questões prementes do momento. Como profecia às vezes se lê o texto, a partir da nossa localização no futuro, que beneficia de uma visão retrospetiva e facilmente despista aspetos da obra que se encontram, ou não, no nosso presente. Mas profecia ele não pode, efetivamente, ser, porque Orwell não era vidente e nunca se gabou de ter uma bola de cristal nem de fazer previsões certas do que estava para vir; pelo contrário, tinha uma consciência aguda da imprevisibilidade do real e da necessidade de testar ideias e conceitos perante um mundo em permanente mudança. Projeção lhe chamei eu, no título desta última secção sobre o autor, que inclui *A Quinta dos Animais* e *Mil Novecentos e Oitenta e Quatro*, obras em que, mesmo quando olha para trás, Orwell se preocupa em nos dar uma antevisão de um

---

[31] Orwell tinha bons mestres na arte da sátira, nas figuras de Jonathan Swift e Charles Dickens, dois dos seus autores preferidos.

futuro que ele definitivamente não quer que seja o nosso e sinceramente acredita poder ser evitado.

Não sei se algum leitor ou leitora se deu conta de que, de certa forma, neste capítulo comecei pelo fim em vez de pelo princípio. Com efeito, estes últimos parágrafos assumiram um tom conclusivo que seria porventura mais adequado a um remate sobre *Mil Novecentos e Oitenta e Quatro* do que ao início de uma discussão sobre a obra. Foi deliberado, porque parto do princípio de que a maioria conhece o romance, dispensando-se, portanto, uma introdução semelhante à das obras menos lidas do autor. Por esse motivo, procurei, acima de tudo, nesta primeira parte do capítulo, fornecer algumas coordenadas de ordem pessoal, política, geoestratégica e literária que nos podem orientar na interpretação de uma obra que tem sido sujeita a múltiplas leituras e a perspetivas substancialmente diferentes quanto ao seu significado histórico e ideológico. Queria também deixar clara desde o início a minha posição acerca de *Mil Novecentos e Oitenta e Quatro*, que presidirá à análise mais detalhada do romance, com clara consciência de que o meu público já sobre ele terá ideias feitas, muitas das quais podem, ou não, coincidir com as minhas. *Mil Novecentos e Oitenta e Quatro* é sem dúvida o romance mais denso e complexo que Orwell escreveu, e mesmo para quem (como eu) ele não constitua o suprassumo da sua arte como escritor, é verdade que a obra coloca mais desafios à leitura do que qualquer das outras. Em parte, pelo carácter conclusivo que assume, sendo a última obra de monta do autor, em parte, pelo contexto da Guerra Fria que lhe trouxe a fama instantânea, o seu estatuto de grande clássico da literatura política do século XX é incontornável e incontestavelmente merecido. Escrever sobre *Mil Novecentos e Oitenta e Quatro* é, por isso mesmo, escrever *em cima de* ou *por cima de* tantas outras interpretações que já se lhe foram colando e passaram a integrar o universo de significados da obra. Sem ignorar o facto (o que seria perverso e inviável), proponho, no entanto, tal como fiz relativamente a *A Quinta dos Animais,* que na medida do possível se olhe este romance como mais um estádio do percurso de Orwell, em que ele repesca muitas das preocupações anteriores e as reúne, sistemática e coerentemente, sob a forma ficcional.

Depois do sucesso de *A Quinta dos Animais,* onde conseguira essa fusão entre o impulso artístico e o político que, segundo nos diz em «Porque Escrevo», é o seu objetivo máximo enquanto escritor, Orwell resolveu aproveitar mais uma vez as virtualidades do romance para promover a discussão democrática de questões que lhe eram caras, e que ele publicamente disponibiliza para escrutínio e reflexão. Daí que *Mil Novecentos e Oitenta e Quatro* seja um romance de tese, em que todos os elementos narrativos confluem para uma ideia central e a ela se submetem. Partindo de uma premissa inicial — qual «o tipo de mundividência, crenças e estrutura social» de um Estado onde triunfaram estes novos totalitarismos? —, Orwell explora as suas implicações últimas para a constituição de novas formações do individual/subjetivo e do estatal/coletivo. Estas sociedades, nem capitalistas nem comunistas, mas reunindo os traços mais negativos de ambas, situar-se-iam, portanto, para lá dos modelos conhecidos e já experimentados no real, oferecendo a oportunidade de uma criação especulativa que hiperbolicamente projetasse no futuro as linhas de orientação detetáveis no presente.

As questões que sempre preocuparam Orwell e constituem o cerne do universo ficcional de *Mil Novecentos e Oitenta e Quatro* agrupam-se à volta de três vetores essenciais: 1) a relação do Estado com o indivíduo, em tudo o que ela comporta de organização social e de sistema de classes, de existência (ou não) de liberdades democráticas e de acesso ao poder por parte do cidadão ou de grupos organizados; 2) a relação do presente com o passado, ou seja, a forma como a sociedade entende a sua história, e o papel que lhe atribui na criação de identidades pessoais e coletivas e na formação de lealdades supraindividuais, de que os nacionalismos são o exemplo mais acabado; 3) a relação do intelectual e do artista com a restante sociedade, e muito em particular com as estruturas de poder, relação essa que, para Orwell, passava inevitavelmente pela questão da língua, dos seus usos e abusos, e pela constituição de discursos que se impõem como dominantes, secundarizando ou silenciando outros.

Mil Novecentos e Oitenta e Quatro é um exercício a um tempo ficcional e conceptual sobre toda esta problemática, cujos contornos específicos do pós-guerra se apresentaram ao autor como inéditos e, portanto, merecedores de renovada e atenta investigação. Por questões práticas, sigamos estes três pontos na análise da obra, com a noção, evidentemente, de que eles se interpenetram, não sendo matérias estanques, antes altamente porosas e interdependentes, de modo que ao falar de cada um acabaremos por ter de convocar todos os outros.

A relação do Estado com o indivíduo é porventura o tema que mais nos salta à vista quando lemos *Mil Novecentos e Oitenta e Quatro*, e a sua centralidade está habilmente inscrita logo nas primeiras páginas do texto. Numa paisagem urbana de ruína e devastação, o berrante cartaz com a descomunal imagem do «Big Brother», ícone do partido único que governa a superpotência da Oceânia, impõe-se como símbolo da omnipresença do Estado e da apertada vigilância que este exerce sobre o indivíduo. Winston Smith, o protagonista, emerge deste momento inicial como uma figura muito humana, contrastando, na sua pequenez, magreza e fragilidade, com a enormidade brutalista do cenário que o rodeia. Seguindo Winston Smith para dentro do apartamento onde vive, procuramos, como ele, o refúgio numa domesticidade protetora, uterina, que sirva como escape ao espaço público e avassalador do Estado total e totalizante. Mas não; a voz incessante e a ótica alargada do telecrã retiram à casa o carácter íntimo e privado que sempre lhe esteve culturalmente associado, mas que não tem, nem pode ter, lugar numa sociedade em que o Leviatã[32], como lhe chamou Thomas Hobbes, esse Estado monstruoso e reptiliano, tudo controla e a todo o lado chega.

Gradualmente, o texto explora e desenvolve a realidade distópica desenhada, em traços gerais, neste começo, que também vive muito da tensão entre o familiar e o estranho. A cidade onde Winston Smith habita seria facilmente reconhecida pelos/as leitores/as da altura: ela é, com efeito, a Londres em ruínas, esquálida, cinzenta, deprimente, devastada pela guerra[33]. Mas a este cenário físico, facilmente identificável, sobrepõe-se um outro, político e social, situado no futuro próximo (uns meros 36 anos depois do momento da escrita),

---

[32] O Leviatã é um dos sete Príncipes das Trevas mencionados na Bíblia, sendo representado como um monstro reptiliano por exemplo no *Livro de Jó*. Na cultura inglesa, contudo, o termo tem ainda outro significado, oriundo da famosa obra de Thomas Hobbes, *Leviatã*, publicada em 1651, onde o filósofo discute as relações entre o indivíduo e um Estado tão monstruoso como o ser mítico. O ensaio «Writers and Leviathan» discute precisamente a relação dos intelectuais com um poder cada vez mais totalitário. Não por acaso, o artigo foi publicado em 1948, sendo contemporâneo de *Mil Novecentos e Oitenta e Quatro*.

[33] Há quem sugira que Orwell se inspirou, por exemplo, na Senate House, edifício central da Universidade de Londres, construído na década de 30, para o cenário arquitetónico do romance. Com efeito, a Senate House suscitou na altura críticas pelo seu carácter monumental e imponente. A versão fílmica de *Mil Novecentos e Oitenta e Quatro*, de 1984, usa o edifício na representação do Ministério da Verdade.

que causa choque e perplexidade pelo carácter terrível do que lá se passa. O partido único substituiu a democracia pluralista e representativa; o líder, omnipresente e aparentemente omnisciente, tomou a vez das anteriores figuras de autoridade, transitórias, falíveis e substituíveis; a classe dominante é agora recrutada a partir dos quadros partidários, uma oligarquia que não depende da hereditariedade, como a antiga elite, mas nem por isso é menos coesa, permanente e opressora; o sistema de classes passou a organização em castas, intensificando as assimetrias sociais, rigidamente impondo a separação dos grupos e impedindo a mobilidade entre eles; e o Estado é agora uma força centrífuga para onde tudo converge e de onde tudo emana, sugando vorazmente o individual e o coletivo, engolindo-o, assimilando-o, e regurgitando apenas o que garantirá a completa submissão e manterá o seu poder como absoluto.

A ciência ajudou na construção deste mundo em que nada pode ficar de fora ou puxar em sentido contrário, fornecendo os dispositivos necessários ao controle e vigilância da população, negando-lhe ao mesmo tempo os eventuais benefícios de uma tecnologia avançada. De «betão e aço» é esta civilização feita, mas de «resplandecente» nada ela tem, como H. G. Wells e tantos outros pretendiam, na sua crença no mito do progresso e no potencial da tecnologia para a felicidade humana. O Estado apropriou-se do desenvolvimento científico e moldou-o aos seus propósitos despóticos, usando as novas ferramentas audiovisuais de que dispõe para eliminar a opacidade do privado e lançar o seu olhar voyeurístico, intrusivo, ao indivíduo. Os intuitos punitivos da nova sofisticação técnica estão bem consubstanciados no ubíquo telecrã, aparelho que recebe imagens vindas do que devia ser a esfera íntima, mas que também transmite os *slogans* do partido, num movimento duplo que só na aparência permite a reciprocidade entre o indivíduo e o Estado, mas efetivamente reforça o poder do segundo sobre o primeiro. É o triunfo da sociedade panóptica, como lhe chamou o filósofo Michel Foucault[34], em que o olhar disciplinador do poder tudo alcança e a tudo se estende, utilizando a visibilidade total como forma de controle sobre a população.

Winston Smith bem tenta fugir a esta violação da privacidade, enfiando-se numa alcova onde não chega a ótica do telecrã e escrevendo um diário, a materialização da sua interioridade e, portanto, ato de rebeldia contra os ditames do partido. Mas é tentativa vã e irrisória, como ele sabe. O controle exerce-se sobre o corpo, obrigando à ginástica matinal, proibindo as deslocações, negando o prazer do ato sexual e prometendo a tortura, a prisão e a «vaporização» final aos insubmissos. Mas ele efetua-se acima de tudo sobre a mente, no seu policiar do pensamento, que elimina a possibilidade de qualquer ideia subversiva e lhe nega as palavras que verbalizam o seu sentimento de revolta. A escrita do diário não é fácil, e implica contornar a autocensura habitual e o retirar da máscara que no quotidiano usa para não se distinguir dos outros. O pensamento herético é, com efeito, o maior perigo para o poder: o indivíduo não se pode afirmar como indivíduo no mundo arregimentado da Oceânia, onde o coletivo é estreitamente controlado e padronizado e o Estado tutela até as horas de lazer, organizando atividades que, sendo coletivas, não são comunitárias. O sistema de castas promove ao

---

[34] O conceito de Panóptico usado por Foucault vem de Jeremy Benthan, que em finais do século XVIII desenhou um novo modelo arquitetónico de prisão, em forma circular, com as celas na periferia do círculo e uma cabine de vigilância no centro. O guarda teria, assim, uma visão sem entraves de todas as celas, e os prisioneiros não tinha a possibilidade de saber quando estavam a ser vigiados. Bentham foi buscar o termo à mitologia grega, onde o «Argus Panoptes» era um gigante com cem olhos — o guarda ideal, portanto.

mesmo tempo a inclusão e a exclusão: o círculo fechado de iniciados, no topo da pirâmide, é tão hermético como uma sociedade secreta, onde é difícil entrar e de onde é impossível sair; no fundo dela, estão os proles, rebanho obediente que goza de relativa liberdade porque não sairá da cerca que o contém; e a restante população é mantida no seu lugar com um misto de propaganda e ameaça.

Todas as relações sociais estão invertidas: filhos denunciam pais, maridos e mulheres só estão juntos para a procriação, e quem se senta ao nosso lado no trabalho poderá, com grande certeza, ser um bufo. A única relação emocional que é permitida e encorajada é o culto da figura do líder, desse Grande Irmão vigilante e supostamente protetor, que personaliza o amor à pátria e ao partido, entidades que se fundiram numa só. A figura máxima absorve, assim, toda a descarga emocional do indivíduo, exigindo a veneração e fidelidade totais, mas — no que só à primeira vista é um paradoxo — transmutando esses sentimentos no seu oposto, o ódio ao inimigo. O conflito latente com as outras superpotências justifica o estado de sítio em que a sociedade vive, autorizando a censura, explicando o baixo nível de vida e promovendo a exaltação da guerra, não interessa contra quê nem contra quem. Em suma, o superestado da Oceânia funciona como um todo coerente, habilmente organizado por uma oligarquia que detém o segredo do poder total e ciosamente o guarda, criando um mundo fechado e inviolável, para o qual não se vislumbra alternativa.

Mas se o presente parece inescapável, não trará o passado uma imagem redentora de outros mundos possíveis? É o que Winston Smith procura nas lojas de antiguidades, nas velhas canções populares e nas conversas com os proles, último reduto do passado numa sociedade em que o tempo se anulou e se é obrigado a viver num presente contínuo.

A memória coletiva, esse elo essencial entre passado e presente, foi obliterada, apagada do registo histórico ou reescrita em função da narrativa única do partido. Winston Smith é, ele próprio, cúmplice do processo. Enquanto jornalista (corrupto à força), a ele cabe alterar as notícias saídas nos jornais e atirar quotidianamente, no emprego, as versões inconvenientes da história para o «buraco da memória», substituindo-as por outras, falsas, mas que legitimam o poder. «Quem controla o passado controla o futuro, quem controla o presente controla o passado», reza um dos *slogans* essenciais do partido, na sua tentativa de eliminar o conceito de uma verdade partilhada por toda a sociedade, de uma consciência coletiva criada em torno de um núcleo factual assumido em conjunto e comunitariamente aceite. No mundo da Oceânia, não se encontra uma noção de história ou jornalismo como discursos que respondem, antes de mais, perante o real; em sua vez, constrói-se uma narrativa sem limites empíricos ou éticos, deliberadamente distorcida de modo a impedir a comparação com o passado e a inviabilizar a imaginação de um outro futuro. É o fim da noção de uma realidade objetiva, verificável, que existe à revelia das parcialidades ideológicas e dos interesses partidários, e de um passado imutável que desacredite as versões falsas a circular no presente. É a história escrita pelos vencedores, que não só silencia a voz dos vencidos, mas — pior! — aniquila o passado para que não sobrem testemunhos que os contradigam ou desautorizem.

A identidade comum não pode, por tudo isto, ser esse processo orgânico que busque no passado as ligações ancestrais que ajudem a fazer sentido do que foi e a projetar o que está para vir. A amnésia coletiva efetua a rutura total necessária à aceitação dos valores dominantes desta sociedade, qual *tabula rasa* onde se inscreve impunemente o novo, porque já ninguém tem a responsabilidade de lembrar do que os outros esqueceram. Afinal, um mundo sem história não precisa de historiadores, substituindo-os pelo burocrata que mecanicamente executa ordens vindas de cima, apagando o passado em vez de o preservar, deitando fora esse lixo que estorva à construção da nova ordem. Assim, também se abre caminho à criação de outras fidelidades supraindividuais, mais abstratas e manipuláveis, que transferem para o partido o sentimento de pertença anteriormente baseado na continuidade e radicado na tradição.

Winston Smith está bem consciente disso mesmo, não tendo a veleidade de pensar que será ele a repor a verdade histórica e a impedir a destruição do passado às mãos dos seus assassinos. Nem os proles o ajudam nessa cruzada contra o apagar da memória, incapazes como são de articular a sua experiência individual em termos coletivos. Mais modestamente, o diário que escreve para um leitor inexistente, grito vão e solitário de revolta, destina-se afinal a manter o elo orgânico entre o indivíduo e a história, o subjetivo e o coletivo, o pessoal e o comunitário:

> Ao presente ou ao passado, a um tempo em que o pensamento é livre, em que os homens sejam diferentes uns dos outros e não vivam sozinhos — a um tempo onde a verdade existe e o que se fez não possa ser desfeito:
> Da era da uniformização, da era da solidão, da era do Grande Irmão, da era do duplopensar — Saudações! (*NEF*: 32)

Winston é, de facto, «o último homem na Europa», título que Orwell originalmente dera à obra, antes de optar pelo mais seco e cronológico, mas porventura mais sugestivo, *Mil Novecentos e Oitenta e Quatro*. Membro de uma espécie em vias de extinção, não lobotomizado pela propaganda incessante, recusando o controle e a arregimentação, transgressivo no pensar e no agir, o protagonista representa os valores humanistas num mundo que se desumanizou. Winston faz perguntas, interroga o real, questiona o poder, contesta ideias, quer saber não só o como, mas sobretudo o porquê das coisas. Ele é, enfim, um ser pensante, ou, se quisermos, um intelectual, numa sociedade que cerceia o pensamento e severamente pune a dissidência. A sua automarginalização é deliberada, gesto de sobrevivência e forma de manter a sanidade perante a loucura e o absurdo que o rodeiam. Não por acaso, a rebelião inicia-se com a escrita do diário, meio de autoexpressão, por um lado, e, por outro, tentativa de comunicação com o exterior, de deixar um testemunho escrito do que viveu e como o sentiu. No universo do totalitarismo, a palavra e a linguagem têm, com efeito, um papel crucial, para o qual o romance constantemente chama a nossa atenção: os cartazes nas paredes berram em maiúsculas que «O GRANDE IRMÃO ESTÁ DE OLHO EM TI»; as palavras de ordem do partido, igualmente enfáticas, proclamam que «A GUERRA É PAZ. A LIBERDADE É ESCRAVIDÃO. A IGNORÂNCIA É FORÇA»; e como se isto não bastasse, o «newspeak» ou «novafala» que está a ser criada em breve substituirá o léxico antigo, limpando os sentidos acumulados ao longo dos séculos, comprazendo-se na destruição dos termos e criando outros cujo significado suporta apenas a estrutura do poder.

O mundo da Oceânia é, por tudo isto, um mundo saturado de palavras, obsessiva e hiperbolicamente *escrito* e *dito* pela linguagem. O partido único bem sabe que a linguagem nos define como seres humanos, definindo também o mundo à nossa volta e a nossa relação com os outros. O controle da palavra é, assim, uma das mais eficazes ferramentas de manipulação social; quem é dono dela é, afinal, dono de tudo, incluindo do pensamento, o que de mais íntimo tem a nossa consciência. Por isso, a «novafala» é artificialmente imposta de cima para baixo e não organicamente construída, como as outras línguas, de baixo para cima, a partir da expressão popular e da cultura do povo. Por isso, também na língua da Oceânia os sentidos das palavras se encontram invertidos: «guerra» e «paz», «escravidão» e «liberdade» significam precisamente o seu oposto — ou, se calhar, perdem qualquer significado, uma vez que se anulou a diferença entre o termo e o seu antónimo, processo paralelo ao da anulação da oposição num Estado que neutraliza a dissidência. A língua perdeu o contacto com o real e com a solidez das coisas; sem referente nem história, ela pode ser reinventada para servir os donos do presente. O discurso púbico restringe-se, deste modo, ao discurso oficial, retirando ao indivíduo a possibilidade de intervir na construção da língua e, em última análise, de articular a sua própria condição de vítima do sistema.

A literatura, enquanto expressão individual que usa a palavra para dar sentido ao mundo, não pode ter lugar neste ambiente linguístico assético e liofilizado. A produção em massa de ficção para os proles, totalmente automatizada, ainda é permitida, porque contribui para o embrutecimento e a alienação de um grupo já de si crédulo e ignorante. Mas, em geral, a propaganda dos *media* e as novas tecnologias da informação trabalham para a redução do que é possível pensar como alternativa ao *statu quo*, porque as fronteiras da língua são aqui tão bem guardadas e policiadas como as do superestado que a controla. A polifonia da cultura deu lugar ao monólogo do poder.

Que papel para o intelectual nesta sociedade filistina, conformista e alienada? Winston surge como um dos modelos possíveis da intelectualidade, na sua contestação do sistema, na tentativa de manter a sua integridade inviolada e de encontrar formas de empenhamento concreto na luta contra o sistema vigente. O'Brien é o seu duplo, o intelectual que sucumbiu à tentação do poder, se deixou seduzir e corromper por ele, pondo os seus talentos ao serviço da dominação totalitária. É O'Brien que também seduz Winston, dando-lhe a falsa esperança de uma Irmandade constituída por outros rebeldes como ele, a comunidade de iguais por que Winston tanto anseia, porque poria fim ao seu isolamento radical. A última secção de *Mil Novecentos e Oitenta e Quatro*, depois da prisão de Winston e Julia, explora precisamente a relação entre estas duas versões da intelectualidade num mundo governado pelo totalitarismo. E é sintomático que as cenas que precedem o final trágico da obra sejam as mais perturbadoras e inquietantes. Mais do que à tortura física a que Winston é submetido — pese embora a famosa e tão criticada cena dos ratos na gaiola que envolve a cabeça do protagonista[35] —, o horror e a repulsa que sentimos devem-se sobretudo à pressão psicológica a que O'Brien o sujeita, defraudando as expetativas de Winston e traindo a confiança nele depositada. Penso que a maioria dos leitores e leitoras não terá dúvidas de que O'Brien é a figura mais sinistra, terrível e assustadora de toda a obra, e isso vem em parte de ser ele, na sua condição de intelectual, o único antagonista à altura de uma figura como Winston. Foi isso exatamente que os uniu: a troca e partilha de ideias, a procura do conhecimento, a busca da verdade, enfim, o diálogo intelectual entre quem devia falar a mesma língua da interrogação e da insubmissão. E a relação assim parece funcionar por algum tempo, sendo até O'Brien que passa a Winston o livro proibido de

---

[35] A cena é por muitos considerada como pouco credível, até ridícula, sendo Orwell acusado de falta de imaginação relativamente ao que constituiria uma verdadeira tortura física. Outros alegam que, pelo contrário, a tortura física de Winston corresponde exatamente aos seus piores medos e fobias.

Goldstein, *A Teoria e Prática do Coletivismo Oligárquico*, que Winston avidamente lê, porque nele se consubstanciam, sob a forma de um discurso histórico que contextualiza e complementa o do seu próprio diário, mais pessoal e subjetivo, as razões da sua luta contra o sistema.

Mas esse diálogo toma, no final, o caminho perverso do interrogatório, e ficará como modelo exemplar dos métodos usados pelo totalitarismo para esmagar o indivíduo. Inquisidor experimentado, O'Brien alterna entre o papel de «bad cop» e de «good cop», entre o de carcereiro sádico e confidente amigo, de pai disciplinador e mentor benevolente, exigindo de Winston a um tempo o amor e a subserviência, a gratidão e o medo. Psiquiatra que senta o doente no sofá e lhe devolve a sanidade, ou carrasco que por meio da tortura o leva à loucura? Winston vacila, e essa hesitação abre a porta para a sua cumplicidade no processo. A derrota de Winston às mãos de O'Brien é total; a lógica demente do totalitarismo, em que O'Brien acredita e não acredita, nessa esquizofrenia mental do «duplopensar», onde uma ideia e o seu oposto podem coexistir sem qualquer contradição interna, levam inevitavelmente a que 2+2=5. Winston resiste como pode, mas a sua argumentação fracassa, porque ela depende da memória, sempre imaterial, de uma realidade que ele insiste ser concreta e tangível, perene e imutável:

> Um recorte oblongo de jornal aparecera entre os dedos de O'Brien. Durante uns cinco segundos, Winston teve-o no seu campo de visão. Era uma fotografia, perfeitamente identificável. Era a dita fotografia, uma cópia da fotografia de Jones, Aaronson e Rutherford numa reunião do Partido em Nova Iorque, que lhe viera parar às mãos, há onze anos, e que ele prontamente destruíra. Surgira aos seus olhos por um mero instante, desaparecendo logo de seguida. Mas ele tinha-a

visto, sem dúvida que a tinha visto! Fez um esforço deliberado, agonizante, por soltar a parte de cima do corpo, mas era impossível mover-se um centímetro que fosse em qualquer direção. Naquele momento, tinha até esquecido o mostrador. Só queria agarrar na mão a fotografia, ou pelo menos, vê-la.
«Ela existe mesmo!», gritou.
«Não», disse O'Brien. [...]
«Mas ela existiu! Existe! Existe na memória. Eu lembro-me dela. Tu também te lembras dela.»
«Eu não me lembro dela», disse O'Brien. [...]
«Tu aprendes devagar, Winston», disse O'Brien mansamente.
«Como é que eu posso não ver?», balbuciou Winston. «Como posso fingir que não vejo o que tenho à frente dos olhos? Dois e dois são quatro.» (*NEF*: 283-284)

Face ao solipsismo[36] do Partido e à insistência de O'Brien de que nada existe além da mente, Winston invoca o empírico e o material, fracos argumentos perante a lógica imbatível do poder, que opera primordialmente na interioridade, porque é aí, precisamente, que residem os princípios e valores atacados pelo totalitarismo. É isso mesmo que Winston gradualmente reconhece e aceita, traindo tudo o que lhe é caro e constituiu o cerne da sua revolta contra o Partido. Humilhado, amesquinhado, desnudado e violado no mais íntimo da sua consciência, Winston sucumbe finalmente quando trai o seu amor por Julia e reconhece, nesse momento supremo de autoconhecimento, que assim prescindiu daquilo que o torna mais humano, transformando-se, portanto, exatamente no

---

[36] O Solipsismo é uma teoria filosófica que postula que nada existe ou se pode conhecer de forma fiável além do pensamento e da consciência individuais. Assim, o mundo exterior e a consciência dos Outros têm uma existência no mínimo problemática, e, em versões mais radicais, não existem mesmo.

que sempre recusara ser e contra o que lutara desde o início. A maior derrota, diz a obra, não é a que nos impõem de cima, mas a que impomos a nós mesmos. A bota que nos esmaga a face pode ser a materialização do domínio eterno, mas este só está completo quando o indivíduo o aceita como inevitável, se sujeita a ele e desiste da revolta:

> Aceitou tudo. O passado era alterável. O passado nunca tinha sido alterado. A Oceânia estava em guerra com a Lestásia. A Oceânia sempre estivera em guerra com a Lestásia. Jones, Aaronson e Rutherford eram culpados dos crimes de que tinham sido acusados. Ele nunca vira a fotografia que os isentava de culpas. Tal nunca tinha existido a não ser na sua imaginação. Lembrava-se de se lembrar de coisas de sentido contrário, mas eram falsas memórias, produto da autoilusão. Como tudo era simples! Basta rendermo-nos, e tudo o resto vem por acréscimo. Era como nadar contra uma corrente que nos puxa para trás por mais que se tente, e de repente decidirmos dar a volta e deixar-nos levar pela corrente em vez de lutarmos contra ela. Nada mudara a não ser a nossa atitude; o que estava predestinado lá acabaria por acontecer. Já nem sabia porque se tinha revoltado. (*NEF*: 318-319*)*

O final da obra não oferece, portanto, a possibilidade da catarse, negando ao protagonista o destino heroico que se calhar, como leitores/as, preferíamos (esperávamos?) que ele tivesse. Daqui resulta, em grande medida, essa sensação que o texto nos deixa da total impotência perante forças imensamente superiores a nós, negando-nos até qualquer sentimento de empatia com o protagonista. Na verdade, o último parágrafo mostra-nos um Winston desfeito — ou melhor, *refeito* pelo poder, que lhe lavou o cérebro, lhe fez «a alma branca como a neve», o reconstituiu, portanto, para que ele se possa dizer na linguagem abjeta da mais completa sujeição, e proclamar, na retórica pomposa e oca do Partido, o seu amor por ele:

> Olhou para a face enorme. Quarenta anos para perceber o sorriso escondido pelo bigode negro. Ó cruel e vão mal-entendido! Ó teimoso e voluntário exílio do peito amado! Duas lágrimas de gim escorriam-lhe pelo nariz abaixo. Mas estava tudo bem, tudo estava bem porque a luta terminara. Vencera a batalha sobre si próprio. Amava o Grande Irmão. (*NEF*: 342)

Mil Novecentos e Oitenta e Quatro cria, assim, um anti-herói que nos desilude e nos trai, também ele, protagonizando uma derrota que se calhar não é só dele, mas de todos nós. Assim se consuma o que muitos leem como o pessimismo irredimível do romance e, consequentemente, do autor. Não há dúvida de que a derrota final de Winston Smith nos deixa um amargo de boca que por longo tempo persiste, enformando a nossa visão da obra. Mas penso ser este efeito deliberadamente construído. Tanto a lógica do texto como a dos géneros a que ele pertence recusam o final feliz que tranquilizadoramente nos daria a sensação de que a ordem havia sido reposta e tudo acabaria em bem. Os momentos finais são, precisamente, a caricatura do «happy end» convencional: Julia e Winston não vão casar e ser felizes para sempre, o vilão O'Brien não sofre o castigo merecido e tudo está e continuará mal no mundo da Oceânia. Mas só assim a crítica ao sistema despótico será totalmente eficaz e o horror do totalitarismo será claramente exposto e desmascarado. Nada redime, ou pode redimir, um sistema desta natureza; nada o justifica ou legitima; nada, portanto, se pode alegar em sua defesa, por mais que alguns tentem, insidiosamente, convencer-nos da sua bondade — incluindo (e sobretudo) os intelectuais, mercenários ou ingénuos que, conscientemente ou não, pactuam com o poder.

Mil Novecentos e Oitenta e Quatro critica severamente os intelectuais (como Burnham?), aqueles que deviam ser os principais depositários dos grandes valores humanistas, mas se vendem, como Judas, por três vinténs, ou desistem da luta com a desculpa de que ela é causa perdida. E os proles? Winston terá razão ao afirmar que «se há esperança, ela reside nos proles»? Deixar-nos-á a obra alguma réstia de fé no meio do desânimo total? Mas como podem os proles ultrapassar a sua condição de alienação e falta de consciência política e tornar-se numa força revolucionária? Winston admira-os, porque, enquanto classe, conseguiram não se desumanizar no ambiente desumano em que são obrigados a viver[37]. Mas bastará isto para lhes podermos confiar essa missão, tão difícil como urgente, de salvar o resto da sociedade com a sua força emancipatória?

Esta é, para mim (e para muitos críticos), a faceta mais ambígua e problemática do texto, e não sei se tenho resposta cabal para as questões que levanta. Suspeito que Orwell também não teve, porque o papel do «homem comum», ou, se quisermos, da classe trabalhadora, na mudança radical da sociedade foi algo que nunca chegou a resolver satisfatoriamente. *Mil Novecentos e Oitenta e Quatro* colocou-o, a este propósito, num grande dilema: por um lado, a forma da distopia impedia-o, evidentemente, de deixar na obra qual-

---

[37] A reverência e admiração que Winston sente pelos proles está bem expressa na sua reação à mulher que ele e Julia observam e admiram da janela a pendurar a roupa no quintal, uma espécie de epifania que lhe dá uma réstia de otimismo sobre o futuro. Visão sentimental e paternalista dessa classe, como já o foi em *O Caminho para Wigan Pier*, segundo alguns críticos, e que neste romance tem como função contrastar a fertilidade dos proles com a esterilidade da classe dominante.

quer marca de otimismo; mas, por outro, Orwell não queria prescindir do que repetidamente colocara como central à sua visão política e ideológica: a existência de uma cultura popular por natureza transgressiva, imune às retóricas falsas do poder, com horror a tudo o que seja fanatismo e ortodoxia, e que mantém viva uma tradição muito saudável de resistência, discordância e acima de tudo de dissidência. Será possível que George Bowling, esse sempre-em-pé indomável, possa ainda existir no mundo da Oceânia? Poderão os proles servir de base e/ou inspiração para uma futura revolução? Orwell bem queria crer que sim, e isso mesmo reafirma nos ensaios sobre Burnham, mas a verdade é que, no romance, a pergunta fica em suspenso e a resposta em aberto...

5.3. Depois de *Mil Novecentos e Oitenta e Quatro*

Deixei deliberadamente em aberto, também eu, o remate sobre *Mil Novecentos e Oitenta e Quatro* no capítulo anterior, porque os significados da obra não se esgotam no que está entre as capas do livro. Qualquer opinião crítica sobre o último romance de Orwell tem inevitavelmente de passar por tudo o que foi repescado para o explicar, desde as reações do público e da crítica aquando da sua publicação e nas décadas seguintes até às circunstâncias particulares do autor nos seus anos derradeiros. As reflexões sobre o texto continuarão, portanto, direta ou indiretamente, neste capítulo, onde seguiremos o autor nos últimos dois anos de vida e traçaremos os caminhos interpretativos que a obra foi tomando desde então.

Como vimos, Orwell retirou-se para a ilha de Jura para ter a calma e o sossego necessários à escrita do romance, e o seu plano resultou, porque o primeiro borrão estava completo em outubro de 1947. No entanto, o clima das Hébridas parece não lhe ter trazido os benefícios esperados em termos de saúde, uma vez que no outono desse ano voltaram as infeções pulmonares de que há muito sofria. Na véspera de Natal de 1947, Orwell admite, com a habitual relutância, que não está nada bem, e dá entrada num hospital em Glasgow onde acaba por ficar sete meses, até julho de 1948. Numa carta a um amigo, confessa o seguinte:

> Só estou no hospital há 10 dias, mas há dois ou três meses que me sinto bastante mal, e durante o último ano estive pouco bem de saúde. [...] Tive consciência de que a coisa era séria no início do ano, e pensei que provavelmente era tuberculose, mas estupidamente não fui ao médico porque sabia que tinha de ficar de cama e queria adiantar o livro que estou a escrever. Acabei por só o fazer pela metade, o que no meu caso é o mesmo que não ter começado. Mas os médicos acham que me podem remendar, e por isso devo conseguir voltar a sério ao trabalho em 1948. (*CW*, vol. xix: 240)

A admissão de Orwell de que continuou a escrever a obra mesmo sabendo-se gravemente doente é muitas vezes entendida como uma espécie de impulso suicidário, responsável pela sua morte prematura e pela visão pessimista da obra[38]. É certo que Orwell queria terminar o romance a todo o custo:

---

[38] Veja-se, por exemplo, o título do artigo de Robert McCrum em *The Observer* (10.05.2009), «The Masterpiece that killed George Orwell», um entre muitos que responsabilizam a escrita da obra pela morte do autor. Ou a biografia de Jeffrey Meyers, que assenta na mesma tese. Em abono da verdade, Orwell ajudou a esta interpretação, ao afirmar, numa carta a Julian Symons, que estava tão doente que tinha «ballsed it up rather», ou seja, «feito uma grande merda» de *Mil Novecentos e Oitenta e Quatro* (*CW*, vol. xx: 35). Mas parece-me claro que ele se referia à execução da obra, e não à visão que enforma o romance.

mal saiu do hospital, sentou-se imediatamente à secretária, trabalhando tanto quanto o seu estado debilitado o permitia, e acabando por ser ele próprio a datilografar as duas versões da obra[39]. E mal a deu por terminada, em outubro de 1948, e sentindo-se cada vez pior, saiu de Jura e rumou a um sanatório especializado em doenças pulmonares em Gloucestershire, no Sul de Inglaterra. O tratamento tentado em Glasgow com uma nova droga, a estreptomicina, dera--lhe um alívio temporário, mas não resultara por completo. Ainda em fase experimental, o medicamento tinha efeitos secundários terríveis, desde a queda das unhas e do cabelo até a úlceras na boca e na garganta, além de um eczema generalizado[40]. Os médicos decidiram a certa altura parar com o tratamento, que deve ter sido bastante doloroso e incomodativo, embora Orwell, sempre igual a si mesmo, nunca se tivesse queixado.

Mediante tudo isto, seria incorreto e inútil menosprezar as circunstâncias desfavoráveis em que *Mil Novecentos e Oitenta e Quatro* foi escrito, bem como ignorar que Orwell fez os possíveis e os impossíveis por terminar rapidamente a obra, sabendo que os médicos o proibiriam de trabalhar e lhe confiscariam a máquina de escrever, como já acontecera no passado. Contudo, penso que devemos resistir a essa visão romântica do autor doente e deprimido, sabendo-se às portas da morte, mas completando dolorosa e desesperadamente a obra-prima que lhe trará a fama e que, ironicamente, lhe custará a vida. Mais pragmaticamente, temos aqui o mesmo Orwell de sempre, um Orwell que, como diz Bernard

---

[39] Orwell bem tentou encontrar uma datilógrafa que estivesse disposta a deslocar-se a Jura e trabalhar com ele na segunda versão do texto, mas não conseguiu. Assim, que remédio teve ele senão datilografá-lo.
[40] Orwell deixou uma lista completa dos sintomas, descritos com uma frieza analítica, que pode ser consultada no vol. XIX dos *CW*: 310.

Crick, era «agressivamente anti-hipocondríaco» e também sem dúvida um «workaholic», colocando o trabalho acima de tudo e nunca invocando a doença como desculpa para o interromper. Não esqueçamos, também, que a ideia central e o plano geral de *Mil Novecentos e Oitenta e Quatro* tinham sido gizados em 1943, muito antes, portanto, do agravamento do seu estado de saúde. Em suma, o mito criado à volta dos últimos meses e da derradeira obra do autor promove a santificação de Orwell, esse mártir que se terá imolado, altruisticamente, para nos legar a visão terrível do horror futuro. O autor seria o primeiro a discordar, e os dados de que dispomos sobre a figura não se coadunam com esta interpretação. Mas ela prefigura uma das imagens mais recorrentemente veiculadas depois da sua morte e que em muito contribuíram para a celebridade do romance e do seu criador.

E, na verdade, *Mil Novecentos e Oitenta e Quatro* iniciara já o caminho em direção à fama que lhe conhecemos hoje. As recensões críticas foram maioritariamente favoráveis, algumas mesmo entusiásticas, dos dois lados do Atlântico, e o público reagiu à obra esgotando a primeira edição e exigindo, de então para cá, constantes reedições e traduções em dezenas de línguas. Aclamado por figuras respeitadas da intelectualidade britânica e americana[41] pela sua brilhante, perspicaz e assustadora antevisão do futuro, o livro só sofreu objeções por parte de jornais e revistas de orientação comunista, que o entenderam como crítica à URSS e responderam estridentemente em conformidade. Orwell deve ter achado que se o barrete lhes servia... Mas além destas — e já esperadas — manifestações de discordância relativamente às teses

---

[41] Como V. S. Pritchett, Julian Symons, Bertrand Russell e Lionel Trilling. A obra mereceu também discussão em jornais e revistas tão diversas como a *Time*, o *Wall Street Journal*, *The Economist* e *Life*.

da obra, e tal como acontecera com *A Quinta dos Animais*, outras interpretações foram surgindo, dando a perceber ao autor que o romance estava a ser instrumentalizado para fins que ele não imaginara. Com efeito, muitos leram no nome do partido que governa a Oceânia, «INGSOC» (sigla clara de «socialismo inglês»), uma referência direta e um ataque ao Partido Trabalhista, que ganhara as eleições no final da guerra. A sua reação, como no caso anterior, foi tentar desambiguar a questão, esclarecendo que era apoiante do governo e que a crítica presente na obra não se dirigia, de forma alguma, ao movimento socialista[42]. Tal como acontecera com *A Quinta dos Animais*, os protestos do autor foram largamente ignorados; e, mais uma vez, as distorções do significado da obra nem sempre têm qualquer suporte textual. A recriação da vida sob o totalitarismo tanto deve ao comunismo como ao fascismo: o culto da figura do líder carismático que provoca a histeria coletiva e exige a subserviência total, o uso da denúncia e da censura, os julgamentos sumários, a tortura e morte de opositores, a vigilância do Estado sobre o indivíduo, a reescrita ideológica da história, enfim, todos os métodos usados pelo partido único da Oceânia estão bem presentes e historicamente comprovados na realidade da URSS estalinista tanto quanto na da Alemanha nazi. Orwell usou o que sabia de cada uma destas sociedades na sua construção do universo ficcional de *Mil Novecentos e Oitenta e Quatro*, a que juntou o que conhecia de perto sobre o sistema colonial (outro modelo despótico por ele já denunciado), acrescentando-lhe o que aprendera em Espanha sobre a manipulação do registo histórico, e até, porventura, o que experimentara em criança no mundo

---

[42] Já citei parcialmente este passo no capítulo anterior; a versão completa encontra-se em *CW*, vol. xx: 134-136.

hermético e autoritário de St. Cyprian's, a «prep school» onde se sentira vítima indefesa de um poder arbitrário e inflexível[43].

A obra iniciou o seu percurso crítico, portanto, como ataque não só ao comunismo, mas ao próprio socialismo, que Orwell vinha publicamente defendendo desde 1936. O autor tornou-se rapidamente num ídolo da direita, aproveitado durante a Guerra Fria como instrumento de propaganda contra os seus vários inimigos, incluindo — ironicamente — algumas forças políticas e ideológicas de que era apoiante. Taticamente, há quem ainda hoje esqueça de que a crítica de Orwell ao estalinismo não visava apenas os aspetos negativos do sistema (e eram muitos, na sua perspetiva), mas também o facto de o culto da URSS ser, segundo ele, impeditivo da consolidação de formas socialistas e democráticas de organização política e social. A transformação de Orwell num ícone da direita só se pode efetuar, com efeito, rasurando tudo o que disse, fez e escreveu desde o início da carreira até ao seu final.

Mas se, como disse acima, a canonização de Orwell se inicia, por vários motivos, com *Mil Novecentos e Oitenta e Quatro,* uma outra imagem, esta de sentido contrário, teve origem num acontecimento ocorrido por esta altura no sanatório onde esteve internado, e ficou conhecido, entre a crítica e o público, como a questão da «lista». Em meados da década de 90, começaram a surgir em jornais e revistas alguns artigos que davam conta de uma lista de nomes de apoiantes ou simpatizantes do comunismo soviético que Orwell teria supostamente fornecido aos Serviços Secretos britânicos.

---

[43] Sem querer sobrevalorizar este aspeto, não me parece mera coincidência o facto de Orwell ter regressado às recordações de infância em «Ah, Ledos, Ledos Dias», escrito provavelmente antes, mas completado em 1948, durante a composição de *Mil Novecentos e Oitenta e Quatro.*

As manchetes dos jornais eram propositadamente bombásticas: «Orwell offered writers' blacklist to anti-Soviet propaganda unit»[44], apregoava o *Guardian* a 11 junho de 1996, seguido de perto pelo *Daily Telegraph,* que no dia seguinte explicitamente acusava Orwell de ter sido um bufo («Orwell is revealed in role of state informer»), comentando ainda que, para muitos, era como se Winston Smith tivesse colaborado espontaneamente com a Polícia do Pensamento[45]. Sem acesso direto à referida lista e sem informação biográfica detalhada deste momento da vida do autor, a imprensa explorou as acusações de traição à esquerda, sugerindo que Orwell teria hipocritamente traído também os seus princípios e os valores que sempre defendera. A imagem de um Orwell delator, por inédita e inesperada que fosse, começou a circular na esfera pública, rivalizando, por contraste, com a canonização em curso do autor.

A polémica reacendeu-se em 2003, no centenário do nascimento de Orwell, continuando a dividir as opiniões acerca da gravidade do ato e das razões que teriam levado Orwell a praticá-lo. Durante toda esta discussão pública, os habituais detratores do autor receberam com júbilo a notícia; alguns admiradores declararam-se chocados e desiludidos com o seu ídolo; os apoiantes incondicionais tentaram justificá-lo a todo o custo; e algumas vozes de bom senso fizeram questão de colocar o episódio no seu devido lugar, matizando um pouco as visões extremas que proliferavam e ainda proliferam

---

[44] Em tradução: «Orwell ofereceu uma lista negra de escritores a uma secção governamental de propaganda antissoviética».

[45] Citado por Christopher Hitchens em *Orwell's Victory* (111). Embora Hitchens faça sempre uma defesa quanto a mim demasiado exculpatória de Orwell, segui parcialmente a sua discussão do episódio. O relato do mesmo na biografia de Gordon Bowker (397, 428–430) também contribuiu de perto para a minha versão.

nos *media*⁴⁶. Sendo um dos mais problemáticos episódios da vida do autor, quer pela gravidade das acusações de que é alvo, quer pelo carácter atípico de que estas se revestem, pondo em causa a imagem de independência e probidade de Orwell, esta é matéria que não pode nem deve ser escamoteada em qualquer estudo que se lhe dedique. Convém por isso dar algum detalhe e explicar, na medida do possível, em que circunstâncias elaborou Orwell essa lista e a que fins ela se destinava.

A primeira correção a fazer é que a história não era nova. Bernard Crick já a mencionara, embora só de passagem, na sua biografia⁴⁷, publicada em 1980. A questão só veio a lume mais tarde dada a passagem ao domínio público de documentos oficiais secretos que referiam uma lista de trinta e cinco nomes que Orwell fornecera ao Information Research Department (IRD), uma secção do Foreign Office, isto é, do Ministério do Negócios Estrangeiros (e não dos Serviços Secretos, como alguns afirmam), que neste momento inicial da Guerra Fria estava encarregado de recrutar artistas, intelectuais e figuras públicas para a propaganda antissoviética⁴⁸. Celia Kirwan, cunhada de Arthur Koestler e amiga de Orwell (uma das mulheres, aliás, a quem propusera casamento),

---

⁴⁶ Como exemplo do primeiro grupo, refiro Scott Lucas e a sua obra *The Betrayal of Dissent. Beyond Orwell, Hitchens and the New American Century* (31); no segundo se inclui, por exemplo, Michael Foot, amigo de Orwell, que reagiu às revelações com espanto e deceção; Hitchens, como disse na nota anterior, parece-me fazer parte dos que defendem Orwell a todo o custo; e nas vozes de bom senso incluo o historiador Timothy Garton Ash, cujo artigo na *New York Review of Books*, September 25, 2003, fornece uma visão justa e equilibrada da questão. A ele se deve, aliás, a disponibilização pública da lista original pelo Foreign Office.

⁴⁷ Vejam-se as páginas 388 e 454 para nota explicativa.

⁴⁸ O documento original de Orwell só foi disponibilizado em 2003, e pode ser consultado nos *CW*, vol. XX: 242-259.

aí acabara de arranjar emprego, e numa das suas visitas a Orwell, no sanatório onde se encontrava, deu-lhe conta do projeto e abordou-o sobre a possibilidade de escrever um artigo para este esforço publicitário contra a URSS. Celia Kirwan sabia ir encontrar em Orwell o ouvinte ideal: alguém em sintonia perfeita com quem pretendesse desmascarar o mito soviético, e cujas suspeitas da lealdade e do patriotismo da intelectualidade inglesa já vinham de há muito e haviam sido publicamente expressas em inúmeras ocasiões[49].

Alegando o seu estado de saúde e o facto de não gostar de trabalhar «à comissão»[50], Orwell recusou o convite, mas ofereceu a Celia Kirwan uma lista de nomes de figuras públicas que, segundo ele, não deviam ser contactadas para esse fim, dadas as suas posições ideológicas pró-soviéticas[51]. A lista já existia, tendo sido compilada ao longo de vários anos, numa espécie de jogo que Orwell mantinha com o amigo Richard Rees (que para ela contribuiu), em que tentavam os dois detetar quem era agente soviético ou mero simpatizante e sobretudo identificar quem trairia o país a favor da URSS se as circunstâncias o permitissem. Foi precisamente uma seleção de nomes dessa lista que Orwell enviou a Celia Kirwan, que subsequentemente a entregou ao IRD. Dou abaixo alguns exemplos dos nomes que constavam da lista original e das anotações de Orwell sobre as pessoas em causa:

---

[49] Relembre-se o ataque à esquerda em *O Caminho para Wigan Pier*, e mais tarde em «O Leão e o Unicórnio». *Mil Novecentos e Oitenta e Quatro*, como vimos, transmite também uma ideia muito negativa do intelectual. A este propósito, sugiro também a leitura de um outro ensaio, «Notas sobre o Nacionalismo», em que Orwell explicitamente acusa os intelectuais de falta de patriotismo e de se deixarem facilmente corromper pelo poder.

[50] Segundo uma minuta da conversa que Celia Kirwan produziu e entregou ao diretor do IRD, e que pode ser consultada em *CW*, vol. XX: 319-321.

[51] A carta que endereçou a Celia Kirwan com a referida lista, pedindo que não fosse divulgada publicamente, pode ser consultada nos *CW*, vol. XX: 322.

Richard Crossman. M.P. (Trabalhista) [...] Oportunista político. Sionista (parece sincero). Demasiado desonesto para ser simpatizante declarado. (CW: 244)

Tom Driberg (judeu inglês). Membro do Parlamento por Malden. *Reynolds News* (comentador). Fama de ser membro clandestino. Ocasionalmente dá sinais de independência. Homossexual. De vez em quando, faz comentários anti-PC nos seus artigos. (CW: 246)

Priestley, J. B. Romancista, comentador radiofónico. Simpatizante convicto, possivelmente com ligações à organização. Muito antiamericano. Evolução nos últimos 10 anos. Pode mudar. Faz imenso dinheiro na URSS??? (CW: 253)

Smollett, Peter. (Smolka?) (Austríaco). Correspondente da *Beaverbook Press*. Secção russa do Ministério da Informação durante a Guerra. Quase de certeza agente soviético. Fama de carreirista. Muito desonesto. (CW: 255)

Spender, Stephen. Poeta, crítico, etc. Organizações literárias de vária ordem. Simpatizante sentimental e muito pouco fiável. Facilmente influenciado. Tendência para a homossexualidade. (*idem*)

Shaw, G. B. Dramaturgo. Sem ligações, mas previsivelmente pro-rússia em todas as grandes questões. (*idem*)

Destes breves exemplos se conclui de imediato que a lista tinha um carácter privado, não só pela natureza telegráfica das anotações, mas porque dela constam opiniões muito subjetivas (preconceituosas até, em muitos casos) sobre as figuras, claramente não destinadas a consumo público.

Documento pessoal ou não, a verdade é que o autor o forneceu a Celia Kirwan. Pensaria Orwell ingenuamente que ela utilizaria apenas os nomes sem revelar o documento? E ainda que tivesse assentido no uso do mesmo pelo IRD, transformou-se Orwell por isso num delator, participando, portanto, num dos muitos processos eticamente condenáveis de que a Guerra Fria foi plena? Em abono da verdade, será necessário lembrar de que a suposta «lista negra» não se destinava a censurar, perseguir ou de algum modo prejudicar indivíduos em função das suas opiniões políticas, mas tão só em identificar figuras a contactar (ou não) para efeitos de propaganda. O IRD não era, enfaticamente, uma PIDE, nem a sua função se assemelhava à caça às bruxas do macartismo americano[52]. Com feito, nenhuma das figuras públicas que Orwell menciona na lista sofreu qualquer consequência na sua vida e carreira por sua intervenção ou por qualquer ação direta do governo, nem era esse o intuito inicial do IRD, apenas o de angariar colaboradores para a dimensão cultural da Guerra Fria. E como alguns fazem notar, a figura que Orwell mais convictamente assinala como espião soviético, Peter Smollet, veio efetivamente a ser desmascarado como tal[53].

---

[52] Encabeçada pelo senador Joseph McCarthy, a censura e perseguição a supostos agentes soviéticos ou apoiantes do comunismo durante a Guerra Fria ficou conhecida pelos seus excessos, condenando figuras sem fundamento e expondo-as publicamente como inimigas do Estado.

[53] Peter Smollet não foi caso único. Com efeito, os serviços diplomáticos e as Secretas britânicas estavam infiltrados por inúmeros agentes soviéticos. A mais famosa rede de espiões, «The Cambridge Five», composta por figuras da elite social e intelectual, atuou impunemente durante mais de uma década, passando segredos militares à URSS. Orwell teve até vários contactos com um dos seus líderes, Guy Burgess, sem suspeitar dele (pelo menos, é nome que não consta da lista). Ainda uma curiosidade: será que Orwell sabia ou suspeitava que Peter Smollet tinha sido instrumental na decisão de Jonathan Cape de não publicar *A Quinta dos Animais* (veja-se a nota 6 do ponto 5.1.)?

Ainda assim, muitas perguntas ficam por responder a propósito deste episódio. Para que efeitos criou Orwell essa lista? Como brincadeira ou jogo, é ainda de motivação um pouco dúbia. Servir-lhe-ia a lista para futuros ataques *ad hominem* (de que há bastos exemplos nos seus textos)? Ou como fundamentação para a sua crítica aos intelectuais vira-casacas, facilmente comprados por quem os corteja e dispostos a renegar princípios e valores por dois vinténs? Teria ele consciência de que passar a lista a um órgão governamental o tornaria cúmplice de processos menos corretos, ou acharia positivo que mais intelectuais houvesse, como ele, a concorrer para a denúncia da URSS? Há quem alegue, em sua defesa, que Orwell tinha o juízo toldado pela doença e/ou pela sua relação de amizade com Celia Kirwan. Se me parece indiscutível que a ligação pessoal a Celia Kirwan foi um fator de peso, menos convincente se me afigura a justificação em termos da doença, que não lhe afetou as faculdades mentais nem a sua capacidade de ajuizar as coisas. A verdade é que a questão entroncava nalgumas das preocupações fundamentais de Orwell no momento (ou obsessões, como alguns lhe chamam): a influência nefasta da URSS na esquerda europeia, nomeadamente na intelectualidade inglesa, e esse foi, indubitavelmente, o ponto sensível em que Celia Kirwan e a sua proposta lhe tocaram.

No entanto, seja qual for a nossa posição pessoal sobre esta complexa questão, os rótulos de «delator» ou «bufo» parecem-me exagerados e injustos. Orwell não «denunciou» ninguém no sentido de revelar ao governo segredos privados ou atividades clandestinas por parte das figuras da lista. Nem o poderia fazer, porque não conhecia pessoalmente a maioria das personalidades em causa. Em geral, as anotações baseiam-se em dados factuais (como profissão ou filiações de vária ordem) e as suas opiniões em atitudes publicamente assumidas pelas figuras, que Orwell vinha registando há longo tempo. Mas fica-nos a dúvida: Orwell foi usado ou deixou-se usar (consciente ou ingenuamente?) na propaganda governamental antissoviética? Não seria a primeira vez que os ditames éticos do autor esbarrariam nos supostos interesses nacionais. Basta lembrarmo-nos do conflito que sentiu quando trabalhou na BBC, já mencionado no Capítulo IV, e a sua decisão de largar o emprego numa instituição que lhe colocava dilemas difíceis de resolver entre integridade intelectual e propaganda subserviente. É impossível saber se também neste caso o autor teria revisto essa colaboração com uma instituição governamental ou se entenderia que a causa era suficientemente importante para merecer o seu apoio. Com o benefício da visão retrospetiva, sabemos hoje das violações dos direitos humanos que, sobretudo nos EUA, foram cometidas durante a Guerra Fria em nome da defesa do Ocidente; Orwell, em 1949, não podia saber que a sua lista seria futuramente vista como parte integrante de um processo que viria a assumir os contornos extremos que lhe conhecemos hoje.

Muitos especulam precisamente sobre a posição que Orwell tomaria, se estivesse vivo, ao longo das várias décadas da Guerra Fria. Ter-se-ia ele tornado num guerreiro convicto do Ocidente, um «falcão» neoconservador como James Burnham, arauto dos valores americanos e defensor do macartismo? Há quem pense que sim, e a fundamentação para esta posição radica em grande parte neste episódio da lista, que ajudou ao «roubo» de Orwell (e de *A Quinta dos Animais* e *Mil Novecentos e Oitenta e Quatro*) por parte da direita. Mas esquece essa direita dos muitos exemplos que o autor nos deixou da sua independência e da defesa que fez da liberdade de expressão mesmo relativamente a organizações político-ideológicas de que discordava. Dois anos antes, Orwell demarcara-se claramente da posição de James

Burnham de que o Partido Comunista americano deveria ser imediatamente ilegalizado, afirmando:

> Se estiver em causa a luta pela sobrevivência e se alguma organização estiver inequivocamente a agir em benefício dos nossos inimigos e tiver poder para provocar danos, então tem de ser esmagada. Mas suprimir agora o Partido Comunista, ou nalgum outro momento em que não constitua um perigo inquestionável à segurança nacional, seria calamitoso. (CW, vol. XIX: 103)

E em 1948, Orwell insurge-se contra os planos do governo de investigar secretamente, e eventualmente despedir, membros do funcionalismo público com simpatias pró-soviéticas, primeiro num carta a George Woodcock, em que sugere que o Freedom Defence Committee deveria tomar posição firme sobre o assunto[54], e mais tarde subscrevendo um abaixo-assinado dessa organização, em que se reconhecia, por um lado, o direito do governo de escolher os seus funcionários, mas se insistia na salvaguarda de representação sindical e legal, e na produção de provas irrefutáveis contra os visados[55]. São dois exemplos contemporâneos da questão da «lista», a que se acrescentam tantos outros no passado[56],

---

[54] Veja-se CW, vol. XIX: 301. George Woodcock era o secretário da associação, Orwell, o vice-presidente.

[55] Veja-se CW, vol. XIX: 421.

[56] Como exemplo, refiro o artigo «Freedom of the Park», saído na *Tribune*, 7 December 1945, no qual Orwell se insurge contra a prisão de vendedores de jornais anarquistas e pacifistas (pelos quais tinha pouca simpatia), alegando que isso constituía uma clara violação da liberdade de imprensa. Ou ainda o facto de ter considerado as reações à libertação de Oswald Moseley como sintoma muito negativo de desrespeito pela noção de *habeas corpus* (CW, vol. XVI: 65). A sua defesa destes princípios era inquestionavelmente isenta de considerações político-ideológicas.

e que bem demonstram a recusa de Orwell em pactuar com a violação das liberdades individuais mesmo num contexto de ameaça nacional como era o deste início da Guerra Fria.

A avaliação final do gesto de Orwell cabe a cada um/a dos leitores e leitoras, depois de pesarem nos argumentos pró e contra as diversas versões e leituras do episódio. Entre a condenação e a desculpabilização do autor, talvez o maior perigo resida, precisamente, no ignorar da complexidade tanto da figura como do quadro geopolítico em que tudo ocorreu. Neste momento histórico, atacar o comunismo de uma perspetiva de esquerda não era tarefa fácil, colocando Orwell, como ele bem sabia, numa posição delicada e sujeitando-o a ser mal interpretado. «Politics makes strange bedfellows»[57], como se diz em inglês, associando por vezes na prática quem tem princípios opostos e vem de localizações ideológicas de sentido contrário. De falta de coerência ou de ser vira-casacas, pelo menos, não o podemos acusar: Orwell foi um dos primeiros críticos do estalinismo, quando a URSS era ainda aliada do Ocidente, muito antes, portanto, da cruzada conservadora da Guerra Fria, que abusivamente o alistou como adepto e o inseriu, sem mais, nas suas fileiras. Em última análise, o episódio da lista demonstra que os seus inimigos continuarão a denegri-lo, com ou sem razões fundamentadas; que muitos falsos amigos o invocarão desonestamente para as suas causas; e que os admiradores deverão ganhar mais consciência dos riscos da sua mitificação.

*

Celia Kirwan não foi a única amiga a visitar Orwell durante o seu internamento. Sonia Brownell foi também

---

[57] Em tradução livre: «Na política, às vezes dorme-se com o inimigo».

visitante assídua em Gloucestershire e mais tarde no University College Hospital, em Londres, para onde o autor foi transferido em setembro de 1949. Sonia, relembro, fora uma das mulheres a quem Orwell propusera casamento depois da morte de Eileen, e o pedido foi renovado, desta feita com sucesso. Orwell e Sonia casaram a 13 de outubro de 1949, numa cerimónia simples que teve lugar no quarto do hospital onde o autor se encontrava. Orwell anunciara a decisão a alguns amigos com a habitual modéstia e sentido de autoironia:

> Como já tinha avisado, tenciono casar de novo (com a Sonia) quando e se regressar ao mundo dos vivos. Estou mesmo a ver que toda a gente vai ficar horrorizada, mas além de outras considerações, penso efetivamente que o casamento me prolongará a vida. (*CW*, vol. xx: 159)

Orwell subestimou os amigos, que na sua maioria se congratularam com o facto, apesar das diferenças óbvias entre os noivos. Com efeito, o contraste entre ambos não podia ser maior: Orwell, muito mais velho, escaveirado pela doença, famoso pela sua reserva, hábitos frugais e indiferença aos pequenos luxos da vida; Sonia, jovem, bonita, exuberante, e bem conhecida pelo seu gosto por festas e por todo o ambiente social da elite intelectual e boémia da época. Um caso óbvio em que os opostos se atraem, poder-se-ia dizer. Mas, de facto, Orwell e Sonia Brownell tinham mais em comum do que se poderia pensar: como Orwell, Sonia nascera no Império, no seio de uma família anglo-indiana, tendo vivido em Calcutá até aos seis anos de idade; como a maioria dos filhos e filhas desta classe, também Sonia fora mandada para Inglaterra para ser educada, não numa «prep school» (reservada a rapazes), mas no seu equivalente, um colégio de freiras, onde a disciplina rígida não diferia em muito da exercida sobre Orwell em St. Cyprian's; também ela se sentira deslocada e desajustada, tendo condições económicas muitos inferiores às das colegas, e reagindo à educação tradicional com rebeldia. Neste ambiente opressivo, Sonia virou-se, como Orwell, para a leitura, saindo do colégio com boas bases culturais e um enorme interesse pela literatura e as artes plásticas[58]. Tal como Eileen, Sonia tirara um curso de secretariado, uma das poucas portas de entrada no mundo do trabalho reservadas à mulher num mercado laboral dominado pelos homens, habilitação que a seu tempo a levou aos escritórios da revista literária *Horizon*, onde o seu talento editorial e capacidades organizativas eram reconhecidas e admiradas. Orwell aí a conheceu nos anos iniciais da guerra, sucumbindo facilmente, como muitos outros[59], aos seus dotes físicos e intelectuais.

---

[58] Recolhi estes dados biográficos de Sonia Brownell em *The Girl from the Fiction Department. A Portrait of Sonia Orwell*, de Hilary Spurling (London: Penguin Books, 2003). A autora, amiga de Sonia, explicitamente refere como seu objetivo a reabilitação da figura, frequentemente atacada por amigos, biógrafos e críticos de Orwell. Neste sentido, a obra merece alguns cuidados, mas foi sem dúvida um contributo importante para o nosso conhecimento não só de Sonia Brownell, como da última fase da vida do autor.

[59] Digo muitos outros porque Sonia tinha um círculo vasto de admiradores e, diziam as más-línguas, de amantes; nele se incluem figuras conhecidas como Arthur Koestler, o filósofo francês Maurice Merleau-Ponty (com quem teve um caso amoroso), pintores como Lucian Freud e Francis Bacon, e intelectuais como Georges Bataille e Jean-Paul Sartre. As amigas eram igualmente ilustres, entre elas se contando Mary McCarthy, Ivy Compton-Burnett e Marguerite Duras. Em termos sexuais, Sonia tinha, como o futuro marido, uma visão muito avançada para a época, sendo até apontada como modelo da figura de Julia em *Mil Novecentos e Oitenta e Quatro*, pela sua assumida sexualidade. O título da obra de Hilary Spurling — «The Girl from the Fiction Department» — claramente o sugere.

Sonia Brownell era certamente alguém em quem Orwell sabia poder confiar a gestão do seu património literário[60], e esta foi porventura uma das razões que pesou nesta segunda proposta de casamento. Richard, por acordo entre todas as partes, seria educado pela irmã de Orwell, Avril, a quem já estava confiado desde o internamento do pai adotivo. E a nova situação matrimonial, pensava Orwell, dar-lhe-ia mais alento para lutar contra a doença. Os amigos registaram com satisfação a melhoria do seu estado de espírito e os planos otimistas para o futuro pessoal e profissional. Com efeito, Orwell confidenciou a vários deles que tinha na calha dois romances ou novelas: um sobre a Índia (a que já nos referimos no final do ponto 2. 2) e outro, de que nada mais se sabe, cuja ação teria lugar em 1945. E planeava também, como rezam as notas que deixou, um ensaio de cariz literário e sociológico sobre Joseph Conrad e outro sobre Evelyn Waugh. Nenhum deles viria a ser escrito. Orwell faleceu de hemorragia pulmonar a 21 de janeiro de 1950, em vésperas da partida para um sanatório na Suíça, no mesmo dia em que a Índia aprovou a sua primeira Constituição como país independente. De acordo com a sua vontade expressa, e apesar de

---

[60] A forma como Sonia Orwell geriu o património do autor não podia deixar de ser controversa. Além dos conflitos com alguns dos biógrafos, que se queixaram da ingerência ilegítima da viúva na sua perspetiva sobre o autor, outros a culpam por ingenuamente ter vendido os direitos fílmicos de *A Quinta dos Animais* sem acautelar a fidelidade ao texto (veja-se a nota 8 do ponto 5.1.). Se Sonia tinha sem dúvida ideias muito suas sobre a imagem pública do marido e as defendeu veementemente até à sua morte em 1981, a verdade é que a ela se deve a edição dos *Collected Works, Journalism and Letters* (organizado com Ian Angus e publicado em 1968), que pela primeira vez disponibilizou ao público o Orwell ensaísta e jornalista. A figura de Sonia continua a fascinar: em agosto de 2017, foi posta em cena no Old Red Lion Theatre, em Londres, uma peça intitulada *Mrs. Orwell*, que cobre o casamento e os últimos meses de vida do autor (veja-se a recensão: https://www.theguardian.com/stage/2017/aug/06/mrs-orwell-review-tony-cox)

sempre se ter declarado ateu, o serviço fúnebre seguiu os ritos tradicionais da Church of England, e a campa, num pequeno cemitério de província (em terreno cedido pelo amigo e multimilionário David Astor), exibe apenas, como epitáfio, uma curta inscrição com o seu nome, a data do nascimento e a da morte. A seu pedido, aí foi plantada uma roseira igual à que ele próprio plantara junto da campa de Eileen. Simbolicamente, Orwell terminou a vida tal como a vivera: sem alarde ou fanfarra, discreto e modesto na forma de estar, claro e sucinto na palavra, pleno de paradoxos e contradições, ligado à história, à terra e à tradição do país onde não nascera, mas que, para o melhor ou para o pior, fizera seu.

CONCLUSÃO

He is dead but he won't lie down

Orwell faleceu há quase sete décadas, mas ainda não ficou quieto. A epígrafe deste capítulo, usada pelo autor em *Um Pouco de Ar, Por Favor* a propósito do seu protagonista, esse sempre-em-pé que ninguém consegue domesticar ou calar, assenta-lhe igualmente bem. Não sou, evidentemente, a primeira a notar esta correlação entre autor e personagem. Muitos outros a fazem, porque ela é tão óbvia como irresistível. De facto, Orwell ainda não se aquietou, nem passou à história como uma dessas vozes que nos chegam de um passado já morto e enterrado. Pelo contrário, Orwell continua vivo e de boa saúde, sendo imagem constante do nosso quotidiano, ressurgindo a todo o momento nos contextos mais díspares e inesperados, irrompendo com frequência nos mais variados discursos que dizem a nossa contemporaneidade.

Há uns anos, criei um «Google alert», que todos os dias me deposita na caixa de correio eletrónico as ocorrências registadas na Internet sobre Orwell e as suas obras. São pelo menos uma dúzia de artigos e blogues com que diariamente me confronto logo pela manhã — e falamos apenas de textos em inglês! Como prova (se é que ela é necessária) da sua assídua presença no nosso imaginário cultural e político, citemos, a título de exemplo e de forma completamente aleatória, o meu «Google alert» de 22 de agosto de 2017:

George Orwell
Daily update — August 22, 2017
NEWS

George Orwell's '1984' coming to the Hippodrome
The Independent Florida Alligator
1, both the audience and Big Brother can watch **George Orwell's** "1984" at the Hippodrome State Theatre.
The play is meant to create discussion ...
Flag as irrelevant

Churchill and Orwell Face the Fiasco
The National Interest Online
... and to do so he has devised an intriguing argument that juxtaposes Churchill and **George Orwell**, another figure of twentieth-century British history ...
Flag as irrelevant

Tearing Down Monuments Demolishes Our Greatness
Newsmax
George Orwell, in "1984," a socialist who grew to understand the threat of tyranny, sent us a timeless warning, "The most effective way to destroy ...
Flag as irrelevant

Attempting to change history
Foster's Daily Democrat
... are currently giddy with the 'movement for change' that is sweeping their precincts should be mindful of what **George Orwell** warned of years ago.
Flag as irrelevant

Witch Hunts for "Racists" and "Sexists" in the US Is Getting Out of Control
PanAm Post

... States more closely resembles the Ingsoc (English Socialism) methods from that prophetic science fiction masterpiece by **George Orwell**, 1984.
Flag as irrelevant

Spotlight on creativity
2
Elk Grove Citizen

He uses quotes from **George Orwell** and other influential writers as resources to gain knowledge and rationality. Matson will also perform live music at ...
Flag as irrelevant

Best shows to see during Broadway Week, when tickets are 2-for-1
Metro US

... swoon-inducing, brave production. No knowledge of **George Orwell's** book is required — we basically live in the dystopia he imagined already.
Flag as irrelevant

Cal Thomas: Historical hysteria in the wake of Charlottesville
Winston-Salem Journal

We will learn even less from history if we wipe it clean, as some are trying to do by removing statues of Confederate leaders whose beliefs about ...
Flag as irrelevant

On Stage: 'The Last Five Years,' 'Steel Magnolias'
Ventura County Star

"Animal Farm": Will Geer's Theatricum Botanicum presents Peter Hall's stage adaptation of **George Orwell's** classic novel about the corrupting ...
Flag as irrelevant

There are people in this city who can't afford to eat: My Wigan Pier story

Mirror.co.uk

We are retracing the journey **George Orwell** made in his book, The Road to Wigan Pier, throughout 2017 to tell modern stories of working and ...

Flag as irrelevant

WEB

George Orwell's 1984 at the Pendragon Theatre

Adirondack.net

Get the details on **George Orwell's** 1984 at the Pendragon Theatre and other The Adirondacks, NY area events on Adirondack.net.

Flag as irrelevant

See more results | Edit this alert

You have received this email because you have subscribed to **Google Alerts**.

Três das entradas publicitam adaptações teatrais de *Mil Novecentos e Oitenta e Quatro* e *A Quinta dos Animais* em vários locais dos EUA (também prolificamente encenados noutros países, nomeadamente na Grã-Bretanha); uma outra divulga uma performance inspirada em textos do autor; quatro delas são artigos de opinião em *sites* conservadores ou da «alt-right», comentando a polémica reação de Donald Trump ao retirar as estátuas dos generais sulistas em Charlottesville e invocando a crítica orwelliana do rasurar da história em defesa da posição claramente racista do presidente; integrado num projeto comemorativo dos oitenta anos da publicação da obra, o *Daily Mirror*, jornal da esquerda britânica, compara a Wigan Pier e o Norte da atualidade com os descritos por Orwell no documentário homónimo, denunciando a miséria que a austeridade do governo Conservador acentuou nessas zonas há muito devastadas pela desindustrialização; por último, uma recensão crítica de uma obra recentemente publicada, *Churchill and Orwell. The Fight for Freedom*, de Thomas E. Ricks, associa duas figuras, que, vindas de lados opostos do espetro político, muito partilham, na perspetiva do autor, do combate pelas liberdades democráticas.

É um dia típico da vida-após-morte de Orwell nesse meio de comunicação global que nos serve, melhor do que qualquer outro, para aferir as tendências socioculturais do momento. Não é surpresa o facto de tanto as forças da direita como da esquerda o usarem ainda em reforço da sua argumentação, beneficiando do estatuto de autoridade que o nome de Orwell imediatamente lhes confere. *A Quinta dos Animais* e *Mil Novecentos e Oitenta e Quatro* mantêm o seu lugar cimeiro, continuando a inspirar diferentes leituras, adaptadas aos tempos e aos lugares, ajudando a fazer sentido dos abusos de poder e protagonizando gestos de resistência. Os estudos críticos ainda proliferam, procurando ângulos originais para a interpretação de um autor já exaustivamente dissecado pelo escalpe fino e implacável da academia.

A avaliar pelo que leio diariamente na Internet, o nome de Orwell continua a legitimar causas tão diversas como o direito dos norte-americanos de usarem armas e a dos eurocéticos de fugirem ao controle dos burocratas de Bruxelas. Conservadores e progressistas, neoliberais e socialistas proclamam-se seus herdeiros na luta pela liberdade individual contra um Estado vigilante e intrusivo. Pacifistas e militaristas, globalistas e isolacionistas retiram citações da sua obra que lhes dão razão, mostrando como Orwell tinha já colocado e resolvido a questão em apreço — a seu favor, evidentemente. Em suma, Orwell permanece como uma espécie de oráculo sempre disponível para emitir juízos de valor e opiniões abalizadas sobre todos os problemas do mundo contemporâneo. «Se Orwell fosse vivo, que diria sobre...?» é um jogo em que políticos, jornalistas e intelectuais se vêm envolvendo há longo tempo. De que lado estaria Orwell na Guerra Fria? E o que pensaria do macartismo? E qual a sua posição quanto à Guerra do Vietname/do Golfo/da Bósnia/«The War on Terror», etc.? Teria sido apoiante de Thatcher? Aprovaria o «New Labour» de Tony Blair? Teria votado a favor de quem, no referendo sobre o Brexit? E o que teria a dizer sobre Donald Trump[1]?

Congratulei-me acima com o facto de a voz de Orwell continuar a reverberar no presente. Mas às vezes, fica-nos a sensação de que não é ele quem fala, antes passou a ser um daqueles bonecos de ventriloquista a quem todos emprestam a sua própria voz. Perdoem-me o desabafo, mas quando leio mais um título que começa por «If Orwell were alive today...» só me apetece puxar logo da pistola — até que me lembro de que também eu recorro, vezes sem conta, à sua reação aos fenómenos do século XX para tentar entender os do século XXI. É inevitável! A verdade é que a permanente atualidade de Orwell é uma faca de dois gumes: quanto mais forte a sua presença na cultura, mais fácil será tornar-se objeto de apropriação; quanto mais perto o mito, mais longe a figura histórica e tudo o que ela produziu. A canonização de Orwell, da responsabilidade de políticos, intelectuais e jornalistas, tanto da esquerda como da direita, que o colocam

---

[1] Na sua obra *Scenes from an Afterlife. The Legacy of George Orwell*, John Rodden elenca exaustivamente estas apropriações de Orwell até 2003 (227–249). Acrescento-lhes outras, mais recentes, que me dispenso de referenciar por serem facilmente despistáveis numa pesquisa na Internet. Experimente-se, por exemplo, «Orwell and Brexit»: do conservado *Telegraph* ao progressista *Guardian*, mais de uma dúzia de artigos refletem especulativamente na posição de Orwell relativamente à matéria. E a pesquisa sobre «Orwell and Trump» é bem reveladora das dezenas de peças que leem — favorável ou desfavoravelmente — o segundo à luz do primeiro.

num altar votivo e lhe atribuem poderes proféticos de visionário iluminado, não lhe presta bom serviço, tendo também o efeito perverso de o tornar disponível para a banalização e trivialização no universo da cultura de massas em que vivemos. Não é novidade para ninguém que a chamada «reality TV» (um bom exemplo da «newspeak» atual) o deu a conhecer sob a forma do «Big Brother», esse concurso que tanto concorre para a nossa aceitação da vigilância total, celebrando o exibicionismo num mundo em que se prescinde voluntariamente da privacidade e se encoraja o *voyeurismo* mais desavergonhado. As *t-shirts* com *slogans* da Oceânia, as tolhas de cozinha com citações (às vezes apócrifas) da sua obra, as canecas que reproduzem capas dos seus livros, enfim, toda a parafernália da sociedade de consumo transmuta o ícone cultural em produto comercializável.

«Orwell» é hoje em dia uma marca que se vende muito bem, e o melhor sintoma disso é a sua canibalização pela indústria do património, não só britânica, como global: Wigan Pier foi transformado (sem grande sucesso, valha a verdade) em «The Wigan Pier Experience», um complexo de museus, lojas e reencenações do Norte industrial que capitaliza a fama (mesmo a má: afinal, não há «má publicidade») que Orwell trouxe à região; em Motihari, a casa onde Orwell nasceu, nessa longínqua província indiana de Bengala, está a ser reconstruída para chamar turistas da cultura; em Barcelona, podemos participar num «George Orwell Tour», com um guia que nos leva a percorrer as Ramblas e nos aponta o hotel em cujo telhado Orwell passou dois dias de vigia entediante durante as lutas de maio; e em Alcubierre, a reconstrução das trincheiras da Guerra Civil de Espanha está a ser feita, em grande parte, à sua sombra tutelar. Compra-se, assim, uma imagem domesticada, liofilizada e pré-embalada do autor, cuja fama ultrapassou fronteiras e é hoje uma celebridade conhecida e invocada nos quatro cantos do mundo. Nem sempre, contudo, se procura o escritor por trás do mito. Como disse na Introdução, Orwell continua, em muitos aspetos, a ser um desconhecido, um daqueles rostos tão identificáveis que já quase nos passam despercebidos, imagem tão familiar que para ela olhamos sem verdadeiramente a vermos.

Contudo, entre ganhos e perdas, esta visibilidade de Orwell (pesem embora os roubos do autor) é, em última análise, um sintoma da sua estatura de figura pública, e há indícios encorajadores de que a sua obra continua a promover o debate sobre matérias que lhe eram caras. Os picos mais recentes da sua fama são disso bem reveladores: em 2013, quando Edward Snowden denunciou a recolha e armazenamento ilegal de dados privados por parte do Estado, *Mil Novecentos e Oitenta e Quatro* saltou de novo para a lista dos dez *best-sellers* nos EUA; e em janeiro de 2017, a reação aos «alternative facts» da administração de Trump fez esgotar as cópias na Amazon, traduzindo-se num aumento de cerca de 10 000% na venda do romance. *Mil Novecentos e Oitenta e Quatro* e *A Quinta dos Animais*, que nos forneceram um vocabulário e uma linguagem para refletirmos no totalitarismo, abriram efetivamente um espaço de debate público sobre conceitos teóricos que, por intervenção do autor, deixaram de ser apanágio das elites intelectuais, filosóficas e políticas e se tornaram acessíveis ao cidadão comum. Graças a Orwell, o «Big Brother» passou a encarnar os mecanismos da sociedade de controle; a «newspeak», a desmascarar os eufemismos e as distorções do discurso político; e a frase «todos os animais são iguais, mas alguns são mais iguais do que outros», a expor as perversões de supostos, mas duvidosos, sistemas democráticos. Dissidentes do antigo bloco soviético, africanos em luta contra regimes corruptos e autocráticos, palestinianos negociando difíceis dilemas identitários, norte-americanos procurando formas de resistir a Trump — todos eles recorrem a Orwell em geral, e a esses dois romances em particular[2], para fazerem sentido do seu mundo distópico e, a partir do autor, o enfrentarem e denunciarem com igual coragem e vigor.

Orwell permanece como inspiração porque cobriu, enquanto escritor e jornalista, grande parte das questões cruciais do século xx, atrevendo-se a dar opinião (muitas vezes controversa) sobre tudo o que lhe despertou a atenção. Observador curioso e comentador estimulante e perspicaz, sempre pronto a desinquietar consciências e a destruir ideias-feitas, Orwell cumpriu exemplarmente as principais funções do intelectual público. Ele, que tanto se insurgiu contra o cosmopolitismo fútil, a subserviência acrítica e a condescendência paternalista da intelectualidade da época, denunciou com igual energia o desprezo negligente a que a cultura inglesa votava o intelectual, marginalizando-o e isolando-o do resto da sociedade. Recusando, por um lado, o desenraizamento cultural e o descentramento político, Orwell resistiu, por outro, ao chamamento sedutor do poder, não se curvando perante ortodoxias nem subscrevendo dogmas. E o escritor político (para usarmos a sua autodefinição), cuja missão foi desde cedo fundir o político e o estético, soube forjar um estilo claro e límpido, que nos interpela sempre de igual para igual e nos desafia a integrar o seu projeto democrático de reflexão pública e alargada sobre o mundo, assim contribuindo para o «empurrarmos numa determinada direção».

---

[2] Não só aos dois romances, mas também a ensaios como «A Política e a Língua Inglesa», um dos mais citados na Internet e — com toda a justiça — um dos seus textos mais influentes na cultura contemporânea.

Parece-me ser este um dos maiores legados de Orwell: ter codificado e disseminado noções que encorajam a interrogação e a questionação do *statu quo* e deste modo potencializam discursos críticos e emancipatórios. Mas, para isso, é necessário que ele não seja esquecido como a figura incómoda que foi, por escolha própria, durante toda a vida. *Persona non grata* em muitos círculos, Orwell situou--se deliberadamente nessa posição desconfortável de remar sempre contra a maré prevalecente, não se deixando levar por modas passageiras nem embarcando com os outros só para estar protegido pela multidão. Esta sua posição, que muitas vezes o prejudicou como homem e escritor, foi assumida na perfeita consciência dos riscos que corria ao tentar conciliar os imperativos, tantas vezes opostos, do empenhamento e da revolta, da independência e da solidariedade, da integridade pessoal e da participação no coletivo. E fê-lo sempre sem alisar contradições nem evitar paradoxos, recusando simplismos fáceis ou soluções tranquilizadoramente maniqueístas.

A metáfora que encontrou para melhor nos dar conta da sua posição como indivíduo, cidadão, escritor político e intelectual público serviu de epígrafe a este livro. Chegou a altura, neste balanço final, de a olharmos mais de perto e lhe fornecermos o contexto. O ensaio a que pertence, «Writers and Leviathan»/«O escritor e o Leviatã», publicado em 1948, discute precisamente estes dilemas, numa era em que o Estado tudo pretende controlar e a pressão da história se sente quotidianamente. Sendo impossível, por um lado, fugir à política, diz-nos ele, o alheamento é, por outro, uma solução falsa ou inviável para quem tem a responsabilidade de significar o mundo através da escrita. Que posição tomar, quando a «lealdade a grupos é imprescindível», mas «envenena a literatura», podendo transformá-la em mera propaganda ao serviço das forças dominantes? A proposta de Orwell é sintomaticamente complexa e ambivalente:

> Quando um escritor se empenha politicamente, deve fazê-lo enquanto cidadão ou ser humano, não enquanto escritor. Não me parece que tenha o direito, só por causa da sua sensibilidade, de fugir ao trabalho sujo da política. Exatamente como qualquer outra pessoa, o escritor deve estar disponível para proferir conferências em salas cheias de correntes de ar, para escrever palavras de ordem nos passeios, angariar votos, distribuir panfletos, até lutar em guerras civis, se for esse o caso. Mas, independentemente do que o escritor faça pelo partido, o que não deve fazer é escrever para ele. Deverá deixar claro que a sua escrita é uma coisa à parte, e, sendo capaz de trabalhar colaborativamente, deve rejeitar a ideologia oficial. Nunca deve voltar as costas a uma ideia lá porque ela pode levar a uma heresia, e não se deve importar se a sua falta de ortodoxia for detetada, o que inevitavelmente acontecerá. (CW, vol.xix: 291–292)

Um equilíbrio precário e difícil de manter, mas que Orwell reputa de essencial, porque só assim consegue produtivamente articular essas dimensões opostas e funcionar em pleno em cada uma delas. A conclusão a que chega, por provisória que seja, radica claramente na experiência de uma vida deliberada e laboriosamente construída entre o ativismo político e a exigência artística, entre a intervenção pública e a consciência individual. Sabendo ainda da dificuldade da tarefa, Orwell fez questão de não prescindir nem de uma, nem de outra:

> Mas significa tudo isto que o escritor deve não só recusar a ditadura dos chefões políticos, mas também não deve escre-

ver sobre política? Mais uma vez, é evidente que não! Não há razão para não escrever sobre política até da forma mais primária, se assim o entender. Mas deverá fazê-lo enquanto indivíduo, alguém que está de fora, quando muito como um guerrilheiro indesejado no flanco do exército regular. É uma atitude perfeitamente compatível com a sua utilidade política, assim como é perfeitamente razoável, por exemplo, que um escritor esteja disposto a lutar numa guerra se lhe parece que ela deve ser ganha, mas ao mesmo tempo se recuse a escrever propaganda de guerra. Por vezes, se o escritor for honesto, a sua escrita e a atividade política poderão até entrar em contradição uma com a outra. Existem momentos em que este facto é claramente indesejável: então a solução é não falsificar os seus impulsos, mas remeter-se ao silêncio. (*CW*, vol. xix: 292)

Orwell, felizmente, conseguiu evitar o silêncio da derrota ou da passividade. E é precisamente na voz desse «guerrilheiro indesejado», marchando ao lado do exército sem integrar as suas fileiras, acompanhando a luta, mas sempre pronto a desertar, que eu encontro o Orwell que ainda hoje vale a pena ler e estudar. Para mim, mais importante do que as respostas que deu são as inúmeras perguntas que fez: sobre as noções de classe, a natureza da arte, a conexão entre o indivíduo e a história, a função do Estado, o papel da linguagem, o estatuto do intelectual, as modalidades da cultura, a nossa relação com o campo e a natureza, as conceções ideológicas, os sistemas políticos, as construções identitárias, e tantas outras a que ainda hoje, num mundo que para ele seria tão reconhecível como estranho, tentamos dar respostas. «O melhor significado de liberdade é ter o direito de dizer às pessoas o que elas não querem ouvir», escreveu Orwell no prefácio que planeara para *A Quinta dos Animais* (*CW*, vol. xvii: 260). É talvez esta a melhor resposta

— a única, porventura — que podemos dar a quem pergunta o que Orwell diria do mundo de hoje se estivesse vivo: diria, com toda a certeza, o que nenhum de nós quer ouvir e todos gostaríamos de calar.

BIBLIOGRAFIA SELECIONADA
E COMENTADA

A bibliografia crítica sobre George Orwell é vastíssima. Entre biografias, livros de memórias de amigos, estudos críticos, teses de doutoramento e de mestrado, artigos dispersos por revistas e coletâneas, recensões e peças jornalísticas, o *corpus* bibliográfico sobre o autor comporta, sem exagero, vários milhares de textos. Seria irrealista, portanto, pretender esgotá-lo no presente contexto. Assim, optei por dar prioridade às obras de maior fôlego, selecionando as que me parecem mais relevantes, ou porque constituem marcos críticos na apreciação do autor, ou porque são exemplos claros de uma determinada perspetiva política ou literária da sua obra, ou ainda porque enriqueceram o nosso conhecimento da vida e obra de George Orwell.

A escolha é, como todas, discutível; ela implica não só um juízo de valor sobre o que merece, ou não, constar da lista, mas decorre também da minha própria visão da figura. E os meus comentários (nalguns casos elogiosos, noutros desfavoráveis) exprimem de igual modo uma opinião meramente pessoal das obras em causa. Neste momento, leitores e leitoras conhecerão a minha posição suficientemente bem para lhe poderem dar o devido desconto. Com este *caveat*, espero ainda assim ser útil ao público em geral e em particular a jovens investigadores/as, mapeando o território da crítica orwelliana e apontando os diversos caminhos que podem seguir de acordo com os seus interesses de leitura e investigação.

Uma lista bibliográfica completa sobre Orwell encontra-se no catálogo (de acesso livre) da British Library, para quem tenha várias horas disponíveis para consultar as centenas de páginas que a compõem. E, se me é permitido fazer publicidade à minha própria instituição, a biblioteca da Faculdade de Letras da Universidade de Coimbra possui *The Complete Works*, editados por Peter Davidson, e um número considerável de obras críticas, na sua maioria de consulta livre para estudantes e investigadores/as.

Biografias

Na sua habitual modéstia, Orwell deixou escrito em testamento que «se houver sugestões nesse sentido, peço que não se realize qualquer cerimónia fúnebre depois da minha morte, nem que se escreva a minha biografia» (*CW*, vol. xx: 237). Felizmente, as suas indicações foram ignoradas. Os primeiros a desobedecer foram Peter Stansky e William Abrahams, dois críticos americanos, que em 1972 publicaram uma biografia parcial do autor, *The Unknown Orwell* (London: Constable & Co Ltd, 1972), seguida, uns anos depois, por *Orwell. The Transformation* (London: Constable & Co Ltd, 1979), que alarga cronologicamente a original. Sem acesso a grande parte da documentação relevante e com várias restrições impostas por Sonia Orwell, este primeiro estudo biográfico, apesar das muitas lacunas, é mais do que uma mera curiosidade histórica. Nele se propõe uma articulação direta entre a vida e a obra que muita da crítica subsequente (na qual me incluo) reproduz, e nele se sugere também que, apesar dessa ligação estreita, o Blair histórico e o Orwell escritor são entidades diferentes, devendo ser claramente diferenciadas. Stansky e Abrahams não só desbravaram o terreno, como estabeleceram algumas das coordenadas centrais que orientam ainda hoje a crítica orwelliana.

A segunda biografia de Orwell, *George Orwell. A Life*, da autoria de Bernard Crick (London: Martin Secker & Warburg, 1980), é, quanto a mim, o melhor estudo biográfico do autor. Tendo agora acesso ao espólio, cedido pela viúva (pelo menos até os dois se desentenderem), Crick é exemplar na extensão e solidez da investigação feita, no equilíbrio conseguido entre a descrição da vida e a consideração da obra, no seu entendimento profundo da dimensão política e ideológica do autor e sobretudo na distância crítica que demonstra ter relativamente à figura. Um clássico não só sobre Orwell, mas também da biografia como género, a obra estabeleceu uma bitola a partir da qual se medem todas as outras (e poucas lhe chegam aos calcanhares...).

A biografia seguinte, da autoria de Michael Selden, *Orwell. The Authorized Biography* (London: William Heinemann, 1991) arroga-se dar uma visão sancionada do autor. Shelden foi, efetivamente, o primeiro biógrafo a ter à sua disposição o espólio completo, facultado pela firma que, depois da morte de Sonia Orwell, o passou a gerir e controlar. Mas, como é frequente nestes casos, o que devia ser uma biografia transformou-se numa hagiografia. Demasiado subserviente e frequentemente acrítica, a obra acaba por não prestar favor nenhum nem a Orwell nem a quem a «autorizou».

Com a aproximação do centenário do nascimento de Orwell, em 2003, surgiram, como seria de esperar, mais biografias, tirando partido das comemorações e do renovado interesse pelo autor. A primeira, de Jeffrey Meyers, *Orwell. Wintry Conscience of a Generation* (London: W. W. Norton & Company, 2000), merece-me algumas reservas, sendo indubitavelmente uma «biografia de tese», organizada de modo a provar que Orwell teve, durante toda a vida, uma «pulsão de morte» ou impulso suicidário. Discordando desta leitura (por legítima que seja), mais grave me parece a leitura forte e exclusivamente orientada nesse sentido que Meyers faz de todo o percurso biobibliográfico do autor. As outras duas, *George Orwell*, de Gordon Bowker (London: Little, Brown, 2003), e *Orwell. The Life*, de D. J. Taylor (New York: Henry Holt and Company, 2003), autojustificaram-se publicitando novas revelações da vida de Orwell, supostamente obtidas através de material até aí desconhecido e/ou fruto de entrevistas com amigos/as. A verdade é que em termos factuais pouco somam ao levantamento já anteriormente realizado por Crick, e quando as novidades existem, limitam-se a episódios da vida amorosa/sexual do autor ou da sua relação pessoal com amigos e amigas. Justiça lhes seja feita, nem uma nem outra exploram estas dimensões com condenável sensacionalismo; mas também, ao contrário de Bernard Crick, não resistem ao apelo desse *voyeurismo* que, admitamos, nos leva a querer saber mais da intimidade das figuras públicas. Neste estudo, usei sobretudo a de Bowker (a mais fiável) para confirmar pormenores factuais da vida de Orwell, quando estes eram escassos ou ambíguos na biografia de Crick. Parece-me que será precisamente esse o papel futuro destas ou de quaisquer outras biografias que venham a ser escritas, depois do padrão elevado — e ainda não igualado — que Bernard Crick estabeleceu *ab initio*.

Memórias de amigos

Depois da morte de Orwell, muitos foram os amigos, na sua maioria eles próprios homens das letras, que lhe prestaram homenagem passando a escrito as suas recordações do autor. Os seus relatos acrescentam ao nosso conhecimento do homem, sendo nalguns casos também estudos da obra, mas todos devem ser abordados com alguns cuidados. Se, por um lado, é interessante ver a interação de Orwell com quem lhe estava próximo, por outro, devemos ter em conta que a imagem por eles veiculada não é neutra, e em muitos casos contribuiu, deliberadamente ou não, para a mitificação da figura.

Recordações como as da amiga de infância Jacintha Buddicon, de Cyril Connolly (colega de Orwell em St. Cyprian's e amigo para o resto da vida), de Rayner Heppenstall (que com ele partilhou casa no início da década de 30), de T. R. Fyvel (seu colega na revista *Tribune*), ou mesmo de Richard Rees (o amigo com quem mais privou desde a década de 30 até à morte e que encarregou de ser seu executor literário), parecem-me ser de interesse apenas para aqueles fãs incondicionais de Orwell (como eu), que leriam com fascínio até o rol da lavandaria do homem. Os títulos encontram-se mais adiante, na secção «Outras Obras Referidas». Para o público mais geral, recomendo a excelente amostragem de opiniões de amigos e conhecidos de décadas diferentes e origens muito diferenciadas presente em *Orwell Remembered* (London: BBC, 1984), organizado por Audrey Coppard e Bernard Crick. A publicação partiu do programa *Arena*, que em 1984 recolheu testemunhos de familiares, amigos e amigas, bem como de mineiros, colegas da BBC, companheiros das milícias e tantos outros com quem Orwell contactou ao longo da vida e que sobre ele exprimiram opiniões muito diversas.

Estudos críticos

Além dessa vaga da crítica orwelliana, protagonizada por quem o conhecera de perto, começaram a surgir, na década de 60, os primeiros estudos críticos sobre o autor, que, previsivelmente, davam primazia aos romances, remetendo as obras não-ficcionais à posição secundária de meras (se bem que curiosas) fontes biográficas. Única faceta da produção orwelliana entendida como merecedora de uma análise de índole literária, a ficção cedo se impôs como o cerne do universo crítico, privilegiando sobretudo *Animal Farm* e *Nineteen Eighty-Four*. A obra de Keith Alldritt, *The Making of George Orwell. An Essay in Literary History* (London: Edward Arnold, 1969), é um dos melhores representantes deste paradigma crítico, fornecendo análises detalhadas e argutas de muitas das obras do autor. A de Edward M. Thomas, *Orwell* (Edinburgh: Oliver and Boyd, 1965), monografia integrada numa coleção (Writers & Critics), merece uma breve menção, por iniciar a tradição crítica de uma perspetiva temática e introdutória do autor, ainda hoje amplamente representada.

A década seguinte alargou e consolidou este panorama crítico[1], nela se situando alguns dos clássicos de consulta imprescindível para qualquer estudioso/a de Orwell. Duas coletâneas de ensaios bem demonstram o crescimento do interesse pelo autor, agora estudado por especialistas não

---

[1] Por questões de brevidade, indico sobretudo obras produzidas na Grã-Bretanha, onde a crítica orwelliana, por razões óbvias, é mais vasta e substancial. Embora o interesse por Orwell nos EUA fosse imediato, o *corpus* crítico é constituído maioritariamente por recensões ou artigos dispersos por revistas. Só com John Rodden surgiu um verdadeiro especialista norte-americano de Orwell. Este autor dedica um capítulo (6. 20) da sua obra *The Politics of Literary Reputation* à imagem de Orwell nos EUA, para quem estiver interessado na matéria.

só dos Estudos Literários, mas de campos afins. A de Jeffrey Meyers, *George Orwell: The Critical Heritage* (London: Routledge and Kegan Paul, 1975), reúne recensões críticas das obras de Orwell até ao final da década de 60, sendo instrumento indispensável ao estudo da sua receção contemporânea. *George Orwell. A Collection of Critical Essays*, coligida por Raymond Williams, seleciona os melhores ensaios sobre o autor, integrando alguns (como o de Isaac Deutcsher, «1984 – The Mysticism of Cruelty», ou o de Richard Hoggart, «Introduction to *The Road to Wigan Pier*») que se revelaram como particularmente influentes em toda a crítica subsequente.

Raymond Williams viria, aliás, a impor-se como um dos melhores críticos de Orwell. O seu *Orwell* (Glasgow: Fontana/Collins, 1971), integrado na coleção «Modern Masters», é ainda hoje uma obra de referência obrigatória para quem queira fazer investigação sobre Orwell. Williams não só lhe faz jus como grande «mestre» das letras, mas também o torna relevante para os Estudos Culturais, que emergiam na altura em grande parte devido ao esforço pioneiro do próprio Raymond Williams. Este estudo seminal comporta, assim, a dimensão política, literária e cultural do autor, numa visão abrangente, perspicaz e sempre certeira nas suas críticas e reservas sobre a figura. A ele se deve também uma atenção muito especial aos documentários, agora olhados sem o simplismo anterior da mera fonte biográfica, e a que Williams começa a conceder o espaço crítico que merecem.

A década de 80 foi prolífica em termos críticos; aproximando-se o ano comemorativo de 1984, não é de espantar a mobilização dos especialistas, antes e depois de uma data que, graças a Orwell, passou a ter uma forte carga simbólica. Das inúmeras coletâneas que reavaliam o último romance de Orwell em particular e a sua obra em geral, destaco a organizada por Harold Bloom, *George Orwell's 1984* (New York: Chelsea House Publishers, 1987), pela qualidade e variedade das contribuições que a integram. De meados da década de 70 em diante, assistiu-se, aliás, a uma explosão e proliferação de orientações teórico-críticas, de que Orwell passou a beneficiar, sendo sujeito às mais díspares abordagens. A crítica psicanalítica fez-se representar pelo estudo de Richard Smyer, *Primal Dream and Primal Crime. Orwell's Development as a Psychological Novelist* (Columbia & London: University of Missouri Press, 1979); os estudos da linguagem e da retórica presidem, por exemplo, à análise de Lynette Hunter, *George Orwell, The Search for a Voice* (Milton Keynes: Open University Press, 1984); a emergente área dos estudos sobre os *media* surge claramente em *Orwellian Language and the Media* (London: Pluto Press, 1988), de Paul Chilton; finalmente, a tendência formalista e estruturalista tem em David Lodge e na sua análise de «A Hanging» (em *The Modes of Modern Writing. Metaphor, Metonomy and the Typology of Modern Literature.* London: Edward Arnold, 1977) um distinto praticante, que, no seu questionar da noção tradicional de «literariedade», abriu novas perspetivas de análise da produção não-ficcional do autor.

Pela originalidade das abordagens num terreno que rapidamente começava a sofrer de um superpovoamento, destaco ainda dois estudos deste período que são merecedores de atenção: o de Ian Slater, *Orwell. The Road to Airstrip One* (Montreal: McGill-Queen's University Press, 1985), que divide a produção orwelliana em zonas geográficas («Burma», «Spain», etc.) e as entende como etapas do percurso simbólico (implícito no título) em direção a *Nineteen Eighty-Four.* Algo determinista, no pressuposto de que tudo converge para o último romance, ainda assim uma interpretação sugestiva e refrescada da vida e obra de Orwell.

O segundo, *George Orwell. The Age's Adversary*, de Patrick O'Reilly (London: The Macmilan Press,Ltd., 1986), é um dos melhores exemplos daquele grupo de críticos católicos que pretende «redimir» o ateísmo de Orwell e o defende como arauto de valores humanistas. Valendo o que vale, a discussão das obras ilumina alguns aspetos normalmente descurados das mesmas.

De então para cá, Orwell tornou-se numa figura incontornável de uma série de disciplinas e áreas do saber, que o repescam em abono dos seus ângulos específicos de investigação, consagrando-lhe mesmo, nalguns casos, um estudo autónomo. Vindo da linguística, Roger Fowler dedica uma obra a *The Language of George Orwell* (London: Macmillan Press Ltd., 1995). Oriundo da ciência política, *Orwell's Politics* (London: Palgrave/Macmillan, 1999), de John Newsinger (único estudo crítico traduzido para português), ocupa-se, como o título indica, da dimensão política da figura e da obra, contextualizando-as em termos do panorama ideológico e partidário da época. E Stephen Ingle retoma e reavalia a questão em *The Social and Political Thought of George Orwell. A Reassessment* (London: Routledge, 2008). O historiador e especialista em questões de classe, David Cannadine, recorre com frequência a Orwell em *Class in Britain* (New Haven & London: Yale University Press, 1998), nomeadamente no que diz respeito às atitudes de uma classe perante as outras. E uma outra figura central da historiografia britânica da atualidade, Stefan Collini, dedica um capítulo da sua obra *Absent Minds. Intellectuals in Britain* (Oxford: Oxford University Press, 2006) à posição de Orwell enquanto intelectual público e às suas controversas críticas do mundo da intelectualidade sua contemporânea.

A ubiquidade de Orwell na cultura dos nossos dias tem, efetivamente, um contraponto na sua constante presença no mundo teórico-crítico das últimas décadas. Não é de espantar, por exemplo, que os Estudos da Vigilância lhe concedam hoje em dia um lugar de proa na linhagem da disciplina: a obra de David Lyons, *Surveillance Studies. An Overview* (Cambridge: Polity Press, 2007), invoca-o como uma das figuras tutelares dessa área de estudos. Os Estudos da Identidade têm sido, infelizmente, lentos na sua apropriação de Orwell, mas Robert Colls preenche parcialmente essa lacuna com *George Orwell. English Rebel* (Oxford: Oxford University Press, 2013), onde se explora o conceito de «Englishness» do autor. E a sua tradicionalmente negligenciada produção ensaística e jornalística começa também, incipientemente, a dar os primeiros passos críticos. *George Orwell the Essayist. Literature, Politics and the Periodical Culture*, de Peter Marks (London: Continuum, 2011), é, com efeito, o primeiro estudo inteiramente dedicado à ensaística orwelliana. Aplaudindo a intenção, não posso aplaudir totalmente o resultado: demasiado descritiva e simplisticamente parafrástica, esta análise dos ensaios esquece as ligações interativas entre eles e as conexões com a ficção, mas tem o mérito de fornecer elementos preciosos sobre a cultura das revistas e periódicos que Orwell integrou e em que ativamente participou.

Disse, no capítulo sobre *Nineteen Eighty-Four*, que Orwell tem os seus detratores, bem como os seus apoiantes incondicionais. Não ficaria completa esta panorâmica sem uma menção a uns e a outros. No primeiro caso está indubitavelmente Scott Lucas, que tem feito carreira a denegrir o autor, nomeadamente em *Orwell* (London: House Publishing, 2003) e *The Betrayal of Dissent. Beyond Orwell, Hitchens and the New American Century* (London: Pluto Press, 2004). Sou particularmente veemente nesta minha apreciação negativa, porque me parece ser Lucas um dos melhores (ou piores) exemplos de visões seletivamente parciais (nos dois sentidos da palavra) do autor, construindo frequentemente linhas de argumentação sem grande suporte textual. Lucas não é, contudo, o primeiro a encarar Orwell com animosidade. A «Nova Esquerda» britânica, marxista e nalguns casos pró-soviética, já lhe tinha apontado as baterias. *Inside the Myth. Orwell – Views from the Left* (London: Lawrence & Wishart Ltd., 1984), organizado por Christopher Norris, reúne as posições de uma esquerda a quem Orwell continua a incomodar e que nunca fez as pazes com ele. E, quebrando a regra de incluir apenas obras de maior fôlego, menciono a este propósito um ensaio muito crítico de Orwell, «Outside the Whale», de Salman Rushdie, integrado em *Imaginary Homelands* (London: Granta Books, 1991). Pessoalmente, parece-me que (por ignorância?) Rushdie treslê o ensaio original («Inside the Whale») contra o qual se insurge; mas vale a pena, ainda assim, ouvir o que Rushdie, intelectual público e membro da diáspora pós-colonial, tem a dizer, a propósito de Orwell, das relações entre o mundo da escrita e o da política.

A crítica feminista é também particularmente acusatória relativamente ao que entende ser a imagem condescendente, paternalista e sexista da mulher que emerge da ficção orwelliana. Daphne Patai foi a primeira a apontar estas falhas em *The Orwell Mystique. A Study in Male Ideology* (Amherst: Univeristy of Massasuchets Press, 1984), tentando retirar Orwell do pedestal comemorativo nesse simbólico ano de 1984. Mas Beatrix Campbell, que revistou o Norte durante a era de Thatcher, interroga-se também, legitimamente, em *Wigan Pier Revisited. Poverty and Politics in the 1980s* (London: Virago, 1984) sobre a ausência da mulher nos relatos sobre a Depressão em geral, e no de Orwell em particular.

Nos antípodas destas opiniões desfavoráveis, situa-se Christopher Hitchens, que se assumiu sempre como herdeiro direto e discípulo dileto de Orwell. Figura controversa, para muitos (como Scott Lucas), representando a «traição» à esquerda e a deriva à direita do intelectual dos nossos dias, Hitchens foi sempre um dos grandes defensores públicos de Orwell, não só na obra que lhe dedicou, *Orwell's Victory* (London: Allen Lane/ The Penguin Press, 2002), mas em numerosos artigos e entrevistas nos *media*. Concordando, em geral, com as suas posições, penso que Hitchens revela uma colagem demasiada ao seu mentor, desculpando Orwell mesmo quando este disso não precisa, nem deve ser desculpado. De todo o modo, o seu incondicional entusiasmo resulta em leituras muitas vezes inspiradas do autor e da sua escrita.

Deixei para o fim, para fechar com chave de ouro, as duas figuras que, no meu entender, são os melhores críticos orwellianos da atualidade: Peter Davison e John Rodden. O primeiro é o responsável pela edição de *The Complete Works*, trabalho exemplar pelo rigor, exaustividade e cuidado editorial postos nessa monumental tarefa, a que o autor tem vido a acrescentar outros escritos que relevam do seu conhecimento enciclopédico da totalidade da obra orwelliana: *George Orwell. A Literary Life* (London: Macillan Press Ltd., 1996) é um brilhante estudo de Orwell enquanto figura das letras; e *The Lost Orwell* (London: Timewell Press Limited, 2006) reúne documentação vinda a lume depois da publicação das obras completas. Peter Davison e o seu extraordinário esforço de recolha e disponibilização do espólio do autor abriram perspetivas de investigação sobre Orwell que dificilmente se esgotarão num futuro próximo.

John Rodden é indisputavelmente o melhor crítico orwelliano da atualidade. Inteligentemente, e perante um campo de estudos cada vez mais sobrecarregado, Rodden deu dois passos atrás, produzindo uma visão metacrítica do autor, refratada e mediatizada pelos discursos que a foram criando. Olhando Orwell como fenómeno cultural no sentido mais lato de termo, a sua perspetiva, misto de sociologia da leitura, estética da receção e crítica cultural, encara de frente a dimensão global — não só crítica como comercial — da reputação de Orwell nas últimas décadas. Perspicaz no detetar das imagens que foram sendo construídas sobre a figura em cada geração, país e grupo ideológico ou sociocultural, a sua obra *The Politics of Literary Reputation. The Making and Claiming of «St. George» Orwell* (Oxford: Oxford University Press, 1989) interroga de perto essas representações, constituindo-se como marco inovador de que o meu estudo (e certamente muitos outros) é claro devedor. Rodden tem continuado nesta senda com a publicação de *Scenes from and Afterlife. The Legacy of George Orwell* (Wilmington: ISI Books, 2003), *George Orwell. Into the Twenty-First Century* (coletânea organizada com Thomas Cushman; London: Paradigm Publishers, 2004) e *Every Intellectual's Big Brother. George Orwell's Literay Siblings* (Austin: University of Texas Press, 2006). Alargando e aprofundando o seu propósito inicial, Rodden tem vindo a concentrar-se no legado do autor e nas figuras que se declaram seus discípulos. A sua estatura de especialista conferiu-lhe a responsabilidade de editar *The Cambridge Companion to George Orwell* (Cambridge: Cambridge University Press, 2007) e *The Cambridge Introduction to George Orwell* (Cambridge: Cambridge University Press, 2012), a que se acrescenta *The Unexamined Orwell* (Austin: University of Texas Press, 2011). Numa tão prolífica produção, seria impossível evitar justaposições e duplicações de material; mas Rodden consegue sempre imprimir algo de novo a cada estudo que dedica a Orwell, consolidando a centralidade da sua intervenção no mundo da crítica orwelliana.

Outras Obras Referidas

Ditam as boas regras académicas que os livros citados devem constar da bibliografia final de qualquer trabalho. A lista que se segue inclui, assim, as obras citadas e ainda não referenciadas em detalhe nas secções anteriores, e nela incluo também alguns títulos de obras mencionadas apenas de passagem, mas que podem ser úteis como pistas de investigação sobre um determinado aspeto da obra do autor ou do contexto em que ele se moveu.

Bradbury, Malcolm (ed.) (1977). *The Novel Today*. London: Fontana/Collins.
Buddicom, Jacintha (1974). *Eric & Us. A Remembrance of George Orwell*. London: Leslie
Frewin Publishers Limited.
Connolly, Cyril (1938). *Enemies of Promise*. Harmondsworth: Penguin Books.
Fenwick, Gillian (1998). *George Orwell. A Bibliography*. Winchester: Oak Press.
Fyvel. T. R. (1982). *George Orwell. A Personal Memoir*. London: Weidenfeld and Nicolson.
Heppenstall, Rayner (1960). *Four Absentees: Dylan Thomas, George Orwell, Eric Gill, J. Middleton Murray*. London: Barrie and Rockliff.
Hoggart, Richard (1977). *The Uses of Literacy*. Harmondsworth: Penguin Books [1957].
Hynes, Samuel (1976). *The Auden Generation. Literature and Politics in England in the 1930s*. London: Faber and Faber.
Koestler, Arthur (1950). «A Rebel's Progress». *Observer*, 29 January.
Langdon-Davis, John (2007). *Behind the Spanish Barricades*. London: Reportage Press [1936].

Rees, Richard (1961). *George Orwell. Fugitive from the Camp of Victory*. London: Secker & Warburg.
Spurling, Hilary (2003). *The Girl from the Fiction Department. A Portrait of Sonia Orwell*. London: Penguin Books.
Williams, Raymond (1981). *Politics and Letters*. London: Verso [1979].

Não posso terminar sem exprimir o desejo de que o meu livro seja seguido por muitos outros, de especialistas nacionais, que assim deem continuidade à divulgação do autor e da sua obra no nosso país. A experiência docente diz-me que Orwell continua a apelar às gerações mais novas, que nele encontram ainda um manancial inesgotável de temas e motivos de reflexão sobre o mundo do passado e do presente. Assim tenham esses/as investigadores/as condições para explorar os seus interesses, num meio académico cada vez mais hostil, subfinanciado, hiperburocratizado, sujeito às leis competitivas do mercado e em geral adverso à investigação desinteressada dos fenómenos da cultura. Orwell merece!

Quadro biobibliográfico

ANO	VIDA	OBRA			
		ROMANCES	DOCUMENTÁRIOS	COLECTÂNEAS DE ENSAIOS	JORNALISMO e ENSAÍSTICA (seleção)
1903	Nasce em Motihari, Bengala, Índia.				
1904	Regressa a Inglaterra com a mãe e a irmã; a família estabelece-se em Henley-on-Thames, Oxfordshire.				
1905					
1906					
1907					
1908					
1909					
1910					
1911	Frequenta a «prep school» de St. Cyprian's, em East Sussex, como bolseiro.				
1912	St.Cyprian's				
1914	St.Cyprian's				
1915	St.Cyprian's				
1916	St.Cyprian's				
1917	Frequenta a «public school», Eton College, como bolseiro.				
1918	Eton				
1920	Eton				
1921	Acaba o curso em Eton, ficando em 138.º lugar entre 167 alunos.				
1922	Junho: faz os exames de admissão à Indian Imperial Police; outubro: embarca para Rangum, Birmânia, com o posto de Assistant District Superintendent; novembro: frequenta a Police Training School em Mandalay.				
1923	Mandalay				
1924	É destacado para Myaungmya e posteriormente para Twante.				

ANO	VIDA	OBRA			
		ROMANCES	DOCUMENTÁRIOS	COLECTÂNEAS DE ENSAIOS	JORNALISMO e ENSAÍSTICA (seleção)
1925	É destacado para Syriam, encarregado da segurança da refinaria da Burma Oil Company; é promovido a Assistant Superintendent, com funções no Quartel General em Insein.				
1926	É destacado para Moulmein e posteriormente transferido para Katha, na selva birmanesa.				
1927	Regressa a Inglaterra e demite-se da Indian Imperial Police; disfarça-se de vagabundo e junta-se aos sem-abrigo em Londres.				
1928	Vai viver para Paris; aloja-se numa pensão barata (R. du Pot de Fer); publica os dois primeiros artigos.				«La Censure en Angleterre», Monde «A Farthing Newspaper», G. K's Weekly
1929	Continua a publicar artigos em jornais franceses; manda «The Spike» para a revista Adelphy; depois de lhe terem roubado o dinheiro, vê-se obrigado a arranjar emprego a lavar pratos no hotel Lotti; dezembro: deixa Paris e regressa a casa dos pais em Southwold; ganha a vida como professor particular.				«A Day in the Life of a Tramp», Le Progrès Civique «Beggars in London», Le Progrès Civique
1930	Abril: reinicia as suas explorações do submundo e junta-se a vagabundos e trabalhadores migrantes em Sussex, Essex e Suffolk; completa Days in London and Paris, primeira versão de Down and Out in Paris and London.				«The Spike», The Adelphy
1931	Trabalha na apanha do lúpulo; pela última vez, junta-se aos sem-abrigo em Londres; começa a escrever Burmese Days.				«Hop-picking», New Statesman and Nation «A Hanging», The Adelphi

QUADRO BIOBIBLIOGRÁFICO | 427

ANO	VIDA	ROMANCES	DOCUMENTÁRIOS	COLECTÂNEAS DE ENSAIOS	JORNALISMO e ENSAÍSTICA (seleção)
1932	Ensina na Hawthorn School, em Hayes; Leonard Moore torna-se no seu agente literário; adota o pseudónimo George Orwell.				«Common Lodging Houses», *The New Statesman and Nation*
1933	Primeira obra publicada em Inglaterra (janeiro) e nos EUA (junho); completa a escrita de *Burmese Days*; dá aulas no Frayes College, Uxbridge; adoece gravemente com uma pneumonia e deixa definitivamente o ensino.		*Down and Out in Paris and London*, London: Victor Gollancz, 1933.		
1934	Escreve *A Clergyman's Daughter*; trabalha numa livraria em Hampstead; *Burmese Days* é publicado nos EUA.	*Burmese Days*, New York: Harper & Brothers, 1934.			
1935	*Burmese Days* é finalmente publicado em Inglaterra; começa a escrever para *The New English Weekly*, colaboração que manterá nos anos seguintes.	*A Clergyman's Daughter*, London: Victor Golancz, 1935. *Burmese Days*, London: Victor Gollancz, 1935.			
1936	Escreve *Keep the Aspidistra Flying*; Gollancz encomenda-lhe obra sobre a situação económica do país durante a Depressão; de janeiro a março viaja pelo Norte de Inglaterra; muda-se para Wallington, onde abre mercearia no r/c da habitação; casa com Eileen O'Shaughnessy; escreve *The Road to Wigan Pier*; dezembro: entrega o manuscrito de *The Road to Wigan Pier* a Gollancz e parte para Espanha para lutar na Guerra Civil; ao chegar a Barcelona, alista-se nas milícias do POUM.	*Keep the Aspidistra Flying*, London: Victor Gollancz, 1936.			«Shooting an Elephant», *New Writing* «Rudyard Kipling», *New English Weekly* «The Road to Wigan Pier Diary» «Bookshop Memories», *Fortnightly* «In Defence of the Novel», *New English Weekly*

VIDA		OBRA			
ANO		ROMANCES	DOCUMENTÁRIOS	COLECTÂNEAS DE ENSAIOS	JORNALISMO e ENSAÍSTICA (seleção)
1937	De janeiro a abril luta na frente de batalha perto de Huesca, na Catalunha; em maio participa na escaramuça entre as forças de esquerda em Barcelona; regressa à frente e é ferido gravemente; depois de estada em vários hospitais, é desmobilizado; a ilegalização do POUM obriga-o a fugir e a sair clandestinamente de Espanha (junho).		The Road to Wigan Pier, London: Victor Gollancz, 1936.		«Spilling the Spanish Beans», New English Weekly «Eye-Witness in Barcelona», Controversy: The Socialist Forum
1938	Janeiro: completa Homage to Catalonia, e encontra dificuldades em conseguir editor para a obra; março: é-lhe detetada uma lesão pulmonar, tratada no Preston Hall Sanatorium; toma-se membro do Independent Labour Party; setembro a dezembro: viaja com a mulher para Marrocos para recuperar da tuberculose; escreve Coming up for Air.		Homage to Catalonia, London: Secker and Warburg, 1938.		«Why I joined the Independent Labour Party», The New Leader
1939	Regressa a Wallington; com o estalar da Segunda Grande Guerra, tenta alistar-se, mas é recusado por razões de saúde.	Coming up for Air, London: Victor Gollancz, 1939.			«Not Counting Niggers», The Adelphy «Notes on the Spanish Militias» (inédito até 1960) «Marrakech», New Writing
1940	Regressa a Londres; inicia atividade como crítico literário e de cinema na revista Time and Tide; alista-se na Home Guard; inicia colaboração com a revista Tribune.			Inside the Whale, London: Victor Gollancz, 1940.	«Boy's Weeklies», «Inside the Whale», «Charles Dickens», Inside the Whale. London: Victor Gollancz, 1940. «Notes on the Way», Time and Tide «My Country Right or Left», Folios of New Writing Recensão de Richard Wright, Native Son, Tribune Recensão de F. Borkenau, The Totalitarian Enemy, Time and Tide Recensão de Indian Writing, The Listener

QUADRO BIOBIBLIOGRÁFICO | 429

	VIDA	OBRA			
ANO		ROMANCES	DOCUMENTÁRIOS	COLECTÂNEAS DE ENSAIOS	JORNALISMO e ENSAÍSTICA (seleção)
1941	Agosto: trabalha no Empire Department da BBC na qualidade de produtor radiofónico (Talks Producer), com responsabilidade na programação cultural e noticiosa transmitida para a Índia e todo o Sudeste asiático.			*The Lion and the Unicorn*, London: Secker and Warburg, 1941.	«Wartime Diary» «Will Freedom Die with Capitalism?», *The Left News* «Don't Let Colonel Blimp Ruin the Home Guard», *Evening Standard* «Fascism and Democracy», *The Left News* «The Frontiers of Art and Propaganda», *The Listener* «Tolstoy and Shakespeare», *The Listener* Programa radiofónico: «Literature and Totalitarianism» «Wells, Hitler and the World State», *Horizon* «The Art of Donald McGill», *Horizon*
1942	Começa a escrever para a *Partisan Review*, em Nova Iorque, para onde envia regularmente uma «London Letter» sobre o progresso da guerra; com algumas interrupções, a coluna mantém-se até 1946.				«London Letter», *Partisan Review* «Rudyard Kipling», *Horizon* «The Rediscovery of Europe», *The Listener* Programa radiofónico «Imaginary Interview: George Orwell and Jonathan Swift»
1943	Inicia a escrita de *Animal Farm*; deixa a BBC e aceita o lugar de editor literário (Literary Editor) na revista *Tribune*, onde passa a escrever a coluna semanal «As I Please».			*Talking to India: A Selection of English Language Broadcasts to India*, org., London: George Allen and Unwin, 1943.	«As I Please», *Tribune* (coluna semanal) «London Letter», *Partisan Review* «Looking back on the Spanish War», *New Road* Recensão de V. K. Narayana Menon, *The Development of William Butler Yeats*, *Time and Tide* «Literature and the Left», *Tribune* Prorama radiofónico: «Jack London: Landmarks in American Literature»
1944	Termina *Animal Farm* e tenta publicar a obra, que é rejeitada por vários editores por razões políticas; adota uma criança, Richard Horatio Blair.				«London Letter», *Partisan Review* «Raffles and Miss Blandish», *Horizon* «Propaganda and Demotic Speech», *Persuasion*

	VIDA	OBRA			
ANO		ROMANCES	DOCUMENTÁRIOS	COLECTÂNEAS DE ENSAIOS	JORNALISMO e ENSAÍSTICA (seleção)
1945	Deixa a revista *Tribune* para ser correspondente de guerra do *Observer*; viaja pela França e Alemanha para cobrir a libertação, mas regressa umas semanas depois devido à morte súbita de Eileen; *Animal Farm* sai finalmente à estampa.	*Animal Farm*, London: Secker and Warburg, 1945.			«London Letter», *Partisan Review* «Notes on Nationalism», *Polemic* «You and the Atom Bomb», *Tribune* «In Defence of English Cooking», *Evening Standard* «In Defence of P.G.Woodehouse», *The Windmill* «Anti-semitism in Britain», *Contemporary Jewish Record* «Catastrophic Gradualism», *C.W.Review* «Good Bad Books», *Tribune* «Revenge is sour», *Tribune* «Freedom of the Park», *Tribune* «Poetry and the Microphone», *The New Saxon Pamphlet* «World Affairs», *Junior: Articles Stories and Pictures* «Nonsense Poetry», *the Lear Ominibus* «Mark Twain:The Licensed Jester», *Tribune*

ANO	VIDA	OBRA			
		ROMANCES	DOCUMENTÁRIOS	COLECTÂNEAS DE ENSAIOS	JORNALISMO e ENSAÍSTICA (seleção)
1946	Propõe casamento a várias mulheres, mas é rejeitado por todas; aluga Barnhill, quinta na Ilha de Jura, nas Hébridas, e muda-se para a Escócia; retoma a colaboração semanal com *Tribune*.				«As I Please», *Tribune* (coluna semanal) «London Letter», *Partisan Review* «The Prevention of Literature», *Polemic* «Pleasure Spots», *Tribune* «Arthur Koestler», *Focus* «Politics v. Literature: An Examination of *Gulliver's Travels*», *Polemic* «Politics and the English Language», *Payments Book* «Riding down from Bangor», *Tribune* «A Nice Cup of Tea», *Evening Standard* «The Politics of Starvation», *Tribune* «Books v. Cigarettes», *Tribune* «The Moon under Water», *Evening Standard* «Decline of the English Murder», *Tribune* «In Front of your Nose», *Tribune* «Some Thoughts on the Common Toad», *Tribune* «A Good Word for the Vicar of Bray», *Tribune* «Second Thoughts on James Burnham», *Polemic* «Why I Write», *Grangel* «How the Poor Die», *Now* «Riding down from Bangor», *Tribune*

VIDA	OBRA			
ANO		ROMANCES	DOCUMENTÁRIOS	COLECTÂNEAS DE ENSAIOS	JORNALISMO e ENSAÍSTICA (seleção)
1947	Começa a escrever *Nineteen Eighty-Four*.			*The English People*, London: Collins, 1947 (escrito em 1942). *Britain in Pictures Series*.	«Lear, Tolstoy and the Fool», *Polemic* Prefácio para a edição ucraniana de *Animal Farm* Introdução a *British Pamphleteers*, London: Alan Wingated, 1947. «Towards European Unity», *Partisan Review* «In Defence of Comrad Zilliacus» (inédito até 1960) «Burnham's View of the Contemporary World Struggle», *The New Leader*
1948	Tem um recrudescimento da tuberculose e é tratado num hospital em Glasgow entre janeiro e julho; inicia tratamento com estreptomicina, que é abandonado pouco depois; regressa a Jura; novembro: termina *Nineteen Eighty-Four*.				«Writers and Leviathan», *Politics and Letters* «George Gissing» (inédito até 1960) «Such, Such Were the Joys» (inédito até 1960)
1949	Dá entrada no Cottswold Sanatorium, onde permanece de janeiro a setembro; fornece a Celia Kirwan, que trabalhava no Information Research Department, uma lista de nomes de comunistas ou simpatizantes; é transferido para o University Hospital, Londres; outubro: casa com Sonia Brownell.	*Nineteen Eighty-Four*, London: Secker and Warburg, 1949.			«Reflections on Gandhi», *Partisan Review* «Evelyn Waugh» (inacabado) «A Smoking-room Story» (inacabado)
1950	Faz planos para recuperação na Suíça, mas morre dias antes da partida, a 21 de janeiro; é enterrado no cemitério de Sutton Courtnay, em Oxfordshire, em terreno cedido por David Astor.				

ÍNDICE REMISSIVO

A

Adelphi, The, 91-92, 146, 147n, 426
Adeus a Berlim, 78n,
Adeus às Armas, O, 207n
Admirável Mundo Novo, O, 349
Adolf Hitler, 25, 163n, 195, 219, 248-249, 251, 259, 261-262, 276, 280n, 292,
«Ah, Ledos, Ledos Dias», 33n, 39, 44, 55, 270, 380n
Aldous Huxley, 96, 349
Alan Sillitoe, 144
Aneurin Bevan, 293n
«Angry Young Men», 143-144
Anne Popham, 336-339
Arnold Bennett, 64,
«Art of Donald McGill, The», 29, 268, 272-274, 429
Arthur Koestler, 48n, 318, 336, 382, 391n, 431
Arthur Scargill, 172n
«As I Please», 135, 294, 321, 346, 429, 431
«Assim Morrem os Pobres», 270
Auden Group, 89n, 149, 176n
Audrey Coppard, 413,
Audrey Jones, 336
Autobiography of a Supertramp, 63
Avril Blair, 38, 339, 392

B

«Bah, Bah, Black Sheep», 39, 46
Barnhill, 339-340, 431
Beatrix Campbell, 191n, 419
BBC, 135, 164n, 173n, 288-293, 297, 305, 387, 413, 429
«Beggars in London», 91, 426
Bengala, 33, 401, 425
Benito Mussolini, 195, 276
Benjamin Britten, 335n,
Benjamin Seebohm Rowntree, 165n
Bernard Crick, 173n, 295n, 308n, 334n, 382, 411-413
Bertrand Russell, 378n
Bloomsbury Group, 338n,
«Boys' Weeklies», 110,
«Big Brother», 17, 18, 360, 401-402, 421
Bill Brandt, 171n
«Boa Chávena de Chá, Uma», 268, 273
«Bons Maus Livros», 268, 273
Booklover's Corner, 138-139, 141
Brenda Salked, 94-95
Brigadas Internacionais, 196-199, 214, 225, 262
British Union of Fascists, 163n
«Burnham's View of the Contemporary World Struggle», 266, 346, 440

C

Cabana do Pai Tomás, A, 119n
Cambridge Five, The, 385n
Caminho para Wigan Pier, O,
  24-25, 28, 38-39, 41, 43, 49-50,
  54, 61-62, 80n, 83, 109, 110,
  111, 121, 132, 138, 149, 157,
  165, 169, 171, 176n, 184, 189-
  -191, 194-195, 205-206, 232n,
  241, 249, 252, 262, 304, 322,
  353-354, 374n, 383n
Cântico de Natal, 315n
C. Day Lewis, 89n, 149
«Catastrophic Gradualism», 266, 273, 430
Celia Kirwan, 68n , 336, 338n, 382-383, 385-386, 389, 432
Centro Documental de la Memoria Histórica, 196n,
C. F. G. Masterman, 65
Charles Baudelaire, 91, 143
Charles Booth, 64-65
Charles Dickens, 46n, 64, 84, 95, 313-317, 319-320, 326-327, 357n
«Charles Dickens», 269, 428
Charles Kingsley, 64,
Chris Mullin, 293n
Christopher Hollis, 101
Christopher Isherwood, 78n, 149n
CIA, 300n, 318n, 346n
Clement Attlee, 286n
Colonel Blimp, 263, 426
«Common Lodging Houses», 91, 427
Complete Works of George Orwell, The, 9, 30, 158n, 410, 420
Condição da Classe Trabalhadora em Inglaterra, A, 65
Condition of England, 65, 79, 84, 165
Conto de Duas Cidades, Um, 314
Coração das Trevas, O, 116, 120
Cortina de Ferro, 308, 330, 345
Crime e Castigo, 143
Cyril Connolly, 48n, 102, 146, 158, 270n, 295n, 413, 422

D

D. H. Lawrence, 171n
David Astor, 332, 393, 432
David Bowie, 17,
David Lodge, 14, 121n, 215, 416,
«Day in the Life of a Tramp, A», 91, 426
«Declínio do Assassinato na Grã-Bretanha, O», 268
Denis King-Farlow, 50
«Dentro da Baleia», 94n, 110n, 266
Dial Press, 307
Dias Birmaneses, 9, 92, 99n, 108, 111, 112, 117-123, 127, 128, 131, 134, 136, 144, 146, 235, 289
Donald Trump, 353n, 398, 400
Duquesa de Atholl, 135, 335,
Dwight MacDonald, 285n, 309, 324, 326

E

East End, 64
Edmund Blunden, 291
Edward Snowden, 402
Eileen O'Shaughnessy, 157-160, 192-193, 195, 222-225, 236, 262, 329, 331-334, 337-339, 390-391, 393, 427, 430
Eleanor Jaques, 102
Elizabeth Cadbury, 157
Elizabeth Gaskell, 64, 84, 327
E. M. Foster, 120n
«Em Defesa da Cozinha Inglesa», 268-269, 333
«Em Defesa de P. G. Wodehouse», 269

ÍNDICE REMISSIVO | 435

«Enforcamento, Um», 57, 92, 120-123, 125-126, 128, 270, 289
«English People, The», 15, 268, 286, 432
«Entrevista Imaginária com Jonathan Swift», 310n
Ernest Hemingway, 67
Eric Blair, 33-35, 37-38, 54-60, 62-63, 65, 67-70, 74, 82, 85-87, 92, 115, 289-290, 333n
Estaline (Josef Vissariónovitch Stalin), 197n, 217n, 305
Eton, 39, 48-50, 52-53, 141, 146n, 204n, 425
Eugène Adam, 66,
Ezra Pound, 67

F

Faber & Faber, 70, 307
«Fascism and Democracy», 266, 429
Filha do Pároco, A, 9, 92, 94, 97, 99, 102, 106-108, 138, 144
Filhos e Amantes, 171n
Fiódor Dostoiévski, 143
Francis Bacon, 391n
Francis Westrope, 138
Francisco Franco, 195, 196n, 197n, 205, 208-209, 214, 217, 219-220, 233
Frederic Warburg, 232, 277, 307-308
Freedom Defence Committee, 335n, 388
«Freedom of the Park», 388, 430
Friedrich Engels, 65
«Fronteiras entre a Arte e a Propaganda, As», 94n, 266, 273-274
F. Scott Fitzgerald, 67

G

Gandhi, 56, 322, 432
Gertrude Stein, 67

George Bernard Shaw, 84, 384
«George Gissing», 269, 432
George Orwell Memorial Trust, 293
George Woodcock, 299, 388
Georges Bataille, 391n
Georges Kopp, 220n, 223n, 224
Geoffrey Gorer, 147, 269, 336n
Gillian Fenwick, 299, 422
Goodbye to All That, 207n
«Good Word for the Vicar of Bray, A», 271, 431
Gordon Bowker, 37, 41
Grande Depressão, 109, 132, 149, 160, 192, 253
Guerra Civil de Espanha, 24, 46, 135n, 138n, 160, 194, 196-197, 199, 202, 206, 209, 211-212, 216-217, 223n, 225, 227, 231, 232n, 261, 270, 281, 305, 318n, 333, 355, 401, 427
Guerra Fria, 26, 301, 308, 312, 330, 344-346, 348, 358, 380, 382, 385, 387, 389-440
Günter Grass, 17
Guy Burgess, 385

H

Halas & Bachelard, 300
Handmaid's Tale, The, 353
Harriet Beecher Stowe, 119n
Harry Pollitt, 198-199, 232
Henley-on-Thames, 38, 425
Henry Mayhew, 65
Henry Miller, 52, 67, 98, 99n, 104, 108
Henry Morton Stanley, 65
Herbert Read, 335n
H. G. Wells, 186n, 214n, 269, 274, 322, 349, 351, 353, 362, 429
Hilary Spurling, 391n, 423
Home Guard, 262-264, 428, 429

Homenagem à Catalunha, 25, 27, 28, 192, 199-200, 206, 208, 212, 225, 227, 229-231, 233, 236, 240, 264, 277, 307
«Hop Picking», 91, 426
Hugh Hopper, 17

I
Ida Mabel Limouzin, 35
Imperial Police, 23, 53-54, 109, 153, 204n, 425-426
Império Britânico, 35n, 36-37, 55, 59, 114, 127, 136
In Darkest Africa, 65
Independent Labour Party, 138, 198n, 428
Information Research Department (IRD), 382, 432
Irving Howe, 285
Ivy Compton-Burnett, 391

J
Jack Common, 235n
Jack London, 63, 269, 349, 429
J. G. Ramsay, 191
James Agee, 160
James Burnham, 266, 272, 274, 344-349, 387-388, 431, 432
James Dean, 144
James Joyce, 52
Jarrow Crusade, 161
Jean-Paul Sartre, 391n
Jeeves e Wocester, 333n
Jeremy Benthan, 363n
Jerry Kennan, 173n, 175n
John Ford, 171
John MacNair, 198, 223n
John Middleton Murray, 147n, 173, 422
John Osborne, 17, 144,
John Rodden, 102n, 333n, 400n, 414n, 420-421

John Strachey, 198
John Wain, 144
Jonathan Cape, 69, 112, 306-307, 385n
Jonathan Swift, 269, 310, 357n, 429
Joseph Conrad, 116, 392
Joseph MacCarthy, 385n
Julian Symons, 376n, 378n
Jura, 332, 336, 339, 340n, 341, 375, 377, 431 432

K
Karl Marx, 65, 189, 298, 315-316
Keith Alldritt, 414
Kingsley Amis, 144,

L
La Fontaine, 311
Langston Davis, 206n
League for European Freedom, 355n
«Leão e o Unicórnio, O», 29, 110n, 133, 190, 264, 268, 273-274, 276-277, 282, 284, 286-287, 303, 307, 317, 326, 347n, 355, 383n
Left Book Club, 162, 180, 182, 198, 248
Left News, The, 261n, 429
Leonard Moore, 70, 90n, 112n, 306n, 307, 427
Let Us Now Praise Famous Men, 160
Leviatã, 361, 404
Leviatã, 361n
Ley de Memoria Histórica, 196n
L. H. Myers
Lionel Trilling, 285n, 378n
«Literatura e Totalitarismo», 266, 273, 274
«Literature and the Left», 94n, 266, 429
Livro de Jó, 361n

Louis MacNeice, 149
Lucien Freud, 391n
Lynette Hunter, 81, 416

M

Machiavellians, The, 346
Managerial Revolution. What is Happening in the World, The, 346-348
Manchester Evening News, The, 294
Mandalay, 38, 54, 109-111, 120, 136, 183, 425
Manifesto Comunista, O, 189
Margaret Atwood, 353n
Margaret Thatcher, 172n, 200, 419
Marguerite Duras, 391n
«Marraquexe», 235, 236, 257
Mary McCarthy, 17, 285n, 391n
Mass Observation, 79
«Matar um Elefante», 56, 120, 123n, 126, 132, 194, 270, 289
Maurice Merleau-Ponty, 391n
Means Test, 162
Melvyn Bragg, 173
«Memórias de um Livreiro», 141
Michael Foot, 293n, 382n
Michael Sayers, 147n
Michel Foucault, 363
Modernismo, 67-68, 70, 94, 97, 98, 102, 148, 352
Modern Utopia, A, 351
«Moon Under Water, The», 268, 273, 431
Motihari, 33, 401, 425
Moulmein, 35, 56, 126, 426
Mulk Raj Anand, 291
Myfanwy Westrope, 138

N

Nancy Poets, 176n
Na Penúria em Paris e em Londres, 23, 61, 63, 68-71, 73-77, 79-86, 89, 91, 99, 108, 112, 124n, 144, 154, 163
NATO, 309
Nellie Limouzin, 66, 138, 198n
Neville Chamberlain, 161
New Labour, 172, 400
Newspeak, 67, 367, 401-402
News from Nowhere
New Statesman and Nation, The, 91, 426
New Writing, 235, 427, 428
Nicholson & Watson, 306
«Nonsense Poetry», 268, 275, 430
Nós, 349, 350n,
«Notas sobre as Milícias Espanholas», 197
«Notas sobre o Nacionalismo», 110n, 267, 275, 383
Novafala, 67, 367, 368

O

Observer, The, 294, 332, 376
Oliver Twist, 46
Orwell para Principiantes, 30
Oswald Moseley, 388n
«Our Opportunity», 261n
Oxford, 39, 52, 157, 345n

P

Pacto de Varsóvia, 309
Patrick Reilly, 75n, 102n
Partido Comunista (Britânico), 149, 199, 219
Partido Comunista Espanhol, 211, 212, 216
Partido Trabalhista, 46n, 161, 163n, 172n, 282, 293n, 294, 356, 379
Partisan Review, 285, 303, 429, 430, 431, 432
Peter Davison, 9, 30, 158n, 207--208, 420

Peter Smollett, 307n
Peter Stansky, 86n, 410-411
P. G. Wodehouse, 269, 333
Philip Rahv, 285n
Platão, 350
«Pleasure Spots», 271, 431
«Poesia e o Microfone, A», 291
«Política e a Língua Inglesa, A», 61, 250n, 267, 273, 275, 403
«Política *versus* Literatura: Uma Análise de *As Viagens de Gulliver*», 267, 310
«Porque Escrevo», 27, 39, 41-43, 61, 190, 208, 230, 270, 300, 303, 359
POUM (Partido Obrero de Unificacion Marxista), 197-200, 210, 214, 220, 223-225, 232, 261, 427
Poverty and Progress, 165
Povo do Abismo, O, 63
«Prevenção da Literatura, A», 266, 274
Primeira Grande Guerra, 51, 67, 111, 158, 204, 207, 243, 252, 253
«Propaganda and Demotic Speech», 266, 429
Pukka sahib, 58

Q
Quartier Latin, 66, 67, 72

R
«Raffles and Miss Blandish», 268, 429
Ramsay MacDonald, 161, 191n
Rangoon, 58,
Raskolnikov, 143,
Raymond Williams, 17, 78, 80, 176n, 268, 312, 415, 423
Rayner Heppenstahl, 147

«Recordações da Guerra Civil Espanhola», 270
República, 350,
Retrato do Artista enquanto Jovem, 143, 153
Revolução francesa, 281, 314
Richard Blair, 35, 331, 429
Richard Hoggart, 176n, 268, 415, 422
Richard Rees, 102, 146, 147n, 148, 173, 334, 383, 413, 423
«Riding down from Bangor», 268, 431
«Road to Mandalay, The»
Robert Chesshyre, 191n
Robert Graves, 207n
Robert McCrum, 376n
Robinson Crusoe, 75
Rudyard Kipling, 39
«Rudyard Kipling», 110, 269, 427, 429
«Rumo à União Europeia», 266

S
Samuel Beckett, 67
Samuel Hynes, 195, 422
Scott Lucas, 119n, 176n, 382n, 418, 420
«Second Thoughts on James Burnham», 266, 346, 349, 431
Segunda Grande Guerra, 25, 26, 134, 138n, 144, 149, 161, 233n, 237, 255, 259, 308, 318n, 321, 346n, 355, 428
Sherlock Holmes, 64
«Smoking-room Story, A», 137, 432
Somerset Maugham, 137
«Some Thoughts on the Common Toad», 271, 431
Sonia Brownell, 336, 338n, 389-392, 432
«Spike, The», 91, 270, 426

Stanley Baldwin, 161
Stafford Cottman, 223
St. Cyprian's, 44, 46-50, 71, 101, 146, 380, 391, 413, 425
Stephen Spender, 149, 291
Storm Jameson, 160
Stuart Maconie, 191
Susan Sontag, 285
Susan Watson, 339

T
Tacão de Ferro, O, 349
Thomas E. Ricks, 399
Thomas Hobbes, 361
Thomas More, 351
Timothy Garton-Ash, 382
«Tolstoi e Shakespeare», 95, 269, 273
Tom Wintringham, 262
Tom Wolfe, 17
Tony Blair, 172n, 400
Tribune, 135, 293, 295n, 297, 332, 388n, 413, 428, 429, 430, 431
T. R. Fyvel, 102n, 277, 413
T. S. Eliot, 70

U
Ulisses, 94-95, 97, 106-107, 241
«Um, Dois, Esquerda ou Direita», 25, 53n, 259
Una Marson, 291
Utopia, 351

V
Viagens de Gulliver, As, 267, 310
Victor Gollancz, 70, 112, 159, 180, 232, 306, 427, 428

Vil Metal, O, 99n, 139, 141, 144-145, 148-149, 153, 154, 176n, 185, 239, 252
Virginia Woolf, 141, 338
V. S. Pritchett, 378n

W
Wallington, 159, 192, 193, 231, 262, 298, 332, 339, 427
Walker Evans, 160n,
«Waste Land, The / A Terra Devastada», 70n, 291
Welfare State, 286n
«Wells, Hitler e o Estado Mundial», 266, 273, 429
West End, 64
W. H. Auden, 149n
W. H. Davis, 63
Wigan, 109, 136, 164
Wigan Pier, 164n, 398, 401
«Will Freedom Die with Capitalism?», 266, 426
William Abrahams, 86n, 410
William Empson, 291, 310
William Morris, 186, 322, 351, 353
Willy Brandt, 223
«Writers and Leviathan», 7, 94n, 267, 361, 404, 432,

Y
Yevgeni Zamyatin, 349
«You and the Atom Bomb», 266, 273, 274, 343, 345, 430

Z
Zero e o Infinito, O, 318n